一缕心香

吴祖芳 主编

江西高校出版社

图书在版编目(CIP)数据

一缕心香/吴祖芳主编.--南昌:江西高校出版社,2021.2(2022.2重印)

ISBN 978-7-5762-0697-5

Ⅰ.①一… Ⅱ.①吴… Ⅲ.①散文集—中国—当代 Ⅳ.①I267

中国版本图书馆 CIP 数据核字(2020)第 269329 号

出 版 发 行	江西高校出版社
社　　　址	江西省南昌市洪都北大道96号
总编室电话	(0791)88504319
销 售 电 话	(0791)88522516
网　　　址	www.juacp.com
印　　　刷	天津画中画印刷有限公司
经　　　销	全国新华书店
开　　　本	700mm×1000mm　1/16
印　　　张	18
字　　　数	260千字
版　　　次	2021年2月第1版 2022年2月第2次印刷
书　　　号	ISBN 978-7-5762-0697-5
定　　　价	88.00元

赣版权登字-07-2020-1446

版权所有　侵权必究

图书若有印装问题,请随时向本社印制部(0791-88513257)退换

卷 首 语

本书作者,是一群武汉大学物理系1964级的同学。他们出生于二十世纪四十年代中期,那是一段外敌入侵、山河破碎的苦难岁月。他们是在战争、饥荒、贫穷中来到这个世界的。

但是,他们很幸运地从黑暗走向了光明,从山里娃成为大学生,从阡陌窄巷走向了都市院所。读书学习、工作奋斗、领悟人生,在各自的工作岗位上,他们做出了可喜的成绩。时至今日,他们已年届古稀。

古人云:"天地之性,人为贵。人之行,莫大于孝……"

当回首往事的时候,大家不约而同地都怀有一个共同的心愿,那就是用文字记述含辛茹苦养育了自己的父亲、母亲。他们的父母,生活在社会的底层,却用全部的爱,像蜡烛一样燃烧了自己,照亮了他们前行的路程。

经过近两年的筹划与各自的精心写作,本书记录下他们反哺之爱、跪乳之情。他们以一片真心和朴素的语言,诉说了对父母想说的话,感恩之心和怀念之情跃然纸上。这是已经老去的游子的心声,是历史的真实记录,是祭奠先辈的一缕心香,是留于后人的精神财富。

这是情感之篇,更是铭记历史之作。

编 者
2020年8月

目录 / CONTENTS

人间自有真情在 ……………………………… 王义杰 001
珍藏在心底的记忆 …………………………… 毛开华 017
天高地厚 ……………………………………… 刘永年 031
仰望·追忆 …………………………………… 刘莲君 047
难忘的岁月——回忆我的父亲母亲 ………… 刘德伦 067
父亲 …………………………………………… 刘承竹 070
平凡而伟大 …………………………………… 李学育 077
追忆我的父亲母亲 …………………………… 李再友 093
背影 …………………………………………… 李成玉 113
音容宛在,父母活在我心中 ………………… 成明刚 120
细雨清泉 ……………………………………… 吴正邦 131
睹物思人忆双亲 ……………………………… 吴祖芳 143
七房墩上俩老人——我的父亲母亲 ………… 余拱皱 160
山高水长父母恩 ……………………………… 邹世英 173
我的小泥屋 …………………………………… 张富林 190
往事如烟 ……………………………………… 张仲整 201
不尽的思念 …………………………………… 杨亿兰 219
平凡的母亲 …………………………………… 郁百川 230
"金家大宅"之百年沧桑 …………………… 金崇忠 233
追寻父母的足迹 ……………………………… 程世昌 249
母亲的二三事 ………………………………… 廖新国 257
愧将思念寄笔端 ……………………………… 欧阳观玉 265
后记 …………………………………………… 吴祖芳 282

人间自有真情在

王义杰

情感是人对客观事物的体验,是人与生俱来的天性,任何一个人从出生到衰老都生活在情感之中,每个人既有各自丰富的情感,又能体验到社会中各种各样的情感,真挚的情感是人世间最宝贵的精神财富,父母的恩情、夫妻的爱情、同胞的亲情是人们最值得珍惜、最值得留恋、最值得记忆的。

报不尽的父母恩情

每当我想到父母对我的养育之恩,我总感到这是永远也报答不尽的恩情。"父母恩情似海深,儿女孝敬感情真。寸草报得三春晖,树高千尺由根生。"

我的父亲与母亲是姑表亲,母亲是祖母熊家的侄女,外曾祖父是清朝衙门的捕快,只生了三个女儿,我的祖母最小。按照当年的习俗,外曾祖父带了远房的侄儿过继为子,这就是我的外祖父。外祖父与祖母虽然有姐弟之亲,却没有直接的血缘关系。父母的婚姻也不算是近亲结婚。父亲生于农历戊辰年,属龙;母亲生于农历丙寅年,属虎,比父亲要大两岁。按照属相,他们是龙虎相配,也许是这种缘分,决定了父母的婚姻是阴盛阳衰。母亲性格坚强,父亲性格柔弱。母亲年近百岁,身体健康,父亲四十多岁英年早逝。他们二十六年的夫妻共同生活,生下了九个子女,他们没有给我们后辈留下物质的财富,只有精神的财富。

我的父亲王忠玉,出生于民国十七年(1928年)农历十月,逝世于1972年3月,享年44岁。

父亲是祖父四个儿子中最小的一个。他出生在战火纷飞的年代,1937年抗日战争全面爆发,父亲当时还不满十岁。日本鬼子的侵略使他只能与家人一起颠沛流离,四处逃难,历尽人间艰辛。他从小就天资聪慧,因为世道战乱的缘故,他只上了几年小学就辍学了,只好由祖父带着学做生意。凭着刻苦的学习,他十几岁便能双手打算盘,成了祖父经商的得力助手。父亲还写得一手好毛笔字,他写的有些文字我视若珍宝,至今还保存着。父亲是一个埋头做事、生性厚道、为人谦和的人,从不与人争长短,遇事礼让三分。他总是谨言慎行,不管别人怎么说,他总是忍气吞声,逆来顺受。

新中国刚成立,他与祖父一起经营杂货店,还勉强能够维持一家人的生活。1954年那场大洪水泛滥成灾,把我们家经营的商店淹没了,家里的房子也垮塌了,一家人无处安身,只好寄住在县城郊区的桃花庵寺庙中。

阳新县地处江南,北临长江,为了保住长江大堤,父亲被征集到了阳新县最危险的韦源口江堤,日夜挑土加高堤坝。因为劳累过度,父亲发起了高烧,适逢天降大雨,堤防危急,父亲只好带病上堤。到后来身体实在坚持不下去了,领导才让他回县城医治。当时县城的医疗条件很差,加之家中困难,又没有钱,吃了几服中药把高烧退下去了,也只好就此作罢。父亲开始久咳不止,拖成了慢性支气管炎,就是患上了过去常见的寒痨病,从此他就长期疾病缠身,这一年父亲才二十六岁。他是家里的顶梁柱,一家人的生活还要靠他来维持,他只有拖着带病的身体去操劳奔波。

生意做不成了,一家人失去了收入来源,只好把没有卖完的奶膏加上菜叶当饭吃。洪水退后,父亲和母亲把房子倒塌下来的砖瓦和木料进行了清理,将原来七重的房子改建为三重。父亲将多余的好砖和木料卖给人家,因为大水过后修房、盖房子的人家很多,卖的钱用来支付重建的材料和工钱。房建好后,我们一大家人终于有了一个简陋而又狭小的住所。

为了维持一家人的生计,父亲经人介绍到荻田桥区的木器社当会计兼炊事员,每月工资只有十八元。后来父亲参加全县手工业联社会计考试,成绩名列前茅,手工业联社就把他调到了县城的竹棕厂当主管会计,每个月的工资涨到了三十八元。

竹棕厂是一个由做篾匠和做棕绳、麻绳的手工业者组成的集体企业,1955年国家实行工商业改造时,由个体转为集体。做篾匠与做棕绳是两个不同的行业,过去做手艺的人历来都是拜师学艺的,据说这两种手艺尊崇的是一个祖师爷,就是人们常说的一个师傅下山的。也许是这种历史的渊源,使这两个行业组合在一起了。父亲刚到厂里时,产品繁杂,有竹床、凉席、箩筐,还有棕床、麻绳等多个品种。当时实行计件工资制度,企业管理难度大,矛盾多。好做的活、工钱多的活,工人们抢着做;市场需求量小、工钱少的活,没有人做。好用的材料都来抢,次一点的材料没人肯用,只有当柴火烧。厂领导也经常为这些事情犯愁。父亲是一个有经济头脑的人,他作为厂里财务管理人员,尽力为领导当参谋、出主意。一个企业最重要的是产品有市场,有利润。经过一段时间的仔细琢磨,父亲向厂领导提出了五定(定产品、定质量、定价格、定工时、定消耗)两奖(材料节约奖、交货时间奖)的管理建议,得到了领导的采纳,并着力实行,果然见了成效。通过改善管理,工人的收入增加了,劳动效率提高了,企业的利润增多了。竹棕厂的管理经验得到了手工业联社的好评,还在其他单位推广。由于工作上做出了成绩,父亲在这一年被评为全县手工业系统的先进工作者。经过多年的工作实践,父亲成为阳新县手工业系统能力比较强、知名度比较高的企业管理人员。

经过厂里职工几年的努力,阳新竹棕厂的竹制品在湖北省内已经小有名气了。1965年由省轻工业局安排,阳新县竹棕厂成为沙市热水瓶厂生产竹制外壳的定点单位。为了签订双方合作协议,厂领导带着我父亲和供销员一道从阳新去沙市,当年从阳新到沙市必须要途经武汉,这也是父亲第一次从小县城来到大城市,他们住在汉口三民路阳新驻武汉办事处。到了住所之后,父亲就给我打电话,说要来看看我,我听到这个消息后,心里感到十分惊喜。父亲对武汉不熟,我告诉他,从阳新驻武汉办事处到武大的路线:走到汉口王家巷码头,搭轮渡到武昌司门口,再乘12路公交车就可以到我们学校。我和父亲约定了时间,我到公交车站去接他。刚好这天下午没有课,大约四点钟,我看到父亲走下了公交车,赶忙走上前去,心中有一种难以言表的激动。我陪着父亲沿着体育馆、老斋舍、图书馆、物理系、行政大楼转了一大圈,来到我居住的学生宿舍。父亲和同宿舍的同学打了招呼,走到我的床边,摸了摸我床上的被子。我给父亲倒了一杯水,父亲喝完后,又关心地问了一下我的学习情况。我对父亲说:"请你放心,我会努力,决不辜负你老人家的希望。"聊着聊着,快到吃饭时间了,我想留父亲一起吃一餐学生食堂的饭,父亲说:"不了,厂里几个人说好了,下午一起吃饭的,他们还在等我回去。"父亲从口袋中掏出了10块钱，交到了我的手中。拿着这些钱，我觉得沉甸甸的。这是我两个月的生活费，这是父母的血汗钱，一股感激之情油然而生。随后我送父亲到了公交车站，一会儿车子就到了，父亲挥手向我告别，我的心中充满了依依惜别之情。这次珞珈山的会面对于时刻牵挂着父亲的我来说是一次难得的机会，这是我们父子俩在武大唯一的一次见面，虽然过去了几十年，仍使我记忆犹新，永远难忘。

父亲为了一群儿女能长大成人，谋生自立，想方设法让我们读书求学，拜师学艺。我从1958年十一岁开始，就在竹棕厂麻绳车间当学徒，每年的学费都靠自己挣。1961年初中毕业，父亲就想要我进厂，不想让我再上学了。那时国家正处在三年困难时期，中考录取的学生很少，不到考生的十分之一，而我的考试成绩名列全县榜首。学校老师听到我不能升学的消息后，亲自上门做家长的工作，父亲才勉强答应我继续读高中，高中三年的学费都是我靠寒暑假做工挣来的。1964年我参加高考，考上了武汉大学，家里是又喜又忧，喜的是家里出了个大学生，忧的是上学的钱从哪里来？为解父母之忧，这年暑假我和几个同学一道起早摸黑挑砖瓦、做泥工，攒到四十多元钱，我就是用这点辛苦钱来到武大的。当时我身上的衣服没有一件不是打着补丁的，父亲把他身上唯一的一件好一点的衬衣脱给了我，算是送给我上大学的礼物。

我的大弟义植十一岁就到厂里学竹篾匠手艺，二弟十几岁就到砖瓦厂做工。我们家除了我多读了几年书之外，弟弟妹妹们都是从童工做起的。在那家大口阔、生活艰难的日子里，家庭的生活重担压得父亲喘不过气来，一日三餐愁无米，一年四季忧衣破。他总是愁眉苦脸的，没有过过一天开心的日子。父亲为了我们献出了毕生的精力，耗尽了全部的心血。繁重的体力活，加上吃不饱穿不暖，让父亲的病情日渐加重。他四十四岁的时候就撒手人寰，永远地离开了我们。

敬爱的父亲，时过境迁，今非昔比，您心爱的儿女们个个成家立业。您的孙辈们都勤奋努力，各有所长。您的曾孙辈也兴旺发达。

父亲，您离开我们将近五十年了，您的形象永远留在我们的心中。我们一定要永远铭记您的恩德，传承您的家风，孝敬健在的母亲，以寄托我们后辈对您无尽的哀思。

我的母亲熊礼早出生在民国十五年(1926年)7月。她虽已年过九旬，但身体依然硬朗。她很像我的外婆，九十多岁还能下地干活，自种自食。母亲为了抚养我们几个儿女殚精竭虑，一辈子操劳奔波，她经历过幼年丧父、中年丧夫、晚年丧女的悲伤，但她依然是那样的坚强。

说起母亲的家世，我的外公是从同宗中过继来的，读了多年的私塾，后来在离县城不远的一所小学里当语文教师。当时阳新经常涨大水，在母亲还只有一岁多的时候，外公乘船遇到大风浪，小木船在河中翻了，外公不幸溺水身亡。外公去世后，当时熊家已经没有亲房兄弟叔侄了，外婆只好把母亲带回娘家扶养。外婆是家里的长女，母亲的几个小舅舅都很疼爱母亲。到了母亲七岁的时候，外婆经人说合要再嫁，无奈之下只有将母亲送到她的姑母王家。

王家在县城做南货(食品类)生意，日子过得还可以。在那个年代，女孩子很少有读书的，母亲没有条件读书，大字都不识一个。她在王家只是做个小用人，有时候出了一点小差错还要挨打。抗日战争爆发后，日本人攻占阳新，烧杀抢掠，王家也衰败了，直到抗战胜利以后，母亲也长大成人了，经姑母撮合，她与小两岁的表弟结婚了。1947年，她生下了我这个长子。母亲每隔两年生育一个子女，陆陆续续生下了我们兄弟姐妹九个。

我们家住的地方在老县城大西门的外面，这里居住的主要是挑鱼卖菜的农户。二十世纪五十年代成立合作社和人民公社，我们这里成立了蔬菜大队，大队领导看到我们家人口众多，只有母亲一个劳动力，坚决不肯接受，将我们家的户口转移到居委会。从我记事的时候起，我们吃的主食除了每月的那点粮油供应之外，还是要靠捡食物来补充。阳新县城周边都是湖，我们春天到湖滩里捡黄花菜；夏天到芦苇与小麦长在一起的农场垦荒地里捡人家割剩下的麦穗；秋天到周边农村捡挖过的地里剩下的红苕；冬天捡蔬菜队砍剩的菜脚，尽管如此，经常还是吃了上顿没下顿。记得有一年家里又断炊了，母亲拿着米袋准备到邻居家借米，迎面碰到了我家对面的一个老太婆，她当众羞辱我的母亲说："今天借这家，明天借那家，你真是丢人现眼，像叫花子一样。"母亲只是淡然地回答她："俗话说，有人有世界。我的这一群儿女就是我的财富,今天我家里虽然很穷,来日他们长大了,我们再来看看是谁家过得好。"

一个人口众多的家庭靠父亲微薄的工资是难以维持的,只能靠全家人去拼搏。母亲开始学习养猪,先是买猪崽回来养,后来她又学着养母猪,记得最多的时候我们家养了三头母猪,一头母猪一年可以生两窝猪崽,每窝都能有六七只,当时一只猪崽可以卖十多元钱,一年下来可以赚几百块钱,母亲养猪的收入成了我们全家生活的重要来源。

家庭养猪最大的问题是饲料。几十头大大小小的猪,一年要吃那么多饲料确实是一个大难题。母亲带着全家老小打猪草,阳新小河里和湖塘边都长有很多的野生的菱角藤,母亲不会游泳,她还是经常跳下水去,用筢子把菱角藤搂到岸边,再挑回家里剁碎。有一天,她看到河对面有一大片菱角藤,她找到停在河边的一只小筏子,打算划过河去。上船不一会儿,突然间小船一下子就翻了,母亲掉到了水中。她本能地死死抓住船舷,使劲爬到翻过来的小船背面,随着河水往下游漂流了几百米。她一边拼命抓住船舷,一边大声呼救,幸亏岸边的好心人跳下水去,把她救了起来。

一大群母猪和猪崽养起来确实需要很多饲料。为了保证过冬的饲料,母亲每年秋天就要到地里去收拾摘完了玉米棒子剩下的秸秆。有一次,母亲搭乘一辆手扶拖拉机去地里。湖滩上的土路坑坑洼洼,前几天刚下过雨,路特别滑,在一个拐弯的地方,手扶拖拉机突然翻进了几米深的水沟里。母亲被车子甩到了沟里头,只觉得左手一阵剧痛,当时就骨折了。那个时候也没钱上医院,家里就请了当地一个会推拿的人接了一下,用柳树皮包扎起来。由于没接准,母亲的左手腕上永远留下了一个隆起的大包。

母亲的付出,让我们家养的猪崽在周边成了抢手货。每当小猪出窝,很快就卖完了,有时候一年还要自己留下几只养成肉猪。按照现在的说法,母亲成了养猪专业户。

要支撑起一个家大口阔的家庭着实不容易,母亲总是精打细算,舍不得多用一分钱。为了使孩子们能有衣服穿,母亲自己动手,用当年有限的布票为我们兄弟姐妹缝缝补补,真成了人们常说的:新老大,旧老二,缝上补丁是三、四。

当孩子们一个接一个地长大,家境刚刚有些好转的时候,父亲因长期生病去世了。当时母亲只有四十多岁,最小的弟弟还只有一岁多,母亲虽然悲痛欲绝,但一家人还要靠她支撑。母亲挑起了家庭的重担,把子女一个个培养成人,直到我们成家立业。

在她老人家九十寿辰的时候,我给她写了一副对联:上联是"喜庆老母九十华诞,福寿双全,儿孙满堂";下联是"恩泽儿女九个门庭,人才两盛,家运兴隆";横批是"九九艳阳天"。

我们家里有一个孝敬老人的传统,为报答母亲的恩情,逢年过节,大家都送钱送物。特别是过年,老母亲成了宝贝,大家抢着请她老人家吃年饭,让艰辛的母亲有了一个幸福的晚年。

说不完的夫妻爱情

"世上何事堪称好,美满姻缘才是宝。夫妻恩爱几十载,携手相伴走到老。"

我与爱人邓玉萍从相识、相亲到相爱已经半个多世纪了。几十年风雨岁月,相濡以沫,携手共进,不论是贫穷的日子,还是富裕的日子,都能相敬如宾。

我们的爱情还得从1968年说起。那年寒假的时候我回到老家,当时我的父亲因患慢性支气管炎,已经卧床不起,看到我回来了,他很高兴。有一天晚上,他跟我说,这几年生病,邓溶卿医生经常关心他,帮他把脉问诊,对症下药,他的病情才有所缓解。父亲说,邓医生有一个女儿,很懂事,想说给我做媳妇,问我愿不愿意。父亲的话使我感到有点突然,因为我大学还没有毕业,将来也不知道分到什么地方工作,以前我从来没有考虑过自己的婚姻,对父亲提出的事情,我一时间不知道如何回答是好。

说起邓医生的那个大女儿,我和她的大哥从小就是好朋友,她白白胖胖的,我还有一点印象。听别人说,她还会唱歌跳舞,是大队文艺宣传队的队员。为了不使老人扫兴,我说:"爸爸,是不是等我毕业后再说呢?"我的话刚说完,父亲思索了一会儿,对我说:"你还没有毕业,我也不是说要你马上就结婚,这件事情还不知道邓家是什么意思。俗话说得好,一家有女百家求,还是先请一个熟人上门向邓家问问再说。"

第二天，父亲与母亲商量，请老街坊罗奶奶到邓家去提亲。罗奶奶家住在邓家隔壁，她到邓家与邓医生和他的老伴说明了来意，邓医生说："王家那个大儿子从小就很聪明，人也忠厚老实，忠玉老弟经常说要和我结亲家，我只当是开玩笑，没想到他家真的上门求亲了。我家的大女儿是有点个性的，原来有几个人家上门提亲，她都一口回绝了，这次还不晓得她肯不肯。儿女婚姻是件大事情，请你容我们家里好好地商量一下，特别是征求大女儿她自己的意见，再作答复，请罗奶奶等几天再说。"

过了几天，罗奶奶对我父母说，邓家同意让我到他们家里去坐坐。我记得那是春节前几天，父母为我准备了一点礼物，罗奶奶把我带到了邓家。邓医生在当地是一位名闻乡里的良医，他出身中医世家，他家里开的"培德堂"诊所远近闻名。不管什么人找他看病，他总是以礼相待，对有些家境贫寒的病人有时还送医送药。他非常讲究传统礼仪，被当地人称为礼学先生。看到我上门，他马上迎上前来，吩咐家人接过我手中的礼物，让我落座，亲手为我倒上茶水。我站起来鞠躬表示感谢。老人家问了我在外求学的情况，我把在学校的事情向老人家做了一些简单的介绍，老人家说："你们年轻人读书还是要多学知识，有真才实学将来才能修身立业。我们做医生的如果不学无术，可能就要误诊害人了。"老人家的教诲使我受益匪浅，说着说着，不知不觉到了午饭时间，邓医生母亲手做的几个菜热气腾腾地摆上了餐桌，一股扑鼻的香味弥漫在堂屋里。邓医生对我说："今天备了一顿便饭，你就在这里吃吧。"我感到很不好意思，说："您老这么客气，我受之有愧，恭敬不如从命，我只好听从安排了。"邓医生叫来了当时在家的几个家人，大家围坐在一起。这时我才看到坐在我正对面的是邓家的大姑娘玉萍。几年未见，她还是那么白白胖胖。邓医生一家人都非常热情，有的敬酒，有的夹菜，我连声道谢。这是我在邓家吃的第一顿饭，几十年，我都一直记得。吃过饭后，邓医生安排我与玉萍到她大哥的房里单独谈一谈。邓家的大哥与我是发小，从小学到高中一直是同学，当时他在乡下中学当老师，因为学校还没有放假，他也没有时间回来陪我。这个房间是他刚结婚的新房，屋里贴了些红色剪纸，给人一种喜庆的感觉。特别令人难忘的是玉萍最小的妹妹还不到一岁,睡的摇篮也在这个房间里。我们两个人一边摇着摇篮,一边聊着。虽然我们是邻居,但单独交谈,还是第一次,双方多少都有些腼腆,我看她那白白胖胖的脸蛋上有几分桃红色。我说:"我们交个朋友,我回学校去了以后,会经常给你写信。"她也轻轻地点了点头,表示同意。这也是我们开始交往的承诺。我起身握着她的手,她好像还有一点害羞。我向邓医生夫妇告别,回到家里向父母亲说了情况,两位老人也很高兴。特别是父亲,一再叮嘱我要与她多联系,君子一诺千金,绝不可三心二意。

学校只有几天的春节假期,过完了春节,我又匆匆地搭上阳新淀粉厂到武汉运煤的便车回到了学校。当时,全国的大学生要学工、学农,学校也要办工厂。我们物理系办了几个校办工厂,其中我们半导体专业办了"九一二半导体厂",开始试生产当时全国比较先进的平面硅三极管和发光二极管。在校办工厂,我一边学习专业理论,一边动手操作,这为我以后参加工作奠定了理论基础,积累了实践经验。

1969年中共九大召开前夕,襄樊市(今襄阳市)领导准备把科技产品"高频三极管"作为礼品献给九大。由于技术不成熟,产品质量不稳定,市领导非常着急,只好来到武汉大学求援。学校领导同意派一支小分队去参加新产品科技攻关。系里决定从我们专业挑选两位教师和六位学生去,我入选了。3月底来到襄樊市,通过情况介绍才知道,襄樊半导体厂是根据当时三线建设,由武汉市搬迁的一个半导体厂和樊城区的一个半导体厂合并而成的。我们去的时候还只能生产二极管和少量的3BX系列低频三极管。合并后,新厂房还正在扩建,工厂的工人大多数是新招来的二十岁左右的青年女工。我们到厂后,厂领导非常重视,两位老师被聘请为技术顾问,我们六个学生分别下到了车间,我被分配到产品测试车间。车间主任是一位四十多岁的老师傅,副主任是一位热心肠的大姐,还有十多个年轻的女操作工,我的工作主要是配合检修师傅排除设备故障,有时还要检查、校验和定期维修测试设备,按照产品出厂规定的技术指标,抽查操作工人测试的数据是否准确。走上工作岗位后,我非常勤奋,一丝不苟,利用在校办工厂学到的专业知识指导工人,工人们都喜欢我这个大学生。为了保证新试制产品高频三极管的质量,当时必须增加一项参数的测试,就是高频三极管输入频率与放大倍数的关系,保证三极管在高频率时能正常使用。要测出这个参数曲线就需要一台FT测试仪,当时国内还没有厂家生产,厂里领导非常为难。我们小分队带队的尹老师查阅了有关资料,提议自力更生,自己制造。他参照资料绘出了线路图,把制作、调试的工作交给了我。为了顺利完成任务,我废寝忘食地钻研,从线路原理、器件配制、线路布局等方面反复琢磨,不懂的地方向老师请教。经过半个月的努力,一台新FT测试仪靠自己的努力做出来了。我请老师和厂里的刘工一起调试、验收、试用,达到了设计的要求,能准确扫描出三极管高频放大曲线。厂里领导听到这个好消息,非常高兴,说我们真是为他们解了大难,帮了大忙,要是能够留下来该多好呀! 襄樊半导体厂这位领导是一个很有事业心的人。他知道要把这些大学生留下来是一件不容易的事情。襄樊这个地方人杰地灵,自古名人辈出,当年刘备三顾茅庐请出诸葛亮传为佳话,黄梅戏《女驸马》家喻户晓。何不古为今用,来一场感情攻心战呢?他把几个车间领导召集在一起,了解我们几个大学生工作能力的情况,要求把还没有男朋友的最好的女职工介绍给我们,用爱情系住我们的心。有一天下午,车间主任告诉我,说我工作做得好,要请我吃一顿饭。我说要请的应该是我的老师和车间领导而不应该是我。那位女副主任心直口快,她说车间只请我,老师由厂里领导请。下班后,车间主任引着我来到一个比较雅致的餐厅,打开包间,看见那位女副主任和几位略施粉黛的女职工早就等在那里了,看样子她们是有备而来的。女副主任看我到了,显得格外的热情,把我拉在中间的主座,我一再推让,说这个座位我不能坐,应该是主任和大姐坐的。两位主任不容分说,硬是把我往这个座位上拉。襄樊是中原南北文化的交汇之地,几个月的相处,我对这里人的性格也有了几分了解,他们既有南方人的优雅,又有北方人的豪爽。由于他们的坚持,我也只好坐在他们指定的座位上,一边坐一位主任。大家落座后,主任先来了一个开场白,大意是小王为厂里做出了贡献,今天为他庆贺,大家一定要陪好! 我知道襄樊人喝酒,男的是赵子龙,女的是穆桂英,个个都是英雄好汉。我这个喝点红酒都醉的人哪里是他们的对手,与其败下阵来,不如先发制人。主任说完,我立马站起来,举起酒杯,恭恭敬敬地说:"我们车间的一切成绩都是两位主任领导有方,我们大家敬酒应该要先敬两位领导。"今天来的这几位女工友与主任关系都很好,都想抬领导的桩子(抬桩子:武汉话,捧场的意思)。我一说,其中一位一直盯着我的女工友,立即响应,其他的几位也随声附和,敬酒的焦点转移到这两位领导的身上了。那位主任来者不拒,喝了一斤,有点醉了,来的几位女工也个个脸色红润,更显得婀娜多姿,只有那位女副主任喝得少一点,她轻轻地把我拉到旁边,悄悄地对我说:"小王,厂里领导很器重你,希望你毕业后能留在厂里,你看我们这里这么多好女孩,你看中哪一个,我们都能帮你牵线。"我看老大姐如此关心,如此认真,感到有点意外。我一边微笑对着她,一边从随身的小包中掏出了几封信,信封上写着"王义杰收",寄信人是湖北省阳新县城关镇邓玉萍。我对老大姐说:"我在老家已经有女朋友了,我每个月都给她写信,她给我的回信我一直带在身边,因为我的心中只有她。"正是这些信物使我在酒桌上得以脱身。1969年9月,我们圆满地完成了任务,返回学校。半年的技术攻关经历令我终生难以忘怀,半年多的信件来往也加深了我与玉萍之间的感情。

1970年7月,我和大多数同学一样来到了军垦农场,农场的生活虽然艰苦,但我们之间的感情犹如一根精神支柱令我虽苦犹甜,我们每个月的来往信件中充满了对彼此的关心和嘱托。1972年初,我们结束了农场的劳动锻炼,分配了工作,当时我被分到了咸宁地区通山县。到县里报到后,不知道什么原因,一直拖到快过春节了,我还没有被分配到具体单位。管分配的干部组的人对我们这些分来的学生说:"你们先回家去过年,过了春节再到单位去。"阳新县与通山县相邻,我匆匆忙忙地回到家里。这时候父亲已经是重病缠身了,看到我回来了,他把我叫到床前,喘着气,用微弱的声音跟我说:"孩子呀,我可能不行了,你与邓家的亲事是我说起的,你是不是到邓家正式上个门,认个亲,也算是了却我的一桩心愿。"听到父亲的话我的眼泪就流出来了。我说:"你老人家放心,我会照你说的办。"在农场我们开始发工资了,我把这些钱交给了母亲,由母亲按照本地习俗置办了上门认亲的礼品,第二天上午由罗奶奶带着我正式上门了。邓家两位老人非常热情,请了他们家的亲戚朋友一起来陪我。吃完午饭,按照习俗,我请了邓家的兄弟陪同着玉萍到我家吃晚饭。邓家兄弟先向我父亲请安,父亲卧床不起,只能挥手致意。当他看到玉萍时,脸上露出了一丝微笑。这是未来的儿媳与公公的第一次见面,也是最后一次见面。春节后不久,父亲就与世长辞。现在,每当讲到我父亲,玉萍总是深情难忘,总是为自己没能尽到孝道而遗憾。我们的婚姻凝聚着两代人的情感,回忆我们昔日在一起的时光,没有鲜花,没有美酒。玉萍当时也只有十八岁,正值青春年华,含苞待放,虽无闭月羞花之貌,却有富贵雍雅之颜,岳父母大人视若掌上明珠。当年我家家大口阔,别人谈恋爱要有三转(自行车、缝纫机、手表)一响(收音机),可我们家既没有转的,也没有响的,说起来心酸。玉萍与我这个穷小子谈恋爱,她曾说过这也许就是缘分。每一段爱情,都会从激情走向平淡,执子之手,与子偕老。既然有缘结为夫妻,那就要懂得珍惜,爱情才会常驻长青。"虽是七旬老妪翁,又现昔日恋情涌。岁月无情人有意,恰似老酒香更浓。"

忘不了的手足亲情

"兄弟姐妹同胞生,骨肉至亲难离分。手足之情永相依,同心协力家业兴。"父母亲生下了我们同胞兄弟姐妹九个人,我们共同度过了饥寒交迫的艰难岁月,又一起迎来了幸福美好的今天。不论是贫穷还是富裕,不论是艰险还是安康,我们都休戚相关,荣辱与共。血浓于水,手足之情永远紧密相连。在我们兄弟姐妹九个中,有几件事情深深地藏在我的心中,虽然有的发生在几十年前,有的发生在近几年,但都如同眼前发生一样,令我记忆犹新。

一件事是竭尽全力抢救濒临死亡的大弟弟。

1968年,我们这些安分守己的学生待在宿舍里,看看书,聊聊天。8月18号上午9点多钟,突然听到外面有人叫:"王义杰有电话。"我赶快从寝室里跑到二楼过道的电话机旁,拿起话筒的手柄,问:"你是哪位?"听对方说话的声音,我知道是爸爸打来的。他用十分低沉的语气对我说:"8月15号你大弟弟义植为了抢救被打伤的朋友,在五马坊被手榴弹炸伤了,现在转到了黄石三医院,你最好来照顾一下他。"我说:"爸爸,我马上赶过来。"放下电话,我赶紧回寝室,很快地把洗漱用品和换洗衣服放在了手提包里,与同学告别,就匆匆忙忙地跑到公共汽车站,搭12路车到大东门,再转车赶到武昌火车站。这时离武汉到黄石的最后一趟火车只有20多分钟了,我赶快买了票,气喘吁吁地登上了火车。

从武汉到黄石，火车要开两个多小时，我到黄石已经是下午两点钟了。我问了同行的旅客，知道火车站离黄石三医院不远，我顾不上肚子咕咕叫，就急急忙忙地往三医院住院部赶。问了一下医院的门卫，他告诉我在二楼几号病房，有一个从阳新转来的病人，我慌慌张张地走进病房，刚好看到三弟冬生正在那里。冬生指着躺在病床上的那个人说："这就是二哥。"我走近一看，当时吓得目瞪口呆。只见义植的气管已经被切开，装了一根吸痰管，鼻子上插着进流食的导管，白色的脑浆流到了外面，只有一点微弱的气息。我喊着他的名字："大哥来看你了。"没有听到他一丝的回音和反应，他已经完全失去了知觉。我又伸手揭开盖在他身上的白床单，摸了摸他的身体，还有一点热气，好像还有点发烧。看着他那紧闭的双目，我的眼泪不由得夺眶而出。从眼前的场景看来，不知他能否活下来，我的心中充满了伤心的痛苦和渺茫的希望。

接下来，我就坐在病房外一张空着的病床边，老三冬生把情况告诉了我：老二被炸伤后，在阳新做了初步处理，由于当年县医院条件有限，无法接受治疗，只能就近转送到黄石三医院，看有没有办法抢救。昔日的阳新到黄石虽然距离只有几十公里，但交通不发达，只有一条土公路。厂里的领导安排两个职工送老二转院，搭乘阳新到武穴的小火轮船赶到富池口，富池到黄石每天只有一趟汉九班船，他们赶来的时候汉九班已经开过了，义植的病情又不能再等一天。这个时候，姐姐开仙想到我们家的王忠风伯父在富池口商业转运站当负责人，她急忙找到转运站，请伯父想办法帮忙。忠风伯父闻信后，再三恳求阳新到黄石港的拖轮师傅把义植送到了黄石，让义植尽快住进了三医院。三弟还告诉我，义植的主治医生是广东人秦大夫，助手是武医（武汉医学院，今华中科技大学同济医学院）来实习的小李，护士长姓殷，主管的护士姓郑，还有一个送饭的秦妈。听完后，我和老三商量，如何千方百计与这些人搞好关系，让他们尽最大的努力来抢救老二的生命。

我首先找到了秦大夫，他是二十世纪五十年代老武医毕业的，在三医院外科是有名的一把刀。我合拢双手向他表示感谢，称赞他的医术高明，简单地做了自我介绍。秦大夫是一个医德高尚的人，他告诉我，病人的情况非常严重，随时都有生命危险，他会想方设法抢救。

殷护士长是一个十分敬业又有丰富护理经验的老护士。我到护士长值班室，见到她正在写值班记录，我非常客气地叫了一声殷大姐。她向我望了望，感到有点陌生，我赶忙走上前去，对她说："我是武汉大学的学生，我知道你的弟弟也是武大外语系和我一个年级的校友。"听我这么一说，她的表情亲切多了。她微笑着问我："你是那脑外伤病人的哥哥吧，我告诉你，你弟弟的情况很危急，只能尽力抢救，从阳新与你弟弟一起送到三医院抢救的综合农场的那个职工已经死亡了。"

当天晚上，医护人员在一起商量义植的治疗方案，有的医生说这两个病人情况差不多，是不是让这个也转出去，免得又死在我们医院里。议论了一会儿，殷护士长就来到义植的病房，把我叫到一边，说我弟弟恐怕也是最近两天的事了，要我们要做好准备。听到护士长的话，我的眼泪就流出来了，我央求她说："大姐，只要还有一口气，还有一丝希望，求你们还是想办法救救他吧。"殷护士长看着泪流满面的我，叹着气说："我尽量说服他们，死马当作活马医，不到最后一刻不放弃。"我随她来到值班室，听到殷护士长说了她的意思，并与大家商量更合适有效的医治方案。正是这些医护人员的精心治疗，通过输液加大甘露醇的用量，让义植的脑颅积水尽快地吸收，用最好的消炎药让脑膜炎引起的高烧退下来，经过一个星期的抢救，义植慢慢地睁开了眼睛，有了知觉。当他看到我和三弟在身边照顾他，眼泪从他眼角流了出来。他终于挣脱了死神的纠缠，闯过了鬼门关。

在住院的日子里，管床的郑护士听说我是武大的学生，也分外客气，护理得特别周到，随时帮义植用棉签蘸水湿润嘴唇，用消毒纱布擦身体防褥疮。还有送饭的秦妈，她的儿子是我们物理系1963级的学友，兼之三弟人虽然只有十几岁，却非常精灵，非常勤快，有时还帮助秦妈挑煤，更显得像一家人一样亲热。那位助理李医生，平常为义植换药格外认真。正是这份世间温情让濒临死亡的二弟义植捡回了这条生命，无论是当时还是现在，这都是一个奇迹。

俗话说，大难不死，必有后福。义植从受伤到现在已经五十多年了，他只小我两岁，也年过七旬了。严重的脑损伤只给他留下了一侧的手脚有些不方便的后遗症，有的同事开玩笑说他是麦贤得（中国人民解放军海军战斗英雄)似的人物。伤愈后他恢复了工作,后来也成家立业,生儿育女,一家人生活得很幸福。他总是说他这条命是兄弟姐妹们帮他捡回的。转眼间,几十年过去了,我的泪水没有白流,千方百计地求助,获得这些亲人、校友的亲戚和好心人的理解和关心,这几位医护人员的恩情,我们一家人永远不会忘记。

一件事是无尽深情怀念突然逝去的二妹妹。

我们家兄弟姐妹是六男三女,我的二妹在2018年的正月初六,因脑血管破裂突然去世,享年五十七岁。对于二妹的突然去世,我们一家人都无比悲痛。"思妹之情夜难眠,往事如烟在眼前。挥泪执手写心语,难舍你我兄妹情。"

二妹王满仙,出生在我们这个兄弟姐妹众多的贫困家庭,她是我们父母亲生下的第六个孩子。她出生在1961年正月,当时正值三年困难时期,家大口阔,食不果腹,衣不暖身。贫困的家庭,艰难的岁月,她人生的起点就充满了艰辛与坎坷。

在她还幼小的时候,我们的父亲就身染沉疴,气喘吁吁,久咳不止。几个兄弟姐妹都在读书求学,做工谋生,只有她这个十岁的女孩子终日伺候父亲,悉心照顾父亲。当她十几岁的时候,几个大哥都结婚了,这个大家庭里又陆续地出生了下一代,她总是为哥嫂们分忧解愁,成了家中拉扯侄儿侄女们成长的"小保姆"。在她的身上总能看到那种尊老爱幼的善良天性。

父亲去世时,二妹还只有十一岁,十分困难的家庭更是雪上加霜。当其他的孩子们都背着书包上学校,都在享受童年快乐的时候,二妹因为家庭贫困失学了,只身跟着邻居的泥工师傅到丰山铜矿挑灰桶,做小工。寒冷的冬天,刺骨的江风,她那两只稚嫩的小手冻得发红发紫。艰苦环境的磨炼,造就了她从小吃苦耐劳的秉性。

二妹从十三岁时开始,先后在纺织厂做过挡车工,在自行车零件厂做过拉丝工,在自来水厂做过修理工。不论在什么岗位上,她都能够出色地完成工作任务,得到了领导和同事的好评,显示了她聪明能干。

二妹十分孝敬我们的母亲,母女血肉相连,母亲身体欠佳时,她总是前来照顾。她与同胞的兄弟姐妹手足情深,有什么事情需要她帮忙的,二妹总是随叫随到。她还特别对大家庭中的晚辈们关爱有加。二妹从来不求回报,只知付出,奉献她的爱心。

二妹成家以后,勤俭持家,与丈夫相亲相爱,对长辈孝敬和顺,对姑嫂妯娌谦和礼让,受到婆家亲戚朋友的称道和喜爱,展现了她优良传统的美德。

二妹退休刚刚两年。正在她应该颐养天年,享受天伦之乐,和我们大家一起享受美好幸福生活的时候,却突然因为脑血管破裂,昏迷不醒,一言未发,就永远离开了我们。她上有白发苍苍的老母,下有待她抚育的小外孙,还有她恋恋不舍的其他亲人,更有她想要做而未来得及做的许多事情,就这么匆匆地走了。当我们在灵堂看到她那熟悉的容颜马上就要化成灰烬,在这世界上永远再也见不到她的时刻,生离死别,令我们心如刀绞,泪如泉涌。"爱妹仙逝将远行,忽听苍天惊雷声。云海弥漫厚千尺,难隔同胞手足情。"亲爱的二妹,虽然阴阳两隔,但你给我们留下的是永远忘不了的手足情。

在父母的恩情、夫妻的爱情、手足的亲情这些血缘关系之外,还有同学情、师生情、同事情、战友情等许多种感情。人的情感犹如万花筒一般,既丰富多彩,又瞬息万变。随着时间和情景的变化,我相信人们的情感不管怎样变化,人间自有真情在。

作者简介:王义杰,男,汉族,1947年2月生。湖北省阳新县兴国镇人。武汉大学物理系半导体物理专业毕业。中国共产党党员,高级工程师。历任阳新县半导体厂技术员、工程师、副厂长,阳新县工业局副局长、局长,中共阳新县委常委、组织部部长、县委副书记、县人大党组书记、县政协主席。第九届湖北省政协委员。

珍藏在心底的记忆

毛开华

青丝白发转瞬间，古稀年后又几春。沧桑往事涌心头，最是难忘养育恩。"谁言寸草心，报得三春晖"。子欲养而亲不待，一缕心香祭亲人。

谨以此文纪念我的父母。

——题记

父亲的身世

我的家乡在江西省中部的新干县（原名新淦县）三湖镇。此地东濒赣江，西临袁水河，地势平坦低洼。新中国成立前，遇上多雨年份，常常洪水泛滥，老百姓颗粒无收，生活无着，很多人背井离乡，出外谋生。

我的父亲毛秉赓，1908年7月29日（农历）出生在三湖镇湖坪村的一个贫苦的农民家庭。因家境贫寒，除务农之外，我爷爷还学得一手弹棉花的手艺，农闲时走街串巷，给人打棉套，挣钱养家，让父亲读了三年私塾。父亲12岁时，我爷爷、奶奶不幸先后离开人世。可怜父亲三兄妹转眼成了孤儿，生活无着，只得各自谋生。从此，父亲开始走上了与命运抗争的艰难历程。他跟随一邮差（邮递员）从江西老家出走，跋涉500多里到湖南株洲、长沙，然后乘湘江客船经岳阳，顺长江而上到宜昌，水陆兼程到达长阳。再沿清江走了200多里山路到资丘，辗转千里来到长阳县西的枝柘坪。他小小的年纪，就在这里给一户名叫龚来修的人家做长工。

至1924年末，三年长工期满。离开老家已久的父亲，百般思念家乡亲人，不辞辛苦地回到江西老家。可是在老家因生活无着，不得已，重返长阳枝柘坪，投奔一位名叫龚言发的亲戚。父亲在那里帮工劳作，过了三年寄人篱下的生活。

1928年，经人介绍，父亲来到宜昌，到一个字号叫"同太和"的店铺当学徒。老板也是江西人，主要经营中药材收购运销。那时做学徒没有工资，只给一口饭吃，要学本事就得啥都干。学徒要每天清晨起床，打扫卫生，接着干一些药材打包、入库、搬运的力气活，必须勤快做事，伺候好师傅，伺机学习记账、练习珠算，向师傅学习如何识药材、熟药性、懂分级，掌握常用的加工方法。就这样，父亲过了三年学徒的生活，学徒期满，接着又留店继续帮工两年。此后，父亲来到宜昌另一家中药材商铺，帮工当店员。父亲在这家店铺打工持续时间长达七年。

十二年学徒、帮工岁月里，父亲吃了不少苦，受了很多累。在我小的时候，就常见他每天清早起床洗脸时，都要咳嗽好一阵子，咳出痰后才停下来。我心疼地问他为什么老是咳，他说是年轻当学徒、帮工时落下的毛病。原来，父亲大半生与中药材打交道，药铺收来的药材，为了便于贮藏，先要在密闭的烘房里，用燃烧的硫黄熏蒸。由于硫黄燃烧后烟气刺激，父亲的气管和肺受损，落下慢性咳嗽病根，以致终生不愈。

在宜昌，父亲认识了我的母亲，两人都是江西同乡，同是天涯沦落人，有幸结为夫妻，一起同甘苦共患难，这也是父亲的福分。在那烽火狼烟四起的抗战年月，人心惶惶，居无定所，日子过得很不容易。1940年6月，日本侵略军攻打宜昌，人们纷纷逃难到乡下。父母也随逃难人群来到长阳，一路奔波，直到资丘镇才停留下来。资丘地处清江岸边，大山峡谷之中，日本的飞机难于进来轰炸，陆路也难于进犯，一时比较安全。

资丘是有着千年历史的古镇。清江流经这里到宜都汇入长江，可航行几十吨的木船。陆路便道西通巴东、建始，南接五峰、鹤峰诸县，水陆交通便利，资丘因此而兴，成为鄂西商业重镇。山里药材、土产，以及外埠日用百货、布匹都要在此集散。不仅本地人，还有江西、汉阳、沙市客商云集于此。

抗战时期，各级政府机关、学校西迁。长阳县政府亦迁驻资丘，资丘成为鄂西门户。鄂西战役所需大量军用物资在此转运，军政人员出入，商贩、难民到来，一时间，这里机关、商铺林立，市场繁荣，被人们称为小汉口。因此，父亲觉得可以在这里找条活路，便在这里租房安身，帮宜昌老板姜济民收购药材。

抗战胜利后，长阳县政府从资丘撤回龙舟坪。外来避难人员陆续离去，资丘也不再似往日繁华。按理，父亲应举家迁回宜昌，可惜宜昌也无我家立锥之地。无奈，父亲只好留在大山之中。不久，他开始自主创业，经营药材收购，比往日更加勤勉。他经常不辞劳苦，翻山越岭，去长阳的椰坪、巴东野山关等产地收购。

转眼到了1949年7月，长阳喜获解放。古镇如沐春风，气象一新，我家的日子也好了许多。我也渐渐懂事，印象中，父亲个子不高，一张饱经风雨沧桑的脸，嘴角时而露出淡淡的苦笑。他为人忠厚，言语不多，但高兴起来，也会哼上几句京剧。

父亲37岁时才有了我，晚来得子，自然是非常喜爱。小时候，我羡慕邻家的孩子不仅有父母关爱，还有爷爷奶奶呵护宠爱。逢年过节，别人家的孩子欢欢喜喜，到外公外婆家拜年，到亲戚家串门。我呢，从未见过叔伯姑舅姨等亲戚，更别说见爷爷、奶奶、外公、外婆。江西来的人中，不少人是同族同宗，唯有我父亲在这里举目无亲。身在异乡，不仅受本地土豪压榨，也受过同乡的欺负。幼年的我每每看见父亲为难无助的样子，就感觉我们多么弱小，父亲在异乡打拼多么艰难。

俗话说穷不走亲，富不还乡。父亲从江西到湖北，闯荡半生，难言富贵，但我晓事后就未见他回过老家，也许是由于祖父祖母早已不在人世。乱世中，也与老家断了联系，老家兄妹也下落不明。后来，城镇知识青年上山下乡时，我上初中的弟弟欲回江西老家下乡插队落户，一时弄不清老家准确地址和亲戚情况。我几经周折，才与老家的堂兄联系上。1969年春节期间，我从武汉回江西探亲，伯父已去世，只见到了伯母，还有堂兄孙开芝一家。堂兄已改姓孙，全家8口人，日子过得也很艰难。老家贫困依旧，令我心酸。我和堂兄到爷爷坟前祭拜，祈祷先祖保佑后人平安康泰！许久，我陷入对祖辈的缅怀沉思中……山路上，我问堂兄为啥不姓毛，他告诉我，新中国成立前由于族人觉得毛姓人贫穷，为兴旺起来就都改姓孙了。原来是这样，我不禁皱起了眉头。

堂兄家住在一栋青砖黑瓦的赣式老房子里，那还是"土改"时从地主家分来的房子。房子很深很大，但整栋房屋里住了好几户人家。堂兄家八口，挤住在右厢房和后堂的三间房里。房前稻场边就是一片橘子树，盛产的红橘,是他们主要经济来源。还有不多的田种棉花、水稻等。

父亲这辈子没有回去看看,恐怕是他最大的遗憾。我那次老家之行,替父祭祖,总算为父亲弥补了一点遗憾!

父亲把希望寄托在我身上,学龄前,为把我引上正路,他买来启蒙课本和临摹字帖,让我学认字、练习毛笔字,还教我珠算。一次,他检查我的作业,大概是毛笔字没有写好,他训斥我,我顶牛犟嘴,父亲一气之下打了我一巴掌。以前很少挨打的我,这次嘴被打出了血。母亲见状,十分心疼,责怪父亲,忙把我揽进怀里,弄药水擦拭伤口。因为这事,我怨恨了父亲很久,但细想起来,可怜的父亲,从童年就开始做长工,当学徒、帮工,悲惨的遭遇与经历,使他切身体会到文化的重要。他从小缺少亲情母爱,使得他脾气急躁。他对我的严格要求,督促我好好学习,练习写好字,是望子成龙心切。他为了我走正道,好好读书,学有所成,确实没少操心。

勤劳善良的父亲

父亲肩负着一家人的生活重担,长年累月,不辞辛苦经营着他的小店。自从流落到资丘以后,我家都是租房居住,没有稳定的居所。为改善生存条件,1953年父亲在资丘西街买下"半边房",也就是一栋房子的一半。房子砖木结构,井字布局,东西厢房,前有临街门面,后有正房、后屋。中间的厅屋、天井、堂屋,两家共用。我家在东边,西边的半边房子住的是老东家和几户房客,一屋多户十分拥挤,各家之间相处,难免磕磕碰碰,吵吵闹闹,很不方便。我问母亲为什么不买单家独户的房子,她说父亲操劳了半辈子,都没有自己的房子。现在迫于居住及生计需要,倾其半生积蓄,才买上这半边房,已经很不容易了,能让一家人安安稳稳地过日子。住了几年之后,房子被镇政府征用,我家搬到后街住了多年,后来落实政策,房子退还给我家,又搬回来住了几年。最终,因支持清江水电建设,作为隔河岩电站水库蓄水区,房子被拆除。房子没了,父亲一生没有留下什么遗产,但他勤劳刻苦的精神传给了我们。

1956年,父亲的店与几家店合并,成立了公私合营的和平棉布商店,父亲一转身变成了店员。1958年,合作商店并入资丘区供销社。父亲由区供销社安排到资丘乡下供销社分店工作,成为供销社职工。

那时,父亲已年过半百。要离开正需要他照顾的家,对这种安排,他有顾虑。母亲也不愿他走,但她仍安慰父亲,劝他放心去工作。父亲毕竟是穷苦出身,帮工闯荡大半辈子,哪种苦没吃过?很快,为了一家人生活,他服从了安排,收拾行装赴乡下工作。

从此,父亲长年坚守在工作岗位,偶尔有事回来,办完事即回单位。暑假里的一天,我随父亲到他工作的黄柏山布湾供销分店去玩,要走十几里山路,要攀登几里长的悬崖陡坡,父亲负重在前面走得欢,我空手在后面跟还累得汗流浃背,喘不过气来,不时要歇口气再走。当时,我真佩服年过半百的父亲,到底是过去吃过苦的人,如此坚强。

从1958年到1975年的17年间,父亲跋山涉水,先后到区辖的黄柏山、水连、响石、柿坝四个乡的八个供销社分店工作。差不多每两年就要换一个地方,但他毫无怨言,听从安排。无论是高山坝子上,还是山谷溪水边,父亲都在那里兢兢业业,为百姓服务。我假期去探望他,总看见父亲在店里,保持着做学徒当帮工的习惯。每天清晨率先早起,将室内外、柜台桌椅清扫一净,然后开始一整天忙碌的工作。他不分八小时内外,值守在岗位上。无论早晚,一有老百姓来买东西,或卖山货土产,他总是搁下饭碗,或者放下手边的事,去接待他们,乡民都很感激。就这样,父亲长年累月为农民服务。父亲作为一名普通的劳动者,坚守岗位,一直工作到67岁。

1975年初冬的一天,我在神农架突然接到母亲发来"父亲病危速回"的电报。我心急如焚,急忙赶回了家。来到资丘卫生院,才知道父亲病倒在柿坝供销社,单位请人用担架将父亲抬进资丘卫生院抢救。望着急救病床上已昏迷数日的父亲,想到他为我们家延迟退休,操劳到老,未过上几天好日子时,我泪流满面,悲伤不已。我恳请卫生院不惜代价救治。卫生院组织医生为父亲会诊,院方确诊患的是肝性脑病(肝性昏迷)。从县城弄来对症良药救治,好几个日夜,护士精心护理,我在病床边守护,父亲终于醒过来了。父亲住院治疗一个多月后,大病得以初愈,但因为医疗条件有限,还是留下意识错乱、行走困难的后遗症,难以根治。出院后,父亲生活不能自理,我们做儿女的不能常陪在身边,我回单位后,全靠母亲照顾他的起居生活,母亲也年老体弱,二老的日子过得十分凄凉。

在母亲细心照顾下,父亲竟又安稳过了几年。1983年10月2日,久病体衰的父亲,支撑不住,终于离开了我们,永远地走了!我惭愧没有照顾好父亲,让他早点退休,回家享享福。子欲养而亲不待,养育之恩难以报答,唯有永在心中纪念!

含辛茹苦的母亲

我的母亲杨树珍,1915年3月25日(农历)出生在江西清江县樟树镇(今樟树市)的一个平民家庭,与父亲老家相距40多里。樟树古今都是中国有名的中药材之都,外公家以卖中药为生。

旧社会重男轻女,母亲缠过小脚,没有上过学,不识多少字,但也知道《女儿经》《三字经》《增广贤文》中的一些处世之道。作为贤内助,母亲与父亲同甘共苦,在异乡打拼。从江西到湖北,从宜昌到资丘,每到一处人生地不熟,都得想法子站稳脚跟,得与街坊邻居搞好关系。母亲心地善良,乐于助人。记得在资丘,有一马姓街坊,养有五儿一女,家大口阔,每月定量供应的口粮有时不到月底就吃完了,揭不开锅了,就来找我母亲借粮食。尽管自家孩子也多,粮食也不够吃,母亲还是急人之难,毫不犹豫地借给别人。母亲善于交友,她常上街买菜,认识几位附近农村卖菜的大妈,见人家辛辛苦苦,日子过得也不容易,常常送人一些衣物什么的,与人交好,来往密切。

父亲每逢遇到什么难事,母亲总是宽慰,然后尽力帮他出主意。人在异乡,父亲在外受人欺负,唯有母亲可帮他,还能出面据理力争,帮父亲除去心中的不平。

在宜昌,父母白手起家,自立门户,非常艰难。时逢战乱,外公、外婆不在身边,生活孤立无助。又因医疗条件差,母亲婚后生育的三个女儿均不幸夭折,母亲为此哭干了眼泪。到资丘后,母亲27岁时才生下我姐,盼孩儿心切的父母,很是欣喜,家里平添了几分生气。1945年8月,日本投降,资丘古镇的人兴高采烈,载歌载舞,庆祝抗战胜利,人们沉浸在胜利的喜悦中。1945年9月10日(农历),已届30岁的母亲生下了我。

母亲给了我生命,也给了我快乐的童年。小时候,我像大头娃,长得可爱，招人喜欢，不时有人抱我、逗我玩。我会跑了，便与街坊邻居孩子们玩耍嬉戏。等到过大年，放鞭炮，穿上母亲缝制的新衣新鞋，吃美食，我更觉童年生活美好。记得有一天，我在家门前燃放鞭炮，突然间我的右臂衣袖被鞭炮点着，迅速燃烧，我惊叫哭喊。母亲急忙跑来，不顾一切地用双手掐灭我燃着的衣袖，好一会儿，终于将火掐灭了，可怜她的双手被严重烧伤。虽然我的右小臂被烧伤，留下了碗大的伤疤，但至今每每看见这伤疤，就会感念起我慈祥的母亲。

随着弟妹陆续出生，我家有了五个孩子，吃饭穿衣，上学读书，七口人生活，日子过得紧巴巴的。母亲不识字，难找工作，只好去外面找些杂活干。常见她背回大包棉花，用手摇纺车纺棉线，将纺好的棉线交给棉花匠做打棉胎的网线，有时还帮着牵网线，赚点加工、服务费。母亲勤俭持家，想方设法节省开支。比如小时候我们的头发长了，都是母亲自己给我们剃头。

白天忙完，晚上母亲还要挑灯纳鞋底、袜底。我们一家人的鞋子、袜子，母亲长年做个没完。晚上我做作业时，常听见母亲那嗖嗖的穿针引线声。夜深了，我一觉醒来，见母亲还在一针一线地纳鞋底，真让人心疼。我每次出远门去上学，母亲都要给我做双新布鞋，就是这样辛苦，一针一线做成的。我不禁想起唐人孟郊诗句："慈母手中线，游子身上衣。临行密密缝，意恐迟迟归。"这写得多像我的母亲啊！

那时，为了一家人高高兴兴地过大年，母亲每年都要养一头年猪。为此，她时常要爬坡走几里山路，到山野农田里去打猪草。一次，我陪母亲去后山三圭坪打猪草，她教我哪些草猪可以吃。我学着干，但手笨，半天过去了，也没有打多少。回家时，母亲背着满满一背篓再加一大口袋猪草，我要帮母亲背口袋，母亲说什么也不肯，说小孩子压过分了不肯长。为这，我十分过意不去。

父亲下乡后，母亲担起一家人生活的重担。我和姐外出上初中，弟妹陆续上学读书，生活学习开销增加，带给家里不少困难。母亲不时外出打工挣钱，供我们读书。记得暑假的一天，我去她打工的厂子看她。厂房里发出沙沙的响声，里面充满了刺鼻难闻的气味。我见母亲双手不停地旋转，摇动悬挂着的簸箕，滚动着里面的一些黑土粒。原来，她这是在加工颗粒肥料。二十世纪六十年代,化肥很少,就用少量化肥,加上有机肥料,手工滚动制成颗粒肥料。看见母亲累得汗流满面的情景,我的眼睛湿润了。她为了这个家,付出了太多……

贫苦人家的孩子懂事早。从此,我们一有时间,就做些扫地、担水、推磨(磨玉米粉)等家务活。再大点了,我们利用假期去七八里地外的煤窑背煤炭,过江去马岭岩上捡柴火,也曾给乡下供销社送货挣钱。这些,多少能贴补一点家用,也给母亲一点安慰。

母亲教子有方,家训伴我成长

母亲不仅为日常生活操劳,还要费心教养孩子。眼见我们一天天长大,她对我们说:"我小时候没有读过书,想找个正式工作难。你爸小时候家里穷,只读过三年私塾,只有老老实实做些力气活。他从江西出来,东奔西闯,吃了很多苦头。""你们都不小了,该去上学了。家里有再大的困难,都要让你们去上学,这是你们以后唯一的出路。"母亲这些话,一直深深地印在我脑海里。我钦佩母亲,她虽不识字,却明白读书的重要性。

1952年9月初,母亲让我姐带着我,去已向往多时的资丘小学报名上学,我真是高兴不得了。

资丘小学,创建于光绪三十一年(1905年),历史悠久。校园位于镇中有名的"上桥"东边。远远看去,几幢二层楼房围成的庭院,高高地坐落在陡峭的岩岗上。西式门庭,中式屋顶,粉墙黛瓦,错落有致,蔚为壮观。它左临东下街,右傍抱麻溪溪口,溪水潺潺。南临清江,江水滔滔,奔流不息。放眼四周,风光如画,环境优美。资丘小学确实是读书的好地方,也留存着我儿时最美好的记忆。

那是无忧无虑的童年时光。每天清晨,母亲总是早早起床,叫醒我:"开华,上学了。"我睡眼惺忪地起床,吃完母亲准备的早餐,母亲帮我背上书包。见母亲为我们起早贪黑,我觉得不好意思睡懒觉,养成了按时起床、准时上学的习惯。

我小时候也很爱玩。那时没有什么儿童乐园,常常自得其乐。一到夏天,那"上桥"下边不远处,有一潭清澈见底的溪水,便是跳水与游泳的好去处。一有时间,我们一帮小男孩就兴致勃勃地直奔溪水潭中,大热天光着身子跳进水中,击水、跳水、游泳,一玩就是半天,很是痛快。后来大点了,我们又去清江游玩,横渡百余米宽的清江。我们这帮在校学生私自去游泳,终于被学校发现了,学校担心影响教学,又怕出安全事故,下令予以禁止,并派值日老师去检查。有一次,我们又去玩水,值日老师干脆把我们的衣裤一起收走,弄得大家光着身子等候处理。无奈,我们都只好认错,保证下不为例。

母亲知道了这事,狠批了我一顿。见我如此贪玩,她教育我说:"有志不在年高,无志空活百岁。""少壮不努力,老大徒伤悲。"她要我好好读书,说学好文化才有能力,才能清清白白地做人,明明白白地做事。母亲苦口婆心的教诲,对我影响很深,从那时起,我就立下了"好好读书成才"的志向。无论是在后来艰难的岁月,还是在学习稍有懈怠的时候,母亲的话常常在耳边响起,鞭策自己好好学习。

当然,玩是孩子的天性。放学路上,那年月,经历过不少人生第一次开眼界的场面。遇上新鲜事,我总要好奇地驻足看个究竟。什么万花筒、西洋镜、广播喇叭、收音机,我看看都觉很新奇。我遇事喜欢琢磨琢磨,有条件的还鼓捣鼓捣,比如研究放映机、发电机、声光影音啥奥秘等。不知不觉,我从小就对自然科学感兴趣,促使我要好好读书,求学上进,争取以后上大学,学科学,长大了也要投身科学技术事业,当工程师,当科技专家。那就是我的童年的梦想,为了追求这个梦想,我踏上了艰辛的求学之路。

故乡母校资丘小学远眺

殷殷父母情,漫漫求学路

六年小学时光转眼成了美好的回忆。1958 年 7 月,我和姐姐同时初中

一缕心香 YI LÜ XINXIANG

毕业。姐姐考入长阳二中，离家较近。我考入长阳津洋口五中，离家一百多里路。我得吃住在校，花销比以前大得多，一下子两个孩子外出上初中，让母亲有些为难，但父母为了孩子们的前途，再大的困难都要克服。我长这么大第一次出远门，母亲有点难舍。她为我赶做了新布鞋，缝补好衣被，做了些炒米粉与开胃的腌菜，准备好钱和衣被行李，里里外外，忙活好多天。

暑假过后开学了，我和一帮同学乘清江木船行驶一整天，到达位于津洋口的长阳五中。那是二十世纪五十年代新办的一所初中。校舍住宿条件很简陋。饮食清淡，仅仅可以填饱肚子。我以前在家吃惯了母亲做的饭菜，常常想家，几乎要哭鼻子。初进学校，也难免闹笑话。几十个人住在一间屋里，挤睡在地铺上。很多人不会洗衣，不勤洗衣被，不讲究个人卫生，有人身上长了虱子，互相传染。结果我的衣被、头发里也长满了虱子，奇痒无比，怎么洗也除不掉。直到放假回家，母亲费了好多功夫才给我清洗干净。"世上只有妈妈好，有妈的孩子像个宝"，我哪能不恋家？无奈，不能总待在家里，还要读书，我只有学会自己动手洗衣服，适应独立的生活。

从1959年开始，国内经济十分困难，粮油、副食供应都很紧张。开始，学校食堂用供应的各种杂粮做饭，后来缺粮，就只有煮野菜饭或稀饭。艰苦的学校生活，我常常饥饿难耐，心发慌，夜里腿抽筋。我们这些十三四岁的少年，正需营养长身体，哪经得起这样的困苦，好多同学坚持不了，辍学回家种田。我别无选择，只有咬牙坚持，苦读下去。好不容易盼到寒暑假，回到家里，看到母亲原本微胖的脸，也瘦得颧骨凸起。家里粮油副食也一样短缺，只不过母亲手巧，瓜菜、野菜也做得好吃。我一学期才回来一次，母亲想方设法，让我吃了几顿饱饭。回学校时，她还千方百计弄点炒面让我带着，我感激得不知说什么好，只有认真地学习。

1961年7月，我不负父母所望，以优异的中考成绩考入长阳一中。母亲很高兴，不顾家庭困难，让我去县城上高中。

一中的老校园是清朝时的长阳"九峰书院"旧址，院内亭台廊轩，书房寝室，环境古朴典雅，确是学子读书的好地方。正值国家经济调整恢复时期，学校经过整顿，充实了师资力量，教学秩序步入正轨。学校思想教育及各科教学抓得很紧，学习氛围浓厚。生活虽然比较清苦，但比初中时好了许多，定量供应的粮食有保证,但学习紧张,还是难免忍饥挨饿,辍学回家种田的学生不少。高一时,年级有3个班,150多人,到毕业时仅剩2个班。我回家没有地种,只有读书这条路,走出大山,方可改变命运。

高二那年,紧张的学习累得我一度神经衰弱,睡眠不好。假期回到家里,母亲知道后,买来天麻和母鸡煨汤给我一个人喝,说这样多喝几天,可以治疗神经衰弱。调理休养数日,身体逐渐恢复,人的精神好多了,由此让我深感无私母爱的温暖。

1964年6月,我高中顺利毕业,参加高考,感觉考得不错。

回到家里,母亲见我消瘦了好多,让我好好休息,闲玩中等待消息,不觉到了8月中旬。一天,太阳西斜,立秋后太阳余威尚在,不时听到知了的叫声,好不惬意。大妹从街上回来,老远就大声叫我:"哥,你考上了武汉大学!""真的吗?"我半信半疑地问道。她急忙说:"邮电局的人说的,快去取录取通知书吧。"我立马走出家门,三步并两步地向"半边街"上的邮电局跑去。

邮局营业员与我面熟,急忙拿给我一封信。我拆开定睛一看,"武汉大学录取通知书",通知书上"你被武汉大学物理系录取"的字赫然在目。"这是真的!"我喜不自禁,想起考前填报志愿时,看各所大学的招生广告,深深地被武大美丽的风景和名声所吸引,按照我童年的梦想,便欣然选择了武大物理系,填报为第一志愿。今天,如愿以偿,梦想成真,我欣喜若狂,赶紧回家,向母亲报喜……

回到家里,母亲得知,又惊又喜,高兴得不知说什么好。在那人生最重要的时刻,我想到小时候母亲的教诲,现在才真正明白,母亲用心良苦。她和父亲在异乡漂泊谋生大半生,除了半栋住房外,无田无地,无亲无故,没什么根基,就只有我们五个儿女,希望我们都能成器。随着时代变迁,交通工具进步,资丘清江水运失去了优势,过去"小汉口"的繁华不再,年轻人在这里没有什么出路。所以母亲要求我们从小就要好好读书,走出大山去闯世界,奔前途。现在我考上武汉大学,她的苦心总算没有白费。

从我上初中开始,父亲每月微薄的工资,除留下很少的生活费,全交给母亲安排全家人生活和几个孩子读书,母亲不知吃了多少苦。五个兄弟姊妹中,我排老二。按说,家里这么困难,读完中学后可以就此止步,自食其力了,但是,母亲二话没说,准备让我去上大学。那年头,猪肉供应短缺,她一咬牙,把她养的一头年猪卖了,凑钱给我上学。

带着母亲的厚望,1964年8月底,我乘木船沿清江而下,转长江小客轮至宜昌,再转乘长江东方红客轮,辗转四天终于抵达汉口码头。

接待站的汽车载着我们,驶向珞珈山。跨入国立武汉大学校门,真是名不虚传:雄伟的图书馆,挺拔的斋舍楼宇,枫树参天,绿草如茵;入夜,每一栋宿舍窗前发出耀眼的灯光,校园美丽宁静……我感叹,父母的心血没有白费;我庆幸,我的大学梦已经实现。

大学生活很好,比起以往寒窗苦读的日子,犹如一步登天。家里每月还要给我寄生活费,除交伙食费外,我尽量节省,不乱花钱。进校头两年,因不忍心向家里要路费,寒暑假我都没有回过家。

1969年5月本人(后排左一)与家人合影

韶华易逝,岁月倥偬。那场动乱中断了我们的学业,令人十分惋惜。六年大学生活结束了,感谢父母的养育,悠悠十八载,从小学读到大学,我终于走出了校门。

儿行千里母担忧

我毕业了,但母亲仍然像以前一样牵挂我。我本应回家看看,可我先去了部队农场劳动,一年半没能回去探望。在农场,我每个月都能领到工资,作为回报,我不时寄些钱给家里。母亲让我攒些钱,说我早晚要成家,要置办点自己需要的东西。

1972年初,我结束了军垦农场的锻炼,分配到神农架林区红花中学教书。学校条件简陋,生活物资匮乏,师生自己种菜吃,食堂伙食简单,夏秋土豆南瓜,冬春萝卜白菜,油荤少,营养差。每月定量供应半斤盐腌猪肉,还得从外地运来。母亲知道我这边生活艰苦,就想法买了些腊肉和鸡蛋,又将鸡蛋卤熟,给我邮寄过来。谁知邮包在路上时间长,鸡蛋全坏了。我既感动,又很内疚。我知道,家里就母亲和妹妹两人生活,她把计划供应的肉、蛋省下来寄给我,让我很难过。我赶紧写信,让母亲自己多保重,不要再为我寄东西了。

20世纪70年代,新设立的神农架林区的工作生活条件确实比较艰苦。好在有母亲的支持,又受父亲的勤劳刻苦精神的影响,几度风雨,几度春秋,努力工作,我坚持下来了。遗憾的是,家国忠孝不能两全。父母年事渐高,我却不能在他们身边照顾。1974年初,我29岁时在资丘结婚成家,后来有了孩子,初为人父,养儿方知父母恩,更加体会到养育子女的艰辛。

谁言寸草心,报得三春晖

为了照顾父母和家人,我申请工作调动。1981年8月,我从整整工作了十年的神农架林区,调回家乡长阳县科委工作。不久,我就将妻儿老小先后接到县城龙舟坪镇的新家。母亲和我们一起生活,我们尽力照顾,抽空陪陪老人,总算了却感恩父母、对家人有所照顾的一点心愿。

1982年2月本人(后排左三)与家人合影

父亲走后,母亲很孤独,常怀旧思乡。从江西出来,她一辈子没有回过江西老家。1990年,我二舅从江西来长阳看望母亲,两个白发老人跨越半个世纪重逢,姐弟俩喜极而泣,倾诉不完别离之情。这次相见总算了却老人们的一桩心愿,我也感到十分欣慰。

改革开放后,人们的生活好起来了,母亲也应该享享福了。可令人愧疚的是,她过早患上牙病,牙齿开始脱落,六十多岁牙齿已落光。镶的假牙又因磨合不好,母亲用不习惯。没有牙,好多东西吃不了,她只好将饭菜做得软软的吃,但营养难以保证,以致身体渐渐消瘦。看着她小腿瘦得皮包骨,我们很心疼,只好给她买些营养品补充。我虽尽心尽力照顾,但因忙于工作,陪老人的时间少了许多。如今想来,我遗憾不已!

母亲患有慢性支气管炎及肺气肿病,时常咳嗽不止,常服些消炎止咳药,方可缓解。1995年3月25日(农历),母亲80岁生日,我和妻子做了一桌丰盛的菜肴给她庆贺,希望母亲长寿,好好享受生活。但不久,因旧病不治,体弱难支,1995年7月25日,母亲终于离开了我们,走了!我再次陷入失去亲人的悲痛之中!

转眼,父母已离去几十年。父母在,人生尚有来处;父母去,人生只剩归途,嗟乎!回想珍藏在心底的亲情往事,令我心潮难平!父母一生,历经沧桑,勤劳奋斗,含辛茹苦,养育儿女,奉献一生。父母恩重如山,难于报答,谨以此文,化为一缕心香,表达心中最诚挚的纪念!

2020年4月

作者简介:毛开华,男,湖北省长阳土家族自治县人,生于1945年10月。1964年考入武汉大学物理系,1969年金属物理专业毕业。高级工程师。早期从事中学物理教学,后长期从事科技管理工作。退休后居湖北长阳。

天 高 地 厚

刘永年

父亲和母亲的遗像挂在室内,二老慈祥的目光撒在我的卧室里。每天,我可以看到二老的生前面容,还仿佛看到他俩要张开口说话,悄悄地,轻轻地,暖暖地……

父亲说:"儿子,我走得太早了。你们吃苦养了这一家子人,都还圆满,我现在比什么时候都高兴呀!"

母亲说:"牛儿(我的小名),媳妇还好吗?晶晶(我女儿的小名)还好吗?安安(我外孙的小名)还好吗?我没见到过曾外孙,你把他的照片挂一张到这屋里来吧……"

这是一次梦境,但真真切切。过了几天,我便把外孙的一张18寸大照片,挂到了我卧室内,让二老端详。

老人们在生前死后,心中所想所虑所挂牵的,只是儿女后代。他们用尽心血和汗水,把儿女们养育成人,又让我们接受了较好的教育,还引导我们成为正直善良的人。老人们一辈子辛劳,一辈子为后代,真是不容易……

每每想起父母对于我们子女的付出与艰辛、挚爱与抚养,我总是情不自禁,泪流满面。父母双亲犹如在苍穹之上、大地之角,细言微笑,在嘱咐着我们什么。此时此刻,我心里早已迸发出如同对于苍天福地的虔诚:天高地厚,裹我心尖,近在身边!

一

我的父亲是放牛娃出身。在他江西老家,因为他的父母离异,他很小只跟母亲生活。因为家中贫寒,又只有贫瘠的土地,我祖母又是小脚,他到8岁时,便去了一个远房亲戚家放牛、砍柴、做家务。远房亲戚是不欢迎他的,他住在牛棚边的草料棚里,每天吃东家剩下的饭菜。不过,在村里人的劝说下,远房亲戚送他上了两年私塾,断文识字学珠算,总算没成为"睁眼瞎"。

1938年,日本鬼子已打到南方,父亲便随乡友们一起逃难到了湖南常德市。他进了一家孙记绸布行当学徒,此绸布行老板也是江西老乡。

父亲能吃苦,从码头下船时转运布匹,人家扛3捆,他要扛4捆。堆码时,是他爬梯子上货。每次货单来后,是他清点货单,所有到货一一点验无误,然后一点一滴告诉老板。父亲做事能吃苦,也很有条理,还能记账算账,写商务条陈,自然比一般徒弟强出许多。

老板看上了他,我母亲就是孙老板的三女儿。外公孙老板家有八个女儿一个儿子,共九个子女。而我母亲是姊妹弟兄中最机灵的一个,她上学上到了初中一年级(新式学校),文化程度在当时女性中算是可以的了。至今,我的姨妈们一说起我母亲来,都赞不绝口。

有一次,她们姊妹们凑钱买牛肉面吃,共9碗,由母亲去牛肉面馆买。她跟牛肉面馆老板一谈,9碗钱要买10碗,老板答应了。她又说,我只端9碗走,留一碗在店里,想吃再来端,老板又同意了。母亲与跑堂的提回9碗面,姊妹们吃得欢天喜地。正在这时,严厉的外公进来了:"嗯,哪来的钱?还一齐打平伙,吃牛肉面!老大,你告诉我!"

大姨妈已吓得发抖,说不出话。这时我母亲走近外公说:"爹爹,今天中午饭我们没吃饱。我们凑钱买了10碗面,特意给爹爹也买了一碗,知道爹爹也喜欢吃。"

姊妹们一听,都瞠目结舌了,哪有10碗呀!三姐(妹)又在哄爹爹了。

说完,母亲跑出去,又到不远处的牛肉面馆,端回一碗热喷喷的牛肉面,恭恭敬敬送到外公面前。本要发作的外公,这一下不吭声了,他感受到了孩子们对他的孝心。临出门时还说了句:"吃牛肉面的钱,我补给你们,不要你们自己出了。"

满屋的姊妹兴高采烈,盘问母亲这一碗面的来历。待母亲告知后,她们惊愕不已,佩服之至。就是在事隔五六十年之后,她们都还在讲这件事,夸我母亲机灵、能干。

后来外公为媒,父母二人结成鸾凤。外公自然是想让我父亲成为他的生意大帮手,甚至掌门人的,但是,母亲那时并不太乐意这门婚事。不过,父亲也十分机灵能干,他会唱京剧,会讲笑话,待人诚恳,又吃苦耐劳,还能写会算,且十分幽默,外公家众姐妹和外婆都很喜欢他。在父母为天、婚娶看命的年代,一个放牛娃就这样娶到了老板家的金花。

二

父亲于1921年10月20日(农历)出生在江西省高安县英岗岭小洞村(旧地名)。他长得比较瘦弱,个头约1.62米,但五官有立体感,尤其他鼻如悬胆,眼神灵动犀利。一看,就知道他是一个机灵好学、乐观大方、诚恳朴实的人。直到终老,在他工作地点的小孩子们,总爱围着他转。他也特别喜欢孩子们,口袋里总装有几颗糖果或一些炒花生、炒玉米粒等,供逗孩子用。因为中年以后,父亲谢顶,所以孩子们总是叫他"月亮公公"。

二十世纪六十年代中期,他在安化县小淹区粮站工作,担任会计。他带了两个女徒弟,有一位是我的初中女同学,她们的孩子都还小。有一顿饭,我在粮站食堂吃,只见"月亮公公"不停地逗两个小孩,把他自己碗内好吃的菜,拨到小孩的碗里。他还帮他们剔鱼刺,剥苞谷皮,不停地照顾他们。这两个不到3岁的孩子,围在他身边亲昵地喊"月亮公公",爬到他身上。刚吃完饭,逗完孩子,职工们又找父亲取乐了,要叫他唱京剧。父亲便唱了起来,食堂里回响着唱戏声、吆喝声。

他一生平凡淡泊,以财会工作为职业。新中国成立初期,从私营布行出来,父亲考取了常德专区财经委员会干部培训班。1951年秋季分配到湖南省桃源县国营利农茶厂工作。1953年11月,他又调到了湖南省安化县小淹大米加工厂工作。自此,我们全家便在安化县落了户。那时我6岁,已有一个妹妹和一个弟弟了。

1956年10月,父亲又调到了安化县城里的大米总厂,担任计划统计员。此时,我已读小学五年级,人生往事,可以记起几许……

那是1958年6月,父亲从长沙的湖南省财贸干校进修回来。他带回了长沙点心,让我们兄妹们高兴得不得了,另外,他还带回了3件"宝"。

一件是当时华中工学院(今华中科技大学)赵学田老师编写的《职工机械制图入门》一书。父亲因为从事大米总厂的计划工作,要与基建打交道,所以他在进修时,学习了这门课程。他把我们叫到一起,翻开那本书,给我们讲透视原理,甚至拿出手电筒做比照,让我们兄妹看书本和桌椅的影子（投影）,背诵"长相等、宽对正、高平齐"的三视图画法口诀。他把他的机械制图作业本拿出来,十分自豪。在展示讲解完了后,他开始做总结:"赵学田老师可是个大学老师呀,他的书已有上千万人在学。给我们讲课的老师说,学好赵学田,会画也会看,半年扫图盲,两年就提干。你们要好好读书哟,去长沙,去武汉！爸爸就盼着那一天。"

讲完后,他把书和作业本锁进了抽屉,不让人乱翻。事物有轮回,大约三十年后,我在武汉参加一次学术会议时,见到了华中工学院的赵学田教授,特意与他交谈了一阵,把父亲当年说的话学给他听了,他听到后十分高兴。

父亲的第二件"宝",便是一张《湖南日报》。上面登载有国家领导人在他进修时期,游览长沙橘子洲头的报道。父亲说,他那天正好坐轮渡过湘江进城去,只见岸边人山人海,他凑热闹,也挤入人群中欢呼。过两天他看报纸,方知那一天是国家领导人在那儿。他兴奋地收藏了那张报纸,作为纪念。只见父亲将报纸展开,指点着对我们说:"没想到吧,伢女们,你爸爸离他好近了哟！我的声音大,兴许他都听到了我的欢呼声,你们说是不是？"

他的快乐,他对领袖的热爱,溢于言表。虽然我们那时小,但如今还记得那情景。

父亲的第三件"宝",是一张歌单（谱）,那是他自己抄写的歌曲。原来,那上面是歌曲《我的祖国》——1956年拍的电影《上甘岭》的插曲。爸爸在长沙学会了这首歌,他颇为得意。回家后让我和妹妹也学唱,他教一句,我俩学一句,父亲浑厚的男中音真还可以。后来,我把这首歌抄了下来,带到了学校,被我们的音乐老师要了去,他马上教全校的同学们唱。

父亲的文化程度较低,说话还略带点口吃,但他办事说话都很认真。他在担任主管会计时,我记得每个月的月初,他总有几天为了做报表,彻夜加班。1962年,全国实行"调整、巩固、充实、提高"的政策,因为形势的变化,全国粮食系统的报表有了很大的变化。这样一来,父亲的工作量大了,许多事都压到他身上,他又不太喜欢向领导反映困难,总是自己扛着。他后来患上了心脏病,有一天半夜,昏倒在办公室。即便是这样,他也不休息,仍带着两个财会人员赶报表。

父亲的徒弟毛女士(后为益阳地区粮食局副局长),在他去世后告诉了我一件事。有一次,账目中有1分钱对不上账,父亲硬是用了一个星期的时间,把问题找了出来,流水账、进出账、分类账、总账等,全部天衣无缝后,他才罢手。同行们对此赞叹不已,他也被评为湖南省粮食系统的劳动模范。

后来父亲因为岳父工商业者成分受牵连,被下放到一个公社的粮店——滔溪粮店上班。那只是一个代办点,主要负责供应该公社的商品粮,以及征收统购粮(征收季节招三个临时工)和管理粮仓。粮店只有他一个正式职工,常年就是他一个人在工作。

那时,他已快五十岁了。他与供销社、税务所的人,合伙在一座旧祠堂里工作。这是一座老式的祠堂,房子很破旧,共五间房子,三间大的做粮仓,一间小一点的是营业处兼办公室,还有一间黢黑的小屋,则是父亲的卧室。

此时,父亲已身患心脏病和肺气肿,人很黑很瘦。他与供销社的职工,相处得如同兄弟般亲热。在那儿,他仍然是讲讲笑话,逗逗孩子,哼几句京剧,乐观地生活。这时,母亲远离他住在县城里面,小弟弟还在读初中,大弟弟没有工作,需要母亲在老家照顾。

父亲的这个代办点,常常是早晨四五点钟就被顾客叫醒,那是来送统购粮的,或是赶早来买商品粮的。到晚上九十点钟时,有时还有人来送统购粮、买商品粮或办粮食册子之类的事。尤其是每年的九月至十二月,是收购稻谷、红薯、玉米、黄豆、绿豆、芝麻的旺季,父亲按规定可以请三个临时工帮忙。即便如此,那时节的粮店还是人声鼎沸,事务繁忙,劳动强度可想而知。

父亲需严把验收质量关,防止湿、烂、陈、假货入仓。他一挑一挑地撮谷掏底进行检查,过风车,还要评定粮食等级,更要检查仓码和堆垛,到深夜了,还要统算每日入库账物。父亲在那儿工作了七八年,身体损耗很大。

然而,父亲没有半句怨言。脚肿了,他就把鞋袜换成大两号的;眼皮起泡了,他就用热毛巾敷几下;喉咙嘶哑了,他就用铁皮喇叭喊话维持秩序;累得没一点劲了,他就用棍子撑着身子继续干。

我对父亲说:"爸爸,你都快退休了,你能不能要求领导调回区粮站呢?"

他淡淡地对我说:"还有两三年,我就要退休了,咬紧牙关干到退休算了。区粮站十几个人,拖儿带女的,小孩小,要在小淹镇读书,谁好往这角落里来上班哩。"

他善待乡亲,力所能及地为他们行方便。他从不麻烦领导,就算家里有天大的事,也不跟同事和组织讲。记得我上大学那年,家里经济十分困难,组织上知道后,要工会给他三十元的困难补助,他硬是不肯要,把钱让给了一个家里有八口人的农村职工。为了送我去武汉读大学,父亲当时卖掉了毛衣和手表。

他追求光明,一直想加入中国共产党。在我1973年入党后,他又向党支部递交了人生的第三份入党申请书。可惜他未能如愿,因为外公的缘故,还因为他自己当过"店员"。这是父亲一生的遗憾。

他的廉洁是出了名的,按同事和老乡们的说法,刘会计连一粒糠壳都不会带出粮店。每年过年前,他给家里捎些自备的乡下年货回去,总要请一位领导或同事来,或者请旁边供销社的职工,帮他检查带回家去的物品。人家都不太愿意这样做,他硬把人家请过来,一件一件地翻给人家看。多少年都如此,职工们常笑话他,他却说:"瓜田李下自避嫌疑。我是会计,没有人作证,我日后怎么好交代哩!"有一年的年关前,我到粮店去取年货,供销社主任对我说:"小刘,你先别捆,也先别装袋。等你爸爸叫我们看过以后,你再捆再装,要不然你爸爸会睡不着觉的。"

三

母亲于1922年正月初四出生在湖南省常德市。她的家庭算是殷实的,她也受过较好的教育。

她家有八姊妹和一个小弟,但到1956年我们全家随父亲定居安化东坪镇(城关镇)后,只剩下大姨、四姨、幺姨和她,共四姊妹了。她聪明过人的幺弟,在1954年读高专时,因肺结核病和恋爱不顺而早逝。舅舅的去世,给母亲以极沉重的打击。

只记得母亲关着门哭,也不做饭,还是邻居给我们小兄妹送饭吃。那地方叫小淹牛圳子拐,已在街尾,旁边是资江,尽头是玉米、红薯地,而母亲伤心得一会儿跑到田头边,一会儿又坐到江边,好心的邻居一直看护着她。其悲痛,其姐弟深情,令我至今都难忘。

母亲为什么会这样呢？全因为小舅从两三岁后,一直到母亲1945年结婚的十来年间,都是由母亲照顾。母亲对小舅特别用心,特别喜爱他,因为小舅是孙家唯一的男丁。

母亲念书到初一,有些文化,她曾当过居民小组的组长,管二三十户人。邻居一有事儿,就说去找孙组长。1958年吃大食堂,每一顿饭居民要分餐,街道主任镇不住场,就请母亲当主勺,分菜饭。有一次,一家居户有位老人病了,她让食堂做了一碗蛋羹摆在老人餐桌上。她大声地对居民说:"这碗蛋羹是给××老人的,他病得很厉害,以后7岁以下、70岁以上老人病了,都应由食堂提供生病时的3份蛋羹。你们有意见没有？"大部分人说可以,但也有人反对。母亲冲到反对的人面前,猛吼一声:"你们还有良心没有？"那几人吓得往后一退,连忙说:"同意,同意。"此事在许多年后还被传为佳话。

我在高中时的同班同学约有40人,绝大部分住在农村。因我家住在县城,中学也在县城,高中同学常到我家来玩。我母亲总是热情地接待,估计没到我家吃过饭的同学极少。有一位女生罗同学,一年暑假,母亲见她从35里外进城来,还挑了个担子,累得满身是汗,硬要她到我家里来吃中饭。结果,母亲在短短两小时内,准备了11个菜给她吃,当然腌萝卜丝、咸菜、腐乳等都算。至今,她发微信还在中学同学朋友圈里提起这件事。母亲为同学买药、买车船票,帮农村同学父母进城后办事,很多同学至今仍然记得。

我高三政审时,因为外公的成分牵连,不利录取。母亲闻讯后找县教育局,找镇公所,又从老家弄来三四份证明,然后向中学党总支书记反映,硬是修正了我的政审结论,使录取不受影响。

母亲在姐妹中是最出众,也是最聪明的。然而到了1958年,我家已有4个孩子,加之赶上三年困难时期,母亲没有工作,父亲每月仅40多元的工资,他还分居在下面乡镇,家里的境况一日比一日差。

幺姨(她一直在武汉)说,可以每月接济我们5元钱(够当时一人一月的伙食费)。母亲收到此信后,泪水直流,马上回信说:"妹妹,你也有一个家,你们也不宽裕,千万别这样,我不会要的。你寄来,我就退回去。但是,你这一番心意,让我永世受用。今后让孩子们报答你和妹夫。"

母亲从小肩不能挑手不能提,但她会编织毛衣,可以编织20多种花色。于是,她承接毛衣编织。记得当时是3元1件的工钱,她若整天编织,3天可织出一件,但她还要照顾我们兄弟姐妹的日常生活,要五六天方可织出一件。在煤油灯下,她编织到深夜,而二十世纪六十年代初,缺少吃的,营养不够,半夜加班饿急了,她就只好喝一碗煮饭时留下的米汤。记得当时,县柘溪电站的职工,一传十,十传百,闻讯后都来找她编织,她的生意是不愁的。为了赶工,更为了挣钱,她经常劳累到半夜两三点。一个月挣下十几块钱,贴补家用。

后来,粮食系统照顾家属,母亲又去粮站缝补麻袋(装米、谷的)和洗麻袋。她不分春夏秋冬,在那浓浓的米糠灰尘中,在资江岸边缝补洗搓,又拉来拉去分类取送,盖戳推码。这样的好事儿,后来又没她的分了,因为我父亲不在本站工作,只照顾本站家属,母亲便失去了缝洗麻袋的工作。

到了1964年,我临近高考,妹妹初中毕业,大弟弟读小学,一家的开销更大了。母亲几年来辛苦劳作,已患上了胃病。此时的她,无奈之际只好选择去干一份男工——用板车拖米糠壳(打谷成米后的稻谷外壳),送往各单位做燃料。这是一份力气活,一架加长的板车上,要堆放两米多长、约一人高的米糠壳麻袋,足足20来个麻布袋堆摞在上面,有四五百斤重。她艰难地码车、拉行、过坎坡、入小巷、卸货,全是自己一个人干。下班回到家中,母亲全身是糠灰、泥泞,从眉毛到鼻孔,从指缝到眼睫毛,都被染成白色,而内衣上的汗渍与糠灰结成了板。她从不叫苦,也很少歇息,她坚韧地干着,顽强地拼争。有时胃病犯了,就喝一点自制的草木灰水剂,咬紧牙关继续干,总是一趟接一趟地将糠壳送往县城各单位。

母亲以"小姐"身躯,干这么重的活竟达四年之久,使得家庭走出了困境,使得我们兄弟姊妹都受到了高中以上的教育。家里最艰难之时,我远在武汉念书,每当弟妹和邻居说起她拖糠壳的事儿,我总是难以自抑!

母亲十分睿智、能干,有一手好厨艺。她做的扣肉、红烧肉、小炒菜、腊味菜、干煸牛肉、黄焖羊肉、腐乳等,人吃人夸。记得二十世纪八十年代初,有一次我过生日,我请了几位同事到家中。她把她自己腌烤熏制的腊猪肉、腊鱼、腊香肠、腊口条、腊猪肝、腊鸡、腊牛肉,包括腊香干子、腊八豆等,做了一桌腊味菜。同事们吃了后,以后一碰到我就说:"你妈妈的腊味全席,是我一辈子都忘不了的一桌菜。"

那时,为了熏烤腊味菜,她在我单位(部队)营区内小湖旁的僻静处,自己挖了个土坑,自找熏柴、熏料,将蒸烤架搭在坑上面。她从冬至开始,就忙着烟熏火烤各种各样的年味腊货。单位巡逻的哨兵来了,她和他们三言两语,竟让战士们走开,不过问她的室外生火熏烤。她带着我女儿在营区玩耍,几个军人服务社的女售货员总是问我:"你妈妈明天还带不带晶晶(女儿小名)来这里玩?你妈妈一来,我们都高兴死了。"母亲到那儿后,与她们说长论短,道古述今,讲她小时候湖南老家的趣事,讲如何做菜,讲如何带孩子等。她就是一部生活小辞典,就是她们的快乐牌味精。母亲去世后,营区内许多家属都还向我提起她,怀念她。

母亲带小孩也很有一套。一个柘溪电站职工的男孩,小名叫军军,长得很俊。母亲告诉小孩的父母,如何为男孩子穿戴,应该买什么玩具,再看什么小人书。这孩子3岁时已出落得非常引人注目。全镇的人都知道,我母亲带了一个乖孩子,又漂亮又聪明,还很会讲话,并会识字与算数。1974年,孩子父母带小孩去韶山游玩,遇到了三拨外国朋友瞻仰韶山,外国友人都要与军军合影。待回来后,孩子母亲交给母亲十来张外国朋友与她五岁儿子的合影照片。母亲留存了这些照片。

她对我们的女儿,更是有再造之恩。妻子怀孕时,因为每天弯腰到床底下取煤,将婴儿胎位扭歪了。女儿出生时,右腿膝盖是翻转180度长着的,吓坏了众人。我母亲从女儿出生起直至1岁,拒不让外人抱她。她抱着我女儿时,不停地用手将我女儿嫩软的膝盖骨,往反方向搓揉、轻扭,用手掌压紧膝盖骨定位,还用小松树皮为她做夹板。经过长时间一点一滴地矫正,用软绳捆紧,10个月后,女儿的右膝盖完全恢复到原位,1岁时正常走路,至今无任何影响。母亲这样的护理和医治,是符合医学道理的,因小孩皮骨嫩软,用机械方法，是可以复原到正常位置的。

1985年5月，那时母亲已63岁，她在征求我与妻子的意见后，将她的一个姐姐与姐夫及其媳妇、孙子，两个妹妹，一个妹夫，共7口人接到我家。她们在武汉团聚了一周。母亲从那年春节开始，就为准备此事忙碌，她做着各式各样的准备，就连四姨心口疼（心脏病）的药，都自己上街去买了几瓶。她准备了各具风味的常德菜、安化菜和湖北菜。我妻子当时在铁路局跑车当行李员，每一次跑车回来，总是提回沿线购买的一编织袋加一提篮的食材与用品，用以接待5月份来汉的贵客。

四

父亲和母亲，性格上有差异。在家做主的，多半是母亲。他们在教育子女方面的做法和要求，却完全一致，母亲非常支持父亲。

我读中学后的每年暑假，父亲总让我从县城走60里，去他工作的小淹粮站，在粮库、营业部及食堂帮助干活，一去就是一个月左右，而且必须步行来回。高二以后，我不太想去了，而父亲在催我，于是乎母亲便对我说："你不劳动，不愿多吃苦，以后就是读再多书也没有用。你爸爸让你去，你应该去。"

在母亲的劝说之下，我暑假又去了父亲的粮站劳动。1964年高考结束后，只过了两三天，我就到爸爸粮站锻炼去了。我帮助打扫卫生、清仓、消毒、通风，还搬运粮食。父亲还让我到食堂帮厨，到粮站营业部去帮助营业员卖粮、收票、收款，晚上再对账，而且必须用算盘算账。我10岁时便随父亲到米厂或粮站收货、发货、记流水账、算工钱、算粮款，都用算盘。

母亲和父亲的算术，都挺不错，他们给了我们兄妹从小开始的计算能力培养。因此，我与低我三届的妹妹，一个正读高二，一个正读初二时，双双获得全县重点中学数学竞赛的年级第一名，这在中学母校被传为佳话。

父母除了要求我们吃苦与勤学习，还很注意对我们进行品德与思想的引导。小学三年级（我约8岁）时，我与一个同班的同学（比我大了四五岁），在河坎边吊楼下，将人家两只兔子拿回家，养在了同学家。后来被学校发现了,母亲知道后非常生气,但她没有打我,而是带我到兔子主人家赔礼道歉,并让我写了一份检讨,贴到学校大门边。教导主任见到我母亲后,直夸我母亲做得好,并将我的记大过处分改为了警告处分。

父亲说话则有点结巴,每年回家过年时,他总是和母亲商量道:"我俩什么时候开个家庭会呀?"这时,母亲总是会顺从父亲:"你是国家干部,知道形势,又会分析,你讲,我来帮腔,时间就在今天晚上。"

这一天,我们兄弟姊妹4人,从中午就开始紧张了。一是要各自"汇报",讲优缺点;二是这种家庭会,不从晚上7点开到晚上10点,是不会收场的。从我读初中,妹妹读小学四年级,大弟弟读小学一年级开始,年年如此。即便在我1966年和1968年上大学后回家过年,爸妈还要把我和弟妹们叫到一起,开这种家庭会。

那是冬日的夜晚,母亲早已让炭盆里的火烧得很旺,一张带围架的方桌旁坐下全家六口人,桌子上摆放着瓜子、花生、炒玉米、红薯片和糖果,那是母亲准备的。小弟弟依偎在母亲怀中,我们三兄妹把成绩单、评语、奖状拿出来,父亲一个个地询问后,我们每人开始"述职",这是需要预先准备一下的。接着,父亲问每个人做得好的有哪些方面,做得不好的有些哪些方面。我们结结巴巴地低头发言,父亲一般不打断我们,就算我们停顿一分钟没有说话,他依然用期盼的眼神望着我们,等待孩子们再讲。母亲则在旁边帮腔,不停地给父亲添茶水,并唠叨一句:"××儿(女),你快讲,免得你爸爸着急!"于是,我们又挤出一点"牙膏"来,继续发言……

炭火在吱吱地燃烧,屋子里暖烘烘的。或许晚上8点半了,或许9点钟了,父亲掏出一个黄皮记事本,他要做"报告"了。当然,他是有备而来的,甚至于一个月前,他向母亲了解情况后,就开始在黄本子上"备课",以实现今晚之"报告"。

他的"报告"五花八门,从我们子女这一年的表现评价开始,到家庭的困难,到做人的志气,到吃苦,再到望子成龙的期盼,还有诚实、善良、宽容的必要性,历史典故,现实英雄模范,以及他身边的好同志事迹,直至他本人一年的工作收获,他都一丝不乱地给我们讲来。

那可真是"难熬"呀！但是父亲必须得讲完他本子上准备的东西才结束。两个弟弟都睡着了，就剩下我和妹妹在听。时钟已敲10下，父亲开始收尾，母亲也催他算了，她总是对父亲说一句："你的'懒婆娘裹脚布'缠完了，可以结束了。"随后，父亲拿出4个小信封，里面装着2元钱，一人一个信封，发给我们，算是父母给儿女们的压岁钱，也算是熬夜听他讲课的报酬。

此事给我的印象特别深，我永远忘不了它。这是一幅家庭温馨画，也是一幅春日催耕图。父亲常年远居在外，每年回到家中不过一两次，一年一度的家庭团圆，就成了他教育子女的宝贵时机。尤其在我读高中后，因为我们的知识长进了，父亲为了讲出效果和水平，他要提前找资料，并写成提纲、文字，进行准备。就连他的同事们，一见他休息时在黄本子上写东西，就开玩笑地对他说："刘会计，你的家庭报告，写完了没有呀？"

父亲教育子女的规矩，和母亲的支持，我至今想来，都感激不尽。父母之心，儿女安知？虽说当时我们怕他躲他，但待我们长大懂事以后，我们都感受到了，这是父爱的严正与母爱的细润。

1976年春节，父亲与母亲召开了最后一次家庭会。那时，我已参加工作多年，且已近30岁，还有我的女朋友在我家过年，父亲召开了最后一次家庭会。此时的父亲又瘦又黑，且不住地咳嗽，已明显地衰老了，当年还住了两次医院。他听完我们的汇报后，只是说："这两年粮站收粮的任务重，我也忙，身体又不太好，你们也已懂事了。今年，我就不讲什么了。我从乡里给你们熏了一些腊味菜，爸爸的红包也就不发了。你们春节回来，好好休息几天，多吃点我带来的腊味菜吧！"

他又咳了起来，自此后，家庭会就再也未召开了，而父亲的身体每况愈下。

五

父亲长期在粮站最基层与米谷糠灰接触，征粮季节更是扬灰四起，白蒙蒙一片，故他的气管炎及肺病较严重，二十世纪六十年代已患上了早期冠心病，因此到七十年代后，他身体很差。父亲是个做事好简单之人，他不喜欢戴口鼻罩和帽子、袖套，因此，一天工作下来，七窍堵灰，周身泛白。他到了50多岁后，气管炎伴随冠心病发作，常使他咳嗽不止，经常乏力、头昏、心慌，而且夜晚失眠。

1976年，他第一次住院了。随后的每年，他都要到县城来住一两次医院。父亲很苦恼，可是我知道，他的病是断不了根的，因为那是顽固的气管炎和心脏疾病。可他总说中医能治好它们。于是，他去住中医院，然而中医慢悠悠的调理，哪能满足他"断根"和继续上班的愿望哩！

我们替他找县里最有名的中医替他看病，又拜托中医院两位老同学特别照顾他。可是三四年来，他的病反反复复。一旦好转了一点，他又返回那个山区小粮店上班去了。

他其实很固执，不太听外人及家人的劝告。譬如让他别抽烟了；别上班了；别看中医先去看西医，待稳住病情了再说；冬天应该要戴口罩、帽子、手套；别在供销社用餐，那儿的伙食太油了；等等。然而，父亲不听，依然如故。

父亲咳嗽得很厉害，夜晚失眠也很严重，食欲也不佳。万不得已之下，1979年秋天，在我读武大进修班时，我带他到武汉市来求医，因为幺姨在汉口同济医院工作。我则每天从武昌珞珈山跑到汉口航空路幺姨家，陪父亲去看病。父亲的病，用同济医院一位资深医生的说法，叫作心肺病，他应以静养保全为主，"慢养"并终身服药，方保无事。

父亲虽离职休息，但他在县城里待不惯。因为他大半辈子在山村粮店工作，他的人脉关系、水土习俗以及风物情怀，全依了乡下搞法。照母亲的说法，父亲就是一个农村人，在城里住一天都会全身发痒（不舒服）。父亲在他去世的当年，又去山村粮店上班去了……

1980年10月底，父亲住进了长沙的湘雅二医院。父亲心律不齐，胸腔积水，咳嗽不停，终日昏迷，病情十分严重。我从武大请了两个星期假，由武汉到长沙，在他病榻旁守夜陪护，但是父亲的病不见好转。到最后，每次可从他胸腔内抽出积水一大碗。抽出积水后，他会轻松一点，有时清醒后会要我到外面端一碗牛肉粉，或买一碗馄饨，他能吃下三分之一左右。每当看到父亲能自己点食、进食，还看到他将手伸到被子外抓几下，我们特别高兴。

我的假期到了，1980年11月20日晚，我坐了一晚的火车回到武汉大学。11月21日下午，刚上完两节习题课，系办找我了，告知我父亲已于当日中午在湘雅二医院去世。我连夜赶往长沙，这是向南的火车，与昨日差不多时间北去武昌的那一趟火车，十分相仿。头日离去父犹在，今日归来别先考，仅差一日之光阴。

一大早，我赶到了医院，在太平间见到了父亲。望着他老人家尖削蜡黄的面容，望着他已蜷缩的身体，我周身抚摸了他老人家一遍，又在他前额上亲吻了三下，便盖上了罩布。父亲的遗体在长沙火化，随后移师安化县城东坪，召开追悼会与下葬。

父亲的骨灰埋在了坎家里，地点在县城十八拐山头公园的亭子下的一块小坪里。那儿是县城的制高点，一望无垠，可眺望资江、东坪、小淹甚至常德那些他一生踏足的地方，甚至视线可放射到他出生的地点——江西！

父亲去世时还差7天满59周岁，若按男虚女实算寿日，再过一个星期，父亲便是活过一个甲子的老人，可是很可惜，他只活到了59岁。

母亲比父亲只小了两个多月，原以为母亲能活得长久些，可没想到1991年母亲去世，还差5个月到70岁。母亲患了巨噬细胞瘤，侵袭腿骨。这是很厉害的一种癌症。1991年4月初，我与妻子从武汉赶往东坪镇，母亲已在县人民医院骨科住院一个多月了。她腿部有疾，已不能行走，但她精神仍不错。县人民医院的主治医生告诉我，母亲的病很重，他们已无法医治了，意思是停医或转院看看。

我们决定去武汉就医。母亲转院往武汉，迢迢一千二百里路，必须有救护车方可。那时，全县就一辆救护车，还不让出省。无奈之下，我找关系，终于协商通了，准用3天。

出发的那天早晨，亲属、朋友、邻居、病友来到了医院前坪送别母亲。母亲坐着手推车，高兴地登上了救护车。她认为去武汉大医院治疗，是她生命的转机。一路上，她精神很饱满。而在我心里，则有着难言的隐私，母亲这一别，恐怕是回不了老家了。救护车转到我家老屋，又转到粮站她洗麻袋的地方，再转到她的孙女1981年出生的龙塘镇（青山机械厂），停车让母亲看一看。母亲只道是与熟人们打招呼,她并未想到,我们在有意为她做最后的告别……

到了武汉,母亲住进了同济医院肿瘤科,我有一个老乡在这里当科主任,幺姨也是这里的财务处处长。母亲入院、检查、看护、照顾等都算顺利,她十分高兴。过了几天,诊治方案出来了,要锯掉母亲左大腿以下部位,而且是该院的权威大夫做出的结论(此大夫在1997年后,成为同济医院院长)。我们犹疑了,幺姨是她的亲小妹,坚决反对。当我与幺姨一起去征求母亲本人的意见时,她想都没想就表了态:"我是快死之人了,留个'滦'(湖南话,无缺损之意)尸吧!"癌细胞极易扩散,尤其是巨噬性的更凶险,锯掉大腿是极危险一搏。我们放弃了这个方案,回到家中调养。

母亲在家中吃得很少,睡眠也不好,每天给她喝点中医药水和止痛剂。在去世前半个月,因为疼痛,她只好用手抓住棉被止痛,棉被都被扯出了一个大洞。疼痛再狠,她也从不叫喊。

有一天,她要吃泥鳅,我们给她煮了白乎乎的泥鳅汤,放入了几根面条,她吃下去了。那天,她坐了起来,脸色还有点泛红,我和妻子、保姆都特别高兴,忙坐到她床前,陪她说话。她已声无透纸之音,气无过掌之力,但隐约可听见她断续的词汇:"我要走了,就这几天。你爸有个存折,我有一个钱包,里面有点钱,都在我手绢包里。你爸有一个兵筒盒(腰子形锑制品盒),那是你爷爷传下来的,还有一双东北大头鞋,是你爸的。你们留下吧……"

说完,母亲就昏过去了。

两天后,1991年7月16日中午,母亲在家中去世。弟妹从湖南赶来奔丧,母亲遗体在武汉火化后,迁移回老家东坪县城,修坟冢葬于人民公墓(位于安化县上烟竹)。

两位老人的最后时刻,让人不忍去想。父母辛劳抚育了我们一辈子,他俩却未享受到什么人间之福。在儿女们刚可报答奉献时,二老便匆忙离开了人世。

我们打开母亲的小手绢包一看,里面有200多元钱——那是母亲一生的积蓄,还有父亲的一张存折:

刘××

开户银行:安化县小淹人民公社信用社

存款栏:0.21(元)

啊,父亲、母亲,你们艰辛一生、贫穷一生,成就了我们!我们不忘二老的恩德!谨以此文,永志纪念。

2020年5月

作者简介: 刘永年,男,湖南省常德市人,1947年出生,中共党员。1964年进入武汉大学物理系学习,毕业后在军工厂、空军预警(雷达)学院工作,历任技术员、工程师、教研室主任、处长、副部长等职。教授职称,被评为全军优秀教员。出版专著2部、合著7部,发表省部级以上论文40多篇。曾担任全国大学学习科学研究会副理事长,湖北物理学会、武汉物理学会理事。

仰望·追忆

刘莲君

我今年74岁了,过着幸福的晚年生活。每当我在宽敞的房间里踱步时,或者吃着美味佳肴时,或者在上海大剧院看戏时,或者在江南水乡游览时……都忍不住想起我的父母——两个世界上最爱我的人——如果他们健在,那该多好啊!

我 的 父 亲

我出生于武汉市一个平民家庭。我的父亲叫刘柏青,一辈子都是一个"小"会计。我的爷爷在父亲五岁时就去世了,父亲和姑妈就靠奶奶替人做针线活、洗衣裳生活。好不容易长大到了十五岁,父亲就到了汉口的一家布店当学徒。

学徒生活是很苦的。学徒三年期间,生老病死,老板一概不负责任。而且第一年根本不能学技术,只能帮老板娘做杂活,比如劈柴、捏煤球、生炉子、挑水做饭、带孩子、洗尿布等等。

父亲刘柏青

第二年才能进店铺,主要工作也是打杂。比如扫地拖地,擦洗柜台、楼梯扶手等。最麻烦的是上下门板。过去的店铺大门及橱窗不像现在有卷闸门、电子门等。过去只能用一块一块的门板遮挡。店铺的开张和关门都要将这些门板装上和卸下,且顺序不能错。父亲每天早上五点就起来,跟着伙计卸门板。每块门板又大又重,父亲小小的年纪,根本背不动,这时就会受到管家的呵斥和责骂。晚上十点过后,上了门板才能睡觉。

熬过了第二年,父亲才能上柜台学做生意。首先父亲要学会"码布"。因为布料是用麻袋打包运输的,到店里后要拆开麻袋将布料码到木板上,才能上架出售。每个木板有1米长,宽窄不一,窄的有5寸,宽的有8寸。约莫每十丈布码一板,称为一匹布。将码好的各色花布、绸缎上到货架上或橱窗里后才能供顾客挑选。码布既是技术活又是体力活。因为十丈长的布要码在一块木板上,两头要齐,中间要平整不起皱,不是那么容易的,而且木板条不停地翻卷,裹住的布越来越多,布卷的直径越来越大,布匹也就越来越重,全靠两只手腕不停扭动,一匹布码下来,已经是大汗淋漓。小时候我曾到父亲工作的布店玩过,看到父亲码布的动作十轻巧优美。木板不停地在手中翻滚,地上的布嗖嗖嗖地往上蹿,一匹布一会儿就码好了。后来我才知道,这全是父亲勤学苦练的结果。

"包装"也是店员的必修课。现在的售货员在包装上没什么讲究,用塑料袋装起来就完事。过去可不行,买好的东西不仅要"包起来",而且要求式样好看,既紧密又漂亮。别以为这是很容易的事,其实不然。因为系东西的绳子是用纸做的。系得紧了,绳子会断;系得松了,绳子又会自动松开。但是我父亲做到了两全其美,卖出的每一块布料都包装得十分精美,且绳结十分漂亮,顾客总是满意而归。父亲还会包装各种物品,如糖果糕点。糖果包成三角形的,糕点则包成梯形或正方形的。他包出来的物件有棱有角,漂亮紧密。

此外,还有对珠算的熟练掌握,对顾客的迎来送往,量布剪布,唱票验票等等,都是一个店员必须具备的基本技能。

好不容易三年学徒期满了。

出师后,父亲到汉口永大布店当了一名店员。由于他聪明能干,对工作兢兢业业,老实善良,而且相貌清秀整洁,谈吐大方,彬彬有礼,很得老板器重,提升得很快。更为有趣的是,父亲还被店里的管事(相当于现在的小部门经理)相中,主动把自己的大女儿嫁给了他。这就是我的母亲。

父亲的会计技能是靠自学成才的。由于爷爷去世得早,家里贫穷,父亲没有上过正规的学堂,只念过三年私塾。

他就是凭着这点基础,自学了《会计基础》《账务处理》《会计报表》三本书,掌握了会计科目、会计账户、会计凭证、会计账簿、会计财务处理流程等基本技能。会计这个繁重、琐碎、复杂的工作就成了他的终身职业。

父亲一生虽很平凡,但平凡中透出他勤劳、敬业、善良、坚韧的品格。有几件小事是我终生难忘的。

一、错账

记得有一天,父亲直到晚上10点才回家。我们都着急死了,问他:"为什么回来这么晚?"父亲说:"因为这个月的总账和分账相差一分钱,所以我把这个月的所有账本、报表全部找出来,重新核对了一遍,终于找到了那分钱错在什么地方了。"说完,他满意地笑了。我说:"就差1分钱呀,用得着那么麻烦吗?从口袋里拿一分钱垫上不就行了!"父亲严肃地对我说:"那怎么行!当会计的人一分一厘都得搞清楚!即使少了一个零头,也得算账到天明!"

他看到我有点不服气的样子,就抓住机会教育我:"老子说过'天下难事,必作于易;天下大事,必作于细'。细节是决定成败的关键。作为一名财会人员,注重细节是财务人员的职业要求。从原始单据的审核,凭证的填制到报表的出具,必须做到准确无误。工作中,无论是我的还是你的,都要分清楚,一定要建立起准确第一的思想,养成严谨细致的作风。在工作中必须一丝不苟、尽心尽责,才能对得起自己,对得起公司,对得起国家。"

二、改账

一天,爸爸回家对妈妈说:"今天会计股股长老何为了掩盖他贪污公款的事实,让我做假账,我不干。他就威胁我说:'老刘呀,你自己身体不好(父亲长期患有严重的支气管扩张,经常咯血),家里还有四个读书的姑娘,负担很重。现在你只需要改几个数字,就可以得到一些好处,否则以后的事可就不好说了。'我一听就气了,与他大吵了一顿。"父亲又说:"我是一个会计,公私分明、不占不贪、不弄虚作假是这个行当的基本规则。我怎么能做这种事呢?再说我有一家老小,若以后查出来了,我吃官司,坐牢,他们怎么办?老何气得拔腿就跑!"

妈妈同样深明大义,连声说:"好,好,你做得对,做得好!"

要知道,当时我父亲每月工资才41.50元,我们姊妹4人全是女孩,全在读书,还有外祖父、外祖母需要照顾,家庭的确很困难。为了增加收入,我十岁、二姐十三岁时,父亲就让我们在寒暑假里勤工俭学,挣点学费钱。其间,我挑拣过猪毛(将黑猪毛中的杂毛拣除,拣一斤猪毛的工钱是1元钱),编织过乒乓球网(织一个6分钱),编织过草帽带(编一尺3分钱),与二姐到土产公司的仓库里做过小工(一个月15元钱)……我们的日常生活也是十分清贫。穿的鞋子经常露出大脚指头,内衣裤也常是补丁摞补丁。父亲经常对我们说他是个穷人。是的,父亲是一个平凡的人,是一个穷人,是一个小人物。他喜欢钱,需要钱,但是他有自尊,懂自爱,有为人之道,有不能触碰的底线!他常告诫我们,再穷也不能贪污!贪污行为害人害己,是犯罪,是会受到制裁的!

因为这件事,父亲得罪了领导。尽管他的业务水平出类拔萃,培养了不少徒弟,人人都尊敬地称他为刘师傅。单位里凡有账目不清、处理棘手的疑难问题都是请他出马,可父亲一辈子都只是一个"小"会计。

三、金笔

因为父亲在本该读书的年龄却未能读书,而学徒的生涯使他深知读书的重要性,所以在有了我们姊妹四人后,完全不因我们是女孩而轻视我们,一直尽其所能地供我们读书。每当我们有了一点成绩,他便给予适当的奖励。

记得1951年,大姐考初中时同时被两所学校录取,父亲高兴极了,花了他当时工资的近三分之一——十元钱(当时父亲每月工资是三十五元)买了一支金笔奖励大姐。

那是支"关勒铭"牌的金笔,有一个枣红色马赛克花纹的外壳,笔帽上有一个金黄色的金属卡钩,笔帽和笔杆是用螺纹扭接起来的。旋下笔帽,就看见了一个金黄色的笔尖。其实金笔并不是全部用黄金做成的,仅仅只在笔尖上有一个直径仅为0.5mm的小金球是黄金做的。但正是这个小小的金球,使得用它写起字来十分流利,而且无论用笔尖的哪个方向写,都一样顺滑,字迹一样粗细,真是一支好笔!读书的学生有了这么一支金笔,真是如获至宝!

大姐当然知道父亲送她金笔的意义,所以学习十分努力,成绩十分优秀(她本可保送上大学的,可惜因体检不合格,只能留校当了一名中学教师)。

我读初三那年得了"全5分"奖状,在全校大会上上台领奖。父亲高兴极了,也要奖励我,但这时他已拿不出闲钱来给我买金笔了,大姐就把这支金笔送给了我。然而有一天我正在写作业时,一位同学不小心撞到了我,这支金笔落在了地上,笔尖马上弯成了90度。我伤心极了,企图修复它,结果七扭八扭反倒将笔尖弄断了,再也不能用它写字了。后来二姐考上了大学,也没有用上这支金笔!

因为我对这支金笔特别有感情,工作后,一次在中南商场看见有金笔卖,我立刻买了一支。每当我用金笔学习、备课时,我就仿佛感到了父亲殷切的目光、谆谆的教诲,学习工作就倍加努力。因为金笔能激发学习动力,寄托着父母的希望,所以在女儿考上大学后,我也买了支金笔送给她。转眼,我的外孙也考取了重点中学,我就把早已准备好了的金笔送给了他,还给他讲了上述金笔的故事。

四、父爱

生活是艰苦的,但父爱是温馨的。

由于家里吃饭的人多,挣钱的人少,所以除了一日三餐外,我们是没有零食和水果吃的,但偶尔也有些惊喜。那就是,如果爸爸加班回来得很晚,他就会多买几根油条给我们当夜宵。这时,尽管我和姐姐已经熟睡,父亲也会把我们叫醒,起来一起共享这美好的夜晚。

夏天里酷暑难熬,口干了就喝白开水,西瓜是没有的,但有时爸爸会把单位里分的西瓜(实则是单位发的解暑费)带回来给我们吃。要知道,爸爸上班的单位离我们家很远。我们住在江汉区单洞门附近,而爸爸上班的地方是桥口区沿江大道,其间要经过六渡桥、利济路、武圣路、硚口四站路,当时又没有方便的公交车,当然也是为了省钱,所以爸爸每天清晨五点就起床步行去上班,晚上七点才到家。提两个西瓜走那么远的路回到家里,该费多大的劲啊!我们只知西瓜的甘甜,哪知爸爸的辛苦呀!

二十世纪六十年代,三年困难时期,物资极度匮乏,我们在学校里经常吃不饱,但每到星期天,我们回到家里时(我们是住校生),父亲就会走到汉正街前面江边的"黑市"上,用一块钱买三斤萝卜回来,然后把萝卜切成丝,裹上大麦粉做成粑粑,蒸熟,这就是当时能够给我们加餐的美味佳肴了。偶尔爸爸也会走到江岸区的"小桃园汤馆"买一份鸡汤,回家后加上水,再放进三斤萝卜,熬熟后,我们每人就可喝上一小碗"鸡汤"了。

还有,端午节时,我们每人可以分到一块绿豆糕,中秋节时我们每人可以分到半块酥皮月饼,过年时我们可以吃到有鱼有肉有排骨莲藕汤的丰盛的年夜饭。

爸爸就是这样用他的爱无声无息地温暖着我们,让我们得以健康地成长。

我十分感激我的父亲。他在那样艰难困苦的环境下,培养我们姊妹四人读书。我们姊妹四个也不负众望,学习努力,成绩优良。1961年,二姐考上了华中工学院机械系;1964年,我考取了武汉大学物理系。就在二姐考上华工,因申请不到助学金,无力交学费时,母亲曾想让二姐辍学去参加工作以贴补家用(因我和妹妹还在读书)。邻居们也多次对父亲说:"都是些姑娘,你苛刻自己,让她们读那么多的书做什么?"我父亲总是付之一笑,说:"我是把她们当儿子来养的,我养的是四个活宝!"是父亲的坚持,二姐才得以念完大学。当然,大姐的帮忙也起到了重要的作用。当时大姐已出嫁并生了孩子,但大姐主动承担了我全部的伙食费。因为大姐亲身体验过交不出伙食费的尴尬,所以每个月她发工资时就先把我的伙食费单独存起来,到时再交给我。就这样,我和二姐才得以顺利地念完了大学。

正如严冬后面必定是春天一样,奋斗后面必定是收获。在二十世纪七十年代初期,我家接连出现了几件喜事。首先是二姐从华中工学院毕业,分配到了江苏省南通市"八一农机厂",当了一名技术员。我则留在了武汉大学物理系,当了一名教师。特别可喜的是,我的妹妹首批从湖北省汉阳县(今武汉市蔡甸区)抽调回城,从一个下乡接受再教育的知青成为武汉市"3510军用被服厂"的现代工人。这是多少人家梦寐以求的事啊,多少人家因子女在乡下不能回城而急得像热锅上的蚂蚁,而我妹妹从1968年下乡(当时她是初二学生),到1970年就首批抽调回城了。妹妹的回城使得我们全家欣喜不已。我们的口袋里终于有余钱了,父母的眉头终于舒展了,多年不来往的亲戚也走动起来了。

然而好景不长,这种好日子没过多久,灾难就又降临到了我家。1973年

9月份，母亲突发脑出血，四肢除了右手能够自由活动外，左手和双脚均无知觉，整天只能躺在床上，而且这一躺就是20年。

父亲身体本来就不好，年轻时就患有支气管扩张，经常咯血，后来又患有肺结核。好不容易熬到1975年退休，不幸又患上了类风湿关节炎。两个膝盖肿得像馒头一样，从此失去了运动的能力，整天只能在房间里缓慢地挪动，生活不能自理。

也就是说从1975年开始，我们家就有了两位瘫痪的病人，而且都属于不治之症。

由于这时我们姊妹四人都组织了家庭，都有了孩子，也不住在一起（二姐在江苏省，大姐住在汉口江汉路，我住在武昌武汉大学，只有妹妹跟着父母住在汉口单洞村），加之妹妹夫妻二人都是早出晚归的工人，没有精力照顾父母，我们只有请来了保姆。

那时家政行业没有现在这么规范，而且从农村出来做家政的人员也很少，所以保姆很难找，即使找到了，她们的工作也很不负责任。

病人是需要妥善护理的，没有一个好的护理员，病人的日子就很难过了。自父母生病以来，我们家的混沌状态就开始了，父母也受尽了病痛的折磨。

但父母默默地接受了命运的安排，在生病期间，他们从来没有叫过苦，也从来没有对我们姐妹提出什么要求。而且他们俩约定好，如果任何一个人发生突发情况，都不要送医院抢救（当然，父母是这样说，我们还是要抢救的）。

就这样，母亲从1973年生病开始，到1993年去世，整整躺了20年。父亲在母亲去世一年半后，也永远地离去了。母亲享年73岁，父亲75岁。

回顾父亲这一生，他除了具有勤劳能干、忠厚老实的品格外，在生活方面也很有情调。他十分爱整洁，生活十分简朴，即使是旧衣服，他也是弄得干干净净的。他自己还会补衣服，一点小毛小病，他都自己缝补。父亲一贯喜欢看电影，喜欢听收音机，喜欢看报，喜欢看《参考消息》，十分关心国内外的大事。每逢他下楼晒太阳时，他的周围总会聚集着一群老头，听他"吹牛"。因父亲见多识广，很得邻居们的信赖。他还喜欢到公园散步。可能是因为身体的关系,星期天他都要到中山公园打一套太极拳,然后散散步,呼吸呼吸新鲜空气。偶尔碰到天气好的时候,他还独自到东湖风景区去游览。他热爱家庭,每年过年时,他都喜欢携带我们全家老小去照一张全家福。

父亲经常对我们说:"爸爸是个穷人,没有什么遗产留给你们,我只能把你们养大,尽量地让你们去读书,以后的路就靠你们自己走了。"我牢牢记住了爸爸的这些教导。无论读书和工作,我都严格要求自己,时时问自己:我今天虚度了没有?所以在我老了退休后,可以毫不懊悔地说,我努力了,我争取了。

父亲这一辈子最值得我敬佩与尊敬的地方是,他一辈子与金钱、账目打交道,可是从没有犯过一丝一毫,哪怕一分钱的错误,其实利用他的职务之便偶尔是可以谋一点私利的,如在物资匮乏的时代,他可以向熟人开"后门"买一点鱼、一点肉,可他从未做过,有时别人叫他去,他都不去。他常说:"吃了别人的,嘴软。我得了别人的好处,别人来求我,我是做还是不做呢?"正是父亲的洁身自好,没有给我们留下一点历史污点,使得我们在成长的道路上走得十分顺利。

父亲离开我们已经有二十几年了,但父亲的音容笑貌时时浮现在我眼前。

我 的 母 亲

我的母亲是一位小学老师,叫童翔云。因为姓"童",所以邻居们都亲热地称她为"童老师"。更有一群淘气的小朋友,只要一见到母亲走过来,就会三五成群地跟在后面,唱歌似的喊着"铜老师,铁老师……"

母亲曾就读于武昌艺术专科学校,学习绘画与刺绣。她的一幅烘云托月的画画得很好,葡萄也绣得像真的一样。抗战时期,学校被迫搬到重庆,与四川美术学院合并,徐悲鸿先生任院长,还有许多知名画家在那儿执教。如果母

母亲童翔云

亲一直在那个学校读下去的话，日后也可能成为知名画家或学者。可惜母亲与父亲订婚时，已有 22 岁。父亲担心母亲去了重庆后，会耽误婚期，建议提前举行婚礼。那时的女孩都要听从"父母之命，媒妁之言"，女孩的终极任务就是"嫁人"。所以母亲是结婚后才去重庆的。到重庆后不久，母亲就生下了我大姐。

不久重庆也遭日寇大轰炸，学校停课，母亲在重庆举目无亲，只好抱着大姐回汉口。可那时的重庆到处兵荒马乱的，街上尽是难民，根本找不到船。母亲好不容易托人才搭上了一艘开往汉口的邮政船，才幸免于难。到家时，母亲除了抱回了大姐及一包尿布外，其他什么都没有了。所以，母亲未能完成学业。

抗战时期，老百姓的生活都很困难，而我家的人口又在不断地增加（增加了二姐、我和妹妹）。为了贴补家用，母亲出来参加了工作，当了一名小学老师。开始，母亲在汉口三十九小学教美术，后因交不起房租，全家由汉口新安街搬迁到汉口新华路近郊，母亲也由三十九小学转到了汉口五十小学，仍教美术。后来五十小学在汉口循礼门建了新校址，校名也改成了武汉市循礼门小学，母亲就随之在循礼门小学工作，直至退休。她教的课程也不仅是美术，还教语文、算术，甚至体育。

我记得母亲在五十小学时办过一次工艺品展览。展室里陈列的都是母亲的作品：有《烘云托月》的画，有白绸子做的和平鸽、金鱼，有绒布做的猴子、兔子，还有"松鼠戏葡萄"等各式刺绣，还有用各色废邮票粘贴成的花鸟鱼虫……因当时我年龄小，只知道花花绿绿、活灵活现的好看、好玩，而不知其艺术水平如何。但我看到有不少老师前来参观，大厅里挤满了人，他们站在展品前或指指点点，啧啧称赞；或评头品足，仔细观赏。

母亲一生留给我最大的财富是吃苦的精神和坚韧的性格。有几件小事让我记忆犹新。

一、助学

一次，母亲发现她班上的一位名叫方清梅的女学生好几天没来上学了。因为她是班长且学习成绩一贯优秀，母亲感到很奇怪，下班后就去家访。走进她家一看，发现这家穷得真是家徒四壁。原来这位学生是领养的，养父是一个拉黄包车的,是社会最底层的劳动者。当时他已六十出头,体力完全不支,没法再拉车挣钱了。几天前,他拿着家里最值钱的热水瓶对这位学生说:"我老了,拉不动车了,我养不活你了,你拿着这个热水瓶逃命去吧!"他丢下这个学生就出走了。

母亲惋惜这个优秀的学生就此埋没了,十三四岁的年龄,孤苦伶仃的,让她怎么活呢?于是母亲积极向学校反映这件事,希望学校能够解决。可当时正值1954年前后,新中国刚成立,又经历了抗美援朝战争,国内像这样的家庭太多了,政府一时照顾不过来。于是母亲只好自己想办法救助。首先她找回了这个养父,一方面安慰他,强调绝不能丢下孩子;另一方面与我父亲商量,说:"这个学生13岁了,读5年级,若能拖到小学毕业,15岁了就可去工作了。现在她养父执意要丢弃她,她一个小孩,又是个女孩,叫她怎么办呢?不如我们把她接过来,熬过这两年就好了。"父亲听后皱着眉头说:"这怎么行啊?我们家已有四个女儿了,再加一个?再说我现在在黄石工作(父亲被市劳动局介绍到黄石市五金商店工作,后才调回武汉),你还有父母要养,我们自己都负担不了,还要多加一人?"母亲沉默了。

当时家里确实很困难。父亲每月挣41.50元,母亲每月挣38元,全家每月不到80元,要供我们姐妹四人加上外祖父、外祖母,共八口人的吃饭、上学,已很艰难。不仅如此,由于父母均患肺结核,因此我们姐妹四人的体质都很弱(大姐就是因为感染了肺结核而未能保送上大学的)。小时候,我们经常生病。妹妹五六岁时就患脑膜炎住院,我在小学三年级时阑尾炎手术住院。几乎每个月妈妈手里都要借几张医院的三联单替我们看病,发工资时再将用了的医药费扣除。所以父母的工资常常是"寅年吃了卯年粮"。每月没过一半,妈妈手里就没有一分钱了。没有办法,只好向单位预支工资,十块、二十块地借,到了下个月,扣除借的,就拿不到几个钱了。如此恶性循环,月月借,月月扣,一月一月地艰难度日。为了省钱,妈妈常常不吃早餐就去上班,平常每餐也只有把茄子当菜吃,以至于她经常在课堂上头晕。

家里如此窘境怎么能再多加一人呢?没有办法,妈妈只好清理了一些我们四季穿的衣服,还拿了一点钱交给方清梅,让她坚持上学。

然后，她坚持往返于学校、街道求助，还要不断地劝说养父千万不能丢弃孩子。在母亲的坚持下，养父终于答应继续照顾这个孩子，并且由学校与街道共同努力，减免了该生的学杂费、书本费。当然母亲每月也从家中有限的支出中支援她部分生活费，且包揽了她的衣服鞋袜。

这个学生也不辜负母亲的苦心，小学毕业后就进了武汉电池厂。由于品德优秀、工作努力，她进厂二三年就被派往上海学习，回厂后提了干，当了工会主席。后来，她也成了家，生了两个儿子。她十分感谢我的母亲，经常有书信来往，星期天还时常来家探望，婚前她还把对象带到我家，征求母亲的意见。她把母亲视为己亲，母亲把她视为己出。她的养父也十分感谢我的母亲，春节时也常带着点心到我家拜年，他翻开新买的皮袄对母亲说："这是清梅给我买的，多厚实，多暖和。不是您童老师坚持，多方支援，我哪能活到今天，过上想都不敢想的日子。"

这就是我的母亲，一个平凡的普通妇女，她用伟大的母爱养育着我们，还尽力帮助那些需要帮助的人！

二、敬业

母亲视学生为亲人，对待工作认真负责，一丝不苟。这特别体现在她的备课笔记上。上课前，她总是会认真地准备教案，对所讲述的课文有提纲，有细节，有段落分析，有重点讲解。教案不仅层次分明，而且字写得特别工整。稍有涂改和修正，她都会撕掉重新誊写一遍。有时她还嫌自己的字写得不好，请爸爸帮她重抄一遍。她对自己的工作的要求简直是达到了苛刻的程度。为此她总是工作到深夜，常常写着写着，就趴在桌子上睡着了，手里还拿着笔，旁边的教案却是整整齐齐的。我和姐姐经常一觉醒来，看到妈妈的灯还是亮的。

看到妈妈如此辛苦，我常常愤愤不平，嗔怪道："妈妈，你这是何苦呢？小学的课程，还不简单吗？何况你教了几十年，背都背出来了，还用得着每次重新备课吗？"

妈妈严肃地教育我："备课是上好课的前提，要想提高教学质量和教学效果，充分备课是首要的一环。教师在备课上花多少工夫，课堂上就有多少体现。不仅如此,在备课过程中,通过收集资料,处理教材,对教师自身能力也是一种提高,所以成功的课都必定凝结着教师对课程认真筹划与精心设计的心血。"

妈妈还说:"你别以为是小学五六年级的课程,讲得好坏无所谓。其实不然,学生个个都是小机灵鬼,他们是有分辨能力的,从他们的眼睛中完全可以看出。每当你讲得精彩的地方,他们的眼睛都瞪得特别大,特别明亮。他们的眼神透露出他们的脑子在思考,在接受,在怀疑。学生是会和你产生共鸣的。"

妈妈的这段话对我的教育很大,以至于在以后的工作中我也常常模仿她。为此我讲述的"量子力学课程"曾获湖北省优秀教学成果三等奖,获武汉大学学生评价最佳的十门课程之一,多次获得武汉大学物理系奖教金和优秀备课笔记奖。

三、病魔

妈妈的肺结核是由胸膜炎引起的,可能与父亲的传染也有关。肺结核这个毛病只要积极治疗,是可以钙化的。可妈妈因为工作忙常常没有时间去看病,即使去了,她也常把医生开的药送给乡下的亲戚。一次我亲眼见到,妈妈刚从医院拿回来一盒治疗肺结核的特效药——链霉素针剂,这时恰好一个乡下的幺爷带着他的儿子到我家来了。他儿子不幸得了血吸虫病,肚子胀得老大老大的。他们是到汉口来看病的,但是又没有钱,想找妈妈借几个钱。妈妈说:"我哪有钱借给你们呢?这是医生刚刚开的一盒链霉素针剂,你们拿去用吧。"他们千恩万谢地走了,妈妈的病又拖延了。

除了治疗外,营养也是必需的。俗话说,肺病是一种"富贵病",需要吃好喝好休息好,可妈妈那时哪有这样的条件啊!为了我们的学习,也为了避免把病传染给我们,那时我和二姐都是在武汉市十七女中住校。每学期开学时,每人要交20元的住宿费,两个人就要交40元的住宿费,还有每个月两人共计20元的伙食费,这些钱都必须用现金支付,是不能拖欠的。为了我们读书,父母只好去借。刚把这学期借的钱还清了,下学期新的住宿费又来了。如此这般,母亲哪来的钱买营养品给自己吃啊?所以母亲的病越来越重,有一段时期发展为浸润型肺结核。

为了避免传染给学生,校长就将母亲在室内讲的语文、算术课,调换成室外的体育课。一次我在家的抽屉里发现了一枚不锈钢材质的口哨,我很奇怪,就问妈妈:"我们家没有人用口哨,你花钱买这么一只口哨干什么?这不是瞎花钱吗?"妈妈说:"我不再教语文算术了,改教体育,为了不影响其他老师,就自己买了一个。"我很诧异,说:"您教体育?您的身体怎么受得了呢?"妈妈说:"这是校长要求的,他怕我把病传染给学生了。"

我愕然了,眼里噙着眼泪。

就这样一位瘦瘦的、患有肺结核的女教师,在太阳下面一边吹着口哨,一边带着学生跑步,还要按照教学大纲讲授各种体育技能……

学校的食堂也不让妈妈搭伙了,她只好回家做饭。那时做饭不像现在这么简单,打开煤气就可以了。那时用的是煤球炉,得生炉子。首先用纸将木柴点着,然后在木柴上面放上煤球,煤球烧燃后才能开始做饭,这个过程得半个小时。那时也没有现在的电饭煲和高压锅,做饭用铝锅。等做好饭,两个小时就过去了,原本可以午休的时间也就没了。

这样的劳累使得妈妈的肺上出现了一个大空洞,只好住院治疗。经过半年的积极有效的治疗,肺部的空洞消失了,病情稳定了,学校就安排她搞后勤工作。

搞后勤工作就必须会记账、算账、管账,妈妈哪会这些呀!好在爸爸是一个会计老手,妈妈就经常拿着账本向爸爸请教。从此我每次回到家里,就看见戴着老视镜的爸爸妈妈在那里认真学习,钻研业务。

一次我到妈妈学校里去拿开门的钥匙,走到二楼会计室里一看,没有妈妈的身影。我就问其他老师,王老师告诉我:"你妈妈工作的地方在楼梯下面的那个房间里。"我找到那里一看,哪里是什么房间呀,就是在楼梯的下面用木板隔成了一个小间,只有四五平方米,人刚刚可以站立起来。推开房门一看,里面就放了一张桌子、一个凳子。桌子上面有一个一平方米的小通气窗,就是靠着这个小通气窗透射进来的光线,妈妈正坐在那儿认真地看账本呢。我一看到这个狭小简陋的房间,眼泪一下就涌了出来,哭着说:"妈妈,我们不干了,回家吧!"妈妈说:"我怎能不干了回家呢?你还没有毕业,妹妹还在乡下。"

不仅如此,后勤工作还包括其他的杂事,比如说购置办公用品,修理破旧桌椅,都归妈妈负责。为了修缮桌椅,她东奔西走,终于在江汉路找到了一家既可以购买家具,也可以修理家具的店铺。妈妈把要修理的破旧桌椅一件一件地搬到操场上,再和几个工友用板车拖到店里,修好后再用板车拖回。学校在循礼门,店铺在江汉路,来回有五六里路,妈妈就是用她瘦弱的肩膀,一趟一趟地搬,一趟一趟地运,从不怨天尤人,从不叫苦叫累,认真做好每一件事。每次她外出办事时,从来都是公私分明,她把公家的钱放在一个口袋,自己的钱放在另一个口袋,严格区分,从不占公家的一点便宜。那时洗衣服的大木盆是要凭票供应的,而我们家的木盆漏了,洗衣服时很不方便。我想,妈妈和家具店那么熟悉,让家具店免票卖一个给我们吧。妈妈说:"那怎么行,这是开后门,学校知道了是要受处罚的。"

妈妈就是这样,忍着病痛,忍着屈辱,坚持原则,用她的辛勤劳动养育我们姊妹四人。

四、坚韧

1970年,我毕业留校了,妹妹也从乡下回城工作了。我们全家6口人都有工作了,虽然工资不高,但总算脱贫了。在我们全家人的劝说和坚持下,母亲提前退休了,那年她58岁。

妈妈的眉头终于舒展了,脸上也有了笑容。她再也不用那么劳累了,再也不用为了中午的一餐饭而着急上火了,再也不用为我们的学费而东拼西凑了。她过得很惬意:早上可以慢悠悠地在早点摊吃早餐;中午就她一人,为图方便,就在餐馆买着吃;晚上她则做好了可口的饭菜等着父亲和妹妹下班回来一起享用。星期天,爸爸休息,他们早上去公园散步,然后就去"小桃园"喝鸡汤,或去"四季美"吃汤包,或去"老通城"吃豆皮……他们买回的鸡汤再也不用掺水、加萝卜了。闲暇时妈妈还上街去走亲戚和拜访老同学。妈妈似乎也长胖了,邻居们见到她都羡慕地说:"童老师,你真有福气,养的四个姑娘个个有出息,你是苦尽甘来啊!"我清楚地记得,当我把第一次发的工资交给妈妈时,妈妈欢喜得不得了,赶紧打开抽屉,把钱放进去锁起来,还说:"我不要你们的钱,我替你们存起来。"

可惜好景不长,这样的好日子没过两年,妈妈突然中风了。我清楚地记得那天发生的事情。

1973年9月份的一天上午,我们全系师生正在学生二礼堂听报告。这时徐老师找到我,对我说:"你大姐打电话来说你妈妈病了,让你赶紧回去。"接着徐老师又安慰我:"你不要着急啊,不要慌,慢一点。"我听后当时不以为意,心想妈妈身体一直不好,生病是常事,没什么。后来才知道,徐老师怕我着急,路上出危险,没有把妈妈的实情告诉我。

我赶回去后,邻居们告诉我:"你妈妈中风了,在协和医院抢救。"

中风?天哪,妈妈怎么会中风呢?妈妈一直都很瘦,长期营养缺失,而且是个老肺结核,她应该是低血压,怎么会是高血压呢?

由于那时缺乏医学知识的宣传与普及,我们的医学知识都很贫乏,而且也不像现在无论是街道里还是小区里都有义务的血压监测点。那时根本就不知道什么高血脂、高血压、糖尿病,也不像现在这样,每年无论单位和街道都有免费的体检,使我们对自己的身体状况了如指掌。所以妈妈的中风完全是我们的无知、照顾不周、麻痹大意造成的。对此我们都感到十分内疚和懊悔。

我匆匆赶到协和医院急诊室,看见妈妈躺在那里,仍然昏迷不醒,脑出血还没有止住。问过医生后,才知道妈妈是因为脑血管梗阻引发血管破裂才导致脑出血的。由于当时的医疗技术没有现在这么发达,没有CT,找不到出血点;没有溶栓技术,解决不了梗阻问题;不会做支架微创,解决不了扩张血管问题,以致妈妈在急诊室里躺了一个星期后,才苏醒过来。醒来后,除了右手可以自由活动外,全身瘫痪!按道理她清醒后应该继续做康复治疗,可是因为妈妈有肺结核病史,没有医院能接收她。我们只好接回家休养。

为此,我请了一个月的假,在家里照顾她。首先要让她能够坐起来靠着,接着就要她练习下床,再练习慢慢行走。慢慢训练,慢慢练习,我扶着她竟然能绕着我们所住的单元楼走一圈了!可是学校系里的电话来了,说我不能长期请假，必须回校。

无奈，爸爸（当时还在上班）只好临时给妈妈找了一个保姆，我就回校了。回校后不久，妈妈因摔跤引起骨折，从此她就再也没能站起来。

妈妈倒下后，我们全家人的心都沉到了谷底。为了照顾妈妈，我们只好请保姆帮忙。可当时，家政服务很不规范，而且保姆也不好找，流动性很大。即使找到了，她们哪里是来照顾我母亲的，简直就是把我们家当成了一个临时居住所，而且家里不断有东西丢失，后来连吃饭的碗都被拿光了。没有办法，我只好把母亲接到武大。

二十世纪七十年代武汉大学的住房很紧张，特别"69"届、"70"届的毕业生留校了一大批，所以当时我在湖边三舍筒子楼住了五年。一间14平方米的房子，摆一张双人床和一张单人床后，就挤得满满当当了。没有厨房，没有卫生间，烧饭就在走廊里，整栋宿舍的人共用三个水龙头，妈妈就被安置在这样的环境中。而且当时物资极度匮乏，一切东西都是凭票供应。一日三餐我们都只能在食堂里吃，所以每个月的工资发下来，买完饭票以后就所剩无几了。

有段时间我要带学生到阅马场附近的"武汉第三机床厂"下厂搞"厂校结合"，老公又出差了，我只好把母亲锁在家里。每天早上我从食堂里多打一点稀饭，多买几个馒头，照顾母亲吃好早饭后，就把多余的稀饭放到保温杯里，加上点咸菜，一起用盘子装着，放在妈妈枕边，她的午饭就算安排了。我锁上门走后直到下午4点多才能回来。还好妈妈有一只右手可以自由活动，可以喝稀饭，拿便盆。就这样坚持了一个多星期后，老公回来了，母亲才有人照顾。我的下厂任务一个月后才结束。

后来我又搬到了新四栋，也是筒子楼，住了三年后才算搬到了家属区。虽说有厨房有厕所有两间房，但其中一间房间的光线很暗，整天都需要开着灯。我搬到那里，母亲也就跟着我住到那里。

由于妈妈只能躺着，为了帮她打发无聊的时光，我常到图书馆借小说给她看。借的次数多了，图书馆的老师就认识我了，她们非常奇怪我为什么这么频繁地借书，就问我："你有这么多时间看小说吗？"我说："我哪有时间呀，是因为我的母亲中风瘫痪了,我是借给她看的。"她们听后很感动,以后经常主动把好的小说留给我,待我去后,她们就会从下面的柜子里拿出来给我。我很感激她们,真是天涯若比邻啊!

母亲就这样在我这儿住一阵,回到汉口再住一阵。可是,不幸的事再次发生了。父亲退休后没两年又患上了类风湿性关节炎,也不能行走了,父母都瘫痪了。他们只好回到汉口家中请保姆照顾,请保姆的任务也就落到了大姐身上。大姐为了请保姆也是吃尽了苦头,而且她住在江汉路,每次到父母家都只能步行,她家里还有两个孩子在读书,一家人还要吃饭,所以为了父母,大姐也是苦不堪言。

妹妹夫妻二人都是工厂的工人,他们早出晚归,父母回去后也给妹妹增加了很大的负担,妹妹干完了工厂里的流水线作业后,回到家里还要给母亲擦洗,其中的辛苦自然不必多言。一年冬天,妹妹怕母亲冷就给他垫了一床电热毯。当时谁也没有用过电热毯,不知道电热毯只能通一会儿电,热了后就应该把电断掉。结果母亲睡了整整一夜通了电的电热毯,不断升高的温度把母亲热得浑身发烫,母亲想叫人把电关掉,可是妹妹睡得太死了,根本没听见。等到第二天早上醒来一看,母亲嘴唇上长满了鹌鹑蛋般大的水疱,可想而知,妈妈这一夜经历了怎样的煎熬!尽管如此,妈妈并没有责备任何人,只是笑笑。而且母亲不像父亲,父亲还可以挪动,可以坐,母亲只能躺着,所以最后母亲是死于褥疮。一年半后,父亲由于半边肺没有呼吸,死于肺病。

从1973年母亲发病到1995年父母去世,整整22年。尽管他们受病痛折磨,没有受到良好的护理、照顾,甚至吃的饭菜都只能随保姆的喜好,可父母当着我们的面从没叫过苦,也没叫过痛,从不向我们要钱,也不向我们提任何要求,他们总是说他们的钱够用。我每次回家看他们时,他们总是很高兴地向我笑,父亲还总是拿出钱来,让保姆去买菜给我们加餐。可是我知道他们的疼,他们的痛,他们的寂寞和无聊,以及他们的无奈。

父母走了,永远地走了。

五、母爱

世界上最爱我的两个人永远地走了,但他们的音容笑貌深深地铭刻在我的心里,和父母在一起的温馨的日子时时浮现在眼前。

　　与母亲在一起最快乐的日子,就是听她讲故事。假期里空闲时,我、二姐和母亲在小房里围坐在一起,边做针线活边听母亲讲《孟丽君》《烈女传》。她讲的故事都是教育女孩子必须自立、自强,不能爱慕虚荣,不能依赖男人。她常说女子必须自尊自爱。这些教导对我以后的工作生活产生了极大的影响。

　　我还记得上高中时母亲给我做的一件罩衣。那是一块枣红色的布,上面有些黑色的花纹。母亲觉得这块布颜色太暗,就仿照民国初期的服装式样在衣服上镶了两道黑边,一道宽的,一道窄的。想不到这样搭配起来,衣服显得特别别致、漂亮。我穿在身上人人都说好看。这么多年过去了,妈妈亲手一针一线缝制的这件衣服的花纹和式样,我还记得很清楚。

　　还有一件事也是我忘不了的。就是在我刚工作的那一年,妈妈看我没有春装,就陪我一起去买衣服。我们从单洞门出发,走到武汉商场,再走到六渡桥,再走到江汉路,差不多走了20里路,看了十几个商店,最终才挑中了一件白夹花的呢子春装,花了20元钱——我一个月工资的一半!衣服的料子好,式样也新颖,真是一件好衣服!当时在我的同学和同事之间还没有见过有人穿过这么好料子的衣服呢!妈妈这么用心地替我挑选衣服,可见她是多么爱我!

　　我最喜欢吃妈妈做的红烧豆干。这道菜是用江西豆豉、豆干丁、肉丁混在一起烧成的,味道鲜美,稍带点辣味,特别好吃,特别下饭。后来,我也学着做这个菜,可是无论怎样用心,都做不出妈妈的味道来。

　　我还喜欢吃妈妈做的一种"冲(chōng)菜"。做法是将春菜尖切碎,在锅里焯一下水后,

1957年全家合影
左起中排二姐、父亲、母亲、我,
后排大姐,前排妹妹

赶紧用另一个碗将它密封起来,过一会儿,再进行凉拌就可以吃了,味道特别爽口。我也学着试做了几次,但是没有一次是成功的。

每逢过年时,为了办一桌丰盛的年夜饭,爸爸妈妈总是做菜到深夜。我最喜欢吃他们做的夹干肉、肉丸子、珍珠丸子、藕夹、炸鱼块等,当然也少不了莲藕排骨汤。爸爸还学着上海人做红烧狮子头。他用一个小紫砂钵,里面放一个很大的肉丸子,再加上一些大白菜,放在煤炉上用小火炖着,约半个小时后才算炖好。其味道的鲜美,真是难以形容,连白菜和汤都好吃得不得了。爸爸还学着外国人做汉堡,其味道松脆、香甜、鲜美,至今我都未学会。爸爸做菜很会动脑筋,他常对我说做菜要讲究色、香、味……

过去的生活虽然不很富裕,但是充满温馨,我爱我的父母,我爱我的家。

结 尾 语

这就是我家的家史,一个普通的城市平民家庭的家史。随着时代的变迁,这个家庭经受过痛苦,经历过磨难,也获得了欢乐,获得了繁衍,获得了新生。写这段家史的目的是要告诉我们的后代,要学会知足,要学会感恩,要学会珍惜!维持一个家庭不容易,维持一个国家更不容易!家庭的命运是和国家的命运紧密相连的。只有国家富强了,家庭才会幸福!"大河涨水小河满"说的就是这个道理。随着改革开放的不断深入,现在无论是在住房方面,还是在医疗条件等方面,都有了巨大的进步,有了巨大的变化。如果我的父母健在,他们绝不会被病魔夺去生命!我们的民族具有勤劳、智慧的特质,我们的后代也一定遗传有这样的基因!现代的年轻人一定要树立正确的人生观、世界观,要自强、自立、自信!要有追求,要经得起磨难,要有坚韧不拔的精神!只有靠我们的进取,我们的创造,我们的奉献,才能使我们的国家更加繁荣,更加强大,更加兴盛!俗话说,"吃得苦中苦,方为人上人"。人类就是要在不断探索未知世界中走向未来,在不断探索的过程中,我们自己也获得了新生!真可谓:

重生之虎,傲啸山林。
涅槃之凤,气焰更增。

启程之志,势如箭矢。

启航之歌,威震长空!

2019 年 11 月 20 日

作者简介:刘莲君,女,1946 年 8 月生,湖北省武汉市人,教授。1964 年 9 月考入武汉大学物理系,1969 年 7 月毕业于金属物理专业,后留校任教至退休。先后主讲过"热学""光学""理论物理""原子物理与量子力学""量子力学"等课程。在国内外核心期刊上发表论文近三十篇,其中有 3 篇在 SCI 上发表。

难忘的岁月
——回忆我的父亲母亲

刘德伦

我家祖居河南永城县城南十二里刘楼村。这个县在新中国成立初期属于安徽省,那时叫"皖北区",也称"八分区",五十年代才划归河南。说是"刘楼",其实老几辈人谁也没见过"楼"是啥样的。小时候听老辈人说,我们的远祖是明朝天启年间从山西逃难来的,原先落脚在县城东六里李唐坊村,后来因为弟兄分家才来到刘楼的……这都是几百年前的事了。我在八九岁时曾两次跟随父亲和本家的叔伯们到李唐坊村为先祖上过坟。

我父亲弟兄三人,他排行老二,因为经常认死理、固执己见,故而人送外号"二愣子"。事情的原委还得从1952年说起,那年上级下拨六十万元(旧币,相当于今天六十元)耕牛贷款,我家买了一头很壮实的小公牛。父亲自以为劳动力强大了,参加互助组就开始斤斤计较。谁知到了秋天耕地种麦子时,父亲借不到农具,真让他老人家犯难了!互助合作就是互通有无,既然你不跟别人合作,那别人也没有义务帮你!结果那年我家麦子种得很晚,收成可想而知。

父亲让我读书,鼓励我一定要学会写条子(开介绍信)。他认为只要有了文化,会写条子就万事大吉了。听说有一次他到乡政府求乡长开个条子,想买几斤黄豆,乡长不答应(粮食统购统销,除非有救济粮),足足缠了一个多钟头也没办成,乡长借故开会离开了。于是他又找到一位小学老师,小学老师愉快地答应了,提起笔来一挥而就。我父亲千恩万谢地拿着条子跑到粮店,营业员一看笑弯了腰,他大声念给我父亲听:"兹有刘楼刘廷信,吃秫秫(高粱)作心(反酸),非买豆子二十斤……"这件事被当作笑话传了好几年。

他老人家最得意的就是参加过淮海战役担架队。他经常对人们讲述战斗的惨烈、伤员们痛苦的喊叫、来来往往运输队的忙碌……他参加担架队不是因为觉悟高，而是能换回十几斤全家赖以糊口的秫秫。那时候，八分区委员会动员农民有粮出粮，有力出力，全力以赴支援前线。经过两个多月的激战，淮海战役共消灭国民党军队55万多人。这其中也有他老人家的一份功劳！

还有一件"寅吃卯粮"的故事值得一提。那是1954年春天，灾荒严重，上级供应每人每天半斤粮食。没到月底一个月的粮食就吃完了！怎么办呢？下个月的计划口粮不到期，粮店不卖，只好找乡政府开证明，后来为了省事直接把月份改一下，粮店也认可。第一次是找乡政府领导改月份，后来嫌麻烦，父亲直接让我改，我那时已经上小学三年级，改个月份数字易如反掌。这样一来麻烦就大了，每个月都要亏空，因为麦子还没有熟，后来只能饿肚子！

我的母亲叫朱朝英。她老人家一生勤勤恳恳、任劳任怨，旧社会全家逃荒要饭，过惯了苦日子。新中国成立后，我家人多地少（姊妹六人，总共八人，土改时分到的土地也不多）仍然过着糠菜半年粮的日子，直到成立农业合作社才有所改善。

她老人家虽然没有文化，可是她经常告诫我们兄弟姐妹们：其一，"人一生的福分该是你的就是你的，不可强求"（知足）。就是说，凡使用不正当手段得来的都会失去，而且她会讲很多小故事加以证明。我小时候总是听得津津有味，直到如今还奉为圭臬。其二，"自己说自己一百个好，不如别人说一个好"（不要自夸）。其三，"行好得好，得病就了"（善人无痛苦——善终）。这些话她老人家总是念叨着。

从1958年成立公共食堂，直到1961年食堂解散，她老人家一直给生产队磨面（加工面粉）。说起磨面，那时候都是原始的石磨，用小毛驴拉磨，手工制作，长年累月地干这项工作也很辛苦，但比起到地里干活还算轻松。最主要的是最后磨的面粉和发给你的粮食不能超过给定的误差损耗（当然剩下的麸皮也要加在一起），否则就说明你偷拿了面粉！当时口粮紧张，年少不懂事的我请母亲从生产队拿一点面粉或粮食救急，她果断地拒绝了，说那是全村人的救命粮。短短的一句话令我哑口无言，母亲以她的言行为我树立了做人的榜样。

还有一次，记得是1960年春天，大队干部挑着几捆布匹来到村里，召集全体社员问谁家没有衣服、没有被子，可以随便申请并且要我一一登记下来（我那时是生产队会计，刚刚十五岁，初中停课放长假）。许多社员都报了名，有的要件上衣（八尺），有的要条裤子（七尺），有的要被面（一丈二）。我问母亲要多少布，她想了想只要二尺布做鞋面。后来才知道这些布匹都是救灾的，一分钱都不要的。许多社员都后悔当初没有多要一些！母亲从来没说过后悔的话。

1968年，我母亲被评为"五好社员"，生产队干部亲自把光荣牌送到我家，我当时在武汉，从家信中听到消息也感到自豪！

二十世纪八十年代以后，改革开放的春风吹遍了祖国大地，也吹到了我的家乡。家乡富裕了，粮食吃不完了，她老人家已经子孙满堂了，逢人便说可过上好日子了，再也不用为吃穿发愁了！哪知道就在1989年的春天（阴历三月二十三日），我的母亲与世长辞了。那天早上一觉醒来她还对我大姐说她昨夜睡了一个好觉，但是到下午四点多钟就咽了气，享年七十六岁。这也应了她常说的一句口头禅："行好得好，得病就了！"

我的父母那一辈生长在中国社会最黑暗的年代：军阀混战、土匪横行、日寇侵略、水旱蝗汤（汤恩伯盘踞河南）、民不聊生！我大姐十三岁就做了童养媳，我一岁多时也曾被送给一个财主换来一斗高粱，母亲哭了一夜，第二天又把我抱了回来……

哪里是穷人的路？

哪里是苦海的边？

新中国成立后，我们这些穷人的子弟才能上大学。尽管我们成长的道路有点曲折，可比起父辈来简直有天壤之别。前辈的苦难不应忘记，"忘记过去就意味着背叛"。为了警示后代子孙，我们也应该把老一辈的经历写下来！

2020年4月25日

父　亲

刘承竹

学有所长　心系他人

我父亲学历不高，只有初中文化程度。1942 年，经舅父介绍，他到竹溪县邮电局当学徒。1946 年我出生在竹溪县城关镇这个邮电工人家庭。1948 年襄阳解放，父亲举家返回故乡。那时邮电系统很缺乏技术人才，父亲经过多年的努力工作和学习，熟练地掌握了邮电方面的一些技能。比如他会安装、调试、使用、修理人工电话交换机和发报机。于是，一回到襄阳家乡，他就投入襄阳市邮电局的创建工作中。工作中他踏实肯干，不怕苦，不怕累。由于他技术好，1954 年工资改革，他的工资定为月薪 56 元，比他们局长的工资还高一点。襄阳市邮电局第一任局长姓黄，是正团级的南下干部。邮电局当时是重要部门，所配干部的级别比一般单位要高。父亲在职期间曾担任襄阳市邮电局工会副主席、分拣股股长、张湾邮电局局长等职务。1974 年他即将退休，需要填表报湖北省邮电管理局审批。那时父亲的身体已不太好，是我代他领的表，表也是我帮他填的。我父亲填写的表格，是湖北省有特殊贡献的邮电职工退休申报表。1976 年他正式退休。父亲在职期间做的几件事让我至今难以忘怀。

从 1954 年到"文革"前，全国有两次加工资。以父亲的工作能力和工作业绩，局里每次都给了他加工资的名额，但他总是说他的工资在局里是最高的，就把这个名额给工资低的职工吧。邮电局每年年底都有一项福利，就是经济困难职工生活补助金。虽然父亲工资比较高，但我们兄弟姐妹多，我母亲是家庭妇女，全家生活全靠父亲一人的工资，生活还是很艰难的。每次我妈催我父亲向局里申请补助金，父亲总是说补助金还是给比我们家更困难的吧。由于邮电工作的特殊性，节假日都要值班，特别是春节。每到春节，父亲总是安排别人回家过年,自己在局里值班。在我的记忆中,父亲很少在年三十和家人一起吃团圆饭,大年初一也很少在家。父亲工作认真负责,三十多年没出过一次小的差错。他热爱他的工作,对技术精益求精。收发报要用电报字码,军用上叫密电码。京剧《红灯记》中的李玉和,就是为了保护密电码而英勇牺牲的。民用电报字码由四位阿拉伯数字组成,父亲对3000个左右的电报字码及其对应的汉字全部背得滚瓜烂熟。刚参加工作的报务员在翻译电文时,有些字码对应的汉字不知道,查字码簿又嫌麻烦,于是就问我父亲。他只要报出字码,父亲立刻就能说出该字码对应的汉字。这些报务员戏称我父亲是话字典。由于工作繁忙,父亲回家的次数不多。在少有的几次交流中,我感觉到,他希望我做个善良的人、诚实的人、对国家和人民有用的人。父亲热爱中国共产党,他希望我能加入党组织。现在可以告慰天堂中的父亲了,我已经是具有三十多年党龄的中国共产党党员了!

三建邮局　贡献殊多

襄阳是一座有两千多年的历史文化古城。由于地理位置重要,襄阳历来都是兵家必争之地。襄阳城三面环水,一面靠山,它有高大的城墙,又有全国最宽的护城河。这造就了襄阳易守难攻的有利地势,所以素有"铁打的襄阳"之称。加上驻守襄阳的国民党军司令是特务头子康泽,使得解放襄阳的战斗进行得很惨烈,牺牲了许多解放军指战员。激烈的战斗使襄阳的基础设施遭到了严重的破坏。尽快恢复党、政、军的电讯联系就成了襄阳解放之初的当务之急。父亲和其他干部职工一起开始建设临时机房。临时机房离我家不远,坐落在襄阳城延安北街一间大约十平方米的平房中。父亲和工人们先开挖电线杆洞。一个杆洞深80厘米,口径比电线杆粗的一端略大。开挖杆洞是件劳动强度大的活,先用形状与考古用的洛阳铲一样,但比洛阳铲厚重的铲子挖松洞中泥土,然后用铁勺掏出。洞挖好后,父亲和另一个工人用肩膀把电线杆抬到洞口,再由几个工人密切配合把电线杆插入洞中,向洞中填入碎石块,再填上土夯实。电线杆竖好后又开始拉电线。父亲穿上鞋扣爬到电线杆顶端拉电线。经过几天奋战,电线终于拉到了机房里。接着是安装、调试人工电话交换机。两天后,临时机房建设完成。党、政、军重要部门大都实现了电讯通信。一年后,随着各项工作顺利开展,城市生活走向正轨,筹建邮电局的工作提到议事日程上。父亲又投入创建襄阳市邮电局的工作中。襄阳市邮电局坐落在樊城解放路附近,那里是樊城最繁华的地段。建营业大厅,插杆架线,安装、调试人工电话交换机和电台等一系列工作完成,市邮电局宣告建成,开始为全襄阳市人民服务。1958年地、县分开,父亲作为技术骨干调到县邮电局,又投入襄阳县(今襄阳市襄州区)邮电局的建设中。县邮电局建成后,父亲被任命为张湾邮电局局长,带领一班人参加张湾邮电局的建设。张湾是襄阳县最大的一个集镇。在襄阳到汉口的国道上,距市区15里。建张湾邮电局困难很大,缺资金,缺设备,更缺技术人才。父亲迎难而上,克服重重困难,在短短一个星期内硬是把张湾邮电局建成,较好地完成了上级交给的任务。在襄阳市邮电系统两千多名干部职工中,父亲是唯一既参加临时机房建设,又参加市、县、镇三级邮电局建设的职工。父亲被湖北省邮电管理局评为有特殊贡献的邮电职工,可以说是实至名归。

服务人民　鞠躬尽瘁

二十世纪五六十年代,人们相互远距离联系的方式有三种,即电报、电话和书信。电报按字收费,电话按分钟收费,平邮8分钱一封。那时全国人民都比较贫穷,一般人家发不起电报,打不起电话,只有在紧急情况下才发电报或打电话,一般情况都是书信联系。因此,邮电局每天要处理大量信件。这些信件中由于地址不详,或收件人"查无此人",造成不少投递不出去的"死信"。在那个家书抵万金的年代,父亲感到责任重大,决心要把这部分"死信"复活。经过对这些信件的分析发现,造成邮递员投不出去的主要原因,是当时人们文化水平不高,错别字多,同音字混淆,字迹潦草,加上有些街道和门牌号码发生了变化而无法投递。为了使这些信件死而复生,父亲和他的同事们向中学语文老师请教辨认字迹潦草的字,纠正错别字,恢复同音字,又到图书馆查阅新中国成立前后街道和门牌号的变更情况,终于使许多死信复活了。当邮递员把这些复活的信件送到盼望已久的收信人手中时,收信人感激不已。这使得父亲和他的同事们非常欣慰,感到他们工作的价值，使他们更加感到要尽力做好邮电工作，人民邮电为人民，人民邮电要为人民服务。长期的艰苦生活和繁重的工作使父亲积劳成疾。他得了肺结核，后来又患上肺气肿、支气管扩张，最后发展到每走十几步他就要大口大口地喘气。同事们见他病得厉害，劝他住院治病。父亲却说："现在人手这么紧，我住院谁接替我的工作，就是一点咳嗽，不碍事。"他始终没有住院。只是吃些药，在卫生院打一针缓解一下病痛。他带病坚持工作，一直到退休。父亲浑然不知危及他生命的病魔正悄悄地向他袭来。长期的肺病影响了他的心脏，就在他退休不到半年，突发心力衰竭，溘然辞世。父亲去世后，邮电局为他举行了近百人参加的追悼会。追悼会上，局领导肯定了父亲的一生。他说："刘国安同志勤勤恳恳，任劳任怨，克己奉公，勇挑重担，对人谦和，乐于助人。他为襄阳市人民邮电事业贡献了自己全部的心血和智慧，是一位值得尊敬的老同志，值得我们学习的老同志。"父亲的逝世使我痛彻心扉。大爱无言，在父亲的遗像和骨灰盒前，无限悲痛的泪水在我脸颊肆意流淌。一年后，在父亲周年忌时我用一首小诗表达对父亲深切的怀念：

　　　　白花、黄花、火红的花，
　　　　朵朵花儿把泪洒。
　　　　一心一意为人民，
　　　　人民永远怀念他。

难忘教诲　父子情深

　　在我们兄弟姐妹中，父亲最疼爱我。记得小时候我爱吃炒花生，每次父亲回家总给我一点儿零钱，让我买炒花生吃，这是我的特殊待遇。我五岁半时，父亲就送我上小学。我就读的小学是襄阳市第四小学。这是一所市属重点小学。这所小学条件较好，它坐落在西大街上。上小学期间最令我终生难忘的一件事是参加襄阳城区少年儿童集体入队仪式。1953年6月1日，襄阳城区少年儿童入队仪式在大礼堂举行。600多名少年儿童穿着节日盛装，迈着整齐的步伐进入大礼堂。大礼堂内红旗招展，号声阵阵，鼓乐齐鸣。仪式开始，市领导讲话，老师代表讲话，少先队员代表讲话，为新入队的少年儿童佩戴红领巾。仪式举行得隆重、热烈、欢快！在《我们是共产主义接班人》的少年先锋队队歌声中,大会结束。从此,我们是共产主义接班人,永远镌刻在我们这些少年先锋队员的心中,激励我们为共产主义奋斗终身。

1958年我考入襄阳市第五中学,它是一所百年老校,是湖北省重点中学。1960年放暑假,父亲把我叫到局里和工人师傅同吃、同住、同劳动。他让我向师傅们学习,去熟悉、掌握邮电工作的一些基本技能。早上6点,和工人们一同起床,接手邮件袋,开始分拣邮件。先把一捆捆的报纸打开,分成一张张,折叠起来写上单位名称或街道名、门牌号及收件人姓名,杂志也是如此。然后把报纸、杂志、信件、包裹一起放到分拣柜的格子中,邮递员根据他们负责的区域,把格子中的各类邮件装在邮包中,骑自行车去送达。邮局开门营业后,我充当临时营业员卖邮票,帮顾客贴邮票,让顾客把信件投入邮箱中。若有寄包裹的,我要称重,帮顾客填写包裹单,把包裹放入仓库。傍晚邮局关门歇业,我和师傅们一起从邮箱里取出信件,往信件上加盖邮戳,和包裹一起装袋密封。一天下来很是疲劳。这时,我才体会到邮电工作看似轻松,实则繁重。工人师傅们长年累月、日复一日地这样工作着,让我顿生崇敬之情。第二天,父亲让我站在总机旁。他一边工作,一边教我熟悉和学会如何使用人工电话交换机。人工电话交换机的大小、形状很像一个梳妆台。垂直面板上有两排小牌子,每个小牌子的下方有一个插线接口,小牌子下方和插线接口之间写有各单位的名称,水平面板上有两排和小牌子对应的电线插头,此外还有开关、手柄,另配有闹钟、耳机和话筒。若某单位某人需要打电话,当他摇动电话机手柄时,总机上对应的小牌子就掉下来,同时伴有嘀嘀嗒嗒的响声。这时,父亲把电线插头插入小牌子下方的插线接口中,同时扶正小牌子。他打开开关询问对方要接哪里,对方说要和某单位通话,父亲便把另一电线插头插入所要单位所对应的小牌子下方的插口中,同时摇动手柄使要接通单位的电话机响铃,这样双方可以通话了。这时父亲用闹钟记下时间,他还要时不时地打开开关,监听一下双方通话是否结束。若通话结束,他就拔掉电线插头,记下通话时间,填写话费收费单,按通话时间收费。通过几天的观摩、学习,我学会了如何使用人工电话交换机。

这个暑假我还做了一件令父亲倍感高兴的事。有一天上午10点左右,父亲接到一个电话,离父亲邮局约15里的牛首邮电局现金短缺,无法兑付顾客汇款,请求父亲的局里代为支取600元现金,而这时局里的人都出去办事没回来。父亲决定让我去送这笔现金。他用又担心又期待的目光看着我说:"孩子,这现金是人民的财产,你一定要把它安全送到目的地。"我坚定地回答道:"放心吧,我一定能把这笔钱安全送到。"父亲取出现金装在袋子里,捆绑在我身上。我第一次身上带这么多现金,内心又忐忑,又高兴。我骑上自行车飞快地向牛首镇赶去。正值盛夏,骄阳似火,路上行人稀少,只听见知了的叫声。15分钟左右,我满头大汗地来到牛首邮电局,当我把600元现金如数交给局长时,局长很高兴地说:"好孩子,你为人民办了件好事,我们感谢你。"这时父亲的电话也打过来了,当他得知我已平安到达并把钱如数交接后,一颗悬着的心才放下来。那个暑假是我过得最充实、最有意义的暑假。

  1961年,我考取了襄阳市第五中学的高中。高二时,父亲和我进行了唯一的一次较长时间的谈话。他要求我政治上要上进,积极靠拢团组织,写入团申请书,争取加入中国共产主义青年团。那时,我是有条件入团的,因为当时我是班委会成员,学习成绩稳居全年级前两名。遗憾的是,我没有听父亲的话写入团申请书,错失在中学时期加入共青团的机会。这是我非常后悔的一件事。高中快毕业了。校党支部书记给我们即将毕业的学生提出一个口号。这就是"一颗红心,两种准备"。一颗红心就是听党的话,党叫干啥就干啥。两种准备,一种准备是考上大学,继续努力学习,学好本领建设祖国;一种准备是考不上大学参加工作,投入社会主义建设中。响应党的号召,父亲为我办好了到邮电局工作的一切手续,若考不上大学我就到邮局上班了。令人高兴的是,我考上了武汉大学这所著名的全国重点大学。

  当我们收到武汉大学的录取通知书时,全家都非常高兴。但有些好心的同事劝我父亲说:"进邮电局是一份好工作,你家儿女多,家大口阔,生活困难,到邮局工作拿工资可补贴家用,减轻你的负担。"父亲谢绝了同事们的好意,坚定地说:"就是砸锅卖铁也要供我儿子上大学。"虽然没能到邮电局工作,但我从小耳濡目染,对邮电局的工作还是非常熟悉的。可能还有父亲的原因吧,我一直对人民邮电事业非常热爱和向往。和敬爱的父亲分别已四十多年了,四十多年来,父亲的音容笑貌时常在我脑海浮现。可以告慰父亲的是,经过七十多年的发展,我国的邮电事业发生了翻天覆地的变化。人工分拣变成智能分拣,步行或骑自行车投递的投递员变成开汽车或骑电动车的快递小哥,人工电话交换机变成智能程控电话交换机,固定电话逐渐被智能手机所取代。大通道的通信卫星上天了,墨子号量子通信卫星上天了。可以预见,在中国共产党的英明领导下,在广大科技工作者和全体邮电干部、职工的努力奋斗中,父亲从事并钟爱的邮电事业,一定会迎来更加灿烂辉煌的明天!

2020 年 7 月

作者简介:刘承竹,男,湖北省襄阳市人。1946 年 2 月 7 日出生,1964 年考入武汉大学物理系,金属物理专业毕业,湖北省中学高级教师,在湖北省襄阳市第一中学退休。

平凡而伟大

李学育

我的父母,在国难当头、时局艰险、苦难深重、饥荒连连的岁月中,把我们兄弟姐妹拉扯大,特别是我,1964年秋能考入武汉大学物理系就读,他们是做出过忘我牺牲和付出了艰苦卓绝的辛劳的。当然,也是共产党从小学到大学,把我这个大山深处的贫寒农家子弟,培养成新中国的第一批大学生。

我这一辈子,应该感谢父母,也应感谢共产党。

我的父母,平凡而伟大。

而今,我已七旬有六,成为垂垂老者,思念父母之情,尤为强烈。在我退休前父母还在时,我正值壮年,在忙自己的事业,养儿育女,没有很好地孝敬他们,现悔之不已。回想起来,他们在世时,我多多少少也尽了点孝心。如我有生以来第一个月42.5元工资就给家里寄了20元,用于他们特别看重的一件事,那就

1978年冬的父亲母亲(摄于青山坪老家)

是放了多年还是白坯的两副棺木,买生漆给刷了漆;如他们大部分年份过生日,我都带点钱回去;如我前妻对我父母很不好,这点是我特别难以容忍的,所以坚决离了婚等,但这远远不够啊。退休后有能力养他们了,有时间陪伴了,回过头来想孝敬他们,他们却早已离世而去。人生最大的遗憾,莫过于子欲养而亲不待。现在,我时常在独处时思念我的父母,想起他们为养育我

而受的苦难,就不由自主地喊一声"爹啊,妈啊",潸然泪下。现在唯一能做的,就是追思他们,将他们这一生所遭受的深重苦难,吃苦耐劳、勤俭持家、忠厚善良、为子女甘于奉献的品德和养育之恩,用文字记录下来,留存后世,教育子孙后代要传承他们的优秀品德,成为对家族和国家有用的人,以慰他们的在天之灵。在父亲诞辰百年之际(2012年1月),我写了《父亲百年诞辰记》的纪念文章。去年(2019年12月),我又写了怀念母亲的文章《一缕馨香留人间》,多年的心愿得以实现。大学年级诸同学倡议,编辑出版一本写有关自己父母文章的书,我认为很有意义。现将两篇文章稍做修改,辑于一起,供主编选用。

父亲百年诞辰记

1912年1月1日孙中山先生在南京宣誓就任中华民国临时大总统,是年为民国元年。这一天父亲诞生了。他与民国同时诞生,是他一生的幸运。民国诞生是辛亥革命的伟大历史功绩。父亲正是出生在辛亥年的冬月十三日。

他的高祖父、祖父都是监生,是大知识分子。他的祖父对清朝政府的衰弱腐败无能深恶痛绝,故给伯父取名兴国,给父亲取名兴义,也表明那时知识分子忧国忧民的强烈革命理想和追求道德风尚的愿望。

但是父亲随后的命运也跟民国诞生后的中国一样,多灾多难,一生饱受艰辛之苦。

我家祖辈不是本地地地道道的土家族。清雍正十三年(1735年)实行改土归流,容美土司土崩瓦解后,开山祖挑着简单行李,带着三个小男孩,搭乘移民优惠条件的顺风,从湖南桃源县来到鹤峰州的青山坪——荒无人烟的深山,挽草为记,开基创业。到我曾祖父辈上,已有大型庄园数座,有庙宇祠堂学校药店,佃农近百户,先后有7人获得监生学衔,还有数人获得廪生、生员、秀才衔,是远近闻名的书香门第。

但我父亲却是个文盲,一贫如洗。

青山李族我们这个分支总是发人,田地屋宇就越分越少,到我父亲出生时,家道中落,就几乎没什么家产了。在父亲五岁时,我祖母就去世了,祖父丢下三个孩子到他户填房。姑姑十四岁送人做了童养媳,伯父十二岁去店里当了学徒,父亲成为事实上的孤儿。五岁的孩子哪有不想爹娘的。十二岁的哥哥常常带着五岁的弟弟,抄近路走小路,翻越荒无人烟的高山,走几十里山路,到他们父亲上门入赘的那户大户人家寻亲。人家不让见,两兄弟又只得哭哭啼啼往回走。我父亲被他的幺叔收养了几年,毕竟不是亲生的,生活都不容易,打骂也是常有的事。后来大些了,他就给人家放牛。他想读书,时常趁放牛的机会在学堂周围转。一次被先生发现了,问他不读书的缘由,并考察他,他居然能够背诵出先生所教的内容。先生看到这个天资聪颖、记忆力过人的小孩不能上学,甚为可惜。现在可慰他在天之灵的是,他的儿孙后代,有十几位大学生,其中不乏如名牌大学清华大学、武汉大学、美国麻省理工学院、哈佛大学的本科、硕士、博士、博士后。孙子中有三位博士、博士后。

父亲再大些了就给人做苦力,也经常以卖柴为生。

在青少年时期,他也曾参加过苏维埃运动。我的家乡五里乡,在土地革命时期,是贺龙创建的湘鄂西革命根据地五县联县政府所在地。父亲参加了苏维埃的儿童团,也时常跟着赤卫队去攻打白区。贺龙有些时候就住在村子里。父亲时常给红军担水送柴。他告诉我们,有一次贺老总还摸着他的头说:"娃子,谢谢你了。"但是红军一走,国民党军队又来了,又要强迫他送柴担水。红军和国民党军反复拉锯战,国民党军来了就要大批杀人,一不慎就会丢了性命。

后来由于伯父在店铺出师,东借西贷,给父亲成了家。父亲租下了同族人的几亩田地,离开出生地瓦屋场到青山坪,从此以佃农为生。佃农从来就没有宽松日子可过。加之先后生了十个孩子,其日子的艰辛是可想而知的。因贫无钱治病,我们姊妹中四个夭折,还有一个被土郎中下重了药,成了聋哑人。

最典型的是1942年,家乡闹饥荒,吃树皮、草根、观音土。因为山里总能找到些替代食品,全家人总算活了下来。我们那地方,现在都流行一句俗语,形容迫不及待地要吃饭:"像壬午年没吃过的。"

1947年2月,由解放军江汉军区李人林部组成的江南游击队与张才千部在鹤峰组成江南游击纵队,受国民党军追击,退回到鄂北地区。我父亲被国民党军拉夫做苦力,跟随到一千多里之外的鄂北。天寒地冻,父亲衣衫单薄,拖着病体,受尽磨难,险些客死他乡。

1949年秋,国民党军队大溃败,宋希濂的十几万部队从湖南经过我家村子溃逃至四川,当时称为"过乱军"。我们被迫躲藏到深山老林。父亲出外做苦力,不料被乱军抓去了。半夜时分,他突然爬起来,从人身上踩过,几个箭步冲过哨卡,拼命往荒山野岭跑,子弹从耳边嗖嗖飞过。经过几天跋涉,他终于活着回来了。

这一年由于"过乱军",粮食都被抢走了,日子无法过下去。腊月三十,地主还要来收租。我们都是用野棉花充饥,哪还有粮食交租呢?但不交租,地主就要我们搬出去。父亲只得请来村长(也是同族人)说情调解,由村长担保,半年以后想办法交上。幸好年底家乡解放,过年后就实行了减租减息政策。

土地改革时,我们分到房屋和田地,过上了好日子。

后来,父亲得了重症肺气肿,脸色变乌青了。他对生活无望,任家人如何劝说,坚决不到医院治疗,在家等死。我弟弟等家人和邻居,强行把他绑抬到区医院抢救。医院没有治肺气肿的特效药可待因。这时他们才给在县城的我打电话,问我能不能弄到这种药。我即刻找到县医院领导,打开库房,特批红处方开了四颗,我连夜送到区医院,才救了他的生命。

1985年初,父亲得了急性肾炎。我正从恩施到县里出差,听说后马上回家把他送进医院,不几日痊愈出院。在医院里,他好像特别感激地对我说:"你以后会得到好报的啊!"这句吉言说明他不想死,想在这个美好的世界上再多活些年。

1985年6月,他因肾病急性复发,未进医院治疗,病危了我才得到消息。等我6月29日赶回老家时,他已不能说话,眼也睁不开了,只有微弱的一口气了。我抱着喊他,从他瘦削脸上两个深陷的眼窝中,滚下来两串泪珠。他感知到我回来了。据说他原本是打算让我陪他四天时间的,闻此我感到无比愧疚。那晚就我和他在他的房间里,我一直抱着他。直到30日(农历乙丑岁五月十三日卯时)天亮时,他走了,享年74岁。

他一生坎坷艰辛,没有过上几天好日子。我没有条件让他享福,反而还把两个小孩不到一岁就放在家里让二老抚育,养了一代还养下一代。而他对自己的付出从没有过一句怨言。我没有来得及回报他,他就走了,我悲从心生。

他作为一个事实上的孤儿,阅尽人间冷暖,受尽官家欺辱霸凌。那些国民党的保长、乡长、区长的威风凛凛、不可一世,特别是同村大户朱家大少爷,据说在南京某个大学读过书,当过恩施清江中学训育主任,又在国民党军朱际凯部当过营长,回家还有士兵帮忙种地。小时候他就经常给我讲某某区长某某乡长如何不得了,朱大少爷如何光宗耀祖。这些,在他心中留下了深刻的印记。大概是因为他这个情结很深吧,1956年春,发生了一件我被挨打的事。我1952年读书时,有个叫金孝道的大龄同学,我课余经常爬到他背上玩耍。没几年,他当上了乡长。这天,他来到我们合作互助组检查工作,我也不太懂事,看到他还是像在学校那样随便叫名字,就喊:"金道宝儿(宝儿快读)!"刚好我父亲在犁地时听到了,认为我闯大祸了,回去就把我狠狠地打了一顿,边打边骂:"人家是乡长,怎么能这样叫乡长呢?"二十多年后,我和当年的金乡长都在县城任局长,说起这事,捧腹大笑,这是后话。1961年秋,鹤峰一中高中从全县五百多初中毕业生中招收四十多名高中生(一个班),我以第一名的成绩被录取。别人告诉他,你儿子是全县第一名呢!他笑得合不拢嘴。但公社书记是我的表叔,要我到公社任职,不要读书了,迟迟不开介绍信转关系,任凭父亲好说歹说,表叔说机不可失,失不再来。幸好,县一中数学老师欧老师来家访了,问我怎么还不去报到。他说我的数学成绩特别好,今后是读大学的好苗子,不读高中可惜了。父亲于是亲自到公社硬要开介绍信,我才上成高中。1964年秋,我成为全县第一个考取武汉大学的考生。父亲乐开了花,逢人便说武汉大学是正式大学,意思是超过了朱家大少爷。到二十世纪八十年代初,他二儿子不仅是武汉大学的高才生，还当了局长，幺儿子当了小公社书记，也是武汉水利电力学院干部班毕业的大学生，大儿子当了生产大队大队长。在他看来，这不就是过去的区长、乡长、保长吗？大概是在1982年，我到茅虎坡电视发射台出差，顺便回家看望父母，他满脸喜悦地问我："听说你是县长的选拔对象？"我问："这些传说您是怎么知道的哟？"他嘿嘿一笑："他们都这么说。"过去，在他内心深处多么想有出头之日，也希望自己的后代有出息，出人头地。现在终于有这么一天了，他认为他的祖坟也冒青烟了。他在精神上得到莫大的安慰。特别是改革开放后，农村形势大变，大家都有饱饭吃了，农村人也可以自己出外做零工赚钱了，他身上也时常怀揣着自己做零工挣的钱。他一辈子向往的幸福生活：有饱饭吃，有苞谷酒喝，有肉吃，衣能穿暖，都实现了。他精神面貌大变，感慨遇到好世道了。他已经非常满足了，他心中喜滋滋的，感到幸福无比，成天乐呵呵地到处转悠。

　　他为人善良，忠厚耿直，好打抱不平，敢说直话，在族里和邻里威信很高，大家有事都找他评理和解决问题。那次，他和徐姓同乡被拉夫到鄂北。正值冰天雪地，两人衣衫褴褛，同乡病得很重，父亲也病了，但父亲没有丢下病重的同乡，硬是拖着病体，带着他沿途乞讨回家。徐家感恩不尽，若干年后，那个同乡在茶厂有了一定权力，硬是把我在农村的妹妹安插到厂里上班。有位张姓年轻人，因解放战争时期到国民党军朱际凯的部队当了几天兵，还有人诬他私藏枪支，要当作反革命抓去劳改，是父亲为其洗冤作保才使他免了牢狱之灾。后来，他成了医生，几十年都是我家的家庭医生，随叫随到，分文不取。有一次，我在初中读书，放寒假正为差五角钱不能离校时，突然这位医生来了，问我差不差钱，我说差五角钱，他就掏了五角钱给我。他是特地来看我差不差钱的。在父亲的丧事上，他对我说："义哥是个大好人，也是我一辈子的恩人。"

　　父亲常怀感恩之心，常教导我们要记住人家的好。虽然爷爷从小就抛弃了父亲，也没管他们姊妹兄弟，但是他成家后，还是经常把爷爷接家来赡养。据说我和爷爷同一天生日，在我一岁时父亲把爷爷接来，让我和爷爷同过了一个生日。父亲在世时，曾念过几次："你们爷爷的坟在走马，也没立个碑。"那时不作兴树碑立传,加之大家工作都忙,经济也不宽裕,就一直搁置起来了。2000年后,我们觉得要了却父亲生前的心愿,尽一份孝心,我们就和伯父家的后代给爷爷立了一个很气派的墓碑。再是,他成为孤儿时,是他的亲幺叔收留了他几年。在我幺爷病重时,父亲已年近七旬,不忘曾经的养育之恩,陪他睡了三天,幺爷最后在父亲怀里去世。秉承父亲的遗德,在我编撰的族谱中,凡是别人对我的好和帮扶,我都记载下来,永志不忘。

他心胸开阔,宽以待人,善解人意,从不激化矛盾。他一生没有冤家和仇人,这从他的葬礼中可以看出。许多非亲非故之人,对他的丧事,像对待自己的亲人一样尽心尽力。几百人的送葬队伍,六十四个抬柩人,在瓢泼大雨中走了十几里山路,一气呵成,分文不取。这就可看出他的为人,不得不佩服。最让人佩服的是他居然可以原谅我前妻在他生日问题上的错误。那是1978年,他要过生日了。农村人过生日,为避免亲人后辈来家里给自己做寿,有个躲生日的习惯。我说那就到我这里来过生日吧,也可以多住些时日。过生日有酒有肉就行,这些我都准备好了。刚好,到他过生日时,我有紧急事出差了。那天是星期天,我前妻应有时间给他做饭陪他,所以我出差回来几天后也没问过生日的事。有一天我女儿提到和她妈到一个叔叔家玩了一天。我问准了是哪一天,刚好是我父亲生日这天。我气极了,等前妻回来一问,果然如此,就一个耳光甩过去。她知道理亏,无话可说。我父亲忙说我:"你打人不好,过生日本就是母苦之日,应该禁食的,一餐饭不吃没什么的。"听了他的话,我的眼泪哗哗地掉了下来,真对不住我的老父亲啊。

他平时生活十分节俭,有了钱从不乱花,但邻里有困难,经常接济。有的乡邻病了,想吃点从来没吃过的东西,但又没钱买,他都想法给弄。去世后据说有很多人欠他的钱(那时都没有多少钱,数目不是很大),但我们认为这是父亲做的好事,并不去讨要。我工作后他从没提过一个要求,给他点什么,总是推说不要。我给他弄了一件翻毛领的军大衣和军帽,他十分高兴,说这是过去大军官才有的(在被抓夫去鄂北见过),现在他也有了。他十分爱惜,平时不穿,出门时才穿,到去世时还是半新的。

在他的丧事上,我执笔写下了一副挽联:幼小丧母坎坷艰辛中兴家业终

生勤劳　善良忠厚仁义耿直帮扶济困一世英名,得到参加丧事的数百人的认可。

父亲去世时还不是很开放,做道场被认为是封建迷信,加之我们三兄弟都是党员干部,强调党纪,所以就按土家族风俗,请了当地很有名的跳丧鼓舞队,唱跳了一天一夜的撒叶儿嗬(土家族送葬仪式,又叫"撒尔嗬")。

由于父亲幼小就失去了母爱,他生前说了,要归葬出生地瓦屋场其母坟旁。从青山到瓦屋场,十几里山路,灵柩全靠人抬,难度非常之大。但我们很理解他,还是决定了却他的心愿。出殡也是按当地最高的规格,由六十四个壮小伙子抬柩。起柩时下起了瓢泼大雨,遇坎跨坎,遇坡上坡,遇桥过桥,遇河蹚河,我抱着灵牌不停地跪拜感谢。过桥过沟过坎,抬柩者都不要按规矩给的赏物,不停歇地一口气抬到了目的地。数百人的送葬队伍,蔚为壮观。落枕下葬时,天气放晴。

几年后,我们给父亲立了很像样的墓碑。我撰写的碑联是:忠厚耿介艰辛农耕伴青山　归葬瓦屋长眠陪母了生愿。横批是:德传千古。由于祖母一直没有墓碑,因此父亲在天之灵也一定不安心,于是我们又给祖母立了比父亲墓碑更为气派的墓碑。这也是他们在世我们没有尽到孝心,死后尽我们一点心意,释放感恩之心,使心灵得到一点安慰。

一缕馨香留人间

我母亲叫王兰香,鹤峰县五里乡杨柳坪村张家包人,生于民国五年丙辰岁三月二十七日卯时(1916年4月29日),卒于1995年3月28日(农历乙亥岁二月二十八日),享年79岁。

张家包属低山地带,处半山腰,到河谷底还有几百米深,到杨柳坪村也要向上走几百米。此处非常偏僻,为世人所不知晓。上要走山道弯弯近十里路到杨柳坪,下要走坡连坡近十里路到河谷。这河就是人尽皆知的溇水河。这里的地形只要听听诸如九岭十三湾、狗子洞、野狼山、凤凰岭、龙家沟、刀枪坡、獐子崖、梯儿岩等地名,就知非同一般了。河对面放眼望去是闻名遐迩的五步蛇(俗称猪儿蛇)出没常伤人性命的潼泉。上下梯儿岩要手脚并用,否则一不小心就掉下悬崖。热天经过,各种蛇像射乱箭一样,有时会掉到身上。这个荒山野岭中的独户人家,就是我的外婆家。幼时我最喜欢随母亲去外婆家。这里属低山河谷气候,温和湿润。特别是夏天,万木葱茏,鸟语花香,百虫齐鸣,此起彼伏,简直是一曲没有终结的自然乐章。这大山给人以力量,这乐章使人陶醉。我尤为喜欢的是,可自由自在地享受各种山果。每次去,母亲特别不放心我,上下坡怕我掉下悬崖,她就紧紧地拽着我;怕我漫山遍野乱窜发生意外,她就随时呼唤我。

生长在这样的地方,加之她姊妹四男四女八个(她排行老三),自然是没有机会和条件读书的,所以,母亲是个一字不识的文盲。她经过大自然的陶冶,过早地帮父母操持家务、带弟妹,成熟较早。她既有天性,也有悟性。她个子不高,裹了小脚。由于我父亲是孤儿出身,料理家务不太在行,里里外外就主要靠她操持了。她天资聪颖,为人谦和,乐善好施,勤俭持家,吃苦耐劳。但因时运不济,生养子女多,老了还得抚育孙子,加之病痛的折磨,她不但没有享过一天福,还受了一辈子的苦和累。

我们兄弟姊妹先后有十个,成人六个,夭折四个,抚养我们,十分不容易。作为母亲的她不知受了多少磨难,不知流了多少辛酸泪,心灵上受到不知多少不可磨灭的创伤。

就拿我来说吧,若不是她的精心照料,多次用偏方急救治疗,也许早就不在人世了;若不是她想尽千方百计,克服重重困难,支持我读书,也没有武汉大学高才生的我。

在我还没上学时,哥哥在镇上读书理发染上了癣疮,传染给了我。后来发展到满头脓疮,结的痂和头发缠在一起。兄妹之间闹矛盾,就叫我癞脑壳,让我十分恼火。是母亲多次反复慢慢给我剃掉(我们小时候都是由母亲给剃的头),在满头血肉模糊的情况下,她用火枪药往我头上一抹,痛得我在地上打滚。如此几次,居然好了,且一点疤痕也没留下。因为母亲,我幸运没有成为癞痢头。

那是我刚上小学时,得了带状疱疹(那时只知道叫蛇板疮)。早晨上学去时只觉得背上有点痒,中午我一摸,背上一大块疱疹,老师叫我快回家。

回家母亲一看,前后腰疱疹要封口了,传说封口就要死人的。她很紧张,连忙上山挖了一种树根,熬水给我擦洗,又找到一种什么药果,和桐油磨成糊后,用鸡毛一遍遍涂抹,居然阻止住疱疹继续发展,且没几天大部分疱疹就消失了。背部疱大,初时痛痒,抓破了皮,后化脓溃烂,留下了一块疤。

我之所以能读高中,上大学,是因为母亲苦撑着这个家,让我一次次免于失学,没有回家当农民。为此,她是吃尽了苦、操碎了心的。

1955年春,由于母亲大病后,家中实在很困难,我觉得应该在家帮忙做事,于是辍学在家打蕨。我家后面有成片山火过后多年生长起来的灌木荒山,那里生长着葛和蕨。荒年,远近几十里的人们都来此挖掘,葛和蕨救过很多人的性命。我家自然是近水楼台先得月,挖葛打蕨是常事。班主任找到我打蕨的地方让我带他去家里。他对母亲说:"这娃有读书天分,不去读书可惜了。"母亲撑着病体对老师说:"辍学也是没办法的事,学育,谢谢老师来找你,你还是去读书吧。"这样,我才得以继续上学。如果说这次母亲不让我继续读书,那我的命运就会是完全不同的。

1959年冬,她抱着病重的幺妹到鹤峰走马二中来看我,带来一包不太多的苞米,并把一张揉得皱巴巴的五角钱递给我。对一天到晚饥肠辘辘的我来说,此时这些都是我急需的,是我梦寐以求的。这苞米是哪来的?那时是吃大食堂,家中是没有粮食的。钱又是哪来的?幺妹病得这么重也要钱买药呀!记得一年前,我就是因为家里拿不出五角钱,而不准备读初中了。后来是因为我小学成绩第一名保送免考,不要五角钱的报考费,才得以上初中。那时攒下五角钱是非常不容易的。

1962年冬,我在鹤峰县城一中读高中,时常没有餐票吃饭,也知道家中没有现钱寄来。虽是甲等助学金,但饿着肚子上课是常事。我有时趁星期天邀约两三个同学到很远的深山老林去砍柴卖,能弄到几角钱。不料一天母亲和大妹突然给送来两元钱。一百多里山路,且正在修公路,冰天雪地,不少地方要绕道,翻山越岭,其艰辛是可想而知的。钱是卖了家传的、办大食堂被充了公、后食堂解散了又寻找回来的一个酒坛得来的。她们吃饭住宿是怎么解决的,我当时竟没有过问,使我至今想起来都很内疚。

游子在外，父母时时都牵挂在心。1967年夏天，我正在武汉商场帮忙办广播室，恢复营业，三个月没有给家中去信。突接到电报：母病危速回。幸好，我上大学时县和公社助学的钱，还存了一点，以备急需。我即刻买了汽车票，以最优化的路线、最短的时间，星夜兼程，本来按正常行程要五天时间，我三天半就赶到了家。其实母亲并没有生病。听说我回来了，晚上全村的人都来了，说又得了一个儿子，表示祝贺。原来是传说我在争斗中被打死了，但又没有准确信息。父母在家整天以泪洗面，饭也吃不好，觉也睡不好，还把家中仅有好一点的一床棉絮，背到镇上换钱准备到武汉去找我。活要见人，死要见尸。父母急得像热锅上的蚂蚁。邮局的同志说："先发个电报试试看，兴许会得到确切的消息。"父母这才想到发电报。

我二姐是母亲一辈子的心病。她两岁多时，口齿清楚，聪明伶俐，不幸染疾，郎中给重了药，使她成了聋哑人。虽然她后来能自食其力，心灵手巧（做得一手好鞋，常帮人做陪嫁鞋），但毕竟生活多有不便，需要母亲悉心照顾，操心婚事。后来二姐结婚有了小孩，母亲又要替她照看孩子。

在艰难困苦时，母亲都要把一大家人拢在一起，是一家人的主心骨。1949年秋，鹤峰解放前夕，国民党宋希濂部溃退四川经过鹤峰，开始还好，后续部队就是乱军了，烧杀掳掠，鸡犬不宁，我们只得四处躲藏，叫躲乱军。那时父亲在外做苦力，不知所终。母亲带着我们六姊妹，躲到深山之中。开始有几家人在一起，还有人帮衬带小孩，母亲背一个抱一个，大姐、哥哥、二姐三个人只好互相搀扶着，行走在陡峭的密林中。由于母亲对时局不懂、情况不明，觉得老躲在山里不是办法，就把我们带到一个看山的狗瓜棚里藏着，她趁着夜色，一个人出去打探情况。回来决定把我们带到外婆家去。晚上摸黑走了二十多里小路，到了外婆家，终于安全了。

在夭折的四个子女中，我记得最清楚的是我大弟和幺妹的夭折，也是最让母亲不能释怀的。我大弟比我小四岁，死时已八岁了。发病到死去只有几个小时，没有急救时间，后来判断可能是蛔虫攻心。最让母亲后悔的是，头天下午大弟想要烧一个嫩玉米棒吃，母亲没准。因为那是打禾场一小块地改种的早玉米，是用来度荒的，这时还不到吃的时候。大弟的死让母亲哭得死去活来,后来相当长一段时间,她逢人便哭诉:"怎么就不能让他吃个呢?吃了我心里也好受些。"幺妹是因为缺乏营养,得了口腔溃疡病。记得那次,我正在二中读初中,一天母亲背着病重的幺妹来看我。她是到几十里外的走马来修水库的,请了半天假,专门来看我,给我送东西。不知她带着病得很重的幺妹,在工地又是怎么劳作和生活的,艰难辛苦程度可想而知。我扒开幺妹的口腔,腮帮子上有个核桃大的溃疡面,吃奶都很困难,好可怜的。放假回家,没见幺妹,母亲抹着泪说:"在工地上就没了。"我泪如泉涌,我真想再看看幺妹。

母亲不仅含辛茹苦抚养自己的孩子,还先后抚养了多个孙子。她在孙辈的成长中付出了太多艰难和辛酸。我两年生了两个小孩,恰又随县委工作队下乡驻队两年。家里弟弟正任生产队长,又有二姐和她的小孩,母亲实在抽不开身,但经不住弟弟的劝说,母亲还是来到县城给我带小孩。我女儿出生后没有奶吃,是母亲每天用泡好的大米黄豆在瓦钵里擂成浆,再加上奶粉和糖,煮成糊后灌入奶瓶喂食。每天六次,如此一年多不间断,使我女儿长得又白又胖,也不生病。我大儿子出生后,由于弟弟提干离开了家,家里实在离不开母亲,就把我的两个小孩带到乡下家里去抚养。母亲在家像在县城那样,精心喂养两个小孩,直到孩子上小学。如此几年擂下来,擂坏了几个瓦钵,木擂槌都擂短了一大截,她的右手腕也落下了病根,一到变天就疼痛无力。后来弟弟结婚也生了两个小孩,她又帮弟弟带大了两个小孩。我哥哥有四个小孩,虽在一个屋场,也是经常要照应的。二姐的小孩也是她一手带大的,最后还张罗给他娶亲成家。

儿时,总觉得没有哪一年生活不困难。在那个缺衣少食的年代,是母亲的精打细算、勤勉持家,让我们渡过了难关。真正维持不下去的,只有一年。那是青黄不接的7月份,由于外婆和二姑婆家没有吃的了,就来到我们家住了两个月。最后吃完了家中仅有的一点粮食,大家不得不出走。我去了姑姑家(低山,那里庄稼已快成熟),哥哥去了走马叔叔家,父亲独自出外讨生活,外婆和二姑婆也不得不离开回家,就剩母亲和二姐、小弟在家留守。日子之艰难可想而知,不知他们是怎么挺过来的。

母亲辛苦操劳一生,病痛也折磨了她一生。从我记事起,我就知道她有眩晕症及每月头痛(可能是痛经引起的)的毛病。往往眩晕和头痛同时发作,只要能坚持,她就坚持劳作不休息,实在坚持不了,就要倒床上睡几天。在她四十岁左右时,妇科病十分严重,又加上头晕头痛,一病不起。家里找来的土医生说让我们准备后事。于是,父亲请来木匠,赶制棺材,同时要我到四十多里外的白果镇上去,请我的远房叔祖父给母亲开方抓药。叔祖父是老中医,在那里开药铺坐诊,他不止一次给母亲看过病,知道母亲的病状,于是开了几包药让我带回。母亲服药后,病情居然没有再恶化,并慢慢好转。母亲的病,后来到县医院做检查,才弄明白是怎么回事。原来,母亲得了高血压和心脏病。头晕可能是高血压引起的,由于长期没有得到治疗,心脏有些变形了,有比较严重的冠心病。她年迈时,仍要坚持在老家青山坪自食其力。因有高血压,一次背东西上楼时,她不慎摔下来,后慢慢成为老年痴呆,直至记忆丧失。弟弟把她接到县城住,由我弟媳照料,她只记得小儿媳和最小孙女的名字。后来病重,哥哥接母亲到老家青山坪他家料理,不久即去世。在这里,两件事让我内疚难过,无法弥补,终生遗憾。一是老家的老房子在她不知晓的情况下被处理了,她到恩施我处小住,她以舍不得小孙子为由,只住不多时日,便要回鹤峰弟弟住处。也可能是因为我很忙,没有很好地照顾她陪伴她,她执意要走,我没有留住她。二是她失忆后,我正主持广播电视中心大楼的修建工作,加之住地周围因修建环境很差,没有把她接到恩施来伺候她。

她非常能干,是个多面手,种庄稼、种菜、磨豆腐、熬苞谷糖、做切糖、做苞谷粑粑、做甜酒醪糟、做豆豉和霉豆腐、做咸菜、缝补浆洗等都很在行。她做什么都那么精细独到。小时候家乡母亲味道的记忆,深深植入我的脑海中,至今想到母亲做的好吃的东西,都会口水直流。她做的霉豆腐不变色、不变硬,长长的白霉毛包裹着,加上各种佐料,再放在瓦罐里腌着,什么时候都细腻馨香。她做的桃花豆豉,前后要经过几个月,好几道工艺过程。将上好的黄豆煮熟、摊凉、发酵,拌上佐料和酒,再在佘水坛子酢一段时间,剁碎,又在木盆里酢一段时间,最后等桃花开时做成粑粑状晒干。这种豆豉可放好多年,吃时佐以葱姜蒜,或作为配菜炒腊肉、回锅肉,真是绝品。尤其是她制作的、发得胖乎乎的苞谷粑粑,吃时在火上烤得起壳了,再蘸上刚熬得半干不稀的苞谷浸糖,那个香甜可口的美味,难以形容,是我至今无法忘怀的。由于她磨豆腐、熬糖、做醪糟等放多少石膏、麦芽、酒曲都十分精细,恰到好处,口味纯正,出成品率高,从不失手,因此每到冬天闲时,左邻右舍都要请她去帮忙,或给人当顾问指点,或亲自操作,效果都很好,乡邻都十分感谢她。她种的菜总是长得那么茂盛,即便在只有很少几分自留地的年代,利用山边地角尽量多种些,也能满足一家人吃菜,为度荒年做出了极大的贡献。这令左邻右舍很是羡慕。

母亲总是心怀怜悯善良。在那些苦难的岁月,大家都不容易。左右邻里为了生计,看到她的菜种得好,来讨些个回去,她总是有求必应。邻里救急来赊借,只要有,她总会接济,没有粮食也要送一些瓜果蔬菜。迫于生计,时常有人顺手牵羊,偷摘蔬

1990年冬,母亲和儿子、儿媳、孙子合影

菜瓜果,我们觉得应顺着足迹去讨回来,她总是微微一笑,说算了,也不追究。她从不与邻里争长短,关系处理得好。她为人和气,见人总是先一脸微笑地打招呼,和人说话总是轻声细语的。她的见面先微笑,也传染给了我。小时大人们总是称赞我说,这娃儿见人一脸笑喊人,好懂礼貌。行走中,时不时会有人对我微笑点头,大概是因为我在微笑看人。因这,也曾闹过尴尬。一次在武汉摆渡,迎面碰见一男子,我们两人对视了两秒,他即伸出双手,于是我们热烈握手,随即感觉不对劲,到最后都清醒了:根本不认识。回想起来,大概是我看他时表现出了一种自然的微笑,那微笑给人以似曾相识的感觉。

她作为家庭主妇,吃苦在前,享受在后,先人后己。就拿吃肉来说吧,在困难岁月里,基本只有过年时家人才能都吃上肉。平时一点点肉挂在炕架上,稀客来了才割下一小块招待客人。陪餐的只有父亲一个人,我们姊妹不能围在桌边,只能远远地望着。等客人吃完了,要是有残汤剩羹,就由母亲给每人分一点点,而母亲从来没有给自己留点。

在物资极度匮乏的年代,只有既勤又俭,渡过难关的概率才会更高,勤俭成为她一辈子持家的好习惯。在这方面她也总是为子女着想。记得在1990年冬,她随我到恩施住了一段时间。那时吃饭还要粮票,她怕我们不够吃,就到街道小巷去寻找代食品,来减轻我们的负担,来贴补粮食的不足。其实,她来住,吃的主食还是有的。冬天,恩施还是很冷的,要烤火。我们有个恩施产的铝盘暖炉,可以烧柴、煤、木炭。我们每天下班回家,火炉都烧得旺旺的,屋里暖暖的。有一天,我发现她的手和脸上有冻疮了,问是怎么回事。这才知道她为了节约,白天一个人在家时不烧火炉,等我们要下班了就把火炉生好。我既心疼又说了她几句,其实我们的燃料是很充足的。

她为家庭、子孙、亲戚付出,从不提及,从不埋怨,总是默默奉献,不图索取,在生活或钱物方面从来也没有提一个要求。她在家庭成员和儿媳之间从不说闲话,受了委屈放在心里,不对任何人说。在我两年驻队期间,她给我带孩子,受到我前妻不公正的对待:前妻吃大米饭,给我妈吃苞谷饭。前妻的洪姓表姐亲眼看见后,批评前妻这样做要不得,而我前妻却说:"她从家带来的是苞谷当然只能吃苞谷饭。"我妈当时还笑着说:"苞谷饭一样可以吃,我带来的是苞谷当然只能吃苞谷饭。"过了好久,碰到洪姓表姐,她跟我说了此事,我才知道。而母亲在我面前却只字未提。

她的一生正如我给其所撰碑联那样:上联是"精于持家,乐善好施传美德";下联是"勤勉劳作,育子抚孙兴家业";横批是"恩泽后代"。

她的勤劳节俭、待人谦和、心地善良、讲究整洁、聪慧细致等好的品格,也多多少少传承给了我。

由于她本人的人缘好、亲戚多,加之哥哥曾当过青山生产大队大队长,弟弟曾在家乡当过公社副主任和县水电局副局长,我也在县里当过副局长,母亲的丧事办得比较隆重热闹。那三天人来人往，络绎不绝，流水席不断，在家乡算是空前绝后的。

2019 年 12 月于武汉

作者简介：李学育，男，生于 1944 年 5 月 1 日。湖北省恩施土家族苗族自治州鹤峰县人。1964 年 9 月考入武汉大学物理系，就读于无线电专业。长期从事广播电视技术工作，1996 年 9 月调恩施科学技术协会工作，2004 年 5 月退休，正处级干部，广播电视高级工程师。曾被授予全省广播电视系统和全国科学技术协会系统先进工作者称号。

追忆我的父亲母亲

李再友

2017年农历七月十六日,是我父亲100周年诞辰纪念日(我母亲虚岁100岁),我们李氏大家庭绝大部分成员和主要亲戚朋友聚集一堂,隆重纪念我的父母100周年诞辰,深切缅怀父母的一生。"树欲静而风不止,子欲养而亲不待",父亲辞世整整三十年了,母亲离开我们也有十五个年头了。岁月远去,物是人非。深深的怀念,刻骨铭心的记忆,无法弥补的愧疚,难以释怀的忏悔,空留的遗憾……我始终有个心愿,应该写点东西来纪念我至亲至爱的父母。怀着感恩父母的心情,我写了一些追忆双亲的文字,虽然文笔笨拙,可能挂一漏万,却是对父母的永久纪念。

一

一曲《父亲》深情地唱道:"我的老父亲,我最疼爱的人,人间的甘甜有十分,你只尝了三分,……生活的苦涩有三分,你却吃了十分……"这正是我父亲的真实写照。

父亲名叫李福秋,乳名乔,因他在家族同辈中排行第二,故人称乔二,民国六年(1917年)农历七月十六日出生于湖南韶山东湖毛公塘(1938年搬迁到蛇家冲)的一个贫苦农家。他是家中的长子,由于家族同辈中排行第一者幼年夭折,因此他实际上也是同辈中的"老大"。

因为家境贫寒,他从小就经受了常人难以承受的磨难。十二岁起,他就给家乡当地大桥湾(村名)一大户人家当长工放牛兼做杂活。小小年纪,本该是上学读书的时候,抑或在大人面前撒娇,然而这些对父亲来说是不可企求的奢望,相反他稚嫩的肩膀却要分担家庭生活的重担。当长工,辛苦劳累不说,还得事事看主人脸色,忍饥挨饿是常有的事,挨打受骂也时有发生。

一缕心香
YI LÜ XINXIANG

父亲曾告诉我们:有一天他牵着大黄牯牛去放牧,到天将晚时,突然天空乌云密布,大雨即将来临。父亲想赶牛回家,可大牯牛正在一块田埂坡上贪吃一片嫩草,怎么牵拉也不听人使唤。父亲无奈,只好一边牵着牛绳,一边用手去扳大牯牛的角。大牯牛生气了,向父亲狠狠顶去,父亲猝不及防,被大牯牛顶下坡去。人牵着牛绳,牛绳拴着牛鼻,连人带牛一块滚到坡下的水田中。可怜的父亲,一身湿漉漉的,主人只心疼他家的牛,不但没有安慰父亲,反而责骂父亲把牛也牵扯摔到田里,竟不让父亲吃晚饭。事后父亲到祖母面前哭诉,祖母虽然心痛自己的儿子,但有什么办法呢,只能告诉我父亲:"端人家的碗,受人家管,乔儿啊,咱们命苦,你就忍耐点吧!"母子俩紧紧相拥,泪流满面。

大约从十六岁起,父亲的长工活就逐渐变成从事繁重的田间劳作了,扶犁掌耙,插秧扮禾,中耕施肥,田间管理,样样都得干。他面朝黄土背朝天,累死累活,受尽煎熬。

"父母之命,媒妁之言",1934年底,十七岁的父亲就和母亲成婚了。母亲名叫苏秀英,生于民国七年(1918年)农历十月十二日,比父亲小一岁多。其时,家中除了我的曾祖父母和祖父母之外,父亲下面还有一个年幼的妹妹和两个弟弟。家徒四壁,人口又多,一家人的生活举步维艰,父亲长年累月在外辛苦劳作,母亲则在家日夜操持家务。

家庭既无田地,也没有财产,更没有其他经济来源。到了1936年,为了养家糊口,家族里借钱置办了一顶红轿子(花轿)和一顶黑轿子(后来红轿子毁了,我只看到过黑轿子,到1952年,黑轿子也毁了),专门为他人红白喜事或出行做轿夫,出卖苦力,以换取钱和一点食物。年轻的父亲自然成了抬轿的主力(我的大叔叔后来也参与其中)。抬轿子是一项需要付出艰辛劳动的苦差事。每当接到抬轿的活计,不管天晴下雨,刮风落雪,轿夫必须清早就要赶到主人家里,吃过早饭后,在主人家"管轿"的指挥和监督下,去指定地点将要坐轿的人(比如红喜事,红轿子抬新娘,黑轿子抬新娘家人;白喜事就只用黑轿子抬人)接来,送到指定地点。主人家慈悲怜悯,尚可吃一餐中饭(轿夫当然只能坐伙计偏席,不能入正席),否则就打发力钱,抬了轿子走人。

父亲告诉我们,抬轿子时穿着草鞋,这样耐磨又防滑,而且经济实惠。草鞋烂了,光着脚,咬紧牙关也要坚持到最后,因为根本无人替换,而且还不能出任何一丁点差错。遇到天气好,路程较短,道路平坦,抬轿还较轻松;若碰上恶劣天气,路程较长,道路崎岖不平,抬起来就非常吃力,两个肩膀都会磨得又红又肿,疼痛难忍。如坐轿子的人在轿子里坐得端正,抬轿的人自然要好受一点;有时坐轿的人在轿子里往一边歪坐着,这时抬轿的人就非常费劲,而且不敢有半点怨言,只能忍气吞声,倍受煎熬。

二

1945年是一个兵荒马乱的年份,一家人过着饥寒交迫的日子。屋漏偏逢连阴雨,这一年祖父因劳累过度、营养不良而全身水肿,加之家境贫寒,无钱医治,年仅48岁就撒手人寰了。祖父去世,后事全靠父母亲来操办。家里东拼西凑费尽周折好不容易买来一具棺材,但因祖父身材本来就很高大,加上浑身水肿,死后就显得更加肥大,大家都怀疑买来的棺材装不下。无奈之下,父亲冒着"活人进棺材太不吉利"的风险,自己爬进棺材,躺在里面试"大小",最后把祖父的遗体费力装了进去,入土安葬。

祖父的离世让家中倒了顶梁柱,犹如天塌下来一般,一家人沉浸在悲痛之中。祖母是个小脚女人,那时候还只有49岁,终日以泪洗面,悲伤不已。由于悲伤过度,祖母不久又患上了严重的眼疾。家里还有68岁的我的曾祖父,也是年老体衰,整天沉浸在丧子之痛中(曾祖父两年后也因贫病交加而去世)。那时候父亲还有三个尚未成年更未婚配的弟弟(分别不到17岁、13岁和9岁,我称他们秋叔、佑叔和满叔)和两个年幼的儿子(即6岁的哥哥和未满周岁的我),生活的重担就完全压在了身为长子长媳的父母亲肩上,二十八岁的父亲更是做了九口之家的当家人。

俗话说"巧妇难为无米之炊",家贫如洗,这个家怎么当啊?一家人的生活怎么过啊?父母亲面对如此难题,真是日也思,夜也想,绞尽脑汁,费尽心思。后来,几经反复思考,权衡利弊,父母征得曾祖父和祖母的同意,决定让秋叔外出学艺谋生,秋叔去了华容学弹棉花兼做劳务。次年,佑叔也在本地学习缝纫以求生路。父母亲则在家里加倍努力劳作，伺候我的曾祖父和祖母，供养满叔和我们哥俩。父亲还和祖母学会了编织草鞋以换取些许钱物，补贴家用。父亲白天辛苦劳作，晚上和祖母一起编织草鞋，以此艰难度日。

战乱期间，国无宁日，民不聊生。安葬祖父后，家庭稍稍安顿下来，谁料祸从天降，灾难又来临。国民党军队抓壮丁找上门来了。按标准"三丁抽一"，就是说一个家庭如有三个男丁，必须有一个要去充军。父亲有四兄弟，秋叔和佑叔分别外出学艺谋生，满叔年龄尚小，这"兵丁"的名额自然落到了父亲身上。父亲走投无路，被迫进了国民党军队，指派做炊事后勤服务工作，后来随部队去了岳阳、常德等地。

父亲虽然进了国民党军队，可心里总是惦记着家中妻儿老小，时时刻刻想着如何逃离部队返回家中。半年过后，机会终于来了。一天，父亲随另一名士兵外出买菜，在一个人烟稀少的地方，他谎称要去大解，就悄悄逃了出来，慌慌张张躲到一个僻静处，脱掉外面的衣服，然后找另一个地方躲了一会儿，没有什么动静则又快跑一会儿。他一边躲，一边跑，开始了他的亡命生涯。说起来我父亲真是命大，他刚刚离开一个躲藏的地方不久，一颗炸弹正好落在他原来待过的地方。虽然死里逃生躲过一劫，但回家的路依然困难重重。父亲一边问路，一边乞讨，风餐露宿，经过将近一个月的艰辛奔波，蓬头垢面的父亲终于回到了家里，我母亲和祖母差点没有认出他来，一家人又惊又喜，抱头痛哭。

三

1949年8月15日，家乡韶山解放。

从1950年开始，到1952年基本结束，家乡开展了土地改革，把地主多余的田地和房屋没收再分配给没有土地和房屋的贫苦农民。当时我家共有10个人，共分得十几亩土地（我的四弟是1951年1月出生的，按1950年底在册人口计，他未能分到土地），家也由茅草房的蛇家冲搬到了青瓦屋的藕塘。父亲等人再也不靠抬轿出卖苦力养家糊口，而是一心一意从事农业生产了，一家人的生活开始有了希望。

新中国刚刚成立,一场轰轰烈烈的扫除文盲运动便在全国范围内展开,人们以前所未有的热情投入学习文化的热潮中。家乡也和全国一样,开办了扫盲夜读班,父亲积极地报名参加学习,白天劳动,晚上则去扫盲班上课。只要扫盲班有课,他总是风雨无阻,坚持学习。那时农村没有电,家里连个手电筒都没有,点的是煤油灯(人们叫洋油灯),父亲常常是点着火把去的。扫盲班的学习内容大多以日常生产、生活常识为主,如"一二三四,山水田土,丈尺寸分,牛猪鸡狗"等。父亲学习特别认真,经常在白天劳作之余,用树枝在地上写字,甚至在饭后用筷子蘸点水在桌子上写字。母亲笑他识字着了迷,父亲则笑着回答:"过去该读书的时候不能上学,如今有了扫盲班,我都快40岁的人了,还不抓紧时间认几个字?"经过一两年的刻苦努力学习,父亲能认识1000个左右的常用字,不仅能写常用的便条、收据,能记家庭生活开支的流水账,而且可以阅读通俗的书报。后来满叔和我相继外出读书、工作,我们写回家的信他基本上能读出来,甚至还给我们回简单的信。只可惜我的母亲因为家务事拖累,加上身怀六甲,所以未能参加扫盲班学习。记得我读小学时,有一次在家做作业,母亲竟照着我的课本描写出一个"生"字,字的结构和书上印的极为相似,我告诉她字的读音,母亲十分高兴。非常愧对母亲的是,我后来再没有教她认字,致使她终身都是一个"睁眼瞎"。

四

父亲是农业生产中的一把好手,各种农活样样在行,左邻右舍无不敬佩。

二十世纪五十年代初期,贫苦农民分得了属于自家的土地,生产积极性尤为高涨,但在生产过程中,不少农户家庭各自劳动力、畜力和农具等不足的困难普遍存在,严重阻挠着农业生产的发展。父亲和本村村民李杰、彭友明、周之德等经常在一起交流各自生产中的情况,逐渐萌发了劳动互助的想法。在自愿互利的基础上,我们四户人家最先成立了农业互助组,在农忙季节进行换工互助,极大地提高了劳动效率。

1958年人民公社化以后，父亲先后担任了生产队的保管员、饲养员、看水员。他工作认真负责，任劳任怨。在担任生产队保管员期间，他把集体保管的物品整理得井井有条。特别是收割季节，对生产队收割的稻谷等详细记账，认真保管（生产队保管员不止一人），出仓入库，从不马虎。保管员每天劳累，到晚上别人收工就可以休息了，而他还要清理杂七杂八的东西，忙这忙那，到很晚才能回家。大家都称他是生产队的好管家。饲养员的工作又脏又累，一般人都不愿意干，父亲无怨无悔地接受了这份工作，和生产队另一农民饲养着几十头猪，每天准备猪食（那时没有猪饲料卖），喂猪，打扫猪圈，忙个不停。遇到母猪临产，他则白天晚上守候在猪圈，当好母猪的"接生婆"，及时取走猪胞衣，确保产出的小猪崽不被母猪压死。在担任生产队看水员期间，他也是不辞劳苦，认真履职。看水员的工作看起来容易，其实是费时耗力、责任重大的差事。在整个水稻生长期间，要保证全生产队的水稻田旱时不缺水、涝时不浸渍，父亲总是四处巡看，及时调整稻田水量。有时夜半三更，突遇倾盆大雨，父亲也要赶忙起床，穿上蓑衣，戴上斗笠，背着锄头，光着脚丫，带上手电筒外出察看稻田水情，及时排水防渍，回到家时经常是浑身湿透。在他的精心管理下，生产队的水稻田多年来没有因旱涝而受影响。

五

我的母亲一生共生育我们兄弟五人，另有两次流产。母亲年轻时身材高挑，体形偏瘦，由于父亲长年在外当长工，成婚四五年母亲仍未生育，其间我祖母在四十岁时生下了我的满叔。有多嘴多舌者便说我母亲："这个女人胸脯不挺，屁股不翘，哪里能够生出崽来啊？"一时风言风语接踵而来。及至我哥哥出生，这些闲言碎语才烟消云散。

俗话说"儿多母苦"。在那样艰难困苦的年代，父母亲含辛茹苦，把我们兄弟五人一把屎一把尿拉扯大，抚养成人，还要照顾祖母和年幼的叔叔，不知吃了多少苦，受了多少累，个中艰辛是无法想象的。

在我的印象中，父母亲在年轻时除了吃饭和睡觉外，几乎就没有闲暇的时间。父亲整天在外劳作,不是水田中,就是旱地里,总是忙个不停。母亲则在家操持家务:做饭,喂猪和鸡鸭,洗衣服,纺纱,织麻(一种女红,就是把苎麻纤维接续起来搓成线,再织成布用以做蚊帐等),纳鞋底,做鞋子,等等。

家里人多,我们兄弟一天天长大,衣服、鞋子等一天天变短、变小,母亲总是缝缝补补,哥哥穿不了的衣服给弟弟穿,弟弟再也不能穿的则拆洗干净后用以纳鞋底。每到春节,母亲总要想方设法给我们或是做一件土布新衣,或是一条土布裤子,或是一双新布鞋。实在没有办法做新的,就将旧衣服洗干净,打上补丁,也要让我们穿得整洁一点。一件衣服,一双鞋子,饱含着母亲的艰辛,一针一线体现了母亲对儿子的关爱。

二十世纪五十年代初的一个春天,我和两个弟弟同时出麻疹,三个人都发烧、咳嗽、流鼻涕,精神状态很不好。母亲心急如焚,一边做家务,一边照看三个孩子,晚上根本无法入睡。特别是当我们脸上、身上开始出现水疱的时候,她还得让我们不用手抓水疱。到后来,实在没有办法,她就花了四角钱给我们兄弟仨共买一服中药熬水喝了,我们才慢慢好转。

在四弟三四岁的时候,一天母亲带着他去挖红薯,母亲在前面挖,四弟在她身后帮着捡。忽然四弟发现前面有一个红薯,就伸出小手去捡,这时母亲并未注意到四弟伸手,一耙头(四齿钉耙)挖下来,正好一个耙头齿尖嵌入四弟的手心,四弟哇哇大哭。母亲心如刀绞,她满含眼泪,咬紧牙关,火速拔出耙头齿,抱着四弟回家,简单清理了伤口,用茶叶嚼碎敷在他的小手上。万幸四弟的伤口没有感染,慢慢愈合了,但至今仍可见小小的疤痕。母亲为此深深自责。然而伤在儿子的手上,却永远痛在母亲的心里,又有谁能体谅得到啊!

最令父母亲担忧的是我们的生命安危。1949年夏季的一天,父亲照例外出劳作,母亲则在家纳鞋底。四岁多的我和一岁多的大弟弟到屋外玩耍。房屋的旁边紧挨着小水塘,水塘里漂浮着一个竹筛子,我看到筛子里有一只小虾在爬动,就连忙弯腰一手去撑筛子,另一只手去抓小虾。我不小心掉进水塘,以后就什么也不知道了。在旁边的大弟弟那时还不会说话,只是口中不停地叫唤:"姆妈……姆妈……"母亲听到弟弟的叫唤声,丢下手中活计,出来四处看了一下,没有发现周围有什么异常情况,便又折回家中继续纳鞋底。而这时,弟弟仍然不停地叫唤,母亲心存疑惑,为何弟弟总是不停地叫唤呢?她急忙再度从家里出来,仔仔细细察看周围情况,最终发现水塘中有一个碗底大小的黑影在抖动(其实那是我的头顶没有完全浸入水中),母亲慌忙把我从水中捞出来,此时我的脸色发紫,身子发直,没有知觉了。母亲悲痛欲绝,把我横着抱在怀里,顿时号啕大哭起来。哭声惊动了百米开外正在一棵松树上砍树枝的邻居贺菊生大叔,他连忙丢掉砍刀,不顾一切从树上溜了下来,火速跑到水塘边,从母亲手里接过我。此时,我的祖母及几个邻居也闻讯赶了过来,邻居细二阿公牵来自家的黄牛,把牛头置于门外,牛身留在门里,贺大叔急忙把我两条腿分开骑在牛脖子上,然后让人关门。此时牛头往里一缩,正好压在我的肚子处,把我喝进去的水压了出来。之后母亲把我放进摇篮里,忧心如焚地守候在旁边,过了一会儿,终于听到"啊——"的一声,我最终被救活了。我要感谢母亲给了我第二次生命,感谢贺大叔等邻居的救命之恩。

无独有偶,溺水的悲剧也发生在我五弟身上。那是1957年8月的一天,正是收割水稻的时候,一家人忙得不可开交。我因为脚上长了一个大脓疮行走不得,便坐在晒谷坪旁边,手拿一根竹竿,负责看管鸡鸭,防止它们来吃谷子,顺便照看不到四岁的五弟。也不知什么时候,五弟竟神不知鬼不觉地走出我的视线,到屋外水塘边玩耍,不小心掉到了水塘里。不久,邻居张贵阿婆到塘里洗东西,发现靠塘边水面上漂浮着一件红色的东西,仔细一看,原来是穿着红色挂兜的五弟背部朝天,面部朝下,直直地漂浮在水面上。张贵阿婆大惊失色,急忙呼叫:"快来人呀,快来人呀!有人掉到塘里啦!"听到呼叫声,母亲、祖母及屋里屋外的邻居很快来到出事地点。邻居李杰大叔抢先把五弟从水中捞起,举过头顶,用头顶着溺水的五弟的肚子,双手扶住五弟的身子,在塘边来回走动。过了一会儿,五弟口里吐出水来,屁股拉出了屎,与死神擦肩而过,被救活了。父母亲及一家人悬着的心终于放了下来,邻居们也为我们庆幸。

六

　　由于我的祖父早逝,祖母又是一个小脚女人,加之年老体衰,疾病缠身,而几个叔叔都与我父亲年龄相差甚远,所以兄弟中最大的父亲,连同我的母亲就责无旁贷地承担起照顾我祖母和几个叔叔的义务。祖母的饮食起居和疾病安危成为我父母亲日常生活中最为重要的内容之一。有一段时间,家中生活十分困难,但家中有了吃的,首先就让给我祖母,一旦祖母有个小病小痛,父母亲总是想方设法找些土方子为其治疗,尽量减轻祖母的痛苦。祖母晚年有眼疾,经常用一条陈旧的小手帕不时擦拭眼泪,视力较差。听人说用猪胆煨熟吃可治眼病,父母亲就想法弄来生的猪胆(不用钱买),用草纸包裹起来,然后打湿草纸,放到通红的柴火灰里煨烤,待煨熟后,剥去草纸,再吃猪胆。祖母吃猪胆有时也会给身旁的我吃一点儿。熟猪胆煨烤得很香,咀嚼略脆,然而味道极苦,也不知道它到底对治疗眼疾有无效果。

　　祖母守寡,寒冷天气一人独睡较冷,父母亲总是安排年幼的我们兄弟给她"暖脚",即让我们小孩睡在祖母的脚跟头以暖和她的脚,这"差事"我干得最多。那时候农村没有电,用的是煤油灯,一到晚上,没有什么事做,我们大多洗了脚就睡觉。我人小,易入睡,等到祖母收拾停当,吹了煤油灯,就能够钻进暖和的被窝里睡觉了。

　　三年困难时期,年过花甲的祖母染上了重病,已是风烛残年了。到1962年底,尽管父母亲悉心照顾(后来我的叔婶也参与其中),祖母的病情还是越来越严重,终于卧床不起。就在她66岁生日的前三天,她对正在伺候她的我母亲断断续续地说:"乔二嫂,我,我不行了!……"我母亲赶紧上床扶起祖母,让祖母半坐半躺地靠在自己的胸前。祖母的气息似乎平缓了一点儿,一家大小几乎都来到了祖母的病床前。时间一分一秒地过去,祖母的状况却越来越差,空气似乎凝固了,大家都异常紧张。不知这样的情况过了多久,祖母竟闭上眼睛,一头歪倒在我母亲的胸口上,带着对家人的无限眷念,特别是对远在重庆工作的满叔的牵挂,永远地离开了这个世界。

　　我们兄弟五人相继出生,逐渐长大,但三个叔叔尚未婚配。"男大当婚",父母亲为了叔叔们的婚事,着实操了很多心,费了不少力。父母托人说亲,帮助物色对象。经人介绍,佑叔于1953年底成婚了。尽管那时我五弟出生不久,家里经济拮据,但父母亲还是想方设法为佑叔举办了在当地较为风光的婚宴,受到亲朋好友的交口称赞,佑叔夫妇对我父母亲也非常感激。

秋叔学成弹棉花的手艺后,在华容谋生多年。他脾气比较暴躁,加上年轻气盛,在外得罪了人,弄得十分尴尬。父母亲得知情况后十分着急,他们商量后决定,父亲亲自去华容把一心只想在外闯荡而不情愿回家务农的秋叔接回了家。到1957年,我父母亲托人介绍为秋叔找到对象成了家,从此秋叔在家安心务农,小两口过上了安稳的生活。天有不测风云,人有旦夕祸福,第二年秋婶生小孩时难产。那时医疗条件也不好,尽管我父母亲和家里人想了不少办法,但死神还是带走了秋婶及她出生几天的婴儿。父母亲帮助秋叔料理了后事,安慰秋叔,表示以后将尽力为他另外物色对象。到1961年,由我父亲亲自牵线搭桥,秋叔再度步入婚姻殿堂,组成了幸福的小家庭。

满叔其实只比我哥哥年长两岁多。二十世纪五十年代,满叔和我们兄弟几人同时在学校读书。然而家庭经济负担重,家里农业生产又缺乏人手,根据当时的情况,只能一个继续读书,另一个留在家务农。留哪一个呢?一个是亲生儿子,一个是同胞弟弟,手心手背都是肉,一个两难的问题摆在父母亲面前,很难抉择啊!经过反复思量,父母亲最后一致认定:满叔的父亲不在了,母亲年老体衰,我们做长兄长嫂的要多照顾他,让他多读点书,以后也好成家立业。就这样,父母亲把刚刚高小毕业的我哥哥留在家里务农(我哥哥一辈子生活在农村),而满叔初中毕业后又进入中专读书。1961年下半年,满叔中专毕业后被分配到重庆长江电工厂工作。临行前,满叔紧跟着正在地里劳作的我父亲后面,总是和我父亲交谈不停,似乎有说不完的话语和吐不尽的心思。也难怪,我父亲既是他的长兄,又是家中的当家人、台柱子,满叔就是在祖母和我父母亲的关爱下长大成人的,如今到了离家的时候,怎么能不留恋,不感怀,不心潮澎湃呢?

在我父母亲等人的关心帮助下,满叔在1963年春节回家探亲期间也找到了生活中的伴侣。

七

虽然父母亲都不善言辞、老实本分，但他们对我们兄弟的要求很严格，总是教育我们要认认真真做事，老老实实做人。

在我尚未读书的时候，我在祖母床底下发现了一包糖，用纸包着，约半斤重，这是别人送给祖母的，她舍不得吃，就藏在一个小坛子里。年幼无知的我就偷偷地用小手抠开纸包，从里面一次拿出一块来吃。没几天，糖被我吃完了，坛子里只剩一个空纸包。后来祖母知道了，就告诉我父母亲。父母亲大骂我"不懂事"，并狠狠地揍了我一顿，带着我向祖母认错，教训我未经别人允许不能擅自拿别人东西。

我们兄弟陆续入学读书，父母亲总是告诫我们要刻苦努力，认真学习，长大后要感恩社会，报效国家。背着母亲缝制的土布书包，我们兄弟从小学到中学全都是"走读"，早饭后步行到学校，下午放学后再步行回家（我高中毕业参加高考前经学校和老师再三劝说，父母亲让我住校一个月）。我们从小就不能睡懒觉，即使我们长大成家立业了，父母亲依然如故，督促我们早起，父亲总是说"早起三朝当一工"。他们早起后，就安排我们兄弟做些小农活，如放牛、打猪草、捡粪、砍柴或是其他活计，星期天更是督促我们干活。

在父母亲的教育下，我们不断成长进步。五兄弟有四个先后加入中国共产党。哥哥高小毕业在家务农，在父亲的言传身教下，也干得一手好农活，后来他当了生产大队的会计，现如今八十多岁了，还担任着村党支部的一个党小组长。大弟弟也只读到高小毕业就在家务农，他先后当了拖拉机手和韶山工程队的工人，成为工程队的一名技术骨干。

1964年8月，我考入武汉大学，成为家族中第一个大学生，父母亲非常兴奋。入学的时候，父亲帮我挑着简易的行李，和母亲一起送我到韶山冲汽车站。"儿行千里母担忧"，一路上父母亲千叮咛万嘱咐："要好好学习，争取进步，尊敬师长，团结同学，注意身体……"话语不多，但父母亲对我的关爱却是满满的。大约五公里的路程，我几次要从父亲那儿接过行李，父亲都执意不肯。我知道，这是父母亲对我无私的爱，他们总是愿意自己多承担一些，希望儿子在人生的路上走得更加轻松、稳健。

四弟和五弟由于中断高考而未能上大学。1969年底，在父母亲的积极支持下，四弟应征入伍，进入北京某部队，父母亲十分高兴，勉励四弟到部队后要安心服役，努力上进，练好本领，保卫祖国。入伍当天，父亲还亲自送四弟到韶山武装部，父母深沉的爱体现在无声无息的一举一动之中。五弟先是在家务农，当过生产队长，后来受聘成了民办教师，当过武装部部长，最后成为韶山市政府一名公务员。

父母亲一生勤劳俭朴，粗茶淡饭，朴素衣裳，一分钱掰作两半用，精打细算过日子。有时候，我们兄弟妯娌给他们弄点好吃的，他们也不忘和孙子辈一块儿享用。我们给他们买点新衣服，他们也总是说"年纪大了，穿不烂了"，言下之意是不要花钱买。

1988年我的大侄女出嫁，父母亲送了50元钱表示祝贺。父母亲想到自己年事已高，且身体不好，他们同时还给其他六个年幼的孙女每人50元以作贺礼。350元，这在当时对父母亲来说是一笔不小的钱款，我知道，这些钱是父母亲平时省吃俭用，从生活费中一分一厘积攒起来的啊！

20世纪70年代初期，我和爱人被分配到湖南溆浦山区一家军工厂工作，父母亲曾四次到过我们工厂。从老家到溆浦，要坐一个下午加整个通宵的火车（那时是绿皮火车，车速较慢），为了节省开支，他们不坐卧铺而选择硬座，还不辞辛劳地给我们带来一些新鲜蔬菜和自制的剁辣椒等。

父母亲一辈子基本待在老家，外面的世界他们很少看到。四弟还在服役的时候，享有亲属去部队探望的机会。四弟未婚，多次写信热切希望父

1976年4月与父母合影

母亲去部队探望,我们其他兄弟也都极力支持他们去北京游览,但父母亲既担心影响四弟的工作,又生怕多花钱,始终没有成行。20世纪80年代中期,国家对国防军工厂实行大调整,我所在的工厂确定整体搬迁到衡阳市。我们把这些情况告诉父母亲,表示工厂搬家后就接他们到衡阳来玩。父亲非常高兴地说:"等你们搬了家,我们就来衡阳看看。"令我们十分遗憾的是,工厂直到1991年初才搬迁,而父亲却在1989年7月就永远地离开了我们,我们只能在1992年初接我母亲到衡阳住了几个月。

我们兄弟陆续成家。说起来也很巧,五妯娌中,除了我嫂嫂(我们都称她"昭姐")一个人在娘家是"老大"外,其他四人在娘家都是"满妹子"(幺妹子)。人们常说:婆媳关系不好处理,更何况四个"娇娇满女"都汇集在一个家庭。我父母亲对五个儿媳视如己出,他们常对别人说:我们没有女儿,儿媳就是我们的女儿。他们始终以自己孝敬长辈、勤劳善良、和睦邻里的良好形象,教育和影响后辈人。他们在处理家庭事务中坚持一视同仁,尽力为儿子儿媳营造和睦相处的家庭环境,大事不敷衍,小事不计较,从来不在儿子面前说儿媳的不是,更不在妯娌之间挑拨离间,制造矛盾,倒是经常在儿子面前说儿媳的优点和好处。小夫妻之间难免有些小矛盾,但父母亲一般不掺和,要说话也是首先批评儿子做得不对的地方。多年来,婆媳之间一直相处得非常融洽,兄弟妯娌之间均以姐(兄)妹相称,和睦团结。妯娌们也十分尊重和孝敬父母亲。四世同堂的大家庭温暖和谐,其乐融融,亲戚朋友、左邻右舍都羡慕我父母亲"好福气"。

细微之处显精神,点点滴滴总关情。父母亲在儿子儿媳们最困难的时候给予力所能及的帮助,在最渴望亲情的时候给予温暖。我们五兄弟共育有四男七女,这十一个小孩几乎都是我父母亲从小带大的。记得我爱人怀大女儿时想吃猪肝,那时候几乎什么东西都要计划供应,凭票购买。父母亲费尽周折买来了猪肝,请人从老家韶山带到溆浦我们工厂,同时还带来一大盆母亲自己制作的南瓜皮、苦瓜片、丝瓜条、茄子干等可直接生吃的东西。我们把这些东西分送给左邻右舍及同事们,大家吃后都说味道极佳,直到现在还有人和我们提及此事,回味无穷。四弟媳生小孩坐月子,父母亲把家里仅有的一只生蛋母鸡宰了，熬好汤送到她的床前，令她十分感动。有一年母亲住在五弟家，帮助小两口料理家务，全力支持他们的工作。五弟家庭和睦团结，各方面都受到社会各界的好评，韶山市政府经过评定，给五弟家送来了"文明家庭"的奖状，并颁发了奖金。

八

由于父母亲没有亲生女儿，他们对我的几个堂妹格外亲切，把她们当自己的女儿一样看待。每次堂妹们来到家里，母亲总要找点东西给她们吃，或是一粒糖，或是一块饼，或是自己制作的南瓜皮、黄瓜片、红薯干等，也特别关心她们的成长和进步。即使堂妹们后来出嫁了，她们也非常愿意经常来看望我的父母亲。父母亲对待几个孙女甚至比孙子还要好，经常教育我们兄弟姊妹要特别关心、看重女孩子。他们常说：女孩子长大了总是要嫁人的，如果碰到男家待她不好，那女孩子就一辈子没有好日子过。所以，女孩子在我们家是比较"受宠"的。母亲厨艺很好，做出来的菜色香味俱佳，非常诱人，孙辈们都特别喜欢吃，哪怕他们已吃过了饭，见到母亲做的菜也要吃上几口。

父亲虽是家中的长子，家族同辈中的"老大"，可在家族中还是一个晚辈。他有四个姑姑和两个年龄和自己相差无几的叔叔，其中一个叔叔仅比他大三岁多，另一个叔叔比他还年幼六岁多呢！虽然年龄相近，但父母亲对长辈很尊重。

二十世纪六十年代，通信不顺畅，交通也很不方便。家族内人员对远住湖北监利的我的大叔公（只比我父亲年长三岁多）一家人十分想念，多次商议去看望，由于各种原因，很长时间一直未能成行。

我父亲有个毛病——晕车、晕船，坐过车（特别是汽车）、船之后，就好像得过一场大病一样，要休息好几天才能恢复正常。为了实现家人多年的夙愿，1968年冬季农闲的时候，年过半百的父亲不顾自己身体的毛病和天气寒冷，在不知道大叔公家具体地址的情况下，带着年近七旬的我的一个姑奶奶，从韶山出发了。他们先坐火车到长沙，再转火车到武汉，然后从武汉出发,又坐汽车又坐船,边走边多方打听路线。一路颠簸,父亲一边强忍着身体的不适,克服诸多困难,一边照顾着年迈的姑奶奶。辗转多日,姑侄二人终于找到了湖北省监利县国营荒湖农场大叔公的住处。多年来未曾见面的姐弟见面了,没有相会的叔侄相会了,大叔公一家人十分高兴,热情款待。亲人们相聚,似乎有说不完的往事,聊不尽的亲情。小住数日,带着大叔公一家人的深情厚谊,父亲带着姑奶奶满心欢喜地回到了韶山。

与父亲、姑奶奶在长江大桥合影

九

父母亲性格比较坚强、开朗,在对待疾病方面表现得尤为突出。多年来,他们基本坚持"三不原则",即不吃药,不打针,不住医院。小病靠硬扛,大病用单方。有了病痛坚强隐忍,从不哼哼唧唧。

父亲从年轻时候开始,就有头痛的毛病,有时候痛得厉害,就用毛巾捆住头部,既不服药,也不去看医生。以前是因为家境贫寒,无钱医治,后来家里经济情况有了好转,他们依然坚持"三不原则"。我们经常看到父亲头痛难受时,母亲就用自家人在山里采来的香薷草加上生姜、紫苏之类的东西给他熬点汤喝,蒙头睡上一觉。稍有好转,父亲就照样下地干活。

每到秋冬季节,父亲的脚后跟会皲裂成许多小口子,严重时那些小口子会往外流血。父亲从山上采集来一种当地人叫"羊牯辣"树上面的"蚂蚁屎"(可能是某种动物的分泌物),自己熬成膏,做成条状,使用时将膏放在煤油灯的火苗上化开,然后往裂口处涂塞。我看到他咬紧牙关、强忍疼痛的样子,心里也很难受。

竹鸡塅是韶山冲到湘潭的公路和宁乡到湘乡的公路的交会点,以前这

一缕心香

两条路就好像是铺在锅底的两根十字交叉的宽带子。从韶山来的路有一段长约200米的下坡,到竹鸡塅左转往宁乡方向有一段约80米的上坡,这儿既无红绿灯,也没斑马线,经常出交通事故(现"锅底"基本填平,安装了红绿灯,地面有斑马线)。1977年1月28日,春节临近,路上车辆、行人较多。这天下午,年已花甲的父亲到竹鸡塅去办事,在横穿公路时,正好被一个骑自行车从韶山方向直冲下来而后又猛蹬车欲拐弯上冲的小伙子撞了个正着,父亲当即倒地,眼冒金星,接连吐了两口鲜血,好长时间不能动弹。竹鸡塅监理所(相当于交通管理部门)工作人员获知情况后,把父亲送到竹鸡塅卫生院去检查,并扣留了肇事的小伙子和他的自行车,同时通知我们在家的兄弟赶快去卫生院看望父亲。经检查,父亲内脏并未受损,但身上有多处皮外伤,医生处理了伤口后,要求他留院观察两天。当听小伙子说他是宁乡朱石桥人,因急着要赶回家照顾六十多岁生病的母亲,所以慌忙之中撞了人,父亲动了恻隐之心,也没有甄别真假,就让监理所的工作人员放人还车。卫生院医生和监理所工作人员都啧啧赞叹:"这老人家真是个心地善良的好人啊!"小伙子仅仅掏出5元钱作为医药费(实际医药费比这多很多),就火速骑车离开了。随后父亲也坚持不留院观察,在我们兄弟的陪护下回了家。

1976年7月20日,正是农忙收割季节,天气异常炎热,父亲像往常一样下地干活。到下午三点左右,父亲突然一个人从地里回到家,自己搬一把椅子坐在太阳底下暴晒。那段时间,我爱人刚做完一个大手术在家疗养,我也因身体有病待在家里。我们见父亲有点儿异样,就走到他面前问:"爸爸怎么了?"他只简单地回答:"头痛,畏冷。没事,晒晒太阳就好。"我们一摸他的额头,哇,好烫手!经测量体温,41℃。此时只见他全身发抖,牙齿上下磕得吱吱地响个不停。我和爱人见情况不妙,一边用酒精不停地擦拭父亲的腋窝、颈动脉、手臂、股动脉等处,一边让母亲请人去把我哥哥和弟弟叫回来。很快,兄弟们一起来到父亲身边,决定自制简易担架抬父亲去韶山医院(那时候韶山医院在韶山冲里,离我们家约5公里)。恰在准备出发的时候,我的六舅子开车来家里看望我们。我们正好请他开车送父亲去医院。一路上,打开车窗,六哥开得飞快。到韶山医院,医护人员问明情况,立即实施抢救。经检查,父亲得的是大叶性肺炎加中毒性休克。据医生说,这种病死亡率极高,幸亏家人处理得当,送得及时,再晚一会儿恐怕很难救活了!确实,和父亲得同一种病,且年龄比我父亲小很多的同病室另外两个病人,经抢救无效,先后死亡,而父亲却从死亡线上被救了回来。住院10天,父亲基本康复就急忙出院了。我估计这是父亲平生第一次住医院,打这以后,父母亲开始慢慢改变了"三不原则"。

母亲面对疾病痛苦,同样是非常坚强的。

1995年对母亲来说是多灾多难的一年。这年2月,77岁的母亲因心包积液而住院。当时情况很不好,她胸闷胸痛,面色苍白,呼吸困难,生命垂危。医生经过会诊,确定用穿刺引流的办法治疗(就是用针扎进心包膜内将积液抽出)。这种方法危险性极大:针扎浅了,无法进入积液区抽出积液;针扎深了,则会刺入心包危及生命。院方要求我们兄弟都要在手术申请书上签名。大家都捏着一把汗,十分担心出现意外。倒是病中的母亲很淡定,她说:"你们不要怕,死马当作活马治,万一不行了,你们把我抬回去埋了就是了。"手术中,我从视频里看到主刀医生小心翼翼,额头上渗出不少汗珠。经过大约一个小时,从母亲心包膜中抽出近1000毫升的淡黄色液体,母亲转危为安,主刀医生深深地呼了一口气,我们所有家人悬着的心也都放了下来。

同年7月,母亲因尿毒症住院,好几天解不出大小便,医生用了各种通便利尿的药也不见好转。母亲日渐衰弱,命悬一线,开始拒绝吃药、打针了。医生无奈地说:"你们家人准备后事吧!"回家后,母亲让家里人找来一种叫"尿珠子"的东西熬水给她喝,每天数次,连服几天,结果奇迹出现,母亲竟能解出大小便了。母亲笑着对人说:"阎王不收我,我还要活几年。"

这一年12月30日,她不慎摔倒,右脚股骨骨折,经过治疗后,虽有好转,但从此行走时不得不使用双拐。然而多年来她坚持日常生活自理,包括洗澡、洗脚、洗衣服、做饭菜等等,极少让人帮她做事,走路也不让别人搀扶。有时她还拄着拐杖把路边的小柴火捡起来,或是把挡在路中间的小石头之类的东西用拐杖拨开。

一缕心香
YI LÜ XINXIANG

我的父母是亿万农民中普通得不能再普通的一对夫妻，从结婚成家到父亲去世，他们同甘共苦，相濡以沫，一起走过了55个春秋的漫漫人生路。虽然历经人生风雨，尝遍酸甜苦辣，但感情非常深厚，恩爱有加。

父亲为人低调，言语不多，淳朴善良，性格比较急躁，有什么事

我的父亲母亲（摄于1976年4月）

说干就干，干就干好，办事特别认真，是勤劳俭朴、敢于担当的好男人。母亲性格相对温和，对人和善，是典型的贤妻良母。她干事讲究精致，做的布鞋就像工艺品一样，缝衣服哪怕打个补丁，也要讲究针脚工整、漂亮，床铺叠得一点皱褶也没有。她虽然没有读过书，但生性聪明，心灵手巧。她除了会纺纱、织麻、做棉布鞋等一般农妇所能干的女红外，还会绣花、剪纸。她剪出来的蝴蝶、小鸟、花草等栩栩如生。凡是有人请她剪个窗花之类的东西，她总是有求必应，从不推辞。

在我的记忆中，父母亲从来没有红过脸，吵过架，有什么事总是互相商量，夫唱妇随。

1988年农历十月，母亲70周岁，亲戚朋友、左邻右舍很早就都表示要来为母亲庆贺大寿，在家的兄弟妯娌们也做好了相应的准备。母亲执意不肯在家过生日，夫妇俩一商量，决定到我们工厂来"躲生日"。生日前两天，他们在佑叔、满叔及其他亲人的陪同下，经过一整夜的火车颠簸，一行六人到达溆浦火车站，我早早就到车站迎候他们。一下火车，父亲就一脸兴奋地对我说："再友，来了一大群人啊！"我连连说："好啊！好啊！欢迎！欢迎！"

生日当天，我和爱人为他们准备了一桌丰盛的饭菜，大家共祝父母亲福如东海，寿比南山。一家人欢聚一堂，无比快乐，父母亲十分满意，异常

高兴。

  1989年7月22日,我出差顺路回家看望父母亲,正巧碰上父亲生病,住在医院打着吊针。父亲见到我很高兴,似乎病情好了许多。每次我们回家,父母亲既高兴,又担心,生怕影响我们的工作,总是会说:"你们有工作,不要耽误了你们的事情!"这一次照样如此,两天后父亲见自己病情稳定,就催着我返回单位。临别前,父亲对我说:"再友,给我一支烟!"我赶忙把烟递给他,心里暗喜:父亲要是想抽烟了,说明他的病情好转了。

  回到单位后,我又出差到怀化。7月28日下午我返回家里,当晚八点左右就收到兄弟发来的电报,说父亲病危,我带着小女儿连夜坐火车往老家赶(我爱人和大女儿有特殊情况不能回去)。第二天中午十一点多回到家里,我哥哥和几个弟弟刚刚把父亲从医院接回来。我急忙来到父亲身边,母亲对着父亲大声说:"你看看,再友回来了!"此时父亲已人事不省,说不了话,一点反应都没有。一个多小时后,时间定格在1989年7月29日12:35,父亲再也没看我们一眼,就永远地离开了这个世界,享年72岁。晴天霹雳,我真后悔没有在家多陪陪父亲啊!万万没有想到,早几天父亲的病情"好转"却是他生命最后时刻的回光返照,我给他的烟是他一生抽的最后一支烟,而"你们有工作,你去吧,别耽误了你们的事情"是他留给我的最后的话语。

  父亲去世,一家人陷入痛苦的深渊,对母亲的打击特别巨大。很长一段时间,母亲茶饭不思,夜不能寐,四弟的女儿晚上陪着她睡,经常深夜被母亲的哭声惊醒。母亲的身体也日渐虚弱。

  2003年10月28日,已是85岁高龄的母亲再度摔倒,这一次特别严重,母亲再也站立不起来了。躺在病床上的她,尽管身体钻心地痛,但她还是咬紧牙关不呻吟。为了固定已经断裂的股骨头,医生在她的股骨头处打入三根十几厘米长的钢钉,旁边的人看了都毛骨悚然,可她坚强忍受。看到母亲痛苦难受的样子,我们恨不得替她分担一部分伤痛。我们兄弟妯娌轮流护理病重的母亲,为她喂饭喂水,洗脸洗脚,擦拭身子,接屎接尿。母亲却总是心怀歉意,说:"我这个样子,拖累了你们,辛苦你们了!"其实,我们做子女的做的这些,哪能及父母亲对我们付出的万分之一啊!"十月怀胎重,三生报答轻",无论如何,父母亲对子女的养育之恩是报答不完的。

2005年1月5日凌晨0:10,经过435个日日夜夜在病床上的痛苦煎熬,羸弱的母亲溘然长逝,享年87岁。

父母亲的一生,是平凡而又坎坷的一生,也是艰苦奋斗、勤劳俭朴的一生,更是无私奉献的一生。他们顽强坚忍的性格,艰苦朴素的作风,待人诚恳的态度,办事认真的精神,深深地教育和影响着我们。他们留给我们的物质财产并不多,但他们留给我们的精神财富却令我们终身受用无穷啊!

父母亲在,人生自有来处;父母亲不在,人生只剩归途。

如果有来生,我还是愿意做父母亲的儿子。

2019年12月写于衡阳

作者简介:李再友,男,1944年11月出生,湖南韶山人。1964年考入武汉大学物理系,1969年毕业。退休前是湖南江雁机械厂干部,现居湖南衡阳。

背　影

李成玉

父亲是儿登天的梯,父亲是拉车的牛。父爱如山永世铭记。

——题记

父亲幼时读过两年私塾,积累了一点国学常识,毛笔字练得颇有章法。先生很喜欢他,逢人便夸"韵松(父亲名字)聪颖,勤奋好学,孺子可教",还愿减免一半学费。可是家里穷,连一半学费也交不起,又缺劳力,父亲只得辍学,成了他一辈子的遗憾。

堂叔讲过这样一件事。1943年冬,日本鬼子闯进村,恰逢我父母去邻村办事,碰到逃命的熟人忙打听我的下落,慌乱的人群只顾逃命,都说"不知道"。母亲一听瘫倒在地,父亲拔腿就跑,到家发现我还熟睡在摇篮里,抱起就跑,一只鞋掉在摇篮旁也无暇顾及。他回去见母亲还在哭泣,拉起他就跑。所幸鬼子的魔爪还来不及伸到我家,父子才侥幸逃过一劫。

我三岁时大祸降临——母亲去世!弟弟尚不会走路,兄弟姐妹五个嗷嗷待哺。爷爷奶奶体弱多病,八口之家的吃喝拉撒重担,全落在父亲一人身上。他除没日没夜地干农活外,还无师自通地学会做木工、编竹器挣钱。更为难得的是,他充当家庭"医生",保全家健康。什么感冒发烧、长疖生疮之类的常见病、多发病,他都能治。记得我头上长过一个大疖,痛得直哭。父亲采来草根树皮,放嘴里咀嚼成糊状,涂敷在疖子上,过一会儿便止痛。第二天挤出脓便好了,但是留下了拇指甲大的疤痕。他怕影响我的形象,又请奶奶将生姜片烤热轻擦疤痕。经过一个月的努力,疤痕终于消失,我长出了头发。我曾有尿床的毛病,为治好顽疾,家人形成"补"和"打"的两派。奶奶是"补"派,认为这是体虚,要补身子。爷爷是"打"派,认为要打一顿让我长记性,记得晚上起来撒尿。理由是这孩子玩心太重,连尿都不记得屙,每天只能在餐桌上见到人，筷子一放就不知跑哪里疯去了。这有理有据的荒谬理论，导致了更荒唐的行动。为尽快治好我的病，爷爷当真打了我一顿，边打边警告："叫你不长记性，夜夜尿床！再尿床打得更狠！今天只是提个醒！"错误的大巴掌扇在无辜的小屁股上，十分冤屈。只几下我就觉得火辣辣的，扛不住了。我连忙求饶道："爷爷，我长记性了，再也不尿床了。"爷爷要的就是这句话，他将高压下信誓旦旦的保证，当成真话，暗自庆幸自己"医术"高明，当晚便欣然带我睡觉。谁知老天捉弄人，我这次的夜尿超水平发挥，连爷爷的裤腿也没放过。这泡尿将"保证"变成了"罪证"，也宣告了爷爷"理论"的破产，弄得老人家哭笑不得，十分尴尬。作为孝子的父亲，不参与爷爷奶奶的争论。他从屠夫那里捡来猪膀胱，又采些中草药，叮嘱奶奶在猪膀胱内放入阴米（糯米煮熟阴干而成）、红枣及草药煮熟，趁热让我吃下。约经两个月的调养，我居然不尿床了。更为神奇的是，有一年夏天，我突然得了夜盲症，黄昏后便看不清路。又是父亲到野外采来树皮草根，嘱奶奶加红枣、蛋壳煮鸡蛋吃。此招见效更快，一周后我夜晚便行走自如。我心目中的父亲是一位手到病除的"神医"。然而，他所有的"技艺"，从未正规从师，都是平时留心偷学来的。怪不得他常念叨"处处留心皆学问"。这些学问可为家里省去不少钱，救了不少急，解决了家里的大问题。父亲总是来去匆匆，风风火火。每当看到他匆匆的背影，我感到由衷的骄傲。他是我的保护神，在他的羽翼下，幸福享无边。

　　父亲勤俭持家的品德令我印象极深。一次他挑担辣椒到十五里外的集市去卖。我死皮赖脸地抓着他的箩筐绳跟去了。中午，他用辣椒跟人换一条菜瓜给我充饥。我硬要他同吃，他只是勉强咬两口又去卖辣椒了。直到天黑，我俩再未吃东西，卖辣椒挣的钱分文未花。一到家，他就催奶奶"快开饭"，我两眼发黑，两腿像"打摆子"。

　　读小学时，我是闻名全校的顽童，把学习抛到九霄云外。那时执行五分制。我语文、数学都是一分、二分，连三分都极少。一回家，亲友们像开公审大会一样围着我问："今天又跟谁打架了？考了多少分？……"年幼无知的我体会不到亲戚的好心关怀，心生反感。他们异口同声地对父亲说："这孩子再不管就完了。"有的人说："我看他还没有睡醒，考差了不给饭吃，饿醒他试试。"也有的人说："把他转到邻村学校去，脱离他的狐朋狗友，没人玩了，他就会收心的……"大家为改掉我厌学贪玩的坏毛病，冥思苦想，七嘴八舌建言献策。"养不教，父之过"，熟读《三字经》，深谙《孟母三迁》故事的父亲看在眼里，急在心里，他不是不管，而是在考虑怎么管。打骂只能触及皮肉，不能触及思想，今天打明天忘，还会产生抵触情绪，结果适得其反；讲大道理，人太小听不懂。他不打不骂，也不提学习的事。他在寻找教子的最佳机会。机会终于来了。有一次在田间干活，要将水田中央的稻草拖上田埂。我因人小力单，双手反剪背后拖一捆，力不平衡，人很难受。拖两捆力虽平衡了，但太重拖不动，只能挪一步喘一口气，挪步的时间越来越短，喘气的时间越来越长。我觉得力气快使完了。当时天热风息，"秋老虎"发威，不久我便头昏目眩，恶心呕吐起来，倒在田里不能动弹。闻讯赶来的父亲急忙背我到树荫下放平，又解下斗笠为我扇风。我慢慢地醒过来了，看到扇风的父亲，我像受了委屈似的哭起来。父亲安慰道："不用着急，这是中暑，休息一会儿就好了。"人群散去。只见父亲用慈祥的目光看着我，深情地说："孩子，农村就这样。你要是好好念书，将来就不会受这个苦了。"我反复回味父亲的话，觉得蛮有道理，只有读书出去干事，才能改变我的命运。从此，我便下定决心好好读书。我白天要劳动，晚上在墨水瓶做的小煤油灯下，认真学习。若有蚊虫叮咬，就右手握笔，左手驱蚊。父亲则不声不响地在旁边生起一小堆烟火驱蚊。然后，他左手握根旱烟袋，右手拿把蒲扇，一边吸烟一边帮我赶蚊子。父爱无声，一个暑假，父亲悄无声息、一天不落地陪我学习，给我极大的鼓舞和鞭策。很快，我把前五年的功课全补起来了。六年级一上学，连班主任都不敢相信我有如此快的进步，惊叹道："这个山大王，短短一个暑假便判若两人，家长施了什么魔法？"校长自然把我树为全校学习的典型。榜样的力量是无穷的，我给"狐朋狗友"们带了个好头，他们个个痛改前非，进步都十分明显。某种意义上讲，父亲不仅从根本上改变了我的学习态度，而且也给学校传递了强有力的"正能量"。"校风正了，纪律严了，学风浓了，老师笑了"，这是校长家访时说的话。升学考试，全班只有原来的第一名和我两人考上了中学。

看我学习态度有转变，父亲由衷地高兴。为巩固我的思想和决心，他趁

一缕心香

热打铁给我讲起"头悬梁,锥刺股"的故事。放牛时,他又讲王冕把书挂在牛角上读的故事。待我成绩进入全校前三名时,他灌输给我"学好数理化,走遍天下都不怕"的观点。在他的熏陶下,我所有学科中,数理化成绩最好,这也是我报考武汉大学物理系并被录取的原因。

父亲处处留心培养我的思想品德。家乡有习惯,春季插秧相互帮忙,今天帮张家,明天帮李家。主人家除盛情款待外还发一个咸鸭蛋。父亲每次都舍不得吃,拿回来给我。在当时,这是难得的食物。我高兴得跳起来,将蛋敲开一个洞,用舌尖舔舔,鼻子闻闻,真是莫大的享受,打算一个人躲到一边慢慢享用。这时,父亲说"要给弟弟吃一点",又给我讲了《孔融让梨》的故事。我想到弟弟,还有比我只大两岁的二姐,便叫他们过来一起吃。三人轮流一人一口。我当时想起《孔融让梨》,每次只咬一小口,二姐和弟弟也学着咬一小口。就这样,好长时间才吃完这个咸鸭蛋。此后,三人谁有吃的都这样分着吃,从未因争抢食物而翻脸。手足之情就这样慢慢地建立与加深。直到我工作后,兄弟姐妹之间都是联系不断,互通有无。我虽给他们帮助不大,但遇到谁有困难,我都会倾其所有地支持。

父亲全方位地为我着想。我们湖区涨大水最危险的是溃堤。父亲曾亲眼见过倒垸淹死人的惨状。因此,他决定教我逃生的本领——游泳。他先示范讲解游泳的方法,在水中请邻居与他相距2米远站定,将我抛入水中,让我自己游向对方。他俩慢慢拉开距离,我越游越远,胆子越来越大。虽然那只是"狗刨式",但渐渐也能游上几十米。这时,我的瘾已被勾上来,成了村里孩子们的"教头",能潜泳三十多米的距离。后来,我在武汉三次横渡长江,儿时打下的基础是功不可没的。

三年困难时期,大家吃公共食堂,饭钵写上名字,只能端自己的饭钵用餐,严格按人定量。父亲叫我们每人每餐从自己钵里舀一坨给爷爷奶奶吃,他先带头。结果被爷爷奶奶严词拒绝,说:"我们吃了孩子们还活不活?"此事虽不了了之,但父亲的孝心永远铭刻在我心中。我看到父亲脚背是肿的,手臂轻轻一按便有一个小窝,久久不能复原。为保春耕,队里给每个劳动力每天增加半斤定量。假期回家,父亲将自己口粮分给我吃,说:"吃吧,我增加口粮了。"此事被生产队长发现,批评父亲说:"这是政府为支持春耕生产增加的定量，马上就春耕了，你如何下地？"意即省给儿子吃了，水肿不消，无法下田。后来父亲还是背着队长给饭我吃。

1962年寒假，雪花纷飞，为减轻父亲一点负担，我下湖挖野藕，直到手脚冻僵才回屋烧火取暖。谁知不小心失火，室内浓烟滚滚，闻讯赶来的父亲冒着浓烟摸到我，将我背出屋子，才幸免于难。我的腿部烧伤面积有两个巴掌大，全是水疱，痛得昏死过去。农村缺医少药，父亲的医术已无力回天，伤处溃烂达三个月之久。父亲日夜兼程，四处奔走，寻医问药，终于在老远的地方找到一位乡间中医。他给一偏方，用狗油加他的中药粉剂调匀涂敷伤口，果然半个月见效，但我已无法正常行走了。耽误学业已三个月有余，我心急如焚，决心拼命一搏，爬也要爬到学校去。可是家离学校十五里，谈何容易？父亲最懂我的心，他毅然决定背我上学。父亲营养不良，我虽瘦至少也有70来斤，父亲哪来的力气背我？家人一致反对。可父子俩心心相印，力排众议，决定第二天出发。父亲背一段，我拄杖跛行一段。我和父亲还常生争执。我要多跛行，父要多背，每次都是我挣扎下来，父亲才放手。这样背一程，跛一程，经过十几次轮换，终于到达学校。老师同学欢迎，我也高兴。可当我转身看到疲惫不堪、踉跄移步的父亲的背影，顿时鼻子一酸，眼泪夺眶而出。我内心呼唤："爸爸，您太辛苦了。"

初中期间，也曾听邻居给父亲说我的"绯闻"："你要得儿媳妇了，很漂亮的。""别嚼舌根，没有的事。"父亲回道。"别人亲眼看见他们在一起说说笑笑，还送东西。""我不信，仁伢子绝不会那样做。"父亲笃定，儿子胸怀"鸿鹄之志"，岂能被儿女情长所羁绊？况且还小，懵懵懂懂的。知子莫若父。我那时立志考大学，改变命运，一心扑在学习上。凡讨论学习，热情欢迎，来者不拒，当然不乏女生。人家有无"一闪念"，我不得而知，反正我不忘初心，心无旁骛。

因初中加倍努力，我不仅补上了四个月耽误的课程，还顺利考上高中。又经过三年努力，终于迎来高考。这是一场输不起的战斗。想想几年来父亲的艰辛和自己的目标，我就给自己加压。由于酷热和蚊虫的叮咬，加之压力过大，高考前的一夜我失眠了，第二天昏昏沉沉的，格外紧张。一出门，我惊喜地发现父亲站在门口微笑着等我。啊，我的精神支柱来了！父亲似乎看出了我的心思，赶忙说："老师都说你成绩好，考上没问题！你都考不好，人家更考不好。"父亲边说边将2元钱和一根绿豆冰棒放在我手上。"你想吃什么就买点吃。"这样好的冰棒我是第一次吃到，感到凉飕飕的，浑身舒服，头脑也清醒了许多。我便信心满满地走入考场。语文自我感觉良好。看到我春风得意的样子，等待已久的父亲说："考好了别骄傲，骄兵必败。你好人家可能也好。"这充满辩证观点的话让我顿时清醒。数学较难，有考场传来考生痛哭甚至要弃考跳楼的消息。父亲说："黄豆拣熟的拈，先做容易的。别紧张，今年考不上明年再来。反正家里不要你劳动。"这句话让我吃了定心丸，我认真仔细地坚持到考完。这时我才想起，家离考场70多里，校园周围无亲无故，父亲是怎么来的？住哪里？吃什么？回家后才听邻居说："你父亲怕你考不好，拦都拦不住，连夜赶去考点附近，找到一户农家，就在屋檐下用两条板凳当床，帮农家干点活赚几个红薯充饥。一直坚持到你考试结束。"

  我终于如愿收到了武汉大学录取通知书。虽然高兴，但同时产生了忧虑，不敢将消息告诉父亲。因为他得到消息，虽然可高兴一阵，但也一定会为难得寝食不安。家里吃穿都十分困难，哪有钱交学费、伙食费、车船费？离开学只有十五天了，我忐忑不安，只得把通知书给父亲看。父亲高兴得像孩子一样跳起来，对亲友们说："我昨晚做梦，梦见'仁伢子'骑着高头大马回来了。"他遍访亲友报告喜讯，又将母亲的陪嫁已脱漆的小木箱修缮一新，配上锁，将钥匙交给我，说："把钱放箱子里，钥匙系在裤带上不会丢。"他又将六张崭新的十元大钞放我手上，说："就这些，少了点，省着用吧，以后再想法弄点给你寄去。"我一时语塞，目瞪口呆。这天文数字般的钱从哪儿弄来的？我只愿拿一半。父亲说："晴带雨伞，饱带饥粮。出远门要准备得充足一些。"后来我听信用社的堂叔说："你爸爸不容易哩！为你操碎了心。你一跨进高中门槛，他就开始筹备，编竹席竹篓，打鱼摸虾，种菜等等，哪样能卖钱就做哪样。一天攒一点。三年挣来分分角角一大布袋，怕你带着不方便，请我到银行换十元一张的大钞。我清理了半天，一共五十九元三角，我贴七角钱给你凑个整数六十元。"

  要上学了。我家离轮船码头十来里地。父亲执意送我，边走边叮咛：

"在家靠父母,出门靠朋友,要多交朋友。""要尊敬老师。""要诚实做人。""多写信回来……"一声鸣笛,轮船开动朝长沙驶去。渐渐地,我看不见父亲招手了,只看到熟悉而模糊的背影。那是父亲的背影,又好像是母亲的背影。我突然产生一种莫名而强烈的失落感,潸然泪下。是啊,这些年父亲忍受无穷的痛苦与劳累,既当爹又当妈,日复一日,年复一年。父亲年华逝去,日益衰老,含辛茹苦,抚养我成人,多么不容易啊!我想这时他每走一步都在为我思考:学校能吃饱饭吗?那点衣能不能在汉口过冬?……后来的通信证实了我的推断。他在信中说:"给你换点全国粮票寄来,我们粮食够吃了。""寄点布票和钱来,你添点衣服御寒,别着凉了……"

父亲为我的操心是没完没了的,连孙子辈的心也要操。就在临终前第四天,他执意要同远在德国的孙子通电话,担心异国他乡的孙子找不到女朋友,又要同在美国的孙女们通电话,询问她们的生活情况。弥留之际,父亲拉着我的手,断断续续地说:"仁伢子,对不起你,读大学我只能给你穿破布烂衫,像个叫花子,在同学中丢了你的人……"我百感交集,号啕大哭:"爸爸呀,您一切都是为了我们,半点都不为自己考虑……来生我还要做您的儿子……此生再也见不着您匆匆的背影了……"过度的悲伤使我昏了过去。

2020 年 8 月

作者简介:李成玉,男,生于 1943 年 9 月,湖南益阳人。1969 年武汉大学物理系毕业。先后在湖北南漳、枝江,浙江杭州等地任教,并长期担任过教育行政领导工作。业余时间喜爱文学,曾有诗词和散文在报刊上发表。现退休赋闲在家多年。

音容宛在,父母活在我心中

成明刚

"哀哀父母,生我劬劳"。父母生育我们姐弟三人,含辛茹苦地把我们抚养成人,劳碌了一生,为儿女操碎了心。然而在1965年11月30日至1966年5月31日,父亲和母亲在短短的几个月里相继病逝。父母去世时都才五十多岁,都较年轻,生前一天福也未享过,可谓是"春蚕到死丝方尽,蜡炬成灰泪始干"。尤其是父母临终时,我都未能在身旁给父母送终,更未能如愿孝敬父母,回报父母的养育之恩。这是我人生中最大的遗憾,愧对父母,以致抱恨终身。特撰写此文,以表达对父母深切的缅怀追思之情。父母的恩情比山高,比海深。我不但要永远铭记他们的恩情,更要学习和传承他们的优秀品德。

成长·创业

我家祖辈生活在江苏省建湖县湖垛镇镇北的农村,主要从事农耕。祖父母生养了四个儿子和两个女儿,儿女辈分为"祖"字辈,父亲是成家长子,生于1912年,取名叫述祖。其他人分别叫座祖、仲祖、立祖、兴祖、淑祖。祖父母虽然内心都疼爱子女,但管教很严,祖父在家中享有绝对的权威,采取家长式的管教方式,子女如有不听话、做错事、贪玩等,会受到训斥,甚至会挨打。同时,祖父注重培养子女的生活技能并教他们简单的农活,因此父亲很小就能生活自理并干活分担家里的压力。

祖父知道教育的重要性,强调子女注重学习,子女虽然谈不上有什么学历,但没有文盲,当时在农村实属不易。学习是采取上私塾、自教或大教小等方法来实现的,因此父亲在八岁时,就被送去上私塾,学习《三字经》《百家姓》《增广贤文》、"四书五经"及简单古文等。在学堂,父亲认真听讲解,遇到不懂的就问。他喜欢看书,不断积累知识,在私塾学习不到两年就学到了不少东西,从而奠定了一定的基础,养成了勤奋好学的习惯。后经过勤学苦练,父亲掌握了简单的数学知识,练就一手好毛笔字和打得一手好算盘。父亲肯钻研且心灵手巧,学木工、雕刻,到后来学修钟等。家藏李时珍所著全套《本草纲目》,父亲不时翻阅和研究,可以说学无止境,对技术精益求精。

民间流传着一句"荒年饿不死手艺人"的俗语。因此在父亲十三岁那年,祖父就把父亲送到县城湖垛镇一家食品店当学徒,拜师学艺,学习食品加工方面的手艺。学徒生活是很艰辛的,开始都是干杂活,跑腿、挑水、劈柴、做清洁等,师傅吩咐什么就干什么,稍不如意轻则挨骂,重则挨打。据说有一次帮带小少爷,小少爷不小心摔了一跤,父亲就挨了师傅的打。父亲不敢顶嘴,含着眼泪忍痛还得继续干活。学徒期间,父亲每天早晨六点不到就起床,生炉烧水,打扫店堂,抹柜台和清理货架,然后一块一块下门板,打开店面按时营业。晚上十点多钟,按门板编号顺序一块一块上门板,关上门,清理好店堂后方可休息。因父亲家在农村,而且又是长子,农忙时还得跟师傅请假,回乡帮忙。经过大半年后,父亲才开始接触食品加工方面的手艺,随后跟着师傅学习和操作,慢慢地掌握了生产技能。父亲喜欢钻研和琢磨,提出一些合理的建议,得到了师傅的认可。父亲肯吃苦耐劳,获得师傅的称赞,师徒关系更加融洽了。三年学徒期满,父亲又回到农村从事农耕,五年后结婚成了家。

父亲学了手艺,于是与祖父母商量,并得到他们的支持,带着母亲一起,在县城湖垛镇租了一间房作为简易手工作坊,生产徽子、糕点、糖果、月饼等食品,并在家门口摆摊销售。在生产过程中,他注重卫生,坚持不销售过期食品,确保食品安全;在产品质量上首先是选料考究,生产时精工细作,层层把关,确保产品质量。由于食品安全和质量得以保证,加上产品价格公道,父亲做的食品备受当地居民的欢迎。生意越做越好,于是父亲重新租房,将简易手工作坊变成了前店后坊的格局,并正式挂上了"同盛号"的招牌。后来,三叔也从乡下来店里学艺。长哥长嫂似爹娘,在生活上无微不至地关怀和照顾这个小弟弟,在学艺上从严要求,使他很快成长起来。经过两年多的时间,三叔就掌握了炸徽子等糖果糕点食品生产工艺流程,学有所成,成了大师傅。之后,父母又帮三叔张罗成家立业,三叔凭这门手艺,生活有了保障,足以解决全家人的温饱。

关爱·教育

二十世纪三十年代末,由于日寇侵占我中华,处于动荡不安的年代,加之当时医学不发达,医疗条件差,父母婚后原有的三个孩子在很小的时候都不幸相继夭折,对父母的打击很大。直到母亲三十二岁,即1941年10月,母亲才生了我姐姐。因辈分是"明"字辈的,取名为明坤。三年后中秋节生下我,一家人喜气洋洋,有人提议把才生下的我用缸罩住,以保平安,并取名为明刚。过了四年又生了我弟弟,取名为明轩。父母亲给了我们生命,并不辞劳苦把我们抚养大。父母都非常疼爱子女,我记得闲时父亲除在家逗我玩外,总是驮着我上街玩。我印象最深的是父亲想方设法自己动手给我们制作各式各样的玩具,如用木头雕刻一个架子,上面插满了用木头刻的大刀、矛、斧、锤、戟等古代兵器,惟妙惟肖。特别是用木头雕刻的水牛,栩栩如生,所见之人无不称赞父亲心灵手巧。像这样无言的父爱,无处不在。而母亲更是将全部情感倾注在儿女身上,温柔关爱,无微不至。父母任何时候对子女都是舐犊情深,使我们过着幸福快乐的童年生活。在我们姊弟三人成长过程中,父母非常注重对子女的教育。母亲虽然从旧社会过来,但还能断文识字。母亲从小就开始教我们怎样做人,要与人为善,积极向上。时常给我们讲"刘秀七岁走南阳""甘罗十二为丞相""二十四孝"等故事。我们从这些故事中得到启发,懂得了一些道理,给我留下深刻的记忆。上学前,母亲在家里教我们认写简单的字,小时候我特贪玩,不用心,前面学会了,后面又忘了,母亲总是不厌其烦地反复教,直至我完全记熟为止。父亲传承祖父的教育方式,对子女管教很严,小时候我因不听话或贪玩,没少挨父亲的打。同时父亲教我们学写毛笔字和学打算盘。父母的教育给我们打下良好基础,使我们掌握一些基础知识和技能,为今后学习和生活创造了一定的有利条件。上学后,父母告诫我们要尊师重道,学习专心致志,讲究学习效率,切不可边学习边玩耍或做其他事情。我们力求按父母说的去做,并养成良好的学习习惯。我们姊弟三人都顺利地完成了高中学业,并取得较好的学习成绩。可以说父辈的言传身教,是后辈成长的领航灯。如姐姐后来就继承了父亲的衣钵,中学毕业后在粮管所做会计工作。再如表弟左文汇曾说过,特喜爱舅舅雕刻的各种艺术品。他受我父亲的熏陶,从小就喜欢画画。虽然学历不高,但他在农村自学成才,采取临摹和写生相结合的方法通过不断的学习和练习,工笔画取得一定成绩。表弟后在江苏省国画院进修两年,水平越来越高,现为江苏省美术家协会会员、江苏省花鸟画研究会会员,并获得当代中国画杰出人才奖等殊荣。

敬业·革新

二十世纪五十年代,中国出现公私双方共同经营企业的新形式,并在全国迅速掀起公私合营的浪潮。在这样的形势下,建湖湖垛镇也全面实行公私合营,在镇南新建了建湖县食品加工厂。凡镇上所有私有食品加工行业,包括私营手工作坊,都合并到县食品加工厂。父亲退租原前店后坊的房子,撤销了手工作坊,也进入了新组建的建湖县食品厂。因父亲工作能力强,字又写得好,算盘也打得好,被推选担任该厂的会计。父亲热爱自己的工作,对工作认真负责,不但账目从未发生过差错,而且账面整洁,账目清楚,深得领导的称赞。因父亲爱动脑筋且动手能力强,厂里生产工具和设备坏了都会去找父亲修理,父亲除做好会计本职工作外,无形之中成了厂里的义务修理员。因成绩显著,父亲连年都被评为厂里先进工作者。后来镇上又进行行业大调整,把食品加工厂、酱醋厂、豆制品厂等和相关食品销售门市部合并,组成合作联社,统一领导,单独核算。父亲任合作联社总账会计,指导分账会计工作,要求分账会计做好记账、对账、结算各个环节的工作,以及按要求及时上报,督促和检查各部门财务收支、财务管理、资产管理等。因为部门多、项目多,所以检查记账凭证以及归纳汇总特别繁杂琐碎,但父亲的工作总是有条不紊,账目清楚,账账相符毫无差错,定期向领导提供各种财务报表和备注说明。同时,他经常下基层了解情况和检查工作,并按时完成领导交办的任务。尤其是每到月底或年终,父亲都特别忙,总会连续有几天,下班回家吃晚饭后又回单位去加班,做账做报表忙到深夜才回家,受到领导的表扬和职工的一致好评。因成绩显著,工作突出,父亲又被抽调到县供销合作社财会室,一直从事财会工作。

江苏食品大糕,又名玉带糕,主要以糯米粉、糖、核桃仁、桂花、麻油等精制而成,具有滋阴强身、润肠益气、消食健胃、生津润肺的功效,而且香甜可口,老少皆宜,深受江浙人的喜爱。所以江苏各地食品厂普遍生产大糕。大糕经过多道工序再做成长方形条状,放蒸笼中蒸熟,蒸熟的大糕经过冷却后,质地相对较硬,需人工一刀一刀切成厚薄一致的片状。切糕是一件非常累的技术活,切糕人必须站着用力才切得动,手也都磨起老茧,非常辛苦不说,而且效率低下。于是,父亲就想着做一种切糕机,既减轻劳动强度又提高功效。父亲首先勾了个草图,找铁匠按要求打个专用切糕刀,找来木头、马达传动皮带等材料,自己动手用木头打了个木架,同时制作好传动轮和踏板等,采用像缝纫机那样的传动形式,操作者坐着用脚踏的方法使轮子转动并带动切刀上下运动。经无数次试验终于成功了,操作者不像以前那样劳累辛苦,功效也有所提高。然而父亲不满足现状,不断学习,不断提高,继续钻研,总想着对原有的切糕机如何做改进,甚至睡觉睡到半夜,突然想起什么,起床后在纸上写画,搞完后再去睡。最后选择改用电机做动力,以及用弹簧推进的方法,做成自动进料盒。虽历经失败,但父亲毫不气馁,反复试验,逐步解决速度控制、切片均匀等技术难题,终于做成了第一台半自动化切糕机,比原来脚踏式的切糕机又前进了一步。通过实际操作,新式切糕机切成的糕片厚薄均匀一致,得到一致好评,不仅摆脱了繁重的体力活,大大提高了效率,而且保证了质量。镇和县里对父亲进行表彰,同时组织同行来厂观摩学习,并上报盐城专区,样机送专区展览。父亲也有幸参加了专区"技术革新表彰大会",被授予技术革新能手光荣称号,荣获由盐城专署专员郑士鲁签发的奖状。此后,切糕机也在各大糕生产行业得到了推广和普及。

建房·改造

县城湖垛镇政府统筹安排,在镇西划了一块地,解决职工的住房问题,个人申请经批准后,可建私房。父亲办齐手续,在获批的地皮上新建三小间小屋,根据当时家庭经济状况,只能建造低价的简易房屋。墙是用编织芦苇糊上泥巴做的墙,屋顶是茅草铺成的,由父亲自己动手,几个叔叔帮忙一起建成了茅草房。父亲退还了原租房,搬进了新房。父亲利用业余时间,干上了木工活：打柜子、做木箱、添板凳桌椅，逐渐置齐家具，同时自制铁墩、钟表起子、镊子、单眼放大镜、橡皮吹等全套修钟表工具。他从旧货市场买回一些废旧钟表，反复拆卸组装，逐步掌握了它们的结构，在摸索中不断提高修理钟表的技能。家里用的钟和他用的怀表，都是买的旧货经过修理而成，不但运行正常，而且走得准。当亲朋好友及同事知道父亲有这门手艺，不时拿来钟表请父亲帮忙修理，父亲都乐意为他们服务。父亲兴趣爱好比较广泛，除此而外还喜欢木雕、刻章、养花、果树嫁接等。他不断寻求新的乐趣，不断钻研学习新的东西，不断提高新的技艺。他平时总要找点事做，虽然看起来比较忙，但生活过得很充实。

多年以后，我家茅草屋因年久破旧不堪，屋顶漏雨，篱笆墙也破烂了。1964年暑假，父亲下决心将房屋重新翻建。他请了一位泥瓦匠师傅，以及几个叔叔帮忙，我们姊弟三人干小工活。我们用砖砌成单层砖墙，加固了原屋梁并铺上瓦，使茅草屋成为名副其实的砖瓦房，大大改善了居住条件。父亲越来越老，身体也越来越差。年轻时因过分辛劳，饥一顿饱一顿，父亲患上了严重的胃病。他平时因为忙未能好好保养，没有经过系统的治疗，痛得狠时，自己就买点药吃，加上担负生活重担，操劳过度，生活没有规律，病情越来越重。父亲时常因胃痛，晚上不能入睡，整夜背靠床头半躺着，人也逐渐消瘦，跟同龄人相比更显苍老。我1965年暑假回家，家乡正发大水，父亲到轮船码头接我。我见父亲身穿短袖衬衣，挽着裤腿，打着赤脚。父亲虽然流露出兴奋的表情，但面色憔悴，身体瘦小，体重不足九十斤。父子见面后，我内心难受，不知不觉流下心酸的泪水。父子俩边走边聊回到家中，暑假期间一家人其乐融融，感受美好的家庭温馨。不知不觉暑假结束了，父亲送我上轮船，想不到这竟是父子俩的永诀。

母亲的童年

母亲姓王名慕秀，生于1909年农历腊月二十八。母亲有三个弟弟，叫慕曾、慕刚、慕斌。因母亲的父母去世早，母亲才十几岁，便和三个弟弟投靠到母亲的外公处。外公外婆年事已高，加之身体欠佳，母亲是长女，不得不挑起了生活的重担。她不但要照顾年迈的外公外婆，还要像母亲一样，照顾三个弟弟，洗衣弄饭做家务，还服侍三个弟弟的吃喝拉撒睡。母亲不但没有像其他小朋友那样，享受父母的疼爱，过着无忧无虑快乐的童年生活，而且整天忙忙碌碌。有一年冬天，天很冷，接连下了几天鹅毛大雪，屋檐下都挂满了冰凌。一天晚上，最小的弟弟突然发高烧，周围乡村既没医生，又没诊所，母亲不得不连夜背着弟弟，艰难地踩着很深的雪，走几里路到县城湖垛镇的诊所给弟弟看病。经诊断，是风寒感冒，于是母亲拿了药又往回走，到家时已筋疲力尽。通过药物治疗和精心调理，小弟弟没几天就康复了。母亲就这样把三个弟弟拉扯大，直到他们长大成人。母亲历经磨炼，造就了她勤劳节俭的美德和坚韧的性格。给我印象最深的是三个弟弟结婚成家立业后，母亲还一直不间断地照顾帮衬着三个弟弟。弟弟们不管大事小事都找姐姐。弟弟们的小孩也都喜欢常到姑妈家小住。母亲疼爱他们像自己亲生的一样。

母亲的美德

母亲善良贤惠，勤劳节俭，宽容大度，广结人缘，这种美德一直深深烙在我脑海之中。

父母是亲戚关系，相互都有一定的了解，经祖辈做主成婚，婚后父母举案齐眉，相敬如宾。虽然过着清贫平淡的日子，但家庭和睦、生活快乐。之后母亲随父亲来到县城创业，开办了一间小型食品手工作坊。父亲忙于生产，母亲操持家务，照顾全家人的饮食起居，把家里打理得井井有条。她要买菜做饭、缝补浆洗、打扫卫生等，有时还得在店面帮忙售货或在生产过程中搭把手，是个闲不住的人。母亲特别好客，并做得一手好菜，我们家在县城，叔叔、姑姑都住在农村，凡到县城都会到我家，还有其他亲戚朋友到家来，母亲都热情款待，总是做上一桌子好菜，我们也跟着一饱口福。随着时间推移，勤学的母亲也学会了炸馓子等食品加工活，不时参与生产，家境也慢慢好起来，因此总少不了上门乞讨的人。母亲心地善良，总是善待他们，或给饭菜，或施舍点零用钱。

谁知天有不测风云，在我六岁那年，镇上发生伤寒瘟疫传播，我隔壁邻居小朋友赵自强的母亲不幸染疫而亡。我也不幸染上了伤寒病，病情时好时坏，反反复复，全家人束手无策。家人四处寻医求药救治，都未能使病情得到控制，我命悬一线。父亲无心打理作坊，母亲哭成泪人。父母亲承受着巨大的心理压力，日夜陪伴在我的身旁。叔叔、姑妈也都从乡下赶到县城，眼看我快不行了，他们一面安慰父母并积极寻医问药，一面嘱咐父母做好料理后事的心理准备。通过努力，家人找到县医院一位知名医生给我看病。他根据病情诊断唯有采用进口抗生素盘尼西林治疗伤寒才有效，别无他法。当时盘尼西林非常珍贵，价格不菲。父母为救人，采纳医生意见，用进口盘尼西林给我治病。终于出现了转机，我从死亡线上被救了回来，是父母给了我第二次生命。

建湖县位于江苏省苏中里下河腹地，隶属盐城地区，二十世纪五十年代，还是相当贫穷落后的。县城湖垛镇就一条老街，街道自南向北用条石铺成。我们家住在镇西，住房是相当简陋的泥巴墙茅草屋。住所还未通电，仍用煤油灯照明，更谈不上用自来水。父母亲每天都得去小河边用木桶拎水倒到家里的存水缸里，经明矾净化后再用。做饭是用灶和煤球炉，开始镇上连蜂窝煤都没有供应的，只有煤粉供应。煤粉买回后，趁天晴时，母亲一早就带我们在马路边做煤球，放路边晒着，天黑前收回。城镇居民每月供应二十四斤口粮，二两棉籽油。特别在三年困难时期，粮食紧张，每月我们还得省下一部分口粮，孝敬住在农村的祖父母。为了节约以及保证我们尽量吃好点、吃饱点，母亲想方设法在屋前、路边种点菜，在树下种点丝瓜或扁豆，还养了几只母鸡，基本保证每天可以收到两三个鸡蛋。母亲或买廉价的大麦或买打折的碎米，用大麦磨成粉做面饼，或用碎米浸泡后磨成浆，做成米粑。当时很多人由于营养不良，得了浮肿病。我们家靠母亲的吃苦耐劳、勤俭持家、精心安排，无一人因营养不良而患病，一家人平安地度过困难时期，三个孩子健康地成长。

生活在县城，一切靠买，开销大，仅靠父亲三十三元五角的微薄工资，难以维持三个孩子的读书费用和全家人的生活，入不敷出。母亲不得不出去做临时工，如在工地做泥瓦匠小工、给酱品厂打杂，最多的还是在食品厂帮工，主要是炸馓子。此活相当辛苦，在油锅旁烟熏火烤，一站就是一整天。劳累了一天的母亲，拖着疲乏的身体回到家里，不想吃饭，只想好好休息一下。她总是坐一会儿后再勉强吃一点。母亲在外做工,每天还要早起做早饭,中午还抽时间赶回家做中饭,保证父亲按时上班和我们按时上学。她要操持家务,安排日常生活,十分忙碌和疲倦。姊弟三人看到母亲这样辛苦,都感到心疼。

父母省吃俭用,供我姊弟三人上学,我们立志好好读书,不辜负父母的希望,并主动在家里做些力所能及的事情。我初中毕业时,由于家庭困难,父亲想让我不再继续读书,去学门手艺。于是,他找人帮忙,说好安排去盐城江淮农机厂翻砂车间当学徒。1958年县下属各区都兴办了初中,1961年初中毕业生相当多,而建湖县中学只招收三个高中班,所以初中考高中录取的比例很小。我有幸被县高中录取,我表明了要继续读高中的想法。母亲非常支持我,并做父亲的工作。母亲说:"人家想读,但考不上。他好不容易考上了,就让他读下去吧,应为他的前途着想。"于是我进了县中高中班,继续学习。受父母的教育和影响,我们学会了刻苦、勤俭,并为父母分忧,利用寒暑假想法子赚点钱。我用小麦秆编草帽,编好后交供销社收购站,经质量验收合格后,才按每市尺三分钱的价格收购。因整天连续不断地编,手都磨起了血泡。我还做临时小工,每天可得七角钱收入。就这样,一个假期下来,凑足学费还有余。在这样的家境下,我们姊弟三个走读生都以优良的成绩完成了高中学业。

母亲的希望

1964年我顺利地完成高中学业,参加全国高考。当时建湖全县都没设考场,必须到专区所在地盐城参加考试。考试前连续几天,母亲都做好吃的,说是给我好好补一下。我从小到大,一直待在父母身边,从未出过远门。母亲给我准备行装,还特地包了粽子让我带着路上吃,并要我分给同学,一起分享。一是粽子即使放几天也不容易坏,二是寓意高考中了。临行前一天,母亲再三叮嘱,在外要照顾好自己的身体,要听从老师的安排,考试不要慌乱,等等。当时轮船是唯一的交通工具,老师带领我们乘船赴盐城参加考试。到盐城后,我们被安排在盐城中学睡通铺,吃份饭。高考时间在夏天最热的时候,食欲差,天热蚊咬,难以入睡。同学们不怕苦,相互关照。而老师像父母疼爱子女一样,照顾着每一位学生,特别辛苦。老师不但做好同学们的吃住行等后勤保障工作,同时在学业上给予指导、帮助和鼓励,使我们顺利地完成三天考试,普遍获得较好的成绩,不少同学进入了全国重点大学。

武汉大学从1963年开始在江苏招生,我有幸成为本县第一位被武汉大学录取的大学生。全家人充满喜悦,母亲为我整理被褥,清理衣裳。父亲特地在镇上买了个装衣服的小木箱,姐姐帮助清理文具用品,并把自己喜爱的"金星"牌钢笔送给我。临行前一晚,母亲与我促膝长谈,言谈中吐露了对我寄予的厚望。母亲千叮咛万嘱咐,叫我不要惦念家里,好好学习,照顾好自己。第二天,全家人把我送到轮船码头,我乘船顺利抵达武汉。

父母恩情无以为报

"儿行千里母担忧"。游子在外,永远是父母亲的牵挂。母亲总是提醒要父亲经常给我写信,询问学习怎么样,生活是否习惯,身体可好,等等。冬季来临,母亲怕我冻着,特意打了一床厚棉絮,花昂贵的邮费从江苏邮寄到武汉。盖在我身上,暖在我心间。然而在1965年我读大二时,父母双双患病。当年11月突然收到父亲病危的电报,当晚几位同学送我到水果湖电车站,坐1路电车去汉口,在汉口轮船码头待了一夜,于第二天上午八点登上开往上海方向的客轮。由于船行缓慢,加上遇大雾天气,船中途停航一段时间,只得由大轮船换乘小轮船,经过几天时间的折腾才到达家乡轮船码头。我有不祥之预感,上岸后一路流着眼泪走回家。到家后才得知父亲病逝已下葬。县供销社领导一手操办了父亲的丧事,举办了较为隆重的葬礼。参加葬礼的有亲属和父亲生前好友,有原单位的领导和职工,有现单位的领导和同事等。当时还实行棺葬,出殡那天抬着棺材,后面跟着长长的送葬队伍,从镇南头穿过整条街到镇北头,再送镇北老家农村土葬。全家沉浸在悲痛之中,根据当地习俗,由舅舅带我去供销社,向供销社领导磕头跪拜谢恩。父亲病逝后,家庭失去了经济来源,生活越来越困难,母亲本来有病,加之遭受这样的打击,病情越来越重。弟弟还在读中学,姐姐也因照顾病重的母亲,失去了粮管所的会计工作。过了几个月,母亲也病逝,家境窘迫,姐夫潘明诚不得不向单位借支几个月的工资办丧事。母亲怕影响我的学业,临终嘱咐病逝时不要我回去,料理完后事后才告知我。悲伤之痛久久不能平复。

父母均才五十多岁就离开了我们。由于种种原因,我们家既没有照过全家福,父母也未留下他们的遗容,但父母亲的音容笑貌永远铭刻在儿女的脑海中,儿女永远怀念他们!

后　记

像我这样生在内忧外患年代、长在困难时期的穷苦孩子能上大学,得感谢共产党。因家庭困难,我一进校就享受较高的助学金,父母病逝后,学校不但让我这个无依无靠的孩子继续就读,还给予我无微不至的关怀。我每月有十五元五角的最高助学金,除交十三元五角的伙食费外,还剩两元零用钱,另外还有其他的补助,如冬天还补助棉衣等。医疗免费,一般小病都在校卫生科看,也可根据病情,持联单转到对口医院就诊治疗。特别是与同窗在一起生活和学习了六年,受到的同学们的关心、帮助,建立了深厚的情谊。因此党的恩情,同学间的深情厚谊令我终生难忘。

2020 年 5 月

作者简介:成明刚,男,江苏建湖人,生于 1944 年。1964 年进武汉大学物理系学习,1969 年无线电专业毕业后分配到武汉四中工作,后调入企业,从事产品研发和技术管理等。

细 雨 清 泉

吴正邦

1978年恢复高考后,为解决大学师资严重不足的困难,当时国家计委和高教部发文,把从1961年到1965年考入大学(俗称老五届)的已经毕业分配工作多年的毕业生,召回少量进入几所重点大学回炉,称为进修班(有的称其为无学位的研究生班),毕业后主要补充大学师资。我1969年从武汉大学物理系毕业后,从工作的恩施宣恩大山区一所公社高中,有幸考入了武汉大学物理系进修班,即将重回珞珈山。年底,我已经知道自己被武汉大学进修班录取,正在急切地等待母校寄出的进修班正式录取通知的时候,收到母亲发来的电报"父病逝速回",如晴天霹雳! 但是,面对我人生机遇转变的重要时刻,我必须等收到录取通知后,办理从山区工作单位到武汉大学的户口和粮油关系转移手续。我只好让妻子带着四岁的女儿长途跋涉(那时路上顺利还需五天)回武汉奔丧。我虽痛苦悲伤至极,但万般无奈,只能留在大山里等待进修班录取通知。没有能够参加父亲的葬礼,成为我一生最大的遗憾。等待的那些天,我白天望着窗外高耸的青山悲思回忆,夜里常常梦见父亲那高高的身影,浮现母亲那噙着泪水的双眼和悲伤的面容。

父亲是家里的顶梁柱,一生颠沛流离,为我们这个九口人的大家庭奔波;母亲则是家的顶棚和围栏,无论在什么样的艰难困苦中,总是想方设法维持全家人的温饱,时时刻刻护佑着一家人。父亲的爱是默默无闻的、寓于无形之中的一种感情,像细雨般,涓涓滋润家里每一个人和每一个角落。母亲的爱如同一泓清泉,不在于惊天动地的壮举,只深深地浸透在每一份思念、每一份叮咛,甚至是每一道目光中,无声却又温暖。

一、享蔬果之喜

父亲生于1915年,1975年退休,根据当时的政策由恰好高中毕业的小妹顶职,小妹妹也不用上山下乡了。父亲身材高大,一米八左右的个头。父亲工作单位离家远,一般只有周末才回家。我的印象中,也许是长期搞财会工作的原因,父亲的话很少。由于父亲工作单位多年来总是离不开土产或蔬菜水果公司,他回家时总是能带点蔬菜或者有些瑕疵的水果,这在那个大家都在靠票证过紧日子的时代,真是大大的福利。父亲回家进门时老是提着一个沉重的装有菜或水果的线网兜,那负重的身影缓缓前行,仿佛就在眼前。

1959年开始,我国进入三年困难时期,武汉市城镇居民的日常生活供应异常短缺,从粮食、蔬菜到一般的日用品,都是按家庭户口凭票供应。我们家的六个孩子正是长身体的时候,粮食定量不足,家里吃饭也是每人按照定量,每人一个饭钵,饭钵里有一点米,大部分是按量供应的调和大麦粉子,母亲为了让年幼的小弟弟吃大米,自己的饭钵经常全是放的大麦粉。父亲有在蔬菜公司任会计的便利,常常带几个老南瓜回家放在床下,时不时在蒸饭的饭钵里放几块南瓜,给全家填肚子。那些年,年饭有一碗烧南瓜都是比较奢侈的。其实当时父亲的单位在武昌,我们家在汉口汉正街,他周末从武昌轮渡过江在王家巷下船后走路需要近半个小时,手上拎十多斤的东西步行是很艰难的。二十世纪六十年代初,父亲调到武昌果品批发部,他的工资用来维持一大家人的日常生活都常常捉襟见肘,当然不可能有钱买水果这种当时的奢侈品。他带回的水果通常是外皮已经发黑的香蕉,或者是挖去烂眼的苹果,这些果品是批发部淘汰的,可以说是从垃圾堆里挑出来。经过细心地削挖和清洗,可食用部分当然也和好水果一样的味道。

我从上高中开始,每个寒暑假都要到父亲单位的一些下属仓库或门店去做临时工,这也是公司家属才能享受到的照顾,遇到在北京大学读书的大哥放假回家(他不是每年都会回家的),也和我一起去做临时工。不管什么脏活累活都干,一元二角八一天。特别是每年夏天暑假期间在武昌解放桥码头搬运西瓜令我难忘。从湖南(洞庭湖)来的装满西瓜的小船停靠后,从船舱到收购小屋,十来个人采取甩抛接的方式传递西瓜装筐,批发给卖瓜小贩,既锻炼了体力,有时还因甩在地上,有吃破西瓜的"福利"享受。每天干完都天黑了,从解放桥沿武昌解放路步行十多里回到父亲单位所在地积玉桥,父亲总是把自己省下来的菜饭留给我。我边吃边望着一旁父亲清瘦的背影,已经是大男孩子的我阵阵心酸。搬西瓜的活是计件发劳务费,虽然干活累时间长,但收入也多一些。记得我考上武汉大学的1964年夏天,只靠搬西瓜就赚取了八十多元,那时,这是笔不小的收入啊。至今我都常常留恋作为蔬菜果品公司家属才有的、以劳动挣得的这大笔收入的喜悦。

二、隐身世之谜

在1963年"学雷锋纪念日",高二的我加入了共青团。入团前需要给学校团组织说明家庭情况,我要父亲写了一个他的简历。在简历中,父亲写到我祖父吴良属是汉川马口镇的一个私塾教书先生,在父亲两岁(1917年)时去世。但我记得在我二哥(1961年)保送进入解放军海军一所军事学院时,同屋(那个年月,我家住的是父亲单位的一个由仓库改建的房屋,楼上楼下共住有十五户,称邻居为"同屋")的婆婆(也是汉川马口籍)说:"锦光(我二哥小名)跟他爷爷一样读军官学校去了。"所以看到父亲给我写的简历后,我心中就有了一个疑问:祖父不是私塾教师啊。在当时的政治环境下,每个人都希望自己家庭成员政治清白,所以我也没有去求证,当然疑问也一直留存心中。父亲在给我的简历中叙述他在我祖父病逝后,由祖母带着投靠住在武昌开栈房(小旅店)的姨祖母(姨祖母无子嗣),靠祖母帮住店客人洗衣缝补度日,直至1923年(父亲八岁多)祖母因劳累过度去世,姨祖母抚养父亲到1931年(旅店生意萧条,武汉大洪水)。父亲在初中二年级时辍学谋生,之后姨祖母去世,父亲孤身一人托吴氏宗族里的亲朋,当学徒帮工维持生计。父亲聪明,身材高大,一表人才,在当时算是高学历,又写得一手好字,所以帮老板记账,帮一些商家写招牌。家里有一张红纸,写的是我们七姊妹的"生辰八字",墨写的正楷字有相当功力。1936年,父亲与母亲(母亲娘家还算殷实)成婚。由于外祖母也姓吴,在汉阳索河吴氏家族中,是父亲的一个远房姑姑,因此孤身一人的父亲相当于上门女婿,我现在仍然把舅舅叫作叔叔。母亲作为一个只念过四年小学的家庭妇女,写字也是非常用心的,在全国扫盲运动中，母亲参加了马口街上的扫盲班，还达到了高小毕业的程度，她在昏暗的油灯下写字的用功的样子从小就印在我的心里。为了家庭，父亲常年在外奔波谋生，母亲在马口街上的家中养育儿女，直到新中国成立。1951年，父亲由工会选送进了武汉商业干校培训，后分配进入武汉土产公司工作，收入稳定。1955年8月，全家由马口搬迁到汉口团聚。

母亲于2002年底去世后，我收集到父亲1957年为申请入党写的一份自传。其中，他亲笔写到关于祖父祖母的去世年份，祖父于1919年病逝，祖母于1929年病逝（均比1963年写给我的简历晚了大约六年）。我还收集到老家（汉阳索河，与汉川马口仅仅隔一个小山头）2006年修编（第八次）的吴氏崇本堂族谱，这是依照汉阳索河吴氏崇本堂1946年的第七次修编的老族谱来的。第七次修谱，父亲当然是知道的并且很重视，因正好是我出生的年份。为纪念索河吴氏第七次修族谱，父亲还把我的小名起为"谱光"（大哥叫露光，二哥叫锦光，弟弟叫旭光）。那时的老族谱上本应该有的祖父母的生卒年月，却只有祖父母的出生年月，没有记载祖父母的去世年月。还有，我一直以为祖父的名字是吴良属（父亲1957年自传中和给我的他简历资料中都是这样写的），然而族谱中祖父的名字叫吴良骦。从族谱中知道，父亲的曾祖父吴长均是清代六品官员，父亲的祖父吴贤书（我的曾祖父）是清代秀才（邑庠生），父亲是贤书的独孙子。

那么，父亲为什么不向我们子女据实讲祖父的姓名和祖父母的去世年月（而且前后不一）？在我想完全弄清楚时已经没有条件了，我的外祖父母已经去世多年，没有听说父亲有亲兄弟，父亲熟识的族人我也不认识，仅仅是母亲在世时零星地讲了一些关于父亲家的事情，拼凑起来大致是这样的。家谱记载祖父生于光绪癸未年（1883年），祖父的两个哥哥夭亡，祖父成为曾祖父的独子。曾祖父作为清末秀才，住马口对河汉川县城（今汉川市）附近的江西垸，在当地是一位较有影响的私塾先生，有些名望。曾祖母姓严，也给祖父娶了一个严姓的女人（我祖母），曾祖父希望祖父读书当官（因为高祖父是六品官员）或经商。然而祖父受清末革新思潮的影响，对曾祖母包办的婚姻也不满意，思想叛逆，不听曾祖父安排，大约在1909年前后考入清末陆军部保定学堂,当时此事闹得七里八乡都知道。1911年8月曾祖父病逝,祖父没有完成学业回家奔丧。正值辛亥革命、民国初建,时局动荡,祖父参加了马口梁辉汉领导的响应武昌起义的义军。清政府垮台后,陆军部保定学堂随之撤销,并入保定陆军军官学校。祖父办完曾祖父的丧事后继承家业。其间在1913年二次革命时,祖父又随梁辉汉举义,是梁部的一个连长,族人吴良琛(外祖母的叔伯弟弟,曾任国民党军第十三师中将师长,1947年在武汉参加我姨妈的婚礼时与我父母见过面,对父亲说与我祖父共事过)曾任该连的掌旗官,但这次举义宣告失败。退隐后的祖父投军报国的抱负仍然在心中不灭。父亲出生后的第二年(1916年),袁世凯复辟称帝,祖父在原保定学堂同学的召集下,离家别子到南方参加了第二次护国战争。几年后,祖母(也许她知道了祖父的下落)变卖家产田地,把父亲寄养给住在武昌且无子女的姨祖母,自己改嫁到襄阳。大约在1931年,一个叫容景方的国民党军队的团长路过马口时,曾打听"吴良骦还有个儿子在哪里"(估计容景方与祖父曾经一起参加第二次护国战争,或在某个时期与祖父共事过)。1935年左右(姨祖母已经去世),祖母曾经到武昌来寻找父亲未果,只匆匆托人留给父亲一些金银首饰。1939年初(父亲已经成家,我姐姐已经出生),父亲与外祖父母一家(母亲是外祖父家老大)为躲避日寇战火,包乘小船沿汉江去仙桃时,途中船被国民党军征用,但听说祖父吴良骦的名号后,征用船只的军官把船还给了外祖父。1945年,一个军官,自称是我姑婆(祖父的姐姐,鉴于旧家谱是女儿不记载的,老家谱中没有)的儿子,找到我家,对我母亲说要见他舅舅的儿子吴方沛(我父亲的大名)。当时兵荒马乱,母亲见到当兵的害怕,也不明这人来路,支走了此人。我舅舅(母亲的小弟弟,我喊他为叔叔)也曾经说,如果我家的祖父在,应该是个大官,这也许是舅舅小时候听外祖父讲过祖父的事情后的推测。从1949年新中国成立到1978年父亲去世,我的姐姐和两个哥哥都是高中毕业考上大学远离武汉,大学毕业后,工作地点远在他乡,他们没有可能与父亲细谈家世。在那个政治风云变幻莫测的年代,父亲不可能细细给子女讲明祖父的真实历史,背一个家世不清白的严重政治包袱,他深知那会影响子女的政治前途。母亲是一个家庭妇女,对父亲的家世也没有清楚的了解,只是在马口老家族亲戚中或从外祖父母嘴里零星地知道一点关于祖父母的事情。父亲为什么要对我们子女隐瞒他的身世呢?只能猜测。父亲以前孤身一人,为自己为家庭的生计,经历过很多磨难,阅历丰富。他害怕讲不明白祖父的真实经历造成自己历史不清白,危及我们子女的前途。在父亲那高高的身影里面,我感受到了他沉重而良苦的用心。

三、恋家和之福

父亲从小没有享受到自己父母的疼爱,没有体会到兄弟姐妹的亲情,独自一人在社会为生存闯荡。所以,他对我们这个九口人的大家庭特别珍惜,既希望子女个个有前途,又希望能经常享受全家团聚的快乐。

我姐姐是家里的老大,1955年从湖北孝感高中毕业时父亲曾想让她就业,为家里(那时已经有六个子女)增加收入,但姐姐读书成绩非常好,表示不吃不喝也要读大学。父亲联想到自己因为生计初中辍学的苦难,为了子女的前途,狠下心同意了,果然姐姐以孝感高中第一名的成绩考入北京大学物理系。那年北京大学物理系在湖北只招收三名学生,可见姐姐是多么优秀。父亲把姐姐送上火车后,姐姐身上只有一元钱。那时北京大学派了老师来武汉接考入北京大学的新生,那位老师看到泪珠在眼里打转的父亲时安慰说:"不用担心,一路上大家会互相照顾的。"好在那时读大学不用花钱,我们家属于人多家庭困难的,姐姐在大学还享受全额助学金。由于火车票很贵(学生票十多元一张),家里很难供给她路费,不可能每个假期回家,所以姐姐离家后第三年(1958年初)寒假才第一次从北京回家。我们全家照了一张

1958年全家福

喜庆的难得的全家福。七姊妹围绕在父母身旁,享受着一个大家庭难得团聚后的幸福和温馨。

1963年全家福

1959年,我大哥从武汉一中毕业也以优异的成绩考入北京大学物理系。那天是我把大哥送到汉口大智门火车站的,大哥耳朵有点背,考上北京大学是非常不简单的。在火车站外候车时,十三岁的我望着大哥打满补丁的衣被行李:一个线网兜下面是一个旧脸盆,卷成卷的垫絮在脸盆上,一床盖被和棉衣捆成一捆,一个小箱子装着几件单衣和几本书籍,等等,偷偷流下了眼泪。1961年,二哥从武汉二十九中高中毕业被保送到烟台一所海军军事学院。二哥离开家的那天,我跟母亲把他送到大门口,望着二哥提着一个小小的塑料旅行包(1963年他第一次探亲时还把这个旅行包带回来了),不禁又潸然泪下。父母亲见子女个个有出息,家里接二连三地走出来三个大学生,当然心里是非常高兴的,邻居们也是人人羡慕。家庭经济收入来源全靠父亲一人工作,生活有些困难,但好在全家也从三年困难时期的磨难中平安地走了过来。姐姐1960年大学毕业后留在北京大学任教。1963年,两个哥哥相约,放暑假时趁姐姐回武汉结婚的时机团聚,照了第二张全家福。这张全家福增加了姐夫,是一张整整十人的团圆照。高大的父亲尽管脸形瘦削,但他的内心一定无比喜悦。父亲是非常向往家庭温馨的,二十世纪六十年代我家过春节时,尽管常常不能全家团聚,但父亲总是在正月初二带领全家人去电影院看电影或是去公园玩一次,然后回家一起炒糯米汤圆。夏天晚上,巷子里家家的竹床阵摆了起来,各家邻居的小孩子一起下象棋,捉蛐蛐,父亲常常不忘去买点夜宵——一碗凉面或一个西瓜让大家分吃。虽然一人只吃上一两口,但我们脸上都洋溢着幸福的笑容。

一缕心香
YI LÜ XINXIANG

1973年春节期间，大哥和我刚刚结婚成家，回到武汉探望父母，没有什么庆典仪式，仅仅是当时在武汉的亲人照了一张合影做纪念。当时，姐姐所在的北京大学无线电系因为战备疏散，搬到陕西汉中，她女儿交给我父母带着，这样才有了难得的有父母亲参加的三代同堂的合影。

1973年春节时，难得的三代人合影

虽然少了姐姐和二哥，但个个脸上仍然洋溢着团聚的笑容。

我家的第一张全家福是在1947年冬天拍摄的，父亲在汉口做店员，外祖父买了房子，和两个子女一起搬往汉口汉正街恒益巷居住。趁我姨妈结婚之际，住在马口的父母亲带着四个子女回娘家，母亲怀里抱着一岁的我，姐姐和两个哥哥围绕在父母身旁，温馨的一家。父母也未曾想到，这身旁的四个子女日后都成为教授。姐姐北京大学毕业留校，大学三年级时就参与与国家红宝石激光器的研制有关的量子放大器研究，后调到武汉大学，退休前是武汉大学空间物理系教授；大哥北京大学毕业后在中央气象局工作，是国家中长期天气预报的专家，退休前是北京气象科学研究所所长、北京市科学顾问；二哥海军二高专导弹专业毕业后一直在海军工作，从军五十多年，退休前是解放军海军工程大学教授，少将军衔；我武汉大学毕业后一直教书，三十五岁时被特招入伍，退休前任解放军原总参谋部通信指挥学院教授，培养的军事通信军官遍及

1947年第一张全家福

全军。

在二十世纪五六十年代,我家四个子女顺利读完大学,全靠共产党和人民培养是毋庸置疑的,我从心底里感谢共产党,感谢我们的国家和人民,相信父母亲在天堂也会因为子女们的健康成长而微笑。

父亲去世的年代正是国家即将发生较大变化的时候,我家也随着时代的变革将发生变化:我从山区再次考入武汉大学,将要回到武汉;二哥正在办理从南海舰队调入位于武汉的海军工程学院的手续。父亲的突然去世留下太多遗憾!父亲去世时,仅有姐姐、小妹和弟弟在病床前,我没有给父亲送终,更谈不上在父亲跟前侍奉尽孝。至今我们姊妹常常念叨,父亲辛苦操劳一辈子,没有看到电视,也没有用过煤气灶,没有住上有卫生间的楼房。特别是我们没能在政治环境已经允许的时候听父亲讲述祖父那一代的事情。父爱如山,它没有修饰,没有言语,是深邃的、伟大的、纯洁而不可回报的;是一种默默无闻、寓于无形之中的感情,像大山般,肩负万钧重量,背挡千层风浪。然而父爱不可能超越时代,又是苦涩的,隐晦的,充满忧郁的。

四、思勤俭之辛

我读大学在武汉,与哥哥姐姐相比,是在母亲身边时间较多的;与弟弟妹妹相比又年龄大些、懂事一些,所以对母亲如何勤俭持家,艰难维持这个家的温饱自然体会得特别深。二十世纪五六十年代,我们冬天的棉衣棉鞋、夏天的单衣布鞋,甚至我们上学的布书包和装文具的布套(那时用不上文具盒),基本上都是母亲亲手一针一线缝制的,至今我还保留着母亲收藏在一个大本子里夹着的每个子女的鞋样纸片。母亲做的鞋子我是很爱惜的,记得上小学时放学遇到下雨,我都是把布鞋脱下放进书包打赤脚回家,衣服基本上是哥哥留下的,虽打满补丁却也干干净净。"新三年,旧三年,缝缝补补又三年",那是真实写照。

在汉川马口街上,我家没有自己的房产,搬到武汉之前都是租房住。1954年,大洪水淹了租屋,母亲带着四个子女(小妹妹还未出世,姐姐在孝感读书,大哥在汉口由外祖母抚养)为躲洪灾到马口窑上乡村外祖父的祖屋(外祖父的兄弟还在)居住。由于不放心马口街上家中安全,一次母亲只身涉水回家时落入齐胸的水中差点淹死,可见母亲为了家担当了多么大的风险啊。1954年,父亲有了稳定的工作,第二年全家准备搬到汉口,由于正是二哥小学毕业,为升学考虑,他提前去了汉口外祖母家,不到九岁的我就是家中的大孩子了。我亲眼见到母亲为筹集盘缠,变卖了家里两个嫁妆衣柜中的一个。在族亲的帮助下,我们租了一条小船,装上家里的箱柜等物品,沿汉水而下经过一夜到汉口万安巷码头。母亲带弟妹去外祖父家报信,我一个小孩子在汉水堤上守着一堆从船上搬下的家具,等待母亲和外祖父请人搬运。

在汉正街恒益巷外祖父家暂住不久,我们搬到父亲单位分配的由仓库改建的家属公租房内,位于汉正街的延安下里。小妹妹出世后,母亲需要精心安排六个子女的每天日常生活,仅靠父亲四十多元的工资,何其难也!母亲一面精打细算,一面做一点力所能及的、有点收入的事。我的印象中,母亲糊过火柴盒,装订过练习本,到家附近的武汉蜜饯厂和健民制药厂打过临工,早起晚睡是常事,一分钱一分钱地积攒,尽可能地贴补家用。尽管饭食少有荤腥,衣服全是补丁,过年没有大鱼大肉,但我们仍乐在其中。好在那时凭票证供应,政府按人头发票,物价便宜稳定,从不担心涨价。一个大厨房,同屋八家的煤炉挨着煤炉,锅台连着锅台,两个水龙头使用时还互相谦让。每家情况基本相差无几,邻居间倒也其乐融融。特别是三年困难时期,我大哥也上北大读书,母亲常常用几个玻璃瓶装上辣豆瓣酱、烧点肉粒,带给姐姐和大哥。母亲成年累月为一家人的衣食操劳,每到冬天,她的手指都是裂口,有的还渗血,一般就是擦一点蛤蜊油,再用胶布贴住。那年月母亲生病也很少去医院看病,她常常头痛就吃一包头痛粉。1961年夏天,历经三年困难时期,家里能变卖的东西,如一个老式座钟、几件老皮袄等都变卖了。母亲一人回到马口去处理1955年离开时留在老家的旧东西,回汉口时,带回了一个摇窝,摇窝有一个约一米长的竹篾窝床,放在一个木制的有很多传统题材雕花图案的摇架里,我们有六个兄弟姐妹都是伴随着母亲的摇篮曲在这个摇窝中成长,刚带回家时给了我们姊妹好多美好的回忆。母亲是非常舍不得卖的,但一天母亲还是对我说,拿去卖了吧。十五岁的我只好扛着摇窝到集家嘴河边摆地摊(那时有不少人家是这样处理自己家的旧物品的),大概一个上午,经过几个人的讨价还价,以二十二元卖了。那时家里的确很困难。母亲是一个普通的家庭妇女,她的爱不仅处处体现在对家庭对子女的爱,而且体现在对国家的大爱。她说过自己在十一二岁时曾经从马口过河去汉川县城欢迎过北伐军,日常生活中总是教我们凡事要帮政府想想。我在高中阶段每个寒暑假都要做临时工,我上大学前的那个暑假,在武昌解放桥的鲇鱼套江边做临工搬西瓜,为奖励我,母亲特意给我买了一件毛线背心和一双球鞋,在当时我们家这些都是稀罕物。那时,每人的定量粮食本来就不够,二哥上高中在学校吃饭,母亲还省下口粮给晚上才回到家的二哥补充营养。她自己捡拾家附近蜜饯厂做冬瓜糖后剩下的冬瓜瓤子做菜来省菜钱,到离家十几站路远的太平洋土产公司仓库做临时工,整理用过了的水泥袋子。我跟随母亲去过几次,小小屋子里,弥漫着水泥灰,袋子中剩下的水泥粉子飞到口鼻耳中,是非常难受的。

母亲辛苦操劳一辈子,晚年不幸患上严重的帕金森症和阿尔茨海默病,她老人家在病中还总是想到子孙,记得当我的外孙女出世时,母亲坚持要给她的第一个重孙辈表达祝福,还说:这又是一代人哪。当时真令我感慨不已。在我外孙女一岁时,留下了一张仅有的四世同堂的彩色照片。尽管我们想尽很多办法,也未能更多地减少母亲的病痛,用上减少肢体震颤的药物,又不可避免地增加了阿尔茨海默病的病情。在两难的情况下,在母亲患病的十多年里,我们姊妹只有尽心尽力地照顾,母亲在2002年底去世,享年八十八岁。母爱如水,那是一汪生命之泉,让我们后代在她的温婉细流的洗涤中依然纯洁明净,那是滋润心灵的雨露,是灌溉心灵的沃土,是美化心灵的彩虹。母爱沉浸于万物之中,充盈于天地之间,将永远留存于我们的魂魄和血液。

我今年已经七十四岁了,随着新中国七十多年的发展壮大,经历了国家发生巨变的点点滴滴所带给的喜怒哀乐。此刻回忆我的父母辈,正是:

一缕心香

一缕心香诉衷肠，
双亲缓步入梦乡。
岁月不负家国事，
细雨清泉满沧桑。

作者简介：吴正邦，男，祖籍湖北省汉阳县索河镇，1946年11月出生在汉川县马口镇。1964年考入武汉大学物理系，原子核物理专业毕业，1978年又考入武汉大学物理系数字电子学专业进修班，1981年毕业后特招入伍。在中国人民解放军通信指挥学院从事军事通信技术教学与科研25年，文职三级教授。退休后受聘于武汉工业学院任数理系教授。

睹物思人忆双亲

吴祖芳

引　子

　　记得有这样一句富有哲理的话："忘却是一种自由的生活方式。"我觉得确实如此，很有道理，但是，我却做不到。尤其是在退休后的无所事事的闲适生活中，我常常深陷在回忆往事的泥潭之中，无法自拔。伴随着对既往的美好回忆，更多的是对自己许许多多过错的忏悔，尤其是对父母无以为报的自责。于是，我写下了下面的文字。

　　1984年底，哥哥从老家搬迁到了县城，尔后又卖掉了祖屋。我既为他们能从偏僻的山村迁到县城而感到高兴，心中又陡生几分不舍，因为我再也没有"老家"了。

　　哥哥一家是我的家乡通城县第一户准许进城的农村户口居民。哥哥先在县城南郊买下一间废弃的小加工厂暂住，然后建起一栋小二层的楼房。搬家时，他带去了父亲时代的床桌、箱柜、凳椅等家具，和母亲在那里住了几年。而在母亲过世三年后，他又迁到了城中的新居，此次只带走了少数小物件：父亲做的三张大床，还有近六尺长、半人高的两张柜台。一些老式旧家具就都放弃未搬。小二层房子先是做出租屋，几年后，则索性卖掉了该处房产。于是，所有的老物件基本遗弃了。

　　一次，我来到哥哥的新家，在所剩不多的老物件里寻寻觅觅，希望能满足我一点点对过去的深切怀念之情。使我十分欣喜的是，在一个装有一些小的旧物件的筐子里，我发现了三把织布的木梭，还有几件父亲的木工工具。

　　木梭长约五寸，宽两寸，中间凹槽深约寸半。为使梭子耐磨，脊和两头

一缕心香
YI LÜ XINXIANG

尖端均嵌有铁条,里外刷过桐油。木梭因长期使用,内外十分光滑,斑驳古旧。这是父亲用很硬的油茶树木头精心制作,经母亲长期使用过的遗物。这上面渗透留存着双亲的智慧和汗水。

我久久抚摩着这三把木梭,心中充满历史的沉重感。虽然岁月的风剥雨蚀抹去了许多记忆,但从三岁左右开始记事起,留存在脑海中的关于父母的点点滴滴,依然时常浮现在眼前,历久弥新,恍如昨日。父母亲的音容笑貌、言谈举止、谆谆教诲以及他们的善良、勤劳、朴实,随着自己年岁的增长,领会得更加深刻。是的,父母是人生的启蒙老师,一个人所受教育的程度,处世为人的态度,父母都起着决定性的作用。

母亲的织布梭

父亲的木工刨

严父柔情

父亲生于清光绪三十二年农历十月初一,岁次丙午(1906年11月16日)。祖父是个读书人,通过乡试中秀才之后,曾两次长途跋涉,赴武昌府赶考举人,但均未得中。于是,祖父教了一辈子私塾。祖父育有五子一女,我的父亲排行最小。祖父大约在1948年秋冬时节过世,我已三岁,有一点模糊的印象。我只见过二伯父和姑妈。父亲名满阳,号阳德,字出东。我猜想祖父取这一名号,是不是寓意满天阳光,德照大地,日出东方呢?不得而知。

一、童年记忆中的父亲

祖父常年在外教私塾,待小儿子十来岁时,就把他带在身边读书,把自己未竟的事业,寄希望于儿子,能求个功名。寒来暑往,一直读到了十五六岁,这时父亲不愿意再读下去了,就私下里与一邻村的木匠师傅联系学手艺。在他十七岁那年的正月,师傅在门前一声"满伢"呼唤,他拎起一个早准备好的包袱撒腿就跑。未经父母同意,父亲随师傅去湖南平江县城学木匠了。老家地处湘鄂边界,到平江县城要走一百来里山路,起早贪黑一天就能走到。他一去就是整整一年,过春节时才回家,师傅给了他一块大洋。这事是母亲告诉我的。

父亲学手艺时特别勤奋。因为是跟师傅在一间茶厂干活,主要活计是做装茶叶的箱子,技术比较简单,不易学到工艺诀窍。于是,他就白天跟班干活,晚上利用边角余料学做小板凳、小桌子等各式家具。由于他悟性高,肯钻研,勤学好问,进步飞快,旁人要三五年才能出师,他一年多就能离开师傅独立"走乡"了。所谓走乡,是指工匠到庄户人家上门做活,人家需要做什么就给做什么,而且要完成一定的工作量,这就要求匠人具有相当的技能水准。父亲身体比较单薄,不是靠强壮的体力而是以巧干取胜。他深谙"工欲善其事,必先利其器"的道理,他的木工工具就修整得特别好,不仅好用,而且秀气美观,一看他的家什行头,就可看出其手艺水准。很快,父亲就成了当地最出名的木匠,工钱是同行中最高的,并以此维持生计,养育了我们。因为他跟随祖父读书多年,所以写得一手很不错的毛笔字,给人家打造好了水桶、木盆、箱、柜、农具,还会应邀帮忙写上某人某年某月某日所造。

父亲秉性聪明,有一双巧手,又善于观察,勤于学习,肯动脑筋,年复一年,技艺精进,大到房屋、风车、犁耙、雕花大床,小到盆桶桌凳,他都能精心打造,轻车熟路。他早晨到别人家里,地上摆的是几根杉木,傍晚收工时,已变成一个精巧秀气的水桶。他做木工活绝不粗制滥造,不仅要好用,同时要好看,说是精益求精也不为过。他曾经给我讲过木工里什么最难做,那就是中药柜。整面墙的小抽屉,要能随便互换,尺寸必须高度统一。他曾经打造过一百多个抽屉的药柜。他还兼做竹篾、铁匠活,是真正的山村能人,名副其实的能工巧匠,是他们那一代人中少见的断文识字的手艺人。二十世纪五十年代,他多次被抽调到乡、区的手工业联社务工,还随团到外地参观学习。但他十分恋家,在外总过不习惯,每次过不了多久又回到家里。

虽然身处山乡,父亲的思想却不守旧,也不太信鬼神。我小时候特别怕鬼,是他告诫我:"世上无神鬼,都是人扮起。""人死如灯灭。"可以说,这是我一辈子不信鬼神的最初思想基础。父亲常有一些超越当地人的新想法。他制作的小木盆,巧妙地利用盆口向外延伸的挤力和盆底的向外撑力,只需在盆的腰部打一道箍就可以了,非常轻巧。他制作的木椅子,挖了人臀部一样的凹陷,使人坐着舒服。我在大姐那里要来两把这样的椅子作为纪念。他制作的各种木器家具总要比别人的秀气美观。

1952年前后,他还买回一台脚踏滚筒式弹棉花的机器。因为方圆几十里都没有这种相对先进的机器,所以他加工的棉花质量好,吸引了周边的人都来弹棉花,一时生意很好。他还喜欢引进新的农作物品种,改良土壤等。我记得他从湖南带回一种北瓜种(当地南瓜叫北瓜),说是"苏联北瓜",与当地的品种确实不同。结的瓜个头不大,但肉厚,中间的空心很小,煮熟了特别甜。他还种过药用价值很高的薏米。哥哥在北京当兵时,寄回一些西红柿种子,说西红柿营养丰富,熟的好吃,生的也能吃。在我们那里,人们不仅没见过西红柿,连听都没听说过。父亲如获至宝,经育苗移栽,种满了屋边最好的一块地。他经常松土施肥,悉心照料,苗疯长到半人多高,东倒西歪,也开花结出一些青色的果子,可怎么也不变红。不是说能生吃吗?试试,摘个咬一口,哇,差点把牙都酸掉了,这怎么吃呀?他只好刨掉改种别的蔬菜。这次尝试因为父亲不懂西红柿的栽培技术而失败了。父亲特别喜欢吃辣椒,他把旱地里的辣椒带土移栽到割了早稻的田里,延长其生长期,多结辣椒。他爱护林木,每年春天都要栽树。屋后的松树合抱粗,舍不得用来盖房子。每年秋天请人砍树打柴火前,他都要事先在自家山上巡视一遍,在可以砍伐的树上扎上稻草做记号,防止把有用之材当柴火砍掉了。

日常生活中,父亲还有一个好习惯,他不允许随便乱丢东西,家里各种什物、用具、工具都要放置有序,各就各位,这样使用起来方便。如果感觉哪里不顺手、不方便,他就会立即整改。我记得家里的板式楼梯改过三个地方,最后定下来的是有一个转弯平台和木扶手的式样,上下方便。

父亲总是穿一件棉布衣衫或竹布白褂,虽然朴素,但整洁得体。我几乎没见过他打赤膊,他有点书生气。小时候见过他穿长袍,但因为不便于干活,仅仅是过年过节时偶尔穿穿。他干活时总是系一围腰,干完活解下围腰拍打身上的灰尘。

父亲喜欢打猎,有一支很得意的鸟铳,自己制造黑色火药,还自制弓弩,在自家屋后菜地边装弩,猎获过一只麂子。那时我还小,深夜听到被箭射中的麂子发出的凄厉叫声,吓得直往被子里缩,可夏天盖的薄被子很小,盖住了头盖不着脚。天麻麻亮,父亲就带了大花狗去找,因为箭头上的"见血封喉"毒药不是很地道,找到麂子时它还没死呢。父亲把它背回来时,还被那有力的蹄子踢了几下。那是一只母麂子,肚子里还有一个崽。麂子是一种小型的鹿类动物,过去老家那一带很多,是猎人捕猎的主要对象。

还有一次,父亲在场子里做木工,看见一只野鸡飞到了井边的田里吃稻谷,立即端了鸟铳走过去,可只知大概的地方看不见野鸡,于是就捡了一个土块丢过去,在野鸡惊飞起来的瞬间铳响了,打中了!父亲拎着好大一只野鸡回来可高兴了。这也是我目睹父亲打铳最完美的一次。父亲马上把野鸡去毛开膛破肚,然后想到了大姐,于是分出一半要我下午送去。我也就十二三岁吧,要一个人走二十多里山路,我很是不情愿,可父命难违,吃过中饭我就拎着半边野鸡肉出发了。到姐姐家后,她即切些煮给我吃,可刚要吃的时候,她的婆婆正好来了,她把剩下的又煮给婆婆吃了,父亲的这份心意她是领了情而没享受到。

父亲的脾气比较暴躁,在家里有着绝对的权威,孩子们都很怕他,因为不听话就会挨打。我是五兄弟姐妹中最调皮的一个,所以挨的打也最多。在农村,重男轻女的现象比较普遍,但父亲则是重女轻男。他说:"儿子总在身边,女儿是要嫁出去的,以后就不在身边了,所以对女儿应更加关爱。"也许是因为一位我没见过的姐姐的不幸早逝,在他的心中留下太多的痛、内疚和自责吧。最小的女儿蒲华是父亲抱得最多的,在冬天入夜的火塘边,妹妹总是在父亲的怀里睡得香香的。比我大十岁的大姐桂华,是他最惦记的,也许是他对自己"侄女伴姑妈"(在她十八岁时,就将她嫁给了外甥)的主张造成的无果婚姻,以及未能送她读书识字而心存歉意吧。

二、深沉之爱

父亲和我的小学老师关系都很好,可以对我读书的情况进行有效的监督。他自己不抽烟而且厌恶抽烟,但为了结交我的班主任吴国强老师,他特地栽种烟草并加工成烟丝送给他,可见父亲为孩子们读书成才的良苦用心。

父亲对子女读书的要求是非常严格的,尤其是对于相对调皮的我来说。那时做作业没有统一的作业本,父亲为我们买来毛边纸,然后折叠裁开装订成小本子,规定不得撕掉任何一页,写完一本交回检查,再领取新本子。每个学期结束了,要检查成绩单,看考试分数,而且特别注重老师评语。父亲认为严是爱,往往是批评多过表扬。但因为我的学习成绩总是在班级乃至学校名列前茅,他也以此为荣,有时会把我的成绩单拿给亲朋看。1958年,我小学毕业放暑假在家。有一天,爸爸可能是为了考验我,要我帮队里写一份"挑战书"。我用大红纸写好后,他很满意地拿给别人看,因得到他人好评而非常高兴。

父亲在外地看见有学生穿胸前绣有字的短袖衫,就在裁缝铺里给我和哥哥各做了一件,胸前草书的"先锋"二字十分醒目,在同学们中独一无二。

有一次,父亲在外面看见小孩玩陀螺,回家后,难得心情特好,说给我们做一个玩具。他将一段圆木头的一端削成锥形,用布条编制一条三尺来长的带子系在小木棍上做成甩鞭,然后给我们做示范:将带子缠在陀螺上,放在地上拉动带子,使陀螺旋转,并立即用鞭子抽打。这是我童年难忘的记忆。

大概在我读初中时,父亲还为我们做了一件大乐器——一面大鼓。做这面鼓前后花了不少时间,先是用杉木做鼓桶,长约两尺,直径一尺余,中间大两头小,再将泡涨发软了的黄牛皮蒙到两端,这可是既费力又需要技巧的活。鼓面必须蒙得非常紧,鼓才特别响。他还别出心裁,在鼓内安装了一个螺旋状的钢丝弹簧,敲击时使鼓声带有弹簧震动的余音,特别好听,且传得很远。他给鼓身两头画上卷草花纹,刷上桐油,很好看。可惜,很快就有人来借用,再后来就不知所终了。

夏日,当太阳下山后,山风很快带走了暑气。孩子们将门口场地打扫干净,晚饭后,洗过澡的一家人就在场子里纳凉、聊天,有时还会炒些新收的豆子,或煮一些苞谷吃。

我常常仰卧在竹床上遥看那满天繁星。妈妈告诉我哪是天河,哪是牛郎星与织女星,哪是七姊妹星(北斗星)以及它们出现的时候可以大概确定的时辰。看见流星划过天际,大人们说是哪里又死人了。有时爸爸要我们讲学校的情况,我们也唱老师教的新歌。而许多往事和故事就是在这个时候听爸爸讲的,直到今天依然记忆犹新。父亲讲过一个对对联的故事,说的是有一个大员外,他的大宅旁是一片竹林,而屋对面山脚下住了一个穷秀才。员外没读多少书却很富有,秀才读了很多书反而很穷,员外很鄙视这个穷秀才。过年的时候秀才在门口贴了一副对联:门对千竿竹,家藏万卷书。员外看了非常生气,他凭什么写我家的竹子。于是他叫雇工把竹子拦腰一砍。秀才见竹子矮了半截,就在对联下首各加了一个字:门对千竿竹短,家藏万卷书长。员外见了更气,把雇工骂了一通,要他们全部连根砍光。秀才见了又在对联下首各加了一个字:门对千竿竹短无,家藏万卷书长有。这下员外没辙了。还有一个故事是穷秀才戏县官,说有个人考了秀才没做上官,爱嬉笑怒骂,放荡不羁,几任买官的县令都被他戏弄,又奈何他不得。这年又有一个新官上任,秀才又照例去戏弄他。见县官的轿子来了,他有意把鞋脱掉拎在手里,慢吞吞地在鹅卵石铺的街上走,摇摇晃晃地挡了轿子的路。没想这次上任的县官也是个读书人,是考的官而不是买的官,而且对他已有所闻。县官叫轿夫慢慢跟行一段路后,停下大喝:"大胆刁民,胆敢挡路,给我拿下。"秀才毫不理会地说:"你坐轿,我赤脚走路,县太爷不体恤草民,还要将我拿下治罪不成?"县官断喝:"你不惜父母所赐予的双脚,却惜娘子所缝制的一双鞋,还说不是刁民?"秀才自知理亏,赶忙让路开溜。还有一个故事是讲十来岁的小孩考秀才。因为人多怕孩子被踩着,父亲就肩扛小孩去见考官。考官一见小孩骑在父亲的肩上来赶考,立即面露不悦之色,出了上联:"子骑父当马。"小孩随口答道:"父愿子成龙。"考官又道:"小孩童红丝束顶。"小孩答道:"大宗师玉带缠腰。"小孩对答如流,考官很是惊讶,见他穿一身绿色衣服,就以讥笑的口吻又出一联:"跳水蛤蟆穿绿衣。"小孩立即笑答:"落汤虾子着红袍。"这令身穿红色官服的考官满脸通红。这时,考官拿出一个梨和一颗板栗叫手下交给小孩,小孩接过后思考片刻,就几口把大梨子给吃了,然后将小小的板栗剥去硬壳,分一半给父亲,自己吃了另一半。考官故意大声喝问:"好你一个小家伙,那么大个梨你一人独吞,小小栗子却分给父亲,是何道理?"小孩不慌不忙地答道:"大人岂会不知,父子可以分立

（栗），却不可分离（梨）"。考官哈哈大笑，聪明的小孩高中榜首。父亲讲这些故事，也是要我们好好读书。虽然他不愿意走自己父亲读书赶考中举之路，但对于读书人怀有深深的敬意。他顶礼膜拜孔夫子，不准用有字的纸当手纸，认为那是对孔夫子的不敬。祖父留下一箱古籍，有百十本，有四书五经等等，都是木版或石印刊印的线装书，有的被虫蛀了。父亲很珍惜这些书，每年都要搬出来晒一次。大好晴天，他在场子上铺上稻草，把书一本本铺在上面晒。我每次看到都觉得有一种神圣感。非常可惜的是，我们太不懂事，太不知道珍惜。父亲去世多年后，哥哥搬离了老屋，将书箱随便放在新屋简陋的顶棚里，因长时间漏水而又没发现，整箱书都霉烂了。我所留下的，是祖父手书的"字典"——《杂字》。四字句，生活中用到又难记难写的字，里面都可以查到。父亲背得很熟。记得有一次要写牛耕田时套在牛脖子上的农具"牛轭"，我不知道怎么写。父亲马上说《杂字》上有，我很快在"牛轭犁辕"的条目下查到了。

父亲经常对我们说，做人不能懒，一定要勤快，"勤快勤快，冇饭有菜"，懒人比蠢人更没用。他总要我们参加一些力所能及的劳动，增长见识。比如，他会带我们上山捡油茶果，待油茶果晒干裂开收获了油茶籽后，让我随他一道到几里开外的榨油铺榨油，看榨油师傅如何炒籽、碎籽、做饼、装仓，然后两人一起喊着号子，推着大木头进行撞击，看着那清亮的茶籽油流出来。

在我读初中时，有一天父亲来到学校，给我送来一些蕨根粉块。这是他到离家十来里远的云溪山里挖蕨根，洗净捣烂，经几次漂洗沉淀所得。蕨根粉很好吃，但由于蕨根所含淀粉很少，根又非常粗糙坚硬，需要付出艰辛的劳动。父亲将蕨根粉交给我就匆匆而去。

大约在1960年秋，哥哥当兵去了。有一段时间，父亲又被抽调到区手工业联社干活，离我就读的何婆桥中学很近。有几次晚饭后，我就去找他，他总拿出留给我的带有菜汤的半钵饭，我则毫不推辞地一扫而光，丝毫也没有想到，他在一天的高强度劳动之后，那一小钵饭是多么珍贵。每每忆及此情此景，我便自责当时是多么不懂事。

大约在1968年秋，我回到通城。母亲在二姐家带小孩，父亲一人在家。

我丝毫没有想到他身体不好,生活拮据,邀了三位同学各借了一辆自行车骑回家。父亲见了我自是高兴,可拿什么招待儿子和他的朋友呢?因母亲不在家,家里仅养了四只半大的母鸡,准备以后生蛋。他立即杀了两只。我说杀一只就可以了,他说:"你们四个后生崽,一只哪够?"于是,我们四个人饱餐了一顿。父亲也很久没吃过肉开过荤了,我们想都没想过应该给他留一点。回想起来,我真是太不懂事了。

三、菩萨心肠

父亲对家人威严,对外人却是一副菩萨心肠。我从未见他与人有过矛盾争吵,总是乐于帮助别人。他对胡先勤、长一叔两家的关心帮助,足见他的为人与胸襟。胡先勤是外乡人,在本村做长工,后与本村农妇吴玉喜成亲,成了我们吴姓人家的女婿。他刚结婚时,穷得没屋住,没衣穿,没隔夜粮。1949年前后,胡先勤因故被东家赶出了门,无栖身之所。虽然非亲非故,但父亲看他们可怜,就让他们住到了我们家。当时的情景我还清楚地记得,他们所有的家当是一担破箩筐装的破烂。在我家后屋住下来后不久,土地改革运动开始了,他被定为村里最穷的贫雇农,打地主分田地时给他家分了土地和一些农具。等他家情况稍有好转,父亲就帮他在分给他的土地上起了一间屋,他这才算是真正有了自己的家。房子就在我家小水塘边上,以后相邻而居几十年。他们家缺什么就到我家拿,父亲从未间断过对他们的关照,他们全家人几乎都是穿我家的旧衣服。这种不计回报的帮助一直延续了很久。

长一叔是父亲的远房兄弟,很早就没有什么亲人,成年后到处打工度日,回来就住在我家干活。他出外打工是干拉大锯锯木板的活,可是因为有打牌赌博的嗜好,总攒不下什么钱。他又穷又是个癞痢头,三十好几了也娶不上老婆。父亲为他着急,总觉得有责任帮他成个家,于是四处为他物色对象。一天,有朋友介绍了一个女人并带到了我家,贫不择妻,长一叔还挺中意的,吃饭时频频给她夹菜。可我妈不满意,她觉得女方年纪大了怕没崽生,给否定了。后来有人介绍游家屋场一位丈夫刚去世了的三十多岁的女人给长一叔。妈妈说:"你们都不会看人,等我先去看看再说。"她立马挟了把雨伞就去了游家,径直到了她家。她看过感到满意,这桩婚事就定下来了。父亲腾出一间最好的正房收拾停当做新房，我记得父亲将祖父留下来的梅花四条幅贴在墙上，还贴了两幅《百鸟图》，门口贴的则是长远叔书写的对联。婚事办得热热闹闹，父亲的一桩心事算是了了。长一婶带来了两个女孩，过了一年在这边生下第一个孩子，也是个女孩，小名毛巴。几年后，长一叔在老屋那边起了一座房子，搬过去独立生活了，后来又生育了两个儿子，日子过得还算不错。

农村请艺匠做工要包三顿饭，并要有点鱼肉的，父亲看到有的人家穷困，有点荤菜也不伸筷子，要让给人家小孩吃。父亲给人做工，晚饭一般回家吃，而且一天尽量干更多的活。还有一件小事可见他的同情心。一个寒冬腊月下雪天，父亲在家门前看见一个小孩打着赤脚上学，他赶忙到家里找了一双旧鞋，带了一把稻草追上去，让他擦干脚穿上鞋。在日常生活中，父亲教我们很多做人的道理，特别强调做人要诚实，不要说假话，要讲良心，与人相处要将心比心，不要做亏心事。父亲常说："为人不做亏心事，半夜不怕鬼敲门。"他教育我们"送人须好物"，不好的东西不要送人；"己所不欲，勿施于人"，不要把自己不喜欢的东西送给别人。他要我们读《朱子家训》和《增广贤文》，要求我们尊孔尊师，好好读书，好学上进。

父亲的智慧与善良，给了他的孩子们毕生的影响和宝贵的精神财富。

四、永远的自责

父亲到五十七八岁的时候，就开始埋怨自己总是忘记事，往往从这间房到那间房去拿东西，走过去后却不记得是去干什么，站在那里想半天也想不起来。生活的磨难使他明显见老了，做木匠活也少了。1960年元旦也正是哥哥去当兵的那一天，二姐菊华在家里生下第一个孩子毛明，此后的好几年，妈妈都在给二姐带小孩，以换取我的学杂费和生活费，留下父亲一个人在家非常孤独。我们都知道他非常不高兴，常常埋怨，却又无可奈何，因为没有其他的经济来源可维持我的学业。

父亲在五十来岁的时候就发现腹腔里面有一个鸡蛋大的瘤子，他说不疼也没什么异样的感觉，也没当回事。问过村里的中医，说可能是因为打摆子（疟疾）留下的什么疟原菌，没关系的。限于那个时代对疾病的认知、医疗条件和经济能力，我们从未想过要上医院去弄个明白。

1969年的6月份前后，父亲病倒了。往常生病也就是个腰疼或伤风感冒的，歇一歇，煎些薄荷荆芥水发发汗也就挺过去了，可这次却是卧床不起。他腹部胀痛，有烧灼感，吃不下饭，一天比一天虚弱，找村里的医生看了也说不出什么病，是不是腹腔瘤子发生了变化，也无从知晓。在家拖了十几天，家人决定送县医院。村子不通公路，没有交通工具，只能靠人抬。于是，大家用一张竹床反过来绑成担架，哥哥、我和大姐夫、二姐夫一道轮番抬。路上，父亲还在担架上用他微弱的声音嘱咐："祖芳是没力气的，让他少抬一些。"县医院的医疗条件也是很差的，因为吞不下东西，唯一的先进手段胃部造影也不能做，医生只怀疑是幽门癌，不能确诊。其间，我带了女朋友桂兰去看他，桂兰走后父亲对我说："看来她身体很好，这就叫我放心了。"父亲对这个未来的儿媳表示满意。

住院时还有一件事叫我自责了一辈子。父亲住院后的第二天，我到病房去，父亲从口袋里掏出两元钱给我，用微弱的声音叫我去买一把牙刷。父亲的牙齿整齐洁白，一直有刷牙的好习惯，当时在偏远山区农村是不多见的。可能是来医院时忘记带牙刷了，父亲几天没刷牙了难受。可是我接过钱后就没把这件事当回事，急急忙忙搭乘医院的救护车去了武汉。当时风传卤碱能治癌，我在同学李石球家看见他正在锅里熬卤碱，因为他妈妈得了卵巢癌。于是我也想弄点试试，便赶到湖北医学院第一附属医院五官科找护士黄湘云，她是我1965年割扁桃体住院时认识的，她给了我一些卤碱。可是等我回到县医院时，父亲已经出院回家去了，据说是他自己坚持要回去的。我回到家把卤碱化水给他喝，根本喝不进去。他已经多天水米未进了。

这时候，有村干部在门前大路上喊我，说武汉大学打来电话，要我马上回学校。我很犹豫，但妈妈和家里人劝我走，说我在家也帮不上忙。第二天，我先到了桂兰那里，而下午就接到电话说父亲去世了，消息还是桂兰告诉我的。在麦市镇工作的二姐夫和我先回到县城，买了个花圈好像还带上了外甥毛明。没有车，我们步行回到家里已是清晨，父亲已经入殓，我掀起盖在他脸上的布，刚看了一眼，妈妈就把布盖上了。因为他几十天几乎粒米未进，瘦得皮包骨，妈妈怕我看了更伤心。我长跪恸哭痛失严父，而没有为他送终成为我永远的遗憾。

一缕心香

在我们这个家庭生活最困难的时期，父亲离开了我们，他没有因为养育了我们而得到哪怕是任何一丁点儿的回报，没有因为儿女的成功而过上一天舒心的日子，人生的悲哀莫过于子欲养而亲不待啊！世人确应在父母膝下多尽做子女的孝道，一旦痛失机会就成毕生的遗憾。我这一生最对不起的人就是自己的父亲。他喜欢甜食，我没有给他买过一粒糖；他喜欢水果，我没有为他买过一个梨。也许他当时很快就忘记了买牙刷的事，也许他根本没有责怪我没有给他买牙刷，但我却没有认真对待他人生的最后两元钱，没有满足他最后一次购物要求。我是那样无知，没有想到他已经走到了人生的尽头，随时都会离开我们，最后时刻没有为他送终，无可弥补的过错，留下的是终生的悔恨与负罪感。父爱是那样含蓄，那样深沉，像朝露春雨，润物无声，只有付出，不求回报。每想及此，我都不禁泪流满面。

父亲殁于1969年8月11日（农历六月二十九日），享年六十三岁。

父亲生平只留下三四张黑白照片。右边这张大概是1963年下半年在县城照相馆照的小一英寸照片。父亲一直喜欢剃光头，我们动员他把头发蓄起来照相，他总算同意了。当时我在通城一中读书，有一天我上街走到十字街的照相馆前面，嘿，正好碰上父亲也上街来了并准备回去，头发也蓄得够长了。我连忙拉他去照相，可他却说算了，不照吧。我说好不容易把头发留起来了，快照一张。这样，他老人家才第一次走进了照相馆，留下了这张半身像。另外还有三张照片：一张是父亲抱着孙女敏伢的合影，一张是他做木工活划线时的照片，还有一张是父亲和我们的合影。父亲留下的照片很少，他的形象却永远清晰地印在我的脑海中，我一次又一次地在梦中与他相见。近日在翻阅过去的日记时，就见1986年5月1日日记中写道："昨晚又在梦中见到了已去世十八年的父亲，那样清晰，那样亲切。对父亲的怀念是永恒的。只要回想起父亲的音容，想起他老人家晚年所承受的艰难，就不禁泪水涟涟。"

慈 母 情 怀

一、少有的识字妇女

母亲熊氏名秋全,1906年8月23日(农历)出生在一个相对富裕的家庭。清末民初,她的家乡开办新学,于是她也跟随两个哥哥去上了几年学。后来,她两个哥哥都学医,成了当地的名中医。尤其小哥医术精湛,却英年早逝,族人还为他用樟木雕塑了像,约50厘米高的坐像,母亲曾接到家中供奉过一段时间。当时我年岁虽小,但那种虔诚,却给我留下了很深的印象。母亲也跟着兄长不断看书认字,所以她是那个年代农村非常少见的识字妇女,也懂得不少中医方面的知识。家里人伤风感冒、头痛脑热,都是她弄些草药什么的治愈。

父母亲年轻时,曾经在县城开过商铺。父亲做木器,母亲卖杂货。但由于邻近街面失火,火势蔓延造成很大损失,父母无心继续经营而撤回老家。可能是这段经历,妈妈的算盘打得好,心算也很快。过去的秤是十六两为一斤,计算起来比较费劲。她教我的"斤求两"口诀,我现在还烂熟于心:"一六二五,二一二五,三一八七五,四二五,五三一二五……"记得有一次我和她抬一只小猪崽去卖给村小学的杨际时老师。过秤后,杨老师用粉笔到黑板上算该付多少钱,他还只算到一半,妈妈就报出钱数来了,杨老师十分佩服。新中国成立初期,二姐参加工作任农村辅导会计,需要掌握熟练的珠算,妈妈教她加减乘除,经常和她一起练习到很晚。1958年吃大食堂的时候,大家还推举妈妈当食堂会计。

妈妈的象棋也走得不错,这在当时乃至今日农村的女性中均可谓是凤毛麟角。父亲也喜欢下棋,但总走不过母亲,又不肯服输。闲暇时,特别是冬闲过年时节,他们夫妇对弈,我在旁观战,妈妈总要先说:"不准发输棋气哟!"父亲有时连输了几盘就气鼓鼓的了,一边重新摆子一边说:"这一盘棋一定要赢你。"我们则在旁边笑。我们也记得了母亲念叨的一些下棋的口诀,如"当头炮,马来照""无事莫拱当心卒""马逢边必死""马坐窝心,必有难行""三步不正车,十盘九盘输""单车难胜仕象全",等等。农闲时,村里也有人来我家和她对弈。

离我家有三四里路的村口，有一个较大的屋场，叫游家屋场。那里的人听说我妈象棋下得好，很不服气，多次想一比高下。有一天得知妈妈去了县城，就在傍晚派人在路口守候，拦住她非进游家屋场下棋不可。我妈欣然同意，见对方聚集了一堆人，不少看热闹的，我妈就约法三章，否则不下：一是天色已晚，只下一盘；二是不准悔棋；三是只准一人执棋。由于对方人多嘴杂，不到十步妈妈就赢了。妈妈立即站起身说："承让，走啦！"看热闹的哄堂大笑，下棋的懊悔不已，而妈妈则拿起雨伞扬长而去。

妈妈对我的影响，细微绵长，刻骨铭心。当我胆小害怕，不敢走夜路时，她教我不要到处看，只管一直往前走；当夏天的酷暑使我在床上翻来覆去，睡不着觉烦躁时，她教我不要心烦，说"心静自然凉"，只要静下心来，就会慢慢睡着；小时候我们有时争东西，妈妈说："三个人分两个饼，你说不要，结果各掰半块给你，你得到的还多。"

二、勤劳的当家人

母亲是全家的主心骨、当家人，最能吃苦耐劳。在我的印象中，不管是半夜还是凌晨，你晚上任何时候喊"妈妈"，她都会立即"嗯"的一声答应你，似乎她总是醒着的。她除了做饭养猪、缝补浆洗、做全家人的鞋子，还纺纱织布。小时候我喜欢看妈妈纺纱，左手拿棉条，右手摇纺车。"哎呀、哎呀、哎——"右手摇两圈，棉纱拉得跟胳膊一般长了就往回收，不断地重复这一动作，旋转的纱锭就在慢慢变大。纱纺得够多了，就连成纱圈，再用很稀的米汤浆一下，一卷卷挂在竹竿上晾干，然后在场子里按织布的长度"牵纱"，形成织布时的"经纱"。经纱弄好后就要上织布机（老家土话叫"南机"）了。脚踩踏板，手送梭子，我特别喜欢站在妈妈旁边，盯着看那个双手丢过去又丢过来的梭子，听那有节奏的撞击声。我也趁妈妈离开时上去摆弄过，结果弄得一塌糊涂，挨了妈妈不重的一巴掌。

妈妈有些年还养蚕缫丝。从蚕种孵化成幼蚕到饲养成熟、放窝结茧、煮茧抽丝，再请专职织匠织丝成绢，需要经过多少道工序，付出多少艰辛的劳动啊！而这个全过程，几乎都是妈妈一个人默默承担。让我自责不已的是，很久以来我居然没有想过，妈妈的辛劳，几乎全是为了我。因为全家只有我一人穿过妈妈历经辛苦养蚕缫丝缝制的绢衬衣。有一件我一直穿到上大学,后丢失。

我和兄妹读书,高小、初中、高中都是住校,通常是星期六课后回家,星期一清早返校。为了使我们能按时到校,妈妈不知道为我们起过多少次早,耽误多少睡眠。因为没有钟表,天晴还可以看星星知道大概的时间,雨天就只能提前起床做好饭等天光。天麻麻亮,妈妈就叫醒我们,招呼我们吃完饭,还一定要喝口热茶,再送我们出门,叮嘱一路小心。

妈妈一双小脚,个子又高,走起路来有点像踩高跷。但她走路很快,做事十分麻利。从家里到县城来回五六十里山路,她早出晚归。在她的身上充分体现了中国农村妇女吃苦耐劳的精神,再苦再累也能忍耐,毫无怨言,总能保持一种乐观的心态。父亲去世后的很长一段时间,儿女都不在身边,她还得经常上山砍柴。有一次我回家去,走到后门厨房前,只见满屋子的烟看不见人。我喊了几声,妈妈才从烟雾中出来,笑着对我说:"你回了,柴草不干,尽冒烟。"

有两件事在我孩提时留下深深的记忆。有一年家里养了蚕,妈妈每天都要采摘桑叶喂蚕。一天她摘桑叶时,不小心脚踏空了,摔在地上,左手撑地时中指第二关节严重错位了。她爬起来立即用右手捏拉复位。等她拣拾好打翻的桑叶回到家,手指已经肿得好大了。她只是用布条缠了缠,继续干活。还有一次是她为父亲用切猪草的铡刀切草药,由于那树根似的草药滑溜溜的,锋利的铡刀一下子切掉了妈妈的左手食指、中指、无名指三个指头的指纹部分,鲜血直流。大家都吓坏了,妈妈忍着剧痛还说:"不要紧,切得不是很多。"她找了点草药敷上包扎了事。后来伤口愈合了,但那三个手指头失去了知觉。

妈妈是家里付出最多、享受最少的人,只有付出,没有索取。在物资极度贫乏的年代,她吃得最差、最少,总是要尽可能省下一些吃的给丈夫、给孩子们。

由于我和哥哥都在读书,家里没人参加农业劳动,生产队里的干部对我家很看不顺眼,本应按人头分配的东西总比人家少,因此日子更艰难。有的人好心相劝,还是把孩子叫回来挣工分吧。妈妈摇摇头说:"没饭吃,书还要读,三代不读书,子孙蠢如猪,有本事的都送去读嘛。"由于妈妈的执着,我们

一缕心香
YI LÜ XINXIANG

才得以克服重重困难坚持学业。

妈妈对我读书是比较赞赏的，但她很少溢于言表，只是用她的行动默默地支持。多年后，在我退休后回老家时，妹妹蒲华给了我妈妈保存在她床头箱子里的两件东西。一是我在延迟分配的1970年用毛笔写给妈妈的一封信，二是我初中毕业前后用废纸翻面装订的一个本子，上面是我用毛笔抄写的千家诗。

妈妈虽身处山乡，与外界接触不多，但思维活跃，心胸开阔，一点也不保守。改革开放初期，允许农民进城办自理粮户口的政策刚一出台，在县城工作的二姐即鼓励我哥祖贤出山进城。哥哥征求妈妈的意见，她非常赞成。在年关将近的寒冬，七十八岁的老人带着两个小孙子，先搬到县城边一个四面透风的加工厂住下。几块石头顶一只锅做饭，我回去看到这种情景十分痛心，但她说不怕，万事开头难，以后会好的。当时只要妈妈不乐意，舍不得离开那个生活了一辈子的老窝，这事就办不成了。结果哥哥成了全县第一个进城的农民，从而也改变了这个家庭的生活方式。

大嫂给我讲过这样一件事。在搬到县城居住多年后，某一天，村里一位老人进城办事，想顺便来看看。他就是长期对我家很不友好的一位村干部。特别是我在部队农场劳动结束时，师部有留我到部队的意向，但进行政审调查未能通过，这是离开农场时排长悄悄告诉我的。后来妹妹告诉我，就是因为此人从中作梗。我家与之很少来往，而这时他已是卸任多年无职无权的农村老头了。大嫂说别理他，妈妈却很热情地接待他，留他吃饭，好酒好菜招待他。大嫂很不理解，妈妈则对她说："仇人面前满杯酒，不要责怪他。"由此可见妈妈的宽大胸襟。

在我准备去广东联系工作时回通城看望她老人家，她还可以拿放大镜看地图，指着长沙说："孙女丹伢在这里。"她一如既往地支持我的工作，支持我的选择,说:"你想去广东就安心地去吧,有你哥哥在身边照顾,不要记挂我。"1993年11月我举家南迁之前,匆匆忙忙回通城看望已八十七岁高龄的母亲,这时她老人家已经中风,说话很困难。而我不得不走了,没想到这一次告别即成了永别。妈妈于1995年2月12日(农历正月十三日)去世,享年八十九岁。妈妈去世之时,我远在广东,同样未能为她老人家送终。我自认是个不孝之子,在我赶回家时,老人家已寿终正寝,驾鹤归西了。时值春节,隆冬刚过,出殡之日又下起蒙蒙细雨,但当送葬的车队从县城出发,缓缓驶到老家丁仙村时,全村的人都聚集在了村口,敲锣打鼓迎接,多次在灵车前摆放供品拜祭。

有人写了这样的话评价母爱:母亲的爱不随世事的变异而更改,也不因时间的流逝而淡却。它不求索取、不计得失、润物无声、感天动地。诚哉斯言!

终稿于2020年2月

作者简介:吴祖芳,男,生于1945年7月,湖北省通城县人。1964年考入武汉大学物理系,无线电专业毕业后,长期从事广播电视技术工作,电子技术高级工程师。2005年退休居广东顺德。

七房墩上俩老人
——我的父亲母亲

余拱燚

父亲出生在湖北省蒲圻县陆水河畔霞落港庄的七房墩,是先祖重七公支系21代孙。重七公(始祖由余69世孙)兄弟5人于600年前从江西搬迁来蒲,可能因重七(排行老七)公落籍于七房墩,七房墩村名便由此而来。遍布于霞落港庄的七房墩、书房墩和矶湾一带余姓子民均系重七公的后裔。现今我和堂兄的辈分在霞落港余姓中最高,其他余姓子孙要晚我们2至4辈。我们这一脉不仅繁衍太慢、人丁不旺,而且祖祖辈辈躬耕劳作,没有读书人,没有出现过有影响、有声望的人物。尽管辈分高,但仍不为宗族所重视。

爷爷那一辈有兄弟两人,两兄弟各有一个儿子,他们期望得到上苍的眷顾,决定给儿子们起个好名字。于是算命先生为堂伯起名为"君",为父亲起名为"臣",把辈分的"恩"字连上,堂伯名恩君、父亲名恩臣,以为这样家运或许会好些,日后也有颜面去感恩君臣。可是家运不及时运,不会因人名的好恶而改变,父亲一辈子依然是不识字的农民。父亲聪慧,照旧躬耕劳作一辈子;父亲也很勤劳,却没能改变家境。追忆自己儿时到成人的岁月,总是忘不了家乡故地七房墩的风土人情,更难忘在这里生活一辈子的两个老人——父母的家事与故事。

一、少年男子汉

家父恩臣需要感恩的不是别人,倒是他自己。我记事时,只有双目失明的奶奶陪伴过我,始终见不到自己的爷爷,于是好奇地问父亲,这便勾起他痛苦的回忆。父亲告诉我,14岁时,他的爸爸因病离开了人世,两个姐姐先后出嫁,家里只有他,奶奶和一个抱养的、准备日后当父亲媳妇的小姑姑,唯一的男丁就是我父亲。俗话说"穷人的孩子早当家",不是说穷人的孩子天生早早就会当家,而是家境迫使穷人的孩子必须早早地去学会当家。爷爷早逝,但凡家里该由男丁干的活儿都得由父亲这个少年男子汉去顶着,不顶也不行啊。当时奶奶眼睛还好,却是个小脚,家务事可以做,外面的农活一件都不能干,也不会干。

父母合照(摄于1998年春节前夕)

  起初,每到农忙,父亲便请姑父帮忙,但这也不是长远之计呀。于是父亲就边干边学,扶犁掌耙不是太难,难就难在牛不听使唤,难在田边地角犁不上、耙不到。为此,父亲常在那里抽鞭打牛、大喊大叫,经常弄得浑身是泥,有时满脸都是,鼻子眼睛都看不清。眼见父亲扶犁掌耙的难处,奶奶就叫姑父过来指点,村里老人见状也顺便教他,父亲慢慢地可以自己干,而且会干了。然而水稻何时下种、何时插秧、耘禾、何时收割、打谷,他是等着看别人家何时开始,因而自家的农活总要比别人家晚几天才开始。诸如种菜、种植冬季作物之类的农活也是跟在人家后面,正因为如此,同龄人给他起了个绰号叫"恹(yān)皮"(拖拉之意)。

  父亲虽是家里的顶梁柱,可是没到娶亲成家之时仍不能当家做主,家里的大事小事还是奶奶说了算,可是奶奶要他与那个抱养的小姑姑结为夫妻,他怎么也不答应。奶奶觉得家里本来就很拮据,准儿媳已经在自家生活多年,以后他俩成亲就用不着太大的开销了。父亲则认为,娶一个比自己年龄小得多的、一直以妹妹相称的人为老婆,面子上怎么也过不去。好歹奶奶最终还是依了他,等他年满18岁,依媒妁之言娶了长他2岁的郑氏为妻,从此,父亲便挑起了持家、当家的重担。外婆家无田无地,全靠在黄龙码头摆渡为生,经济条件比父亲家好一些。外公也送妈妈去读过私塾,可她总是不进师傅的家门,每次上学她就躲在外面玩,情愿当一辈子文盲。小脚的外婆要给妈妈裹脚,她死活不依。她在小镇上长大,不了解农村,更没干过农活,然而她却是缝补浆洗、操持家务的一把好手。她的针线活很有功底,全家人的衣服、鞋袜都是妈妈自己缝制。她的绣花技术特别出彩,在七房墩的妇女中可拔得头筹。

二、自学木匠艺

父亲脑子好使、也够聪慧,他的一手木工活全是自学的。起初是整修犁耙,犁耙坏了,请人修理往往时间来不及,而且也没钱去请人,父亲胆子大,先自己动手摆弄再说。犁耙农具的结构并不复杂,敲敲打打几下就可用了;若是烂了要换新的,父亲早有准备,平时发现哪里有弯曲的树根或木头就捡回来、买回来留作当犁弓、犁把、耙把用,有的留作当牛套用。有了修理、制作犁耙的经验,就有了学做木工的兴趣。通过自制、购买和朋友赠送,木匠工具的锯、斧、刨、凿、锉、墨斗、三角尺等一应俱全。学做木工,父亲乐此不疲,一是兴趣使然,二是古训"艺多不压身"的影响。每到农闲时,父亲就在家里砍呀,锯呀,刨呀,使劲地干了起来。条凳、板凳、靠椅之类的家具比较简单,不花多长时间就能制作一件。有时父亲还制作一些火纸枪之类的玩具给弟弟和小朋友们。自家用的置齐了,就将制作的凳、椅同别人家换些食材,有时也挑到城里去卖,挣些零钱贴补家用。

村里有人办喜事请来专业木匠制作家具,便是父亲学习的好机会。他站在干活的木匠旁边看边聊,自己不会的、难度较高的榫卯技术他看得特别认真,不时地发问请教,回到家里他就边试边干。饭桌、食品柜、木箱,只要是家里需要的,一概自己制作。我结婚的时候,他还打了一个双门衣柜给我;等我弟弟结婚那年,家里摆放的两截柜、杂物桌等都是他的作品。他这个靠自学成才的木匠在临近的碌湾、书房墩一带还小有名气,人家需要修理农具、家具,盖房制作门窗也来请他,至于工钱,父亲从不计较。农村的交易方式往往是以物易物,有时由东家给几包香烟、几斤谷酒了事;有时带回十几个鸡蛋、几升米、几斤豆(绿豆、蚕豆、黄豆)之类,有时则以换工为代价。他干木匠活一直干到没有力气举起斧头为止。耳濡目染,我对木工活也有兴趣,也能动手,有时还要当父亲的小帮手。在通城工作期间,家里用的那张饭桌就是我的作品。

习惯了小农经济的农村人,向来都以自给自足、自力更生为生存手段,父亲就是以这种方式支撑着这个家的,粮食自己种,蔬菜自己栽,普通家用品只要能将就的,基本上是自己修理、自己制作,一般不求外人,不用外购。家里的用具坏了,只要交给父亲,他会及时修复完好,不会耽误做事干活,母亲对此十分满意。为了生活、生产的需要,只要闲时在家,父亲就干些打草鞋、做蓑衣,扎扫把(高粱扫把、草扫把、竹扫把)一类的活儿……就连篾匠工具他也置齐了,菜篮子父亲自己打,谷筛、米筛、簸箕坏了,父亲自己修。在我初中毕业时,父亲还特地购买了一些楠竹和水竹材料,教我学打米筛,我也像模像样地干了起来。要不是语文老师将高中录取通知书送到家里,我就可能成了一个篾匠艺人。

三、无薪村干部

14岁就开始干农活的父亲深知"面朝黄土,背朝天"的辛苦,不甘心当一辈子农民,也想跳出农门,脱离农村。抗美援朝招兵参战,他报名了,期望参军改变命运,可是招兵人员一审查,知道他是家里的独崽,就把他刷了下来。土改时,工作队的人发现父亲机灵能干,就吸收他为外围成员,分派他看护一个监管对象,可是父亲没看住那人,让他跑了。工作队认为父亲是故意的,差点把他也看管起来。记得那天他回家对妈妈说:"今晚工作队要关我的禁闭,不准系皮带,我脱下来放家里。"妈妈和我胆战心惊地熬了一夜,谁知第二天中午就把他放了回来,说是"没事了"。

后来成立互助组、合作社,父亲先后当上了副组长、副社长,公社化以后,合作社改为生产大队,他依然是副大队长。他不识字,又不是共产党员(没人要求他入党,也不知道怎么才能入党),能当上一个村组、大队领导的副手,他知足了。至于怎样当一个好干部,他没有考虑过,认为"凭良心办事,以诚心待人"就行了,从没听他说过要"为人民服务"之类的大道理。父亲经常不在家,总是在外面开会办事。那时应酬少,每到吃饭时间,不是你在我家吃一顿,就是我在你家混一餐。在我的记忆里,大多时间是家里为他留饭留菜。父亲常常是早一餐、晚一餐,饱一餐、饿一餐,于是便落下胃病,一辈子都没好过,都是靠服用苏打粉一类的药物止痛。好在他长期坚持喝热开水,直到离世也没发现过胃癌。村里人都说他命好,家里有个贤内助。

父亲当村干部,经常深更半夜才回家。为了不影响我们睡觉,便要我们睡前把大门虚掩着。有时我们问他:"你常走夜路,怕不怕鬼?你碰到过鬼吗?"父亲说:"为人不做亏心事,半夜敲门心不惊。""我不做坏事,不害人、不骗人,能成全人的尽量成全人,鬼不会找我,我没有碰见过鬼。"这样几句话,让我刻骨铭心:为人要正直,不做坏事、不害人、不骗人,尽量成全人。妈妈心地也善良,待人热情诚恳,凡是能帮上忙的尽量帮助人家,邻居家找她讨要什么、借什么,只要是家里有的,从不推辞,从未和邻里发生过争吵。

父亲当村干部,只是比其他村民少干了些农活。实行工分制时,他是按普通劳力计分(低强壮劳力一个档次)。然而经常因为开会有事,自家的农活依然要比别人家晚个把星期,不过从来没有影响过收成。堂伯说:"恹皮自有恹皮的命。"当了那么多年的村干部,要说一点好处都没有也不尽然。他没上过学,后来不仅能写自己的名字,而且还能记账、算账,还会打算盘。有时妈妈问他:"你经常在村委会或大队一待就是一两天,哪有那么多事、那么多会?"他回答:"有时是上面抓我们在那里学习文化。"这是好处之一,还有一个好处是上面有权优先安排这些人子女的工作,可是我没有享受到这种待遇,也没有必要去享受。那是在我高中毕业时,父亲对我说:"你有四个弟妹,还有奶奶,家里负担重,公社书记答应让你去当通讯员,你看怎么样?"我回答:"到时再说吧。"

四、萝卜换苕丝

1960年可以让村民在自留地里种植蔬菜,养鸡养鸭没有饲料,喂猪更无可能,挨家挨户清一色地栽种白菜、萝卜,我们家也一样。七房墩的白菜、萝卜远近闻名,萝卜呈球形,皮厚好剥,有甜味、水分多,生吃可当水果;这里的白菜是包心白,大的一颗可达七八斤、小的也有四五斤,特别可口,冬天放室内可储存一个季度不烂。在食油不足的情况下,白菜、萝卜吃多了也不好受,有些人出现过浮肿。崇阳、通城那边苕多,附近很多人用萝卜白菜去换苔丝。煮饭掺上一些苔丝不仅出饭量大,而且饭还有甜香味。父亲就隔三岔五地挑担萝卜或者白菜去换苔丝,换算的重量比是一比一,倒还划算,可是苔丝饭吃久了,也倒胃口。

那时我在车埠初中读书,尽管每月有供应粮26斤,依然是半饱半饥。周末来回60里回趟家,妈妈给我带回学校的也只有四五个糠粑、野菜粑、荆条籽粑,其他同学也大致如此。为了用同样数量的米煮出更多的米饭,有人发明过"双蒸法"(米饭蒸熟后再蒸一次),我们家也试过。当时农村是用吊锅煮饭,记得暑假的一天,妈妈有事,要我等到锅里水开了滤好米汤。由于怕烫,我不小心将满锅米汤和半熟的米饭全泼地上了,米汤、米饭与地面(不是水泥地面,也不可能是瓷砖地面)的泥巴粘在一起,捏不得、吹不动、抓不起来。要知道,这可是全家七人一天的主粮啊,我被这个意外吓得浑身打战,提心吊胆地准备着挨骂挨揍。妈妈知道了,不但没有责备我,反而关切地问我:"烫着没有?"于是,她拿起锅铲小心翼翼地将一颗颗米粒舀起来,用筲箕在清水里洗干净后放锅里再煮。平日里妈妈自己烹饪的好菜、时鲜菜,她从不多伸筷子,甚至不伸筷子,那天的午餐妈妈干脆不吃,我也只是吃了一点点,母子以此作为自罚。

五、凭信封问路

父亲一辈子最苦恼的是自己没有文化,最伤感的是祖辈没有一个读书人。父亲送我读书就是为了改写家族没有文化人的历史。1952年底,父亲下决心送已满7岁的我去读私塾,读了一年,师傅对他说:"这孩子是个读书的料。"父亲很高兴,决定送我到正规学校去读书。可是周边没有一所小学,只有离家5里远的黄龙街有,父亲让妈妈去找外公外婆说情。前不久小舅因病夭折,外公外婆念子心切,很希望长相酷似小舅的我能生活在他们身边。没等妈妈把话说完,外公外婆就答应了。第二年开春,父亲送我去外婆家,到黄龙小学插班就读,他特别慎重地叮嘱我:"我们余家世代没有一个读书人,现在就指望你了。"从此我就有了上正规学校的机会,顺利地完成了小学、初中、高中的学业,而且成了城北公社第一个大学生。

通过扫盲、开会学习,父亲也能认识几个笔画简单的字,认识阿拉伯数字,但是念不出一句完整的话,看不懂一封信。记工出勤,他起先是在一个空坛里放豆豆,后来就在日历上做记号。名字虽说会写,但是一笔一画得花好几分钟。我到武汉读书,那是彻底离开七房墩的老家了,每学期至少要给家里寄去两三封信,家里也得回两三封信,每次父亲都是请人念信、回信。当然,每封信只有四五百字,彼此报个平安而已。我的奶奶、外公、外婆在此期间先后去世,父亲在来信中却只字未提,以致假期回家得知情况让我感到意外,很是伤心。父亲的理由是唯恐耽误我的学业,即便把我叫了回去也起不了任何作用,还得多花钱。

1968年,尽管我给家里写信报过平安,说那些打架斗殴的事与我无关,可父亲怎么也不放心,不知我在干些什么,于是下决心亲自来学校看个究竟。那时候没有办法通电话,父亲说话的蒲圻口音人家又听不懂,怎么才能找到武汉大学,找到自己的儿子?他有他的办法,口袋里装着我写给他的信封就出发了。从蒲圻买票乘火车到武昌并不困难,但是到了武昌,东南西北都搞不清,去哪里找武大?出站后他便手持信封,边走边问,先从车站问到大东门,从大东门问到街道口,又从武大牌坊问进学校,再找学生宿舍,整整花了一个下午的时间,终于在宿舍里找到了我,让我喜出望外。我问他怎么找来的,他说"男人嘴下就是路"。当时不少同学都在校外,在校内的基本上无所事事,看看书、打打球或在宿舍里听收音机。我有时间陪父亲逛逛,先后带他参观了武汉长江大桥、汉口中山公园,在校园里也转了好几圈,还请人在学校的标志性建筑物——老斋舍图书馆那里与父亲照过一张合影。父亲觉得儿子确实安全无恙,玩了三天就急着回家了。据他自己说,这是他第二次到武汉(第一次是公差),也是生前最后一次到武汉。

六、为短款担责

父亲的副大队长兼任着出纳。那时全大队是以种植农作物为主业,没有副业,没有作坊,没有搞过建设,因而没有多少钱可管。经手的钱只是下发给干部和五保户的少量补贴,这些钱一般是有文化的大队会计(或大队长)领回,由父亲和会计两人一家家上门发下去,由领钱人按上手印结账的,管起来并不困难。虽然大队没有经费的上缴和下拨,可是时间久了,大队有了些积累,父亲管的钱也慢慢地多了起来,借钱、支出的票据也多了起来。他的出纳账都是在煤油灯下一笔一画地用大量同音的错别字记录的,钱和账簿放在衣柜的抽屉里锁着,一再叮嘱妈妈与我和弟妹几个:"上锁抽屉里的东西不准翻动。"每到年关,他总是小心翼翼地与会计核对结算,从未发生过差错,因此大队让他管钱一直很放心。

后来,大队组织过陆水河的大网捕鱼生产,有了收入,可是县里下令禁止,只捕了一季。在我上大学前期,大队果林生产有了收入,钱便多了,没有文化的父亲不敢接手管,要求另配出纳,可是找不到合适人选,仍由父亲继续兼管起来。那时候纪律很严,对于贪污、挪用公款的处罚很重。接手了这桩差事后,父亲特别小心,不敢有半点马虎。自家的开支向来是量入为出,能节省的尽量节省,公家的钱他不敢动用一角一分。父亲爱抽烟,但他从不买烟抽,只抽自家烟叶制作的烟丝。我上大学期间,每次带回学校的零花钱也没有多于50元(父亲给30元,外婆给20元),有时想多要点,也不好意思开口。

1965年春,大队进驻了县里派的工作组。工作组首先就把大队长(兼书记)隔离了起来,大概有人揭发了他的什么问题,硬是要求其他干部也得揭发,并多次组织对他的批判,大会、小会接连不断。农村干部没见过世面,哪受得了那种折腾,一个个被这种场面吓得胆战心惊,村干部人人自危,父亲也不例外。父亲认为:"一件事干得久了,总是要出差错的。"这不,就是因为他很长时间管理着大队的现金,麻烦就从这里冒出来了。

财务清理是工作组工作的重点,工作组希望能以钱为突破口,挖出书记贪污的证据。他们找来会计、出纳的账本和父亲掌管的现金逐一核对,终于发现有150来元的账、钱不符。一般来说,会计的记账不会出错,账、钱不符的问题得由出纳担责。工作组反复追问那150来元钱的去向:"是不是书记挪用了?""说不清楚就是你自己贪污、挪用了。"父亲想起了短款的原委,但又不敢实说,只是矢口否认工作组的盘问。不要小看了那150来元,当时这笔钱可买"三转一响"中的一部缝纫机呢,这也怪不得工作组抓住不放。父亲后来害怕影响我的前程,况且他也知道发生了短款,出纳必须担责,于是就说那笔钱是自己挪用了。"承认了就好,承认了就好!"工作组认为这仍属于"坦白交代",让他凑齐钱数退赔了事。后来农村基层组织普遍瘫痪,父亲再也不管事了。

　　短款的情况是这样的:前几年,大队书记家里有事要用钱,就在父亲那里借了150多元钱。书记与父亲搭档二十多年,交情很深,而且他对父亲还有过救命之恩。既是碍于面子,也是疏忽,父亲没有让他打借条,也没有追讨过,时间久了,竟把这事给忘了,于是产生了那笔短款事故。在父亲被隔离期间仍不实说,自有他的难处:一是书记已被整得晕头转向了,他不想落井下石,不忍心给书记雪上加霜;若说是书记借用了,在没有任何凭证的情况下,如果书记不承认怎么办?集体的钱自己在管着,但是从未动用过一角一分,违心地说是自己挪用了于心不甘;倘若说是自己挪用了,又担心会被扣上贪污的帽子。在左右为难的情况下,便有了上述的那段插曲。日后书记知道了此事,甚为感动,且后悔不已。在恢复农村基层组织期间,上面动员父亲继续出任大队干部,无论谁来劝说、无论怎么劝说,他就是不答应。

七、住要接地气

　　小时候,父亲经常对我们讲:"今后啊,我们家家都能过上'楼上楼下,电灯电话''墙上能流水(自来水),屋檐能说话(广播)'的日子。"我们进大学时,这种日子已经实现了,唯独父母还在憧憬着。在南下广东之后的1996年,我在蒲圻县委党校附近居民区买了一栋二手自建楼,让他们住了进去。这里环境虽不怎么理想,但对二老来说,还是相当不错的,不用点煤油灯,不用去河里挑水,不必用柴草做饭了,妈妈操持家务的工作量也大大地减轻了。邻居中还有几个退休老人,父亲和他们也聊得来,不时还可吆喝在一起打打牌。母亲可以专心地侍候父亲,开水、热水满足供应,父亲"衣来伸手、饭来张口",好不惬意,母亲也乐在其中。这时,侄儿在县高中读书,吃住同他们在一起,两个老人并不孤单。

　　可是好景不长,父母在城里住了不到4年,母亲的寿命就到了终点。母亲一辈子没进过医院,从不打针吃药,即便身体不适(头晕是老毛病),全家一日三餐的饭菜照做不误,实在撑不住了就躺下休息一下。2000年1月9日,母亲在备好早餐、晾好衣服回房间时突然倒地昏迷过去,她自以为又是头晕的旧病复发，休息一下就能挺过去，可是母亲这次却失禁了。见此异常，妹妹们劝她去医院，她执意不去。一直睡到深夜一点钟，这个为我们全家的饮食起居操劳一辈子的母亲停止了呼吸，静静地离去了。入殓前，妹妹们为她沐浴更衣时，发现其后背靠肩部位有大片淤血，血管破裂可能就是夺走母亲生命的元凶。母亲与世无争、寡言少语、忠厚善良、仁慈贤惠，上天让她平静而无痛苦地归天以示恩泽，可是却给儿女留下了难以言说的伤痛。

母亲的突然离世对父亲打击很大，他无比悲伤，出殡火化的那阵子，他哭得特别厉害。也许因为妈妈走得突然让他毫无思想准备而失落，或许为自己一辈子也没给母亲些许温暖而内疚，也或许因妈妈走了再也无人服侍他、担心往后日子难以度过而苦恼。母亲走了，父亲怎么安置？重回老家在弟弟身边他心有不甘，去幺妹或四妹家他不情愿，他决定继续住在城里。可是洗衣做饭得自己动手，好在他身体并无大碍，慢慢学习，多干几次，生活自理没有问题。不过他每天的饭菜就是用鸡蛋拌肉末在饭上一蒸以应付，不吃水果，不吃青菜。我们知道后，劝他要坚持每天吃点水果青菜之类，他不依，很不高兴地说："我吃了一辈子白菜萝卜，现在还要我吃啊？"

母亲去世后，侄儿上了大学，父亲孤身一人住在城里，让我们总是放心不下，四妹干脆搬到父亲住处，顺便照顾他的饮食起居。为了方便联系，我给他装了一部座机电话。当时他提要求："最好给我买一部你们用的那种能够随身携带的电话（手机）。"那玩意儿怕他不会使用，更担心经常充电很不安全，便没有依他。这事却成了我的一个遗憾，父亲生前没有用过手机，若能活到当下，一部老人机、智能手机又有什么稀罕的呢？

2001年寒假，我请父亲和岳父来我在深圳工作的学校住了20多天，陪他们逛了珠三角的几个景点，乘轮船澳门环岛游，乘坐刚刚开通的广东第一条地铁——广州1号线。

父亲母亲（摄于1998年）

开学后,我就没有时间陪他们了,好在岳父大人能够陪他聊聊天、逛逛校园。次年的冬天,我动员他同岳父再来深圳避寒,无论怎么劝说,他就是不答应。他说:"该见的世面我都见了,再没有别的想头了。""你们有你们的事,我在你们那里听不懂别人说话,只能待在家里,成天像个哑巴。""你们住的楼房,不接地气,我要住接地气的房子你们又没有,我不习惯。"他不情愿来,没法说服他,只好让他待在他住惯了的、接地气的那个地方。

八、最后十二年

母亲去世后,父亲逐渐习惯了独身生活的日子。母亲留下的几只母鸡他继续喂养着,自家院子里的菜地他接着种,有我们捎去的生活费,有弟弟送去的米和油,生活无忧。他不时还可回七房墩带来些时鲜蔬菜。邻居几个退休老人已是多年的牌友,每天午休后,父亲就带上装满开水的保温杯,约上他们便开战了,不知底细的人还以为父亲也是哪个部门的退休职工呢。起初他们玩"二五八"的麻将,可是老人家一坐两三个小时不动,难免受不了,于是改打"上大人"的纸牌,原先的四个牌友,有三个在桌上开战,一局下来,有一个轮换休息,人就轻松得多。这样的日子持续了7年之久,父亲期盼的日子莫过于此,他过得很是开心,子女们看在眼里,也喜在心里。

可是父亲固执不改的不健康的生活方式和片面的"享受"观念,最终让他吃尽了苦头。2006年底的一天,父亲看完电视准备上床睡觉,突然脑袋一歪(脑卒中)不能动弹了。好在他人还清醒,拨通电话告知弟弟,弟弟随即赶来父亲住处,扶他上床并陪他休息,尔后又告知住在城里的两个妹夫,第二天清晨将他送往医院,经过救治脱离了危险。我因上班不能离岗,老伴随即回去协助处置。父亲住院治疗了一星期,病情得到了控制,医生建议回家吃药休养。在这种情况下,弟弟将他接回了七房墩老家,父亲只好服从。我老伴还给他寄去营养品,父亲吃后身体恢复得较好,神志清晰,谈吐清楚,只是行动不便。

如果父亲能有战胜疾病的勇气和毅力,坚持每天活动活动,也许能够慢慢康复。虽然戒了烟酒,可他就是不愿站起来活动一下,也许父亲就是"一旦躺下,也就快乐了"的人。他总认为自己辛苦了一辈子,能坐下来休息,能躺下来静卧,那才叫享受。这时父亲的行动确有不便,我就为他配上轮椅,他很高兴,也许就是这轮椅害了他。有了轮椅,他可以坐着进进出出,感觉比站起来行走轻松得多,因而越发不愿意活动了,还幻想着能上牌桌呢。在老家待久了,弟妹、妹夫们或孙辈们便推上轮椅送他进城散散心,顺便给他理理发,买些零用品或小吃,他感到很是欣慰。但是人老了,器官老化了,肌肉也不断地萎缩,日长月久地坐着不动,身体已有问题的病人,其肌肉萎缩就越快,身体各部分的功能退化也快,行动就越发不便了。起初他还能用电热壶烧水,自己动手洗脸洗脚,慢慢地手脚就不听使唤了,一次,脚还被开水烫伤过。往后发展到大小便有时失禁,他深深地感到失去了做人的尊严,觉得活着成了累赘,产生过轻生的念头,还有企图自缢的举动,恰好被弟弟发觉,及时制止。

一个当过"少年男子汉"的大男人,被关禁闭没有哭过、被隔离没有掉过泪水的大男人,而今没有面对生活不能自理的勇气,成天唉声叹气。每每亲戚朋友去探视,他就老泪纵横。只有我们兄弟姊妹回到老家七房墩看望他时,他才露出笑容。可等我们一离开,他又回到了往常……直到他耗尽了生命最后一点能量而安详地离开了人世,度过了一年多以泪洗面的日子。

没来广东前,虽然工作地点离七房墩不足百来公里,但忙于工作的我陪伴父母的日子每年不过三五天;南下后,因为工作,陪伴他们的时间就更少了,每次见面仅仅是问候而已。在父亲最为痛苦的日子里,多么需要有人陪伴,有人倾诉啊,可我仍然忙于工作,没有去服侍过他,没有去安慰过他。现在我才真正明白什么叫作愧疚。我有过悔恨,更多的是难受……母亲一生节衣缩食、省吃俭用、任劳任怨,为全家付出了那么多,可她并没有享受到儿女们应该给予的回报。她走得那么突然,那么平静,连一句话都没有留下,给我们带来了说不完、道不尽的痛苦。每每想起这些,我的眼眶就湿润起来。

回忆起高中毕业前的那段时光,特别怀念生我养我的父母,特别思念七房墩的那个老家。每逢吃上端午粽、月半粑、米炮糖、砧板肉,每次品尝霉豆腐、腌酸菜、黄豆豉、辣椒粉,总是留恋着妈妈的味道。弟妹们坐着枷椅、妈妈边陪伴边做针线活的画面,时时浮现在我的眼前。弟妹们睡在摇窝里、妈妈边踩边哼家乡催眠小曲的声音时而在我耳边回响,一股股暖流涌入心田……

父亲的聪慧令我敬佩,父亲的勤奋催我上进。父母的朴实为我做表率,父母的节俭让我汗颜。二老安息吧,你们的后代已经改写了家族没有读书人的历史,你们用不着牵挂。二老养育的恩情我们铭记在心,永世不会忘却。你们的音容笑貌永远活在我们的记忆中。儿子捧上一缕心香,再一次为你俩祈祷:好人定有好报,爸爸妈妈天堂里的日子永远幸福!

附录 父母安葬在余家的祖居地,老家依然在。每到清明节,兄弟姊妹们都回七房墩老家团聚,祭奠父母和先祖。2016年(丙申年)清明节,为七房墩重七公支系21代孙——我们的父母修理了坟墓、重立了墓碑。

墓志铭曰:

"显考余公恩臣,1926年3月16日(农历丙寅年二月初三)生于七房墩,公元2011年12月7日(农历辛卯年冬月十三)殁于七房墩。余公平生躬耕劳作,勤奋聪慧,节俭朴实,德垂子孙。

显妣余母郑氏,1924年10月27日(农历甲子年九月二十九)生于黄龙街,公元2000年1月10日(农历己卯年腊月初四)殁于莼川镇。余母终身操持家务,寡言少语,忠厚善良,名留后世。"

此为永久纪念。

2020年1月10日

作者简介:余拱僦,湖北省蒲圻县(现赤壁市)人,生于1945年9月。武汉大学物理系1969年毕业。终生从事教育(公、民办)工作,中学高级教师。现居广东省东莞市。

山高水长父母恩

邹世英

今年清明前夕我回到了家乡,最大的变化就是大祖屋被拆除了,那是一幢极富本村历史感的建筑,是我父母共同生活的地方。站在空荡的祖屋遗址上,我感到父母真的走远了。

清明节上午为父母扫墓,祭扫的安排并没因为今年是母亲去世五十年,而显得有什么特别之处。从傍晚起天空飘起雨丝,下雨的夜晚让人心情宁静,我在想能否写一些纪念父母的文字。父母去世几十年了,如今自己也老了,书写的困难显而易见,然而此事当下不做,往后会更难。山村朦胧的灯光渐渐地熄了,雨还在下,春雨的执着像给我莫名的鼓励。

回城不久,同学相约欲出一本纪念父母的书,有这样"结伴而行"的机会,我怀着对父母的敬意,把我们姐弟对父母的记忆和情思写成文字,以文代酒、以文代香,祭奠父母。

一、故乡

我的故乡在广东省龙川县丰稔镇礼堂村。龙川县位于广东东江上游,从龙川县城出发,朝东北方向沿公路行进30里就是丰稔镇,礼堂村在镇偏北方向,距离镇有20里山路。

在历史上,南越王赵佗曾做过龙川首任县令,这使更多的人知道了龙川。龙川是客家人聚居地,"逢山必有客,无客不住山",龙川多山,山占全县总面积八成有余,耕地仅占一成。礼堂村更是山多耕地少,它是一个东西走向、弯曲形似长龙的村落。村子四面环山,放眼望去,山连着山,山叠着山。村西的北面有座叫牙沙嶂的山,海拔700多米,它犹如圣女端坐一方,那些叫不出名字的山峦就像小仙女般围坐其四周。从山峦流出的山泉汇成山涧小溪,它一路向南向下流至村西,然后掉头自西向东蜿蜒曲折而行,缓缓流经整个礼堂村。小溪养育了老家世世代代的人,被亲切地称为"母亲溪"。

礼堂村从前是森林茂盛、老虎出没的地方。明洪武年间,本村邹氏始祖落居本村,到我父亲这一代,已历二十代。先人为吃水用水方便,也为了少占用宝贵的耕地,沿着小溪把房屋建在山脚下的向阳处。我们客家先民从中原一路南迁,多受到当地人的排挤和盗匪的骚扰,恶劣的生存环境使他们选择建造防御性的大型房屋聚族而居。我父母居住的祖屋是六纵三横十个天井的结构,体现了客家民居防外聚内的建筑理念。祖屋内能容纳十余户族人居住,屋内除每户的房间外,其余的生活空间是相互连通的,大家恰似一个大家庭。

本村世代以种粮为生,主要种植水稻、红薯和黄豆等。故乡人把能种水稻的土地叫"田",把没有田埂只能种其他农作物的土地叫"地"。田地是村民的生命。

家门口附近的田地是先人最早开垦出来的,属于上等田地。随着人口增多,田地面积逐渐向远处延伸,再后来,除人口外迁外,只能到远处的山里去垦荒造田。山有多高,水就有多高,这是常有的自然现象。有水就有种水稻的基本条件,先人用勤劳和智慧,依山顺势造出从山底逐级向上层叠的梯田,做到水有多高,田就有多高。每到插秧前夕,从高处俯瞰梯田,在阳光照射下,整片梯田波光粼粼,而那弯弯曲曲的田埂就像雕刻出来的细密等高线。

二、我小时候心中的母亲

我小时候常和母亲在一起,母亲将乌黑的头发绾成一个发髻盘在脑后,那干练端庄的样子,是我能清晰记事后对母亲的最早印象。

我很小的时候经常生病,究其原因,按母亲的说法,是她生下我后因乳汁问题而影响了我的体质,只要谈及此事,母亲心中总是充满内疚。父母怕我夭折,就去祈求神灵保佑,将我上契给神明,改姓陈。家里还不放心,又将我过契给一位子女成群的族人,欲借人家的福荫使我长大成人。在当时缺医少药的农村,我四五岁前多病的身体真是让大人们操碎了心。我隐约记得,每当我病了,我的奶奶或者母亲就背着我去找神明"问仙"求药。

到了学前阶段,生长在闭塞山村中的我,对外面的世界特别好奇。我想知道家门前的小溪水最终流到哪里去了,也想知道家门远处常被云雾缭绕的牙沙嶂有无故事中的仙人。我的母亲似乎知道我的心思,出去走亲戚只要条件允许,就不忘把我带上。出去走亲戚,是放飞自我的时候。记得第一次跟母亲走出村子,我在路上好奇和贪玩,时而跑在母亲前头,跑远了就停下来等待母亲,时而又落在母亲后头,赶紧向前去追赶母亲。外面的山山水水、村落民居,甚至连外村人说话的腔调,我都觉得新鲜。

在那个年龄段,我除了好奇,还有点嘴馋。在农闲季节,母亲有时会去探望外公外婆,返回时总会从外婆家给我带来好吃的小食品,因为家务繁重,母亲都是当天往返。有一次,夕阳的余晖照得回家的小路一片金黄,我朝小路张望许久未盼回母亲。正要放弃时,母亲的身影出现在小路的另一端,我朝母亲雀跃而去,母亲见我高兴的样子,也乐了,赶紧给我拿出外婆送的好吃的东西。让自己的孩子高兴,是母亲对母爱的一种理解。在那物资匮乏的年代,童年的幸福就是那么简单,母亲从外婆家带回的一捧糯谷爆米花,或一把炒花生,或一两个水煮带壳鸡蛋,都会让我高兴好半天。后来我长大了些,仍眷恋那小食品的满口余香,再后来,那种眷恋变成了我对母亲和外婆的绵绵思念。

那年代,家里一年难闻到几次肉香味。故乡人逢有重大喜事,有时会办酒席,母亲若去吃酒席,她会在席上备一个空碗,吃饭时把夹得的属于自己的那份好菜放进空碗里,酒席散后将那碗里的菜打包带回给孩子吃。那时候的酒席只是个名义,例如,看似一大盘的肉,其实里面垫的都是笋丝或瓜类,酒席里菜的分量也远达不到可"打包"的程度。母亲把好吃的菜留给子女吃,自己在席上只吃些杂菜、蔬菜,喝点汤,母亲爱自己的孩子胜过爱她自己。

不知为什么,在那个年龄段对母亲的记忆多集中在吃与喝的事情上。

故乡有一种用糯米酿制的甜酒,由于做酒人和酒的主要用途都与妇女相关,所以有的地方又称之为娘酒。甜酒醇厚香甜,男女老少都喜欢喝,喝上一碗就通体舒畅,神清气爽。酒好喝却不好做,一不小心就会做成酸酒、涩酒。母亲很会做酒,将发酵好的酒煮沸装坛那天,母亲有时会叫我给同住一个祖屋、较亲近的族人家里端去一碗甜酒,除了联络亲情外,也有请人品尝,展现做酒手艺的意味。

故乡的甜酒在生活中有讲究。妇女坐月子每餐都会饮用甜酒,据说这样可更好地恢复身体;女儿坐月子前,母亲要亲自酿制甜酒把它作为礼品送给女儿;儿子远行归来,母亲会做甜酒喜庆团圆;过年时,家家更是离不开甜酒。要过年了,我母亲会早早地备好甜酒,辛苦了一年,除夕夜一家人围坐在一起有酒有菜,大人们喝至微醉,驱散了多少忧愁,而我是个小孩,哪里知道人世忧愁,喝酒只是凑热闹。

母亲性情温和,记忆里,我从未挨过母亲的打骂,我做错了事,母亲说说就过去了。同住一个祖屋的人,在对待孩子这件事上各不相同,个别母亲在外面受了委屈,心情不好有时就会借故向孩子撒气,把整个家闹得鸡飞狗跳。遇见这种事,母亲虽然嘴上不说,心里却不以为然。

三、父亲和大家庭

母亲出生在农村佃农贫苦人家,没有读过书、不认识字。与母亲相比,父亲则比较幸运。我祖父耕种有上辈留下的田地,祖父除种田外,还不忘"种植"书墨,节衣缩食,将我父亲送去读了几年私塾。父亲能读懂小古文,遇到半文不白的读物,能解释明白。父亲能写信函,毛笔字写得好。我小时候,家里添置生产或生活用具后,我会抢着为父亲研墨,看父亲在用具上写上工整的识别文字,以防止与族人拿错用具。在文盲率占90%的年代,父亲能接受到一点文化教育,实属难得。父亲说,他很感激祖父。

兄弟相争,形同陌路,这种现象在农村很常见。"兄则友,弟则恭。"这是私塾教材《三字经》里的话,父亲在兄弟中是老大,他按自己的理解,践行着哥哥要关爱弟弟这句话。

那是1942年,按当时的兵役法,依照"三丁抽一,五丁抽二"的比例,按需抽签确定应征对象,祖父有三个儿子,家里不幸中签。在当时社会,有权势者可通过关系免征,有钱者可雇人代征,唯有像祖父这样的家庭只能去应征。父亲已三十出头,他与祖父商量,让他去当兵,以保护二叔、三叔免受兵役之苦。就这样,父亲在本县县城服了三年兵役,直到1945年日本侵略者投降后才役满回家,其中辛酸,只有我父母才明白。

1950年,我二叔唯一的儿子不幸夭折,二叔患有不易康复的疾病,二婶见状打算带着女儿改嫁。我的父母亲为了让二叔后继有人,也为了二叔有个家,都劝二婶留下来,愿把我过继给她做儿子,作为她家今后的依靠。时年父亲39岁,我5岁,还有个2岁的聪明可爱的弟弟。故乡办过继有笔墨之约,过继出去的儿子是回不来的,父亲对此一清二楚。后来二婶没同意我父母的意见,她带着女儿离开了二叔。

祖父母膝下有三子二女,祖父维持着一个大家庭,家人就餐时,两张八仙桌拼起来都坐不下。早年间,祖父除种田外,还在本村经营有一间小杂货店,父亲协助祖父打理生意。父亲服兵役后,小店就关门了。在兵役过后的农闲季节里,父亲去做挑夫,挣钱补贴整个大家庭。在故乡,挑夫又称挑脚,在那交通工具极其落后的年代,货物流通主要靠挑脚。挑脚们把食盐等挑至江西,又从那里把红瓜子、信丰豆豉等挑回广东。父亲挑着百来斤的货物,穿羊肠小道,风餐露宿,磨肿双肩,跑痛双脚,一路汗水,还要经常提防拦路抢劫的强盗。几年间,父亲的足迹遍及赣南和海陆丰。

父亲为人厚道、通情达理,作为祖父的长子,他一直努力协助祖父维持着这个大家庭,直到1950年祖父决定分家。

四、个体种田的岁月

1950年故乡实行土地改革,我家分得的农田多分布在牙沙嶂南面的群山里,那是一些山高路远的梯田。那梯田所在的山较陡,最大的田也不过几分的面积,更有被人称为"蓑笠丘"的田块,其面积比蓑衣斗笠大不了多少。这样的梯田耕作难度大,费时费力。

农忙时,天蒙蒙亮,父母吃过早饭,带上午饭、农具,或挑上肥料,或牵着耕牛,沿着崎岖曲折的山路,翻山越岭,到达那十余里外、海拔几百米高的梯田。挑着担子上山很辛苦,上一段山坡就要歇一歇,母亲身体单薄,尤为艰难。因没钟表,也不知路上走了多长时间,只见太阳已升得老高。

种粮食数种水稻最辛苦,从一粒种子到收获,要经历翻整稻田、育秧、插秧、田间管理、收割和脱粒等生产环节,历时一百多天。田间重活都归父亲做,像插秧、收割这样更需耐力的农活主要由母亲承担,我的姐姐只能当个帮手。夏日里骄阳似火,母亲站在水田里弯腰插秧,上面烤下面蒸,汗流不止,有时还有蚂蟥咬人。种田的农具和方法很落后,劳动效率很低,父母总感到劳作时间不够用,恨不得太阳不下山。农时拖延不起,父亲在梯田打谷场旁的巨石边搭盖好草棚,傍晚不回家,夜宿在草棚里,这样一早一晚可多干点农活。像父亲这样吃住在山里种田的,村里找不出第二人。

每到收稻的日子,父母要把稻谷挑下山。挑担子上山不易,挑担子下山更是胆战心惊。山路多有沟壑,行人就近砍下几棵树架在沟上即为桥。有一次父亲挑着稻谷过桥,行至桥中间,一根桥木突然折断,父亲跌落沟底,而两箩筐稻谷悬吊在桥面上。姐姐随父亲过桥,见此险情不知所措,吓得直喊我母亲快来帮忙。

故乡每年种两季水稻,7月中旬收完早稻后,立即翻整稻田准备抢种晚稻。这段夏收夏种时间是一年中最忙的日子。父母亲、姐姐下田了,把家交给了我,从八岁开始的三年暑假里,我稚嫩的肩膀挑起了生活的担子。我烧不好灶火,常被烟火熏得鼻涕眼泪流,父亲说人要实心,火要空心,教我如何用草或木柴烧灶;我刚开始做不好饭,害得家人常吃夹生饭;猪圈里养有猪,常因我喂不及时而被饿得嗷嗷叫;收割回的稻谷要及时均匀晒干,家乡夏日多阵雨,我常因体力不济,把快晒干的稻谷给淋湿了;最难的事是照看1952年出生的弟弟,他像糯糊一样黏着我,那时我多希望他在白天能睡一会觉,家中要做的事总是一件接一件。

有族中长者见我年幼如此地干家务,就背地里说我父母"无牛,用狗耕田",话传到母亲耳中,母亲既心痛又无奈。打那之后,吃过晚饭,母亲就不让我做事,叫我去屋前晒谷坪同别家孩子一起乘凉。母亲心疼我,我在屋外享受着手中蒲扇带来的丝丝清凉,却不知道要心疼母亲。母亲在白天去很远的田里,同父亲一样地劳动,回到家里要打理菜园,给猪准备明天的食料,有时要去小溪边往家水缸里挑水。母亲一天到晚总有忙不完的事,母亲像是铁打的人。

故乡的土壤是红色的,它酸性强,土质黏重,不适宜种水稻。红壤稻田经过长期耕作熟化改造后,才能成为好稻田,而我家的梯田熟化程度不够,土质贫瘠，即所谓"薄田"。都说人勤地不懒，然而不管父母如何起早贪黑地专心耕作、苦苦守望，即使在风调雨顺之年，也达不到人家平常年份的收成。在稻谷收成决定一切的年代，我家的日子注定要比别人家艰难。

收获的稻谷先要向国家交公粮、卖余粮，剩下的稻谷才是家人的口粮。如果年成不好，家里主食经常是粥加蒸红薯。煮粥时，待到米煮开了花，用勺子把干的捞在碗里当干饭，这是给我弟弟的特殊待遇。有一次我中午放学回来，打算快点吃完去学校。我打开锅盖，用勺子搅动着锅里刚做好的粥，顿时一脸不快，把锅盖重重地放下，故意弄出响声，以宣泄心中的不满。母亲知道我嫌粥做稀了，就温和地望着我说："儿，粥过一会变凉了，它就不稀了！"目光里却掩饰不住一丝心酸。事后，我很快理解了母亲，因为只有母亲最清楚家里还有多少大米。

吃粮靠田地，花钱靠养猪养鸡等副业，大多数农户都是这个模式。家庭饲养要有充足的粮食，我家粮食不足，养一头猪一年只能长到一百多斤，每只母鸡年产蛋最多百来个。十余户人家住一幢祖屋，地方小，每家养不了多少鸡，因为鸡多了就会引发"鸡瘟"，在鸡瘟疫情肆虐下，整个祖屋都找不到一根鸡毛。

1955年故乡办农业社，那时，父亲身强力壮，意识不到个体种田的风险，他担心加入农业社后人多心不齐，会种不好田。父亲以"入社自愿"为由，没有加入农业社。1956年，办农业社的政策变了，要求户户入社，父亲成为附近人家最后入社的人，从此开始了干活拿工分的日子。后来的事实说明，农村生产组织规模越大，越难发挥农民的生产积极性。

在写这段文字之前，二弟、三弟沿着父母当年上山种田的路，来到梯田凭吊父母。他们徒步上山用了一个半小时，不知道父母负重上山要用多长时间。弟弟给我发来视频，我看到昔日的梯田长满了荆棘，已分辨不出梯田的轮廓了，唯有梯田打谷场旁的巨石仍昂首挺立，仿佛在向来者诉说着六十多年前这里种田的艰辛。

五、托起儿女的明天

1951年我六岁时上了小学。上学没几天，我看到从教书先生"蜕变"来的老师在体罚学生,吓得不愿再去上学。为此,我挨了父亲的骂。当时我蜷曲在饭桌旁的旧龙头椅里,耷拉着脑袋,任凭父亲训斥。"幼不学,老何为"是父亲训斥的中心意思,老实说,我是第一次看到父亲这么凶。后来也许父亲觉得我的心智还不到读书的时候,就做了妥协。我也保证明年一定去上学。那时候没有"输在起跑线"的说法,否则结果真不好说。

1952年,村小学正式开办,我和姐姐都去报名上学,我是班上年龄最小的学生。开学前,父亲给我们讲了一位教书先生的话:读书好,腹中有书墨,一是别人抢不走,二可今后不求人。父亲借用乡间朴实的劝学话语,鼓励我们姐弟好好读书。后来,父亲同样要求我的弟弟们不要放弃学习,在那特殊年代,三弟受学校正规教育不多,他听父亲的话,通过自学取得助理工程师资格。

姐姐比我大八岁,贫穷和重男轻女的社会偏见,使她错过了小学适学年龄。这次借村小学成立的机会,父母亲把我的姐姐送进小学校门,既要摒弃社会偏见思想,也要克服家庭实际困难。当时姐姐是父母做农活的有力帮手,姐姐上学去了,父母今后农活的担子就更重了。在往后的日子里,有好心亲戚劝我父母说:"女儿都这么大了,还读什么书?"父亲则认为,人需要有文化,只要我姐姐愿意读书,家里就不阻拦她,不去影响她的前程。姐姐虽然错过了最佳上学年龄,但是比起村中没有上学的同龄人又是幸运的。

我家的农田是下等田,因稻谷产量不高,所以家里日子过得艰难。我和姐姐上小学后,劳动力的减少和读书费用的开支,使原本艰难的日子变得更加窘迫。家里连食盐、点灯的煤油等生活必需品都缺乏,父亲常临时叫我拿几个鸡蛋去村杂货店换点食盐或煤油回来应急。那时候床上终年铺着草席,冬天来了就在席子下加铺一些稻草用来保暖。草席很破烂,早晨起来上学,头发上粘着枯黄的碎稻草。我们终年都无鞋袜可穿,到了冬天结霜天气,脚踏着木屐去上学。有一段时间,新版的客家山歌在村里传开了,最受欢迎的有《梁四珍》山歌。梁四珍不甘贫贱助丈夫发奋读书而终遂人愿的故事,是一个在客家地区流传了很久的老故事,父亲给我讲了这个故事。人处窘境,很容易被励志的故事拨动心弦。故事让我知道什么叫"人穷志不穷"。穷不失志,终有出头之日,故事背后所传递的这个信息,在我儿时心灵白纸上留下浓浓的一笔。

父亲关心我和姐姐的学习和表现,学期结束,家庭报告书发下来,父亲要看我们的学习成绩和操行评语。

1958年我和班里的另两位同学考上县一中,我姐姐等一批同学被民办中学录取。在那年代,读中学要交多少钱?一张1961年县一中高一年级第一学期的入学收费通知,它为我提供了测算参考。通知书上写着:学费5.5元,膳费4.2元,电灯费0.9元,书费4.6元,讲义费0.8元,报纸费0.5元,合计16.5元。书费包含练习本费,膳费不含米钱,学生每餐自行拿米去学生食堂蒸饭。县粮店每月给学校初中生供应18斤大米,高中生为24斤,每学期约需10元购米钱。

读中学的费用要比小学高出很多很多。读书费用一部分靠家庭饲养副业,在粮食紧张的年份,养不起猪就只能养点鸡。读书费用也靠父母平常一点一滴的积累。例如,邻村有个卫生站,站里做饭没青菜,母亲送去一把青菜换来四五分钱,就将它攒放在一个小土瓦罐里。也不知道经过多长时间才能积存到一元钱,而母亲认为,有一点算一点,去学校报名入学,就像在商店买东西一样,少一分钱都不行。

我家每年都种有黄豆,那是为过年过节自家磨豆腐准备的。为凑集学费,父亲会拿些黄豆到集市上去卖。如果学费还凑不齐,父亲甚至会将口粮卖掉一部分,这里口粮是指生产队每月按家庭人口发下来的稻谷,当时每百斤稻谷的政府收购价是5元多。出卖口粮就意味着家人要勒紧裤带。那年月,家里没多少东西能拿来换钱,父母亲为我姐弟筹集上学报名费的具体过程,已无从知晓。

开学以后,父亲要为我们每月买米的钱发愁。我记得,1958年冬天农闲时节,父亲外出帮人做泥砖,大冷天光脚做泥砖,辛苦劳动一天收入二角钱。一天,父亲来学校给我送钱,当我从父亲手中接过八角钱时,看到他冻裂的手,我心头一阵酸楚。父亲没过问我的学习情况,也许他觉得儿子已经懂事,用不着操那份多余的心了。临别时,父亲深情地对我说:"儿,你不用担心没钱读书,只要你有本事读下去,家里无论如何都会供你读到底!"父亲说的"底",就是指考取大学。我在往后读中学的时间里,每当家里遇到大的经济困难,父亲都会给我重复上面那句话,让我坚定读下去的信心。

在读中学时,我感谢学校给我助(奖)学金,每学期能为家里减轻三四元的经济负担。

从1959年起,国家进入三年困难时期,在这期间我姐就读的中学停办了,我所在的班级也有人辍学,生活像把匕首刺破了一些人的上学梦。从小学走出来的小伙伴中,除我和一位远房叔叔外,其他人都过早地走入社会。

在粮食最短缺的那段时间,我和当时还没停学的姐姐从每月18斤大米中拿出一些接济家里。父亲因营养问题而患上浮肿病,我心情很郁闷,母亲问我:"是不是在担心会失去父亲?"被母亲这么一问,我积聚已久的压抑情绪瞬间爆发,哭了起来。我担心父亲身体,也担心自己会失学。后来,我没有因父亲生病而失学,我庆幸有好父母。

我在县一中读书的六年里,学校有农场,学生自种的青菜几乎每餐都会端上学生的餐桌,菜里几乎看不到油星。学校每两周放假一天半,让在校住读的学生回家拿生活用品,也看看父母。回到家中,除特别时期外,母亲会想尽办法改善一下生活,要我多吃点,好长高些。为准备这些饭菜,不知父母又该省吃俭用多少天!曾有一次我因有事不能回家,母亲惦记我,为我送生活用品,我在听课,不能出教室来见母亲,母亲把东西放在教室门口就离开了。母亲身无分文,往返步行一百里路,连口开水都喝不上,回到家就病了。

在我成长的路上,父母的影响比任何教育都深刻。这种影响传递出的精神,教我如何在社会上生存。

1957年5月6日下午,家里接到外公去世的消息,处在预产期的母亲痛哭落泪,悲伤不已,不顾一切,执意要去送别外公。母亲在父亲等人的陪护下,走二十多里山路,在接近天黑到达娘家后,大家一直悬着的心才终于放下,没过几个小时,母亲生下我的三弟。

我上中学后,假期里除参加集体劳动外,还常随母亲去自留地劳动。地离家很远,中午回不了家,也不带午饭,要饿着肚子干活。我曾用喝水来缓解饥饿,母亲则告诉我:"坚持一下,人饿过了头,就不觉得饿了!"我听母亲的话,也不知过了多久,我真的不觉得饿了。我心疼母亲为节省粮食而损害身体健康的无奈之举,但母亲那种吃苦耐劳、在困难中坚持的精神却无意间传给了我,成了我几十年来的一种工作态度。就在几年前的2015年,我为公司解决一个技术难题,辛苦工作九个月(每周坐班三天)仍不见成效,公司要我放弃。我认为工作方向没错,于是选择坚持,终于在两个月后解决了阀门定位器自整定和定位的算法程序,使产品销量从二百多台提升到两千台。该算法是定位器的核心技术,已被申请为他们的发明专利。产品质的提升使企业老板高兴,称我是他的命中贵人。

在我成长的路上,由贫穷导致的其他困难同样绕不过去。例如,我就读的中学与家之间,往返一次足有一百里路,我没钱搭乘交通工具,只能凭瘦小的身体从家里背负物品回到学校,常累得双脚酸痛,当晚无法去上晚自习课。又例如穿着,我读至高中仍常穿缝补多遍的衣服,家乡有这样的话,"在家无食无人知,在外无着受人欺",即使在学校这种求学之地,我也会因衣着破烂而招来异样的眼神,贫穷无情地羞辱着人的自尊。我记得,我一同学也不宽裕,他送给我一件衣服。

勤劳的父母面对贫穷没有抱怨,而是选择勤俭和忍耐,父母这种心态影响着我。我能坐在教室里读书,与农村同龄人相比就够幸福了,对待别的困难,我没理由抱怨,而是要像父母那样暂时苦撑着。中学六年,我在家与学校之间共往返一万二千多里,不管遇到怎样的恶劣天气,再难也要走到目的地。对于穿着,父亲说,看人主要看有没有本事,而不是看穿着。父亲要我把更多的注意力放在提高学习成绩上,父亲的教导使我逐渐变得成熟。

人,"生于忧患",贫穷成了我勤奋读书的动力之一,我相信知识的力量能改变贫穷。我从父母长满老茧的双手读懂了双亲的期待,我背负着自己的理想,也承载着父母的希望。

1964年,我考取了武汉大学物理系,同一屋檐下的那位远房叔叔被北京广播学院葡语系录取。一个祖屋一次考取两个大学生,而且还考出村里历次录取的最有名的大学,这消息传遍了两千余人的村子。信风水的人都说,那是因为我们祖屋的屋场风水好,他们哪里知道,一张大学录取通知书的背后,是我父母亲十二年的辛酸苦楚。

我没考取大学前,父亲盼我能考取大学。我考取大学后,父亲对我说,盼我将来报效国家，为宗族增添光彩。没过几天，一宗亲对父亲说："老哥，你儿子学成出来就是为国家造原子弹的人。"父亲不懂物理学科，该宗亲是老大学生、做过报社编辑，他的知识和不恭维人的性格，使父亲对他的话信以为真，父亲为此也着实高兴了一阵。我知道，我考取的物理系虽然有核物理专业，但我造原子弹的机会微乎其微，我没否定那宗亲的话，因为我不忍心让父亲扫兴。父亲的殷殷期盼，是儿子前行的动力，十多年后，我真的得到了报效国家的机会，为向太平洋试射洲际导弹而研制导弹落点定位设备，我尽心竭力地工作，没辜负父亲的期望。

在父母心中，子女就是一切，为了子女的成长，父母亲付出了无尽的爱。

六、母爱依然

在我高中毕业前几个月，母亲就经常咳嗽，家里无钱看病，只是咨询过家乡医生，被怀疑染上肺结核病。我在填报高考志愿时，想到母亲因病受苦，就选择学习医学，但被班主任叶老师劝阻，说我身体条件不宜从医。我不知道母亲从何处染上这种病，后来姐姐告诉我，传染源来自堂舅。堂舅得了肺结核，我的母亲常回娘家给他煎药，帮着照料生活，当时生活条件差，母亲身体抵抗力弱，于是就被传染上。堂舅有妻子，有哥嫂和姐姐，怎么需要母亲大老远跑去照料？我曾一度埋怨母亲心地过于善良。

母亲患病后的头几年还勉强能下田劳动，到了1967年就无法再劳动了。1967年上半年，母亲惦记着我在武汉的安全。母亲担心我遇到不测，经常以泪洗面，还不时自言自语："我前世造了什么孽？"有一位和母亲同姓的好心阿婆劝解母亲说："你的大儿子性格像你，他不会去外面惹事，你尽管放宽心！"母亲听了，情绪有所好转。"儿行千里母担忧"，外出的儿子就像母亲放出去的风筝，不管风筝飞得多远，都被一根叫母爱的线牵着，对这样的道理，可惜我明白得太晚。我自以为已经长大，不用家里操心了，以致在"家书抵万金"的特殊时期很少向家里报平安。为写这段文字，我重读了那段时间的家信。父亲拿惯锄头的手早已握不住笔杆，从找人代写的家信里我也能看到母亲的牵挂之情。母亲思虑过度必会加重病情，我为自己当年的糊涂，仍感到自责，甚至有负罪感。

我计划在1968年1月回家过春节,母亲知道后满心欢喜,拖着病弱的身躯,为远行儿子的归来,按习俗酿制好喜庆团圆的家乡甜酒。母亲知道我从小喜欢喝甜酒,也知道甜酒对我弟弟的诱惑力,特意将酒放在不常去的楼棚里封存起来,等我回来才能开封。我上大学后,就再没向家里要钱。我享受的助学金除交膳食费外,每月还有一元钱归自己支配,加上1964年入学报名结余的四十多元,这便是我在大学读书期间的经济来源。我攒够回家往返路费,还给母亲买了点治病的药品,实现着入学来首次回家的愿望。见到阔别的母亲,母亲比三年多前瘦了许多,衣着也很破。母亲几乎没有治疗,夜晚听着隔墙母亲的咳嗽声,知道母亲整夜都没安睡。

母亲的病情逐渐加重,1969年5月的一天,姐姐来看望母亲,母亲坐靠在床头,连梳头整妆都感到吃力。不管什么时候,母亲心里都装着女儿,也熟悉女儿,这次母亲从女儿的细微变化里,知道自己又要做外婆了。母亲心里自然欢喜,按家乡习俗,要亲自酿制好甜酒作为滋补礼品体面地送给女儿,可是母亲眼下的身体已无法如愿了。母亲无力地对我的姐姐说:"女儿,家里楼棚里有几斗糯谷,你把它都带回去自己做酒吧,娘这次无力为你做酒了。"母亲病成这个样子,姐姐内心十分悲伤,姐姐怕自己的负面情绪影响到母亲的病情,在母亲跟前总是强颜欢笑,但当听到母亲这番话时,姐姐再也无法压制真实情感,眼噙泪水迅速跑离母亲的房间,在母亲听不见的地方放声痛哭起来。

母亲独自承受着疾病的折磨,但母亲对子女的爱依然如初。

七、母亲最后一次呼唤我

母亲生病丧失劳动力以后,家的一半天空坍塌了。二弟读完小学没多久就由生产队指派,带着粮食跟大人去修铁路,挣工分养家。故乡农家烧水做饭以一种叫"路箕"的草做燃料,母亲能劳动的时候,上山割草是母亲的事,而当下只能指望三弟。十岁左右的三弟在不上学的时候,光着脚跟别人上山割草,被芒头刺穿了小腿。为这事,母亲流泪了,她去给割草的同行者说好话,恳请他们给三弟一些指导和帮助。

父母感情一直很好,母亲曾被族人中的要好姐妹笑称为家里的"书记"。

我母亲姓魏,她们来我家找母亲,若只见到我的父亲,便会说:"您家的魏书记在家吗?"母亲久病,身体瘦弱,有一次因洗澡而跌倒,腿上扯开了一道长口子,因无钱治疗,伤口长期无法愈合。母亲不能行走,进出房门都要父亲抱着。父亲默默地承受着这场家庭劫难。

1969年春种后的几个月里,家中来信没谈及母亲的病况,我隐约感到有些不安。时间到了7月份,若不是因为特殊年代,应该是我大学毕业离校,在家等待去工作单位报到的日子。我思念母亲,但我没钱回不了家。适逢同在武汉读大学的高中好友回家乡探亲,我拜托好友替我尽孝去探望我母亲,并带话安慰我母亲说:"看见好友就等于看见儿子!"好友欣然答应。

1969年8月上旬母亲病危,家里拿不出我回家的路费,出于无奈,没将消息告诉我。8月16日晚,母亲弥留之际,家人守在母亲病床前,母亲用微弱的声音问:"世英回来没有?"大家一时不知如何回答。过一会儿,母亲又问同样的话,母亲用最后一丝生命气息,期待着我的归来,仿佛在说:"儿呀,怎么还不回来看看娘?"为回答母亲的两次问话,三婶说:"大嫂,世英说不回了。"母亲想最后看我一面的心愿破灭后,眼角流出泪水,沉默很久才说:"不回就不回吧。"没多久,母亲对我的姐姐说:"女儿,我的头发很乱,帮我梳一梳吧!"姐姐强忍着泪水给母亲轻轻地梳头。刚梳好,任凭姐姐如何大声地喊"娘",母亲也听不见女儿的呼唤了。母亲走完了53年的人生历程。房内哭声一片,哭得房间外的族人暗暗擦拭眼泪。

母亲安葬的那天,我的好友按我手绘的寻路图步行了二十里山路,共辗转八十余里才找到我的老家,亲戚们都感激我的好友。

母亲去世后,姐姐整理母亲遗物时,看到了母亲用来积攒卖菜所得的小土瓦罐子,里面有几分钱,那应该是几年前母亲最后一次卖菜的收入。

母亲去世十余天后我才知道,噩耗传来,我像小孩似的号啕痛哭,竟忘了自己身处学生集体宿舍。当天夜晚我辗转难眠,思绪纷杂。

记得1964年我拿到大学录取通知以后,我的远房婶子们都很羡慕我的母亲,其中一位对我的母亲说:"等到你儿子大学毕业,你和我们一群姐妹就不一样,你往后的日子就好过了。"母亲将她的话复述给我听时,母亲笑了,笑得那样欣慰、美丽。可是没想到后来命运给母亲做出那样的安排。母亲勤劳、节俭、善良得令人同情，都说好人能一生平安，我暗暗埋怨老天爷不公。

我也记得，考取大学后，亲戚资助的钱就可以把我送到武汉完成入学报到手续，如果当时把父母给我的四十多元钱用在母亲的早期治疗上，然后再借些钱给母亲治病，也许母亲的命运就会不一样，可惜我不懂得那样做。我想了很多很多，内疚充满于胸。我没尽到长子的责任呀，母亲！

八、感恩和怀念

家乡的冬天有时也很冷。家里的棉被记不清盖过了多少岁月，已变得非常板结而且已成黑颜色。母亲体质差，睡至天亮都焐不热被窝。三弟没到上学年龄前，冬天夜晚睡在母亲的另一头，焐热了被窝，也焐热了母亲的双脚。二弟小小年纪去修铁路，他自带去的粮食被折算回二十多元现金，他自己做主为母亲买了一床新棉被，使生病的母亲不为冬天夜里发愁。二弟、三弟在成长中学习感恩。

在我上大学前，姐姐就已成家，有了孩子。做了母亲的姐姐更知报答母亲的恩情。特别在母亲病重的几个月里，姐姐经常放下农活，把两个孩子和家丢给婆婆，挺着身孕步行二十多里来探望和伺候母亲，还帮着打理这个家，这给母亲很大的精神抚慰。

在姐弟中唯我报恩的时间来得最晚。母亲遭难，家庭一贫如洗，我期盼尽快有能力感恩父亲、感恩家庭、感恩亲情。

大学毕业前，学校安排学生在一化纤工地劳动数月，每位学生共领到13元报酬，我拿出11元，很高兴能平生第一次给父亲寄钱。大学毕业后，我负担起父亲的生活费，在我月工资还是43.5元的时候，每月给父亲寄去10元钱。父亲身体不好，冬天怕冷，我给父亲寄去人参和御寒物品。二十世纪八十年代初，我的住房条件刚有改善，妻子让我把父亲接来共同生活一段时间。这是我1958年离开家外出读书以后，第一次能和父亲一起生活半年多的时间。

二十世纪七十年代末，两个弟弟相继组成小家庭，原来的祖屋已无法居住，他们没钱建新房，我当时八十多元的月工资也帮不了他们。我去搞电脑

一缕心香 YI LÜ XINXIANG

技术服务,积攒下七八千元帮他们建房,在1987年让父亲和二弟、三弟等一大家人有了安身之所。对有潜质的弟弟,我试图在知识和精神上帮其离开农村;对不能离开农村的弟弟,则给他一些经济帮助。这些算是我对家庭和弟弟应尽的一份责任。

我一路成长起来,母亲为我受尽苦难,在我有能力报答母亲时,母亲已离我而去,这成了我难以释怀的遗憾。外婆只生下我母亲和舅舅,小我母亲20岁的舅舅,是母亲生前最亲近、最牵挂的娘家人。我刚毕业时舅舅家里穷,我节省开支,给舅舅一点帮助,借此弥补一点对母亲的亏欠。

1986年,三弟一人去城市找到了工作,二弟仍在农村。1990年父亲身体不好,二弟在家侍候父亲,他既是尽自己的责任,也是在替我尽孝。1991年春节后,父亲病重卧床不起,二弟更是细心服侍。没有伺候生病老人的经历,就不知道伺候生病老人是多么辛苦,又要怎样的耐心。父亲有时神志不清,会把卫生状况搞得很差,二弟要一遍遍地为父亲擦洗,要换被褥、打扫卫生。父亲想吃什么,二弟尽量满足,做好送到父亲嘴边。二弟服侍父亲做到了尽心尽力。

父亲生病期间,我曾携妻儿回去看望父亲。父亲去世前一个月,我又回去探望父亲。一天,我在父亲病床前,他同我谈到二弟,说二弟生活差一些,要我今后多帮扶点。父母不在世了,子女就像黄牛过河各顾各的,村子里一直都是这样,父亲显然不希望在他身后也出现那种情形。父亲病重时还操心子女今后的事,令我一时难以言语,我点头答应父亲。父母的恩德是我们姐弟的情感纽带,我们会永远相亲相爱。

1991年5月10日,父亲永远地离开了我们,终年八十岁。

每年清明期间,三弟及家人都要回乡,会同二弟及家人为父母亲扫墓,而姐姐和我则几年清明才回去一次。父母在世时,我们只把清明当农历节气看;父母不在了,才感到清明节的沉重。三弟预先操办好祭祀用品,大家翻山越岭来到父母墓地,将墓地周围的杂草清理完

父亲 1980年摄于武汉

毕后,在父母墓前供上酒食果品、焚化纸钱,每人双手合持点燃的香烛,在墓前深深地鞠躬,献上香烛,向在天堂里的父母诉说着最想说的话。

纸钱化作青烟,香烛寄托思念,在父母墓前总会让我们回想起他们生前的片段。父母是农村普通的劳动者,用辛勤的劳动,用平凡而美丽的品质,让生命发光,照亮了自己的子女。

故乡多山多溪流,父母长眠在青山中,父母对我们的爱犹如那山,默默无言,雄浑伟岸;那青山之下,小溪水不分昼夜长流,父母对我们的爱,又犹如那涓涓溪水,丝丝柔柔,滋润着儿女的灵魂。

母亲墓地的正前方是回村的道路,像是母亲在守望子女的归来。母亲啊,您和父亲别再牵挂在外的子女,愿你们在那边没有病痛,愿你们一切安好!

写于2019年12月

作者简介:邹世英,广东省龙川县人,生于1945年7月。1964年考入武汉大学物理系,1969年无线电专业毕业。电子技术正高级工程师,享受国务院政府特殊津贴。现定居武汉。

我的小泥屋

张富林

一

我是谁？我从哪里来，要到哪里去？人老了，不知不觉，糊里糊涂就老了。当回望自己的人生轨迹时，一个小泥屋总是挥之不去，如影随形，灼灼地出现在我的视线中。

社会在发展，农民也不甘落后。乡亲们的机智与努力，把陈旧的村庄折腾得华丽富贵又零乱无序。在曲径通幽、逼逼仄仄的小路引领下，在几栋二层楼的"围困"中，我找到了那个小泥屋，那是父母留给我的居所，我的小泥屋。

小屋破败地存在着。那些咕咕叫的满院的鸡婆呢？那些绕梁钻天唱歌的燕雀呢？这里原来是枣树，而这里是杏树。对了，这是豆棚架。夏夜，母亲带儿孙在这里数星星。槌布石应该在窗下，怎么扔在了角落里？这块木头是织布机上的配件。这个台阶是父亲歇息的处所，是否还有温度？走了，曾经的生机勃勃已经远去，没有了父母蹒跚的身影，没有了盼儿归的混浊的眼神，没有了那沙哑的叹息。小屋门前的每一棵小草，是那样的亲切而又遥远，我努力地寻觅着曾经的岁月。

父母从旧社会走来，那水深火热的日子过于漫长和沉重，这里我摘录几个片段，算是一种不忍目睹的逃避，算是一种力不从心的告别，也算是一种家乡苦难史的记忆。

片段一：日本人进村了，有一家女人遭到蹂躏。这以后女人出门都化妆成又脏又丑的样子，谁家娶媳妇只能夜里娶，不敢吹吹打打。我父亲被日本人绑走了，因为年轻就说是八路军，家里人苦求翻译讲情，又帮日本人推磨，才保住了性命。村北有条河,村子里的人叫北大河,日本人在河里摸鱼,几个小孩子在岸边看着笑,日本人羞恼上岸,抓住跑在后边的小孩,绑在树上开了膛。这个小孩七岁,名叫孬。孬的妈是寡妇,一个人孤苦伶仃,几年后病逝。

片段二:有几年,国民党兵经常进村骚扰,村子里家家户户都把院门封堵死,在墙上留一个洞方便出入。这是农民发明的"长城",但效果有限。有一天,村里有三个年轻人被当兵的抓去,其中有我的父亲。半年后,父亲从郑州成功逃回,另两个永远没了音信。

片段三:白天,父亲在外做木工,挣了很少的钱,到集市上买了二斤小米,他知道家里正等米下锅。夜里急急地走在回家的路上时,麦地里突然蹿出两个拿枪的人挡住了去路。父亲惊慌中放下肩头的木匠家什,又脱了鞋子,鞋子里有锯木屑。那两个人才说:"都是穷弟兄,回家吧,前边还有我们的人,碰见了别乱说话。"当天夜里,土匪在村子里绑走了一个人,此人姓刘,也是穷人。刘喜欢穿新衣服,家里穷得吃不上饭,也要弄身新衣服在街上晃,人称衣裳架子。两天后,土匪对刘说,要放他回家,送他几毛钱盘缠。刘吓得尿裤子,所谓盘缠就是一颗子弹。结果,土匪掏枪放在他头上,向天空开了一枪。

片段四:应该是风和日丽的日子,祖母和母亲去打水,路过财主家门口,何财主坐在门口,摇着扇子乘凉。祖母和母亲来到井台上,把水从井里打上来,正要抬走,却都愣在了那里。这时候村外来了两个大汉,直奔何财主。两个大汉掏出盒子枪,架起何财主,并拿枪砸击何的头部,要拉何向村外走。何财主的老婆从家里跑出来,抱住何不松手。僵持了一会儿,一大汉抢枪打死了女人,扬长而去。事后,何财主家说女人有功,死得冤屈,举行了很隆重的葬礼。何家也有枪,在葬礼上,何财主扛着枪转来转去,说土匪若来,一定打死几个,抖尽了威风。

兵荒马乱的,常常有军队驻在村子里,一拨走了又来一拨,有的一两天就开拔,有的十天半月也不走,搅得人心惶惶。什么番号,什么背景,什么颜色,百姓不清楚,只是小心谨慎地应对着,提心吊胆。一个一岁多的小男孩,在门前街边上玩耍,没有人放在心上。一天,小男孩走到母亲面前,小手傻傻地捏着一个小铜圈圈,嘴里"啊啊"地看着母亲的脸。母亲见小铜圈闪亮亮的,就顺手扔在了窗台上。农村的孩子没有玩具,都是玩尿泥长大的。这以后,小铜圈倒成了玩具,在院子里抛来抛去,给大人小孩都带来不少乐趣。

饥荒年月,常有人饿死,小孩子家里也断了粮,有时候一天都吃不上一顿饭,眼看这日子过不下去了。忽然发现那小铜圈是金镏子,家里人都倒吸了一口凉气。回想起来可能是那些大兵们丢的,好在那些队伍已经走了,不然要大祸临头的。家里托人悄悄地把金镏子拿到集市上换回了几担粮食,这家人算是度过了灾荒年。家里人都说,这孩子救了全家,这孩子有福相。这是父亲年老时给我讲的故事,那小孩子就是我。

穷人的孩子早当家。父亲没有读过书,七岁当学徒,十几岁成了当家的张木匠。父亲带着未成年的三个叔父,经历了千难万苦,从磕磕绊绊的生活险途中,终于走了出来。三个叔父长大了,新中国也成立了,浴火重生,穷人迎来了鲜花遍地的春天。

二

"开学了。"

"我们上学去。"

"学校里同学很多。"

这是小学一年级语文课本上的前三篇课文,掩饰不住的童趣和直击人心的欢乐韵味是那时生活的主色调。要上学了,七岁以上的孩子都可以报名。一个信息在村子传播着,开始是大人,后来孩子也知道了。一个百年的穷村子第一次要办学校了,小孩子绕村子跑一周,哪有学校的影子。不久果然来了一个老师,姓刘,年龄偏大,说是旧军队下来的,戴罪之身,做事很认真,见人总是毕恭毕敬,尤其是对村干部。有三间民房,是地主留下来的,将中间的隔墙打去,收拾一下作为教室,桌凳学生自带。老师的办公室和厕所都因陋就简,学校就要招生了。

父亲开始教我数数,当我能数到一百的时候,父亲说可以给我报名了。

要上学了,我高兴,傻高兴,我不知道啥叫上学,也没有见过别人上学。

我家到学校,也就是一百多米的距离。第一天上学,我同一个同学打了架,其实也算不上打架,就是他先推我一下,然后我推了他一下。告到老师处,刘老师笑了笑,叫我俩站好,每个人数二十个数字。我很快数完了,很得意,那个孩子比我大两岁,个子也大,就是支支吾吾数不出来。我的得意之心全无,很为他着急。

我领到两本书,语文和算术,一个小石板,一支石笔。没有书包,这些东西我就整天抱着,很自豪的样子。又来了一个老师,姓奚,教算术。奚老师经常在我的算术本上打×,每每训斥我太笨。我知道我的算术不好,主要是我不认识4字,看见4我就心慌意乱。奚老师在黑板上写的是⼁,我胆小,不敢问老师。我小心眼,又孤傲,不肯向同学请教。就这样憋着,后来我终于明白⼁就是4,这以后顺畅多了。期末考试,我觉得我都会,草草地交了卷。坐在旁边的同学很认真,一笔一画地写,不时地看看我的卷子。结果,他第一名,我第三名。

父亲是民兵,村子里经常开会,父亲总是脚步匆匆,很忙的样子,很少关心孩子的事情。那时常听到的新鲜词是"斗争"谁谁,还有抗美援朝、美国鬼子一类的话。只有晚上睡觉前,父亲才会给我讲些故事,都是教人要做好事,要勤奋,要读书。其实父亲不会讲故事,都是从外边道听途说来的,到他嘴里三言两语便没有了。父亲还教珠算口诀:一得六二五,二得一二五,三得一八七五……什么意思,父亲不知道,我也不知道,只是读得顺嘴,便乐意背下来。现在想来,这应该是一斤十六两时应用的"斤求两"口诀。

要过年了!每年一到腊月,小孩子满街跑,天使般呼喊着。大人们会不紧不慢地取笑道:"傻孩子,早着呢,慌啥呢。"直急得人心里痒痒的。

这一年,父亲像孩子一样,早早地开始筹备过年的事宜。过了腊月二十三,院子里备好了蒸年糕大灶、柴草,接着各种年货被置办进了家门。小孩子关注的鞭炮、年画、大红纸、蜡烛、香火,赫然地摆放在堂屋的桌子上。父亲说我上学了,今年的对联由我写,还买了新毛笔放我面前。我知道这事有点悬,还有一种被器重的新鲜感。上学半年来,第一次看到毛笔,能有一支好铅笔就如获至宝了。

父亲把桌子搬到屋中央,裁好纸,研好了墨,放好凳子,叫我坐下,告诉我不要怕,慢慢写,很隆重的样子。天很冷,墨水结冰了,父亲就放在炉子上烤一烤。我对自己很不满意,每一笔都感到不如意,可父亲总是说好。当父亲不再说好,只是笑一笑的时候,我知道那是极差的了。对联很多,内容都是歌颂共产党和社会主义的,也有一些传统的,像"出门见喜""春光满院""勤俭持家""金银满柜"一类的,还有"香火不断""四季保平安"一类的。我很累,整整用了两天的时间才写完。

贴对联是很快乐的事情。所有的门上、窗上、院子墙上、院外墙上、树上、水缸上、柜子上、小车上贴满了对联,好一个红满天的喜庆世界。这个年过得真是花样频出,从腊八开始到二月二龙抬头,每一天都欢天喜地。尤其是村子里的年轻人,把喜庆的锣鼓敲起来,直闹得村里村外笑声如潮。

百废待兴,百业兴旺。这个时期,社会上的各行各业都在发展,如春天的鲜花开遍大地。

物尽其用,人尽其才。每个人都走出家门,为幸福生活奔忙奋斗。东村西村,南家北家,我父亲每天天不亮就出门,晚上很晚才回家,这一家没做完,新的顾主就登门相邀。当然,收入也很丰厚。

几年来,家里喜事连连。三个叔父相继娶妻生子,人丁兴旺。无论物力、财力、人力,我家都处在最好的态势。家里也在准备买地,扩大生产规模。

在前程似锦的道路上,我们锣鼓喧天,热血沸腾地走入了人民公社。

人民公社是全新的生活模式,靠工分吃饭,或者说靠大集体过日子。每家每户贫富差距不大,我们家小孩子多,稍微差一些。

三

世上没有吃不了的苦,只有享不了的福。父亲说穷一点好,穷人家的孩子结实。我也觉得穷一点好,穷一点光荣,不忘本。

靠工分吃饭的日子很好,不用担惊受怕,很安逸。我家的小孩子多,大集体不富裕,穷了点,过得很舒心。粮食不够吃少吃点,衣服不足穿破点,房子漏雨自己修一修。父母整天乐呵呵的很满足,小孩不管天有多高地有多厚,日子平平淡淡,无灾无痛。社会主义好,美帝国主义坏,人人都懂,都奉公守法。

在人民公社的制度里,父亲的木匠手艺是受限制的,只能为生产队服务。有几次人民公社组织木匠出外做工,几个月不回家,挣没挣钱不知道,反正也是生产队记工分。家里没盐不要紧,等母鸡下了蛋就去换。政府发布票没钱买,发几两油票也没钱买,父母愁眉不展,到处转圈圈求人。过一些日子难题解决了,父母仍是乐呵呵的。

日出而作,日落而息,劳动致富,这是农民信奉的千年铁律。春天花开遍野,夏天繁果满枝,秋天金银入库,冬天瑞雪贺喜。日出日落,人类生生不息。

父亲不爱说话,每天生产队的活计做完回到家里,侍弄一下豆架浇浇树,编个箩筐修一修下水道,就是最悠闲的享受。记忆中父亲从不生病,准确地说是从不看医生。不过,在无尽的劳碌中,父亲不时会说腰腿痛。

农村的木匠没有组织,有自然形成的群体,群体里的人互相照应着,常常相邀一同去做事。父亲零零碎碎也会出外做工,不过是在夜里,白天是不可以的,生产队看得紧。这一年,有了一个工地上的大项目,几个木匠商量一同去做。还是老办法,白天在生产队做工,晚上去工地干到半夜,避免生产队来纠缠。这一段时间父亲的心情不错,每天下午从生产队下工回家,就抓紧收拾木匠工具,半夜里从工地返回,赶紧去休息。父亲的年龄还不是很大,早就有一桩心事,就是想学习骑自行车。这时,这种念头常出现在他的话语中。家里人猜想,父亲想挣钱买自行车了。这在那年代真是一个奢侈的愿望。

父亲心情愉快,家里的气氛也欢乐轻松,不过腰腿又开始疼痛了。

父亲忍住不说。在外人看来,父亲一副平安无事的样子,但背人时,他会对腰腿拍拍打打。这样延续有半年的时间,工地上的活儿要完工了,马上要领工钱了。

这一天，家里气氛不对，父亲没有出工，躺床上生闷气。原来工钱被生产队长领走了，说是充了公，还说是违反了什么精神，不抓人就是好的。其实，生产队长就是隔壁邻居，平常来往挺好的。世态凉薄如此，真叫人无处说理。还有人告诉我们，我家上一次的救济款也是被队长贪了。我们已经无法辨别此话的真假了。

逆来顺受，自我完善。也许父亲骨子里的性格如此，也许是顾虑太多，父亲躺在床上两天，慢慢地站起来，吃了点饭，一句话不说，到生产队上工。父亲遭受沉重打击，日子还是要过，家里的生活需要稳定，父亲肩上有重担。

四

父亲经历过很多磨难和屈辱，这一次的失败不会击倒他。这之后，他很少再拿起木匠工具，在他老年腿脚走不动的时候，曾经失落地说："这辈子骑不了自行车了。"

生产队以粮为纲，主要种植粮食作物，对土地的使用，政府是有指标控制的。我家地处郊区，会种些蔬菜瓜果满足市民需要，这方面政府也是有计划、有监督的，这叫作经济作物。我们生产队每年种二十亩西瓜，属于计划内，也是一项重要收入。西瓜成熟季节，会从外地聘请瓜匠，往年都是郭瓜匠。郭瓜匠人熟，水平高，当然要价也高。不知为什么，这年谈崩了，生产队只得在内部选瓜匠，选来选去就选中了我父亲。

父亲喜欢在大田里侍弄粮食作物，对瓜田的事并不上心。父亲做事沉稳可靠，在技术层面常比别人高出一点，这可能是被大家推举的重要原因。

父亲以瓜匠的身份验瓜，每天一车西瓜按时运往市场。过了几天，郭瓜匠来到瓜棚，表情酸酸的又有些不服气。父亲心知肚明，就摘一瓜放在郭的面前，打开，客客气气地请郭品尝。熟透的沙瓤，郭吃了一小块，无话。郭又在地里转悠一圈，似有话说。父亲又摘一外观较差小瓜，打开，依然是熟透的沙瓤。郭看了看，面露羞色，转身离去，再不曾回头。

我们村里的西瓜很快便有了名气，都知道我们村的西瓜保熟保甜，市场上销路大开，瓜棚里每天客人不断。就这样，父亲坐稳了瓜匠的位置。

对于父亲这种无师自通的瓜匠,有人质疑他到底是怎样相瓜的。父亲用调侃的语气回答:"一个老人的脸和一个小孩儿的脸能一样吗?"一般人验瓜都是拍、捏、听,父亲是用眼睛看,他在瓜地里慢慢走一圈便心中有数,哪些生,哪些熟,都记在心里。当然,还有一些细节问题,他会观察得很仔细。

父亲做事严谨,当瓜匠这几年,严嘱家人不去瓜地,自己也不随便吃瓜,能卖的尽量卖钱,增加生产队的收入。我父亲如此,同时在瓜棚里做事的几个老人也如此,瓜地成了生产队最讲规矩的地方。那时候生产队的管理已经很乱,很多人出工不出力,纯粹混日子,能偷就偷,能拿就拿,队长也睁一只眼,闭一只眼。瓜棚是社员最满意的地方。

从早到晚,看守瓜棚是很辛苦的差事。父亲那时的心情很好,不爱说话的人变得笑声朗朗。尽管挣的工分也不多,尽管工分也不值钱。

父亲干瓜匠的工作止于一次天灾。那是1963年夏天,正是瓜果繁盛的季节,老天连续降雨十几天,百姓的家里开始积水,村里村外的路上也积水,村里各家各户都在门口筑起土坝,用盆向外排水。然而屋子里的鼠洞向外冒水,厨房的灶坑也向外冒水,后来井里也在冒水,历史上的旱地成了水乡泽国。后来,西山的水库溃堤,洪水无遮无挡地进村,一时间,大人哭小孩叫。

我家已被大水围困,房屋进水,一家人都站在院子里,焦急地等待着父亲。父亲从瓜地回来,径直进入屋子里,把缸里的粮食装袋,叫我们每个人背一点。父亲刚把最后一袋粮食背出来,身后的房子就倒在了洪水中。这时候再看身边的村庄,只有少数屋顶露在水面上,村民都在乱哄哄地撤离。

这是我亲身径历的一次大灾难,一种无助的体验深深地刺激了我。在自然灾难降临的时候,人类常常十分渺小。

第二年的高考,我要离开村庄了。天灾的阴影还未完全消失,忐忑不安,无能为力,又高兴,我要去大城市了。父母的不舍和忧郁却明明白白地写在脸上。

岁月不饶人,父母又老一些了。每次回到家里,见到父母,心里便添一层沉重。父亲还是老样子,话不多,在儿孙面前没有困难,没有忧愁,步履沉重却不停歇。好在儿子们都已长大,心里的责任负担放下了,晚辈人认为父母应该安享晚年了。

五

居有定所是人类生存的基本要求。俗话说,叫花子也要有一个放打狗棍的地方。在农村,盖房是一个家庭的重大决定,也是一件大喜事,全家会因此而全体出动。

父亲决心盖房的时候,还是出乎晚辈人的意料。他不声张,要凭一己之力盖房。经过细致筹划准备之后,他开始有步骤地实施了。

准备泥土。虽然是农村,由于人类的开挖毫无节制,泥土早已不能随心所欲地取用。为了避免不必要的麻烦,父亲从自家的自留地里动手。白天在生产队里上工,夜里,父亲拉起架子车,在高低不平的道路上行走,把泥土从自留地里拉回家,一车又一车。家里人去帮忙,他不让。他说,他喜欢安静,人多了又乱又紧张,你们自己回家睡觉去,他老了睡不着,不用管他。像蚂蚁搬家一样,他拉运回了足够的泥土,接着和成泥,打成土坯,堆起来,盖上苫草,防刮风下雨。

收拾旧砖石。废弃的碎砖石似乎随处可见,但真到盖房需要时却很难找。父亲拉着破旧的板车,村里村外地转悠,沟里、河边,尤其是工地上的建筑垃圾堆里。有时几天都没有收获,有时候需要花大力气刨、挖、砸。就这样,父亲早上常在别人的睡梦中起床,晚上在晚饭后才回家,拖着疲惫的身子像劳燕衔泥一般,积累了足够旧砖石。

夏天炎热,冬季寒冷,天气恶劣的时候,生产队往往不出工,这是父亲在家里最忙碌的时候。

在老房子的侧面,父亲画出了新房基的线,一一打夯,做牢地基,挂定了水平线。盖房的工作开始了。

建筑施工是众人协作的劳动,父亲固执地凭一己之力去做。他先要和泥,然后搬砖、运坯,再操刀砌墙。这样来回折腾,进度自然缓慢。他挤出一切时间,甚至顾不上吃饭。母亲把饭碗端到墙上,父亲一摸碗,有点烫,再砌两块砖。试着吃两口,再砌两块砖。父亲就这样不停地操作,什么苦和累全不考虑,整天把自己弄得像泥人一样。

　　作为木匠,父亲参加过无数次大大小小的建筑施工,现在他不能像年轻人一样出外做工,但他对过去有着很深的眷恋,他对建房有很强的自信。目前,他所有的精力都投入建房子上,一种忘我的状态。墙越砌越高,父亲就搬来桌子加凳子,攀上去,一处完工,换个地方,再攀上去。几个月后父亲终于把墙壁筑成,只剩下房顶了。

　　房顶需要木料,家里没有现成的,父亲去集市上购买,好长时间都不满意,有的要价太高买不起,有的质量太差。那时木材市场很萧条,木材很少。好不容易相中一批,谈好价钱,却发现钱没了。

　　家里的钱由父亲保管,母亲一向不过问。历年存下一百多元钱,父亲用布包得严严实实,到集市上,想不到被小偷掏了个精光。

　　父亲站在未完工的房屋前,气得想撞墙。父亲一连几天都是这样的状态,吃不好,睡不好,一副失魂落魄的样子。屋漏偏逢连阴雨,父亲腰腿痛的病又发作了。三伏天,别人都躲在阴凉处歇息,父亲却坐在最毒的太阳光下,戴着一顶破草帽,要晒腿。他从别处听来某个偏方,在野外摘来很多麻叶,摊在太阳下晒得滚烫,绑在腿上,一批一批地轮换。这样一天晒两个小时,身体才舒服些。

　　见此情形,一个叔父伸出援手,告诉父亲,他家里还有些木料,院子里有几棵树,你随便用,不要气坏了自己的身体。叔父的相助,父亲慢慢地恢复过来。父亲在自我愧疚中终于把房子建成了。

　　我的小泥屋,叫人又爱又恼的小泥屋。

　　每当过年过节,那三间房屋会收拾得干干净净,冬天会升起炉火。我从外地回家,住在屋子里,深切地感受到父母的拳拳之心。父母坐在院子里,看着三间房屋,时时谈起我幼年的事,计算我下次回家的日子,也会猜想孙子孙女的学业成绩。然后,便是无言的等待。

　　父母经历了新、旧两个时代,在儿孙们跨入现代社会,享受着富裕生活的时候,他们走了。

从某种角度上来说,父母是比较幸运的。他们一生风风雨雨,磕磕绊绊,遭遇多少艰难困苦、多少危险境地都没有倒下,都坚强地挺过来了,为儿孙留下一片新天地。

在村子里,我家从祖辈以上独门独姓,是逃荒人丢下的一个孩子在这里生根。现在,父辈弟兄四个,各成一大家。我辈兄弟五人,各有儿孙。张家渐成大家族,在家族的族谱上,父母是重要的一环。父母是普通的农民,同千千万万的中国农民一样,在历史的薪火传承中,成为中华民族不可或缺的一部分。

父母把房子留给我,那是我的根。

我极喜爱我的小泥屋,但社会在发展,小泥屋终究会消失。我写下这些文字,算是一种纪念,一种慰藉。

写于 2020 年春

作者简介:张富林,男,河南安阳人,生于1945年。1964年入武汉大学物理系学习,1969年毕业。先赴湖北沉湖农场劳动,后分配在郑州铝厂子弟中学工作,高级教师。2005年退休。

往事如烟

张仲墼

光阴似箭,时光如流水。转眼间我已年过古稀。每当我一个人安静下来的时候,父母亲善良、慈祥的身影就时常浮现在我的眼前。他们的音容笑貌、言谈举止,一幕幕萦绕在我的脑海里,让我思绪万千,心里无法平静。

我出生在广东省普宁市泥沟乡农村,虽地处潮汕平原,可家乡处于低山与谷地平原交错的地方,水田种稻谷,山坡旱地种红苕和杂粮,人多地少,人均不到三分地,是严重缺粮的地区。因此,在物资极度短缺的困难时期,当地最为突出的问题,就是如何解决人们的吃饭问题。而对于我们这个家大口阔的家庭,更是难上加难。

往事如烟,却又历历在目。

我 的 父 亲

我的父亲生于1920年6月。

我的祖辈,是当地有名的中医世家。尤其是曾祖父,是家乡远近闻名的大医生,据说出行就诊都是坐轿子。他有四个儿子,我的祖父排行老三。除我祖父外,其余三兄弟都先后秉承父业,学医行医。唯独我祖父不务正业,抽大烟、耍拳术,是有名的浪荡公子。在曾祖父去世后,祖父分家所得财产,包括田地、房屋,几乎都因他抽大烟而变卖了。到二十世纪二十年代后期,只剩下二亩多地和两个单间房屋,而父亲上面有三个姐姐和一个哥哥,共有兄弟姊妹六个。由于家道中落,我的二姑妈、三姑妈从小就给人家做童养媳。我伯父也因生活所迫,未满十八岁,就怀揣我大姑妈给他的八块大洋,离乡背井,与同乡八人结伴前往泰国谋生。他们徒步一个多月,躲过边防的追捕,夜宿深山老林,辗转来到泰国时,只剩下我伯父一人,投靠亲戚谋生。

我的父亲只读过一年多的私塾,就到同宗亲戚的药材店当童工,以此糊口和帮衬家里，只有到农忙时节才回到家里帮助抢收抢种。正是因为他从小做童工，脱离农村，缺少劳动锻炼，加之个子较小，导致在农业合作化、公社化后回家务农时，竟成了一个文不能文、武不能武的人。我父亲在农村长大，虽不是干农活的好把式，但他却是一位十分安分守己的好社员。

在那生产队集体出工干活的年代，我父亲自知体力不如人家，为弥补不足，他总是争取最早到田里干活，赶在别人前面先干起来。他干活时从不偷懒，收工时往往也是最后离开。因为所有的男社员基本是评10分，女社员评9—9.5分，他唯恐人家说他占了大家的便宜，别人抽烟或中途歇一歇，他一个人仍然会在那里埋头苦干。他不服输，要用更多的劳动时间弥补体力的不足。所以，他是生产队里缺乏冲劲却最有韧性、最为本分的老黄牛。父亲干活时有一个与众不同的习惯，他不管是大热天还是刮风下雨，不管是夏天还是冬天，一年四季到地里干活，总是穿一身黑卡其布长袖衣裤，即使衣服被汗水湿透也从不脱下，不像大多数人一样赤膊上阵。作为生长在南方的农民，什么游泳、撑船、摸鱼捉虾，他都不会，是一个典型的"旱鸭子"。

父亲在生产队干活，虽然不如人家利索和雷厉风行，但绝对认真负责，昧着良心的事他不会做，也不许家人做，绝不会随波逐流。在那个抢工分的年代，虽然会有点"吃亏"，但他心安理得。有些亲身经历的往事，虽过去了几十年，至今仍记忆犹新。

就从生产队插秧的事说起。插秧的时节，生产队采取以家庭承包制的方式，进行分包记工分。也就是说，以家庭为单位分包田块，按插秧面积计算工分。插完一块田后，再插第二块田。当时规定的插秧密度是行距与株距分别为8寸和6寸，可有的人为了抢工分，完全没有按规定去做。他们为了应付检查，往往会做一些手脚，在容易检查到的田埂周边按规格插，而到田中央不容易被检查到的地方，就插得稀一些，花较少的功夫挣更多的工分。但我的父亲绝不允许家人这样做。他告诫我们："这是没有良心的做法，是在自己欺骗自己，收成减少，还不是大家吃亏。"

施农家肥时，也有人投机取巧。生产队组织大家到各家的大茅坑取粪肥，然后挑到田里施肥。有的人为了省时省力，乘没人看见时，不是用粪勺将粪肥均匀泼洒，而是将整桶的粪就近倒在田埂边。这对农作物极为有害，会造成肥料严重不均，使得庄稼"胀的胀死，饿的饿死"，肥料过多的地方稻穗容易倒伏，而田块中间部位则缺少肥料，禾苗生长不好，严重影响整块农田的收成。而我父亲施肥时，总会用粪瓢将肥料均匀泼洒，田中间无法直接泼到，则下到田里走几步，再将肥料泼到位，做到尽量均匀施肥。我们有时认为父亲过于认真，总是觉得他"吃亏"。虽然我们有抵触情绪，但还是会按父亲的方式去做，因为父亲的做法是正确的，这是对集体事业负责。

人善遭人欺。

说说我父亲遭人欺负的一件事。1961年困难时期，物资奇缺，为了让大家度过饥荒，生产队里的"五边地"，如山沟、果树旁、水边地角等处，允许各家各户开荒种点红薯和其他杂粮，以弥补粮食的不足。我家也一样，父亲在山边田埂上种了些红薯。一天，我父亲挖了些红薯挑回家，路过某某家门口时，恰好被某某看到了，他便上前拦住我父亲，叫我父亲把红薯卸下，我父亲不肯，并申辩说："这是我开荒种的红薯，你凭什么要我卸下？""谁同意你开荒的？我就要你卸下。"不容我父亲争辩，他就把全部的红薯强行倒出，并扬言说："你下次再这么做，只要我看到，照样要没收你的。"某某心里有数，我父亲是全村最老实、最本分的人，是无能力与他抗争的。这简直是在光天化日之下明抢啊！口口声声说没收，没收给谁？其实就是他强行占有，自己私吞。我父亲气得话都说不出来。父亲回到家里，就把某某强抢他红薯的事说给我们听。他越说越生气，越说越激动，气得全身发抖，两眼充满血丝，捶胸顿足，自己打自己的脸。他无法忍受这样的耻辱，他大声咆哮："我死给他看，我死给他看。"大发雷霆之后，他气冲冲跑进房里，准备把房门关上，我和我母亲见状，死死卡住门板，不让他把房门关上，若他把房门关上，后果将不堪设想，他准备以死抗争了。我们和祖母好说歹说，轮番相劝，才没让他走到以死鸣冤这愚蠢的一步。

从我懂事开始，我从未见过父亲发这么大脾气，母亲只好在一旁劝他："某某吃了我们的红薯，就让他烂肠子烂肚子吧。坏事做尽了，天都会收他的。"某某是一个在村里跋扈惯了的人，平时惯用的手法就是动手打人，大家对他敢怒而不敢言。历史应验了我母亲的话，后来他的儿子因吸毒而坐牢，某某的晚年过得很凄凉。

二十世纪九十年代末,我弟弟当上了泥沟乡的党委书记。他当过生产队队长、联队长、治保主任、乡长,是靠踏踏实实做事赢得广大乡民的信任和支持而逐级提拔的。我父亲再三叮嘱我弟弟,当上一乡的领头人,一定要为乡亲们排忧解难,为全乡做好事实事,否则就不要去当,千万不能在乡里留个骂名。乡亲们有事找到我家时,若我弟弟不在家,我父亲总会沏茶热情招待,尤其是对那些贫困的乡亲,他更是嘘寒问暖。因为他尝过被人欺负的滋味,与他们有共同语言,不会看轻他们。

风雨真情

我从小学读到高中毕业,在我的印象中,我父亲从来没有过问我在学校的学习情况,也许是我父亲没有什么文化,加之全家的重担压在他身上,忙得顾不过来。他对我的学习情况若有所了解的话,应是从我每次数学竞赛拿回来的奖状,猜测到我的学习成绩还不错。

有一件往事,让我一生都不会忘怀。那是在 1964 年,我准备高考的前夕。为了抓紧学习,学校没有放假,我连续三个星期都没有回家了。有一天下午上完课,学校传达室老王通知我,说我家里人在学校门口找我。我急忙跑过去,一眼就看见我父亲。他头戴斗笠,手上拿着一大袋东西,我还未开口,他就对我说:"今早家里杀了猪,给你煮了一块猪肉和一块猪肝,顺便给你带了红薯和两瓶猪油炒的萝卜干。"那天恰好下大雨,他是冒着雨前来的。我见到他时,被雨淋透的黑布衣和黑短裤还贴紧在身上。我要到宿舍去拿件衣服给他换,他说不用,等会回去路上会吹干的。我问他什么时候到学校的,他说吃了中饭就往学校赶,应是四点左右到的。因为学校有规定,上课时间,外来探访人员是不能进学校的,我父亲就只好在学校门口等到我放学。我要留他吃完晚饭才走,他说不用了,他还得赶回去。我只好依着他,临走时,我再三嘱咐他下雨天路滑,又快天黑了,路上一定要小心。我目送他远去的身影,眼泪夺眶而出,为了让我吃块肉,父亲背着 20 多斤重的东西,冒着雨来回跑了近四个小时,这就是为人父的疼子之心啊!他那朴实无华的情感,倾注在他的不显山露水的实际行动中。这不就是父亲在牵挂和关心着我的学习吗?父亲送来的食品,我没有一个人饱食一顿,而是约了平时要好的几个同学一起分享。同学夸奖我父亲,都好羡慕我有一个这么好的父亲。

愿意做父亲开心的事

我们乡是一个近3万人的大自然村。随着人口增多,房子的不断延伸,相互之间的距离越来越远,有的甚至相隔七八里路。我们家族内的亲属,居住得越来越分散。我每次回家探亲,父亲总要我花几个晚上陪他挨家挨户去拜访宗亲内的长辈和亲戚们。我知道我父亲的用意,儿子能出外闯世界不容易,他感觉到这是很光彩的事,而拜访这些长辈和亲戚也是我乐意做的事。因我长期在外工作,很少有机会与亲人见面,利用拜访机会,我也好当面感谢这些亲戚们平时对我家人的关心与帮助。与他们在一起,我们都聊得很开心,聊家族史,谈亲人们在海内外的发展情况。我也给他们讲世界局势,国家的发展,以及国家方针政策,介绍外面的所见所闻,天南地北,无所不谈。通过走访,大家加深了友情,增长了知识。每次走访之后,父亲总会约他们到我家聚餐一次。在与亲人聚餐的那天,我父亲那股高兴劲是很少见的。这应是我父亲最高兴最快乐的时刻。我很珍惜这种机会,能让父亲开心,我就感到欣慰,因为父亲这一辈子很不容易,我愿意这样开心的事一年又一年地延续下去。

常言道,父母在,家就在。父亲健在时,每个春节我都要安排时间,约好所有的兄弟姐妹们一起到家里团聚。父母不在乎子女带什么东西回家,他们高兴的是儿孙们欢聚一堂。父亲去世后不久,我们兄弟将母亲接到深圳居住,回家次数也就慢慢减少了,与亲戚们的来往也随之减少。我是那么想年年陪我父亲拜访亲友啊!现在,这只能成为我一生美好的回忆!

闲不住的父亲

二十世纪八十年代中期,父亲已上了年纪,随着家庭生活条件的改善,我们就不让他再下田干活了,可他在家里闲不住,适逢我村建房高潮,只要哪家亲戚和邻居建房子,我父亲就会主动去帮忙。他干不了力气活和技术活,就做做小工,主要是负责掺和水泥砂浆。亲戚和邻居要给他工钱,他分文不收。在我父亲心里,大家能建新房,住新房,都是光宗耀祖的好事,帮帮忙是理所当然的事,哪能收钱。一年到头帮了东家帮西家,家家都乐意请他过去帮忙,人人都很尊敬他。而他真正成了不要工钱专做小工的专业户。

我回到家里时，大家都在我面前夸奖父亲的为人。我劝说父亲："您年纪大了，该歇一歇了。"他总说："闲着也是闲着，建房子是百年大计，马虎不得，有自己的人在场，请来的工匠就会更认真做好。"这就是我父亲，一个闲不住的人。

辛劳一辈子的父亲

我父亲有高血压病，晚上总说他睡不着，我们建议他到医院做全面检查，他说不用。因他只相信中医，不相信西医。患病初期，凭他自己做过药童，懂得中药材的药性，自己开处方到中药店买中药吃，后来严重了，他也只找同宗亲戚的医生开药吃，病情总不见好转。1991年5月20日夜里，在没有任何征兆的情况下，父亲突然离我们而去。这是我们做儿女的大意，我们都感到很自责。若我们坚持让他到医院做全面检查，查出病因，中西医结合对症下药，也许悲剧不会发生。

我父亲生活在社会的最底层，一生极其平凡。凡事不敢去碰，凡事不敢去试，总是沉默寡言，生活就是两点一线，从田间到家里。我父亲是最循规蹈矩、老实巴交的农民。沉重的家庭负担迫使他去积极面对，瘦弱的身体迫使他需付出比常人更多的心血，唯一的出路就是夜以继日地埋头苦干。最难能可贵的是，他宁可自己忍辱负重，也绝不让家里任何一个小孩辍学，耽误功课。让他得到安慰的是，孩子们个个还算听话，学有所成，健康成长。让孩子感到遗憾的是，在他晚年该享福的时候没有享到福。父亲这一生做到了"春蚕到死丝方尽，蜡炬成灰泪始干"。

在接到父亲突然病逝的消息时，使我无法接受的是，在他去世的五天前，单位组织去厦门旅游路过家乡时，我特地请假回去看望父母。父亲当时看上去精神状态很好，临走时他亲口答应全家人年底都要到深圳过年。没想到这次见面竟成永别，我欠父亲的实在太多太多。

我 的 母 亲

我的母亲庄珍，生于1922年11月。3岁多时，我的外祖母将她送到张氏家里当童养媳。当时张氏家里有祖父、祖母、大姑妈、伯父、叔叔和我父亲。旧社会的童养媳，往往是家境不太好的家庭，担心儿子长大了不易娶媳妇而早做准备,另外也是为了讨媳妇时,家里可少花一笔钱。张氏家里就是出于这种考虑,才将我母亲抱养过来。据我母亲后来跟我讲,她出生在泰国,因我外公在泰国做生意失败,无法养活全家,于是让我外婆带着我母亲、大姨、小舅舅三个孩子,跟随同乡结伴回到我外公的家乡果陇村。果陇村与我村相邻,只一路之隔。我母亲到张家后,还很幸运,碰到一个心地善良的好婆婆,加之母亲自幼听话、懂事,做事循规蹈矩,祖母很喜欢她,就像对待自己亲生女儿一样。

母亲是大家庭的主心骨

这是一个比较少见的大家庭。我家和叔叔家一直生活在一起,我家有六兄弟姐妹。我叔叔有五个孩子,加上我祖母、父亲、母亲、叔叔和婶婶共有十六个人在一起生活。叔叔在供销社工作。婶婶身体较弱,又要带孩子,只能协助家里做些家务。里里外外的重活和累活只能落在我父母身上。尤其是我母亲,除到生产队干活外,家里的家务活都要她去操心,去安排,去做好。

婶婶患有偏头痛病,经常头昏,身体很虚弱,可以说是个"药罐子"。我母亲很体谅她,重的家务事都揽在自己身上。在我们潮汕地区有这样一个不成文的风俗,即在同一个家庭生活的妯娌,年龄较小的一方是要早起做早饭给全家人吃。可我家却是个例外,我母亲把本应该由我婶婶干的早餐活也揽下来。为此事,有些邻居打抱不平,纷纷议论,可我母亲毫不在意,觉得自己做得来,多做点没关系。我婶婶也是一个明白事理的人,感觉不好意思,几次提出来做早餐,母亲都不同意,要她先把身体养好再说。后来随着我叔叔小孩增多,孩子又小,做早餐的事就一直是我母亲包揽。我们这么一个大家庭,每天要煮一大砂锅的稀饭,那时用稻草作为燃料,是很费时间的。母亲每天必须很早就起床,做完早餐后,到自留地菜园子施肥、浇水,顺便摘回当天全家要吃的菜。回到家后匆匆忙忙吃完早餐,她又得赶到生产队干活。如此日复一日、年复一年,母亲整天忙忙碌碌,从没见她停歇一下。她所做的一切都是心甘情愿的,她从不怨天尤人。她用无可挑剔的一举一动,关心、感动着家里的每个人。婶婶看在眼里佩服在心里,家里力所能及的事,她也会主动去做好,使得这个家庭相处得非常融洽和谐。你关心我,我

一缕心香

尊敬你，家里大事小事都由我母亲做主，婆媳之间、妯娌之间相惜相依，这简直是一个家庭奇迹。所有的一切要归于我母亲的心胸豁达以及处处以身作则。

1959年，生活物资奇缺，物价高涨。在单位领一个月工资，全部用来买粮食也只能买到十多斤。当时不少家在农村的干部、职工或教师，为了照顾老婆孩子，为了家里人能生存下去，都纷纷辞职、辞工，回到家乡务农。我叔叔目睹我们家庭的实际情况，也动了辞职回家种地的念头。当他回家与我父母商量时，我父母坚决反对，我母亲对叔叔说："家里只要有一口吃的，就不会饿到你的孩子。"她告诉叔叔，田旁地边都已开荒种了红薯，家里正在想办法渡过难关。那几年，我母亲想了很多办法，她从来没有养过母猪，也养起母猪，从来没有养过鹅、鸭，也开始养鹅养鸭，用变卖来的钱换回粮食。我伯父在泰国得知我家的实际困难，也想尽办法托回乡探亲的同乡带回面粉和大米，我们终于顺利度过最困难的那段时期。过后，叔叔很感激我母亲，夸奖我母亲识大体，有远见，庆幸当时没有一时冲动辞职。在当时的辞职者中，后来大多数人后悔不已。辞职虽然解决了当时的一些实际困难，但由于他们年龄已不饶人，体力远远不如长期务农的农民，没有几家日子过得舒畅的。

在那物资最为短缺的年代，为了吃饭问题，导致家庭闹纠纷的，父子反目的，兄弟闹矛盾早早分家的屡见不鲜。按潮汕话讲"水浅鱼相碰""上刀山有人敢上，饿罪无人敢当"。我亲眼见过很多这样的事，有的人刚刚成家就与父母和未成年的弟妹们闹分家。在我家对门的近亲，为了争财产，老大的三个儿子对着老二的一个儿子大打出手，从堂前打到猪圈，最后将其摁倒在猪圈里把肋骨都给打断了，导致其左右胸变形，两家也结怨一辈子。像我家这样既缺劳动力，孩子又多，从不闹矛盾，相亲相爱的家庭，在当时可以说是少之又少。这就在于我家有一个处处以身作则的好带头人。母亲以她的温情与人格魅力，去感染家庭所有成员，家庭中的每个人对她都十分佩服和尊重。

两个小家庭组成的大家庭，小孩这么多，能够和睦相处，跟我母亲对自己的孩子严格要求、从不护短有着直接关系。母亲只要发现大的欺侮小的，不管有没有理由,理由充不充分,总要拿大的是问。这对维护家庭团结至关重要。在粮食奇缺的年代,我家很长一段时间采用的是分餐制,这是没有办法的办法。在那个时期,我家三餐都是红薯稀饭,稀饭上面的水和下面的红薯粥饭渣是层次分明的。起初,弟妹们年小不懂事,到了吃饭时,谁先拿到饭勺谁就去捞钵子底下的饭渣。而等到大人吃饭时,就只剩下没有饭渣的米汤水了。为了使每个人都能吃到一点饭渣,为了让大家都能活下去,我母亲到市场买回十个大瓷碗,除了我以外的十个小孩采取分餐制。每个小孩有一只大瓷碗,稀饭煮熟后,就直接从大锅里分舀到瓷碗里,每人一碗。弟妹们吃饭时,他们就会稀里哗啦一口气把上面的一层米汤水先喝了,剩下碗底的饭渣加上几乎看不到油星子的一大碗青菜,混合在一起填进肚子。母亲偶尔会在煮稀饭的同时,多添加几块红薯,在每人碗里放上一块,弟妹们就会高兴得不得了。因为在当时,红薯块不是每餐都能尝得到的,在我家属于稀缺食物。

有一件事,让我难以忘怀。当时生产队为了让到田间干活的人不至于太饿,就在干活的中间时段,给每个人准备两个煮熟的红薯,发给大家充饥。我母亲拿到红薯后舍不得吃,带回家拿给祖母吃。在场的小弟妹们看到了很想吃,但又不好意思向祖母开口,于是对我祖母说:"奶奶,我想吃红薯皮。"一个开了口,在旁边的几个也都同时喊着吃红薯皮。我祖母看到孙儿这个样子,哪能吃得下去,于是将手上的红薯连皮带肉分成好几块,分给了在场的孙儿们。两个红薯,凝聚了家人的一片爱心!我父母关心的是我祖母,我祖母心疼的是孙儿们。全家就是在我母亲的亲切关爱和带领下,度过了艰难的岁月。我祖母晚年生活过得非常幸福,家里的大小事她都放心地交给我母亲安排,用不着操心。打我懂事开始,我从未看到过我祖母下田干活,甚至连一担井水都没让挑过。平时只见过她喂鸡、喂猪,往炉膛里添添柴草,家里的重活和累活,我母亲都不让她做。

家里日子再苦,即使家里用野菜充饥,我母亲总会确保两碗稠稀饭送到我祖母面前。"再艰难也不能让奶奶挨饿",这是我母亲常对我们说的。母亲还对全家人约法三章:"奶奶没坐上饭桌,谁都不能上桌。"我家房间少,祖母也是在邻居亲戚细君姆家搭铺睡觉。早晚起居,我母亲都会安排孙儿牵着、扶着，处处体现了我母亲的一片孝心。母亲对祖母的尊敬和爱护，可说是掏心掏肺、无微不至。45年间，婆媳相依为命，感情至深，亲如母女，胜于母女。

母亲对祖母的孝敬，祖母心存感激，只要亲戚朋友前来看望，她总会夸奖我母亲"有孝心"，当着来人夸奖我母亲说："支撑整个大家庭全是她的功劳。"她不止一次对我这个大孙子说："你母亲这辈子不容易，跟着你没有本事的父亲，受了很多苦，将来你们有本事，一定要好好报答她。""屋檐水点点滴滴，你母亲心好，她会行好运的。"祖母的话我们牢记于心，作为晚辈的我们，个个都很听我母亲的话，个个都很孝顺母亲。

我的家是一个充满爱的大家庭，我母亲就是这个家庭的主心骨。试想，若我家与叔叔家是两个独立的家庭，我祖母能这么幸福地安享晚年吗？两个家庭的小孩个个都能顺利上学吗？答案是否定的。"大石石仔垫"这是祖母对整个家庭说的话，也是在劝告家庭的每一个人。当时我父亲这一家虽有劳力，但不是强脚硬马，生产队干活还可以应付，但无任何现金收入。而我叔叔一家是个单职工家庭，且我婶婶体弱多病，靠叔叔微薄的工资是无法养活全家的。倘若不是在大家庭里一起生活，在那困难时期，我叔叔必定要辞职。用潮汕话说，在我们这个大家庭里，我家是掺碎"石仔"，我叔叔家是"大石"，大家能巧妙地结合在一起，就是和睦友爱的家庭，否则就是一盘散沙。从上述许多事例足以证明，我的母亲就是大石和石仔的巧妙结合者。是母亲用她宽阔的胸怀，任劳任怨、处处以身作则的崇高精神，维护着这个大家庭。她的所作所为，她的一言一行都会在这个大家庭产生强大的号召力和感染力。在一起共同生活将近二十五年的大家庭里，家庭主要成员没有吵过一次嘴，红过一次脸。而且能一起挺过不同寻常的困难时期，可以说这样的家庭世上难找。如果家庭中没有一个像我母亲这样有绝对权威的人，那想都别想。我能生活在这样的家庭真是幸运。用什么样的词语来赞美我的母亲都不为过。我为我的母亲自豪、骄傲！

慈母的心

1958年下半年，在我读初一的时候，全国到处在兴修水利，大办工厂，我们学校也参与其中。12月初，除部分同学参加校办工厂外，我班还要抽调12

人,去离我们家乡40公里远,属于另一个地区的惠来县修建石榴潭水库。当时我们班超过18岁的成年人就不少于20人。我是班里个子和年龄最小的,按理就不应该轮到我去参加强体力劳动。因为修坝工程主要是要把水库底的泥巴挑到坝上,需要体力较好的同学才合适。可名单上偏偏有我的名字,我想这也许是班长出的馊主意,故意整我。班长是一位已结婚的女生,平时谁都不会去惹她,因为她的报复心很强。由于年龄相差太大,我与她没有什么交往,怎么会得罪她呢?想来想去也许是有一次上课时,数学老师出了一道数学题,点名要她回答,她回答不出来,接着老师点了我的名,我答对了。她可能认为这让她丢了脸,便把气出在我身上,故意给我小鞋穿。我回到家后,把要出远门二十天参加修水库的事告诉母亲。母亲感到很意外。认为我才十三岁,个子又小,怎么会轮到我去参加修水库呢?她怕我身体吃不消,就对我说:"我到学校找你们老师去!"但我不肯她去学校找老师,坚持说自己能行,她只好作罢。但她仍不放心,还特意跑到一个年龄比我大3岁的同学家里,再三叮咛要他好好照顾我。我们早上六点钟要赶到学校集中,然后背着行李徒步前往目的地石榴潭水库。我母亲早早就起床煮好饭让我吃饱,同时给我带上两个红薯和四个鸡蛋,好在路上饿了时填填肚子。母亲再三吩咐我,现正是长身体的时候,担子不能挑得太重,以免压坏了身子。

修水库二十天后回到家里,母亲看我又黑又瘦,脸色难看,眼里充满了泪水。这是我懂事之后第一次看到她这么伤心。她问我发生了什么事,为什么身体一下子变成了这个样子。我将去工地后的经过告诉她。我们来到工地不到一星期,可能是工地煮饭菜的临时食堂不卫生,我班近一半的人吃完饭后拉肚子,而我尤其严重,又拉又吐一个多星期,直到我们回家前夕才好转。我母亲伤心不是没有道理的,原先在我后面还有一个弟弟,就是因为发烧得病,三岁多夭折了。我祖母告诉我,这个弟弟的夭折对我母亲的打击特别大。因伤心过度,我母亲的胸口经常疼痛。若是当今的医疗条件,像我弟弟这样的悲剧也许就不会发生。她是多么希望我能健康成长,因为我是她的希望所在。

我求学路上最操心的人

初中毕业时,我做了一件事,总觉得做得不妥,总觉得对不起我的父母亲,起码在当时这么认为。初中毕业了,是考普通高中还是读中专师范呢?我当时没有征求我父母和叔婶的意见,擅自做主填写了省的重点中学普宁二中为第一志愿,结果被录取了。我父母和叔婶都没有什么文化,从不过问我的学业,填写普宁二中,我是听了仲伦的话而填写的。我家人口多,房子小,我一直在他家与他搭铺睡,他对我的学习状况很清楚,认为我读普宁师范太可惜了,鼓励我考二中,将来一定可以考上大学。他比我高三届,是普宁二中的高才生。他满怀信心,认为我一定可以考上大学。我就这样懵里懵懂地按他说的填了普宁二中为第一志愿。我接到普宁二中的录取通知书时,当时还是很高兴的,家里也很高兴。没想到我对门的同宗亲戚,当时也有两个儿女同年参加中考。其姐姐成绩差,什么学校都没考上,她弟弟考上普宁师范。当得知儿子被普宁师范录取时,他爸爸甚至有点得意忘形地对我母亲说:"我家阿耀考上普宁师范了,不用再出学费了,连伙食费都是政府出了,三年后毕业就可以领工资了。"过后,他又讲给我婶婶和我祖母听。全家人都清楚,我的学习成绩比那姐弟俩都好,考初中时他们姐弟俩连公办的普宁七中都没考上,他们都是在本乡的乡办华侨学校就读的。我母亲偷偷问我:"阿耀能考上师范,你怎么没有考上呢?"我就向母亲做了解释:"成绩比较好的才能考上普宁二中,普宁师范录取分数比普宁二中低,因我第一志愿填写的是普宁二中,所以被普宁二中录取了。"母亲听我解释后,并没有责怪我,她对我说:"那你要争点气,不要让人家看笑话。"母亲话虽这么说,但我估计她心里不是很愉快。因为我是长子,家里负担这么重,理应读师范,早出来工作才对。在我母亲这一代人的眼里,孩子能离开农村,能参加工作就是有出息,她就心满意足了。我真后悔事先没有征求家里人的意见。幸好在同一年,我婶婶最小的弟弟也参加中考,也没有考上二中,叔叔婶婶从中也了解到我的考试成绩是优秀的,故也没有埋怨我。他们也鼓励我好好学习。

　　我考上了二中,可叫我母亲犯愁了。因为到二中读书,不只要交学杂费,还要交住宿费、伙食费。她做事很果断,立即从市场买回几只鹅苗,这是我家第一次养鹅。当我问起为何要养鹅时,她就告诉我。"这是为你去二中读书准备的。"我问张楚荣(我同学的哥哥,养鹅专业户,这几只鹅苗就是在他那里买的），他说："这几只鹅，不用两个月就可以出笼。"说来真奇，鹅长得真快，鹅的食量很大，每次都要吃到脖子胀得鼓鼓的才罢休，而且消化力极强，过一会儿又要吃，一天吃个不停，一天一个样。9月初去学校报名，我就是抱着我家饲养的一只7斤多重的鹅，跑到学校所在地区普宁流沙镇的集市，卖了25元多钱，从而交了学杂费和一个学期的伙食费与住宿费的。幸亏我母亲事先做了安排，不然这些费用不知到哪里去找，不知到哪里去借。我的求学之路倾注了母亲的全部心血，我从心底里感谢母亲。在感激的同时我也很担心，倘若三年后考不上大学，我将无颜面对家人，尤其是我的母亲。母亲是个连自己名字都不会写的大字不识的文盲，她这一辈子切身感受到没有文化的苦。她把希望寄托在儿辈们身上，按她对我们所说的："只要你们认真读书，我们再苦再累，也要把你们培养成人。"

我们兄弟姊妹11人，没有辜负我母亲的期望，在校学习期间，个个都勤奋和自觉，从来没有因成绩不好或在学校表现不好而受到学校或老师的投诉。也许是我这个当哥哥的带了好头。除了不可抗拒的原因，有几个弟妹没法参加中考和高考而停止学业外，其余都顺利完成了学业，三个考上了大学，一个考上了中师，这是我母亲最为高兴、最为宽慰的。乡亲们都很羡慕，夸奖我母亲有远见，称赞我母亲有本事。我母亲总是笑笑说，都是孩子们自己争气。说实在的，像我们这样一个孩子众多、劳动力严重不足、吃饭都成问题的大家庭，能让所有孩子安心上学读书，没有一个因家贫而辍学、退学，谈何容易。我们的求学路上，流淌的全是我父母的心血。我考上武汉大学后发生的两件事，就足以说明母亲对我的关心。我考上武汉大学，本应是全乡高兴的事，尤其是考上全国名牌大学，在我县也是凤毛麟角，可偏偏我们全家一时高兴不起来。在武汉大学发放入学通知书时，要求每个学生需由当地提供一份家庭经济收入情况证明。因我来自农村，必须由村里提供，当父亲带着我到联队开证明时，那个曾经欺负过我父亲的土霸王某某，一句话就把路堵死了。他说："我们联队从来没有开过这样的证明。"我解释这是学校要求做的，我们只要求联队出证明到乡里加盖公章就行。他任凭你怎么解释，就是坚持不开。我考上大学，本应支持才对，他不仅不支持，还有意刁难，这明显是冲着欺负我父亲来的，真是有苦无处诉。我们父子气得火冒三丈,也奈何不了他。回到家里,我母亲一听说,喊道:"天下哪有这样的怪事,我就不信。"她拉着我说:"走,我们找国明书记去。"国明书记是我们泥沟乡的党委书记,他为人很好,已连任几届书记了。我们来到乡政府时,他已离开办公室,我母亲就带着我找到国明书记家里,他没有回到家,我们就在他家里等。等他回来后,我就把学校需要当地政府提供家庭经济情况证明,某某拒不开证明的事告诉他。国明书记对我们说:"他不应该这么做,我会讲他的。"他对我母亲说,"你儿子考上大学,全乡都知道了,这是全乡的光荣,由乡里直接给你儿子出证明。"他要我们第二天上午到乡政府找他,第二天我们如愿以偿拿到了证明。跟着我父亲这个老实巴交的丈夫,我母亲确实受过不少类似的冤枉气,操了不少本不应该由她操的心。

我是一个没出过远门的农村孩子,考上武汉大学,第一次出家门就要到一千公里外的武汉读书,我母亲难免担心。我从中学校长那里得知,本校上一届有一个女同学考上武汉大学中文系,我母亲很是高兴,叫我陪她一同去找这位同学,好让我入学时与她结伴同行。当我问清楚同学家地址后,母亲煮了十二个染红的鸡蛋,到市场买了两包糖果,由我骑着自行车,载着母亲到十几公里外的东埔村找这位同学。她很热情地接待我们,并对武汉天气和武大情况做了介绍。我母亲对她是左一个感激,右一个感谢。在我当时心里,我认为单独前行应没有问题,可我母亲就是不放心,我只好子随母愿。孩子在母亲面前永远是长不大的,有这样体贴关心我的母亲,这是我的福分。

到了武大,书信成为我与家人联系的唯一方式。为了使母亲放心,刚开始,我每半个月给家里写一封信。当我母亲得知我的伙食费全免,学校每个月发一元生活费给我,还给南方来的学生发放棉衣、棉裤、棉被等过冬物品时,她非常激动,来信嘱咐我一定要好好读书,不要辜负政府和学校的关心和培养。有人到我家里时,她总要将我入校三个多月长胖近三十斤,在武汉长江大桥照的一张照片拿给大家看,说我在学校天天像过年一样,吃得饱,吃的全是白米饭,餐餐有肉吃。从此,母亲牵挂的心终于可以放下了。

1975年8月,我婚后有了孩子,需要我母亲前来帮我们带孩子。她二话没说,安顿好弟妹们的生活后,便只身从家乡前来湖南郴州。我母亲从未出过远门,而从普宁到郴州,需先从家乡坐三百多公里汽车到广州,路过惠州市时,汽车还要轮渡过江,再从广州转乘火车到郴州。最让我放心不下的是,我母亲不但不识字,而且连一句普通话都不会讲。虽然事先我安排朋友在广州接车和送上火车,可三十多小时的舟车劳顿,尤其是她不适应坐汽车,一坐上汽车闻到汽油味就要吐,我很害怕她身体吃不消。不是为了带孙子,我母亲就不会受这种苦,真是太难为母亲了。

为了防止路上出现意外情况,在母亲出发前,我弟弟特地写了一张纸条,在纸条上注明了我母亲的名字、目的地(湖南郴州火车站),以及家乡乡政府的电话、我所在单位的电话,并将纸条用线缝在我母亲的口袋里,好让我母亲遇到特殊情况时得到好心人的帮助。母亲到达的那天,我是到郴州火车站内接车的。车一到站,远远看到一个满头白发的老妇人,在一位列车乘务员的帮助下走下车来,我一眼就认出是我母亲。母亲还肩挑着一小担东西。我见到母亲,高兴得不得了,我的担心终于可以放下了。我马上迎上前去,连喊:"妈妈辛苦了,妈妈辛苦了!"接过担子,担子还有点沉,我对母亲说:"人生地不熟,又要转车,不必带那么多东西。"母亲说:"没啥,都是些家乡土特产和给孙儿做的衣服。"一到家里,她见到可爱的胖孙子,立刻抱起小孙子,嘴里孙子长孙子短喊个不停,这可把她乐坏了,什么疲劳都没有了……为了子孙后代,母亲就这样不辞辛苦,不畏艰难,真是可怜天下父母心。

一副好心肠的人

母亲心地善良,为人热心是全村有名的。

我有一个叫细君姆的同宗亲戚,比我母亲大十多岁。其丈夫原是普宁第二中学的校医,在困难时期去世了。细君姆身体有病,连分给她的自留地都无力耕种。她身边有一个长期生病的孩子,据说是肝病,肚子胀得鼓鼓的,面色蜡黄。她另外的两个儿子去柬埔寨金边投靠她丈夫的前妻了。平时他的儿子每月都会汇港币到家里接济,日子还好过。后因柬埔寨国内战乱,当地排华,基本生活都无法过,他儿子只好移民到法国,刚开始音讯全无。因初到异国,人生地不熟,一切只能从头开始,汇钱接济家里那是不可能的。

细君姆劳力全无,又恰逢三年困难时期,对细君姆来说是天灾人祸,困难空前,甚至连生产队定额配给的粮食都无钱购买。我母亲看到细君姆的这种状况非常着急,亲自带着细君姆到生产队长家里,诉说其艰难,要求队里先赊账给她粮食,等晚些日子华侨汇款过来时再还给生产队。为使生产队能同意,我母亲也同意让我家给细君姆作保。生产队长非常了解细君姆家的实际情况,经生产队开会研究后准予其缓交。患难见真情,细君姆为此非常感激我母亲。生产队分配的粮食难以维持细君姆家的生活,我母亲不时地送些红薯接济她。虽然我家也困难,但我母亲不忍细君姆连最基本的生活都无法过。我母亲对细君姆的照顾是全方位的,每天从自家菜地里摘回来的青菜,总会分送一些给她,让她能渡过难关。

在我母亲的照顾下,细君姆终于度过了最艰难的时期。后来她在法国的儿子生意有了起色,每个月又按时汇款回来,细君姆的生活才恢复了正常。患难见真情,细君姆感激不尽,把我母亲当成亲妹妹看待。他儿子回国探亲时,给我母亲又是送首饰,又是送布料,亲如一家。后来细君姆生病的小儿子病逝,细君姆孤独一人。日常生活的照料都是她国外的儿子委托我母亲安排,一直到细君姆去世,我母亲真是为他人做了一辈子好事,无人不称赞她的菩萨心肠。

永远的怀念

2005年元旦,我们全家到我弟弟家里看望我母亲,当天中午大家一起高高兴兴地包了饺子。吃过午饭后,我母亲突然感觉身体不适,吃了的食物全都吐了,刚开始我们以为是吃了饺子胃不舒服,让她休息一会儿后,我们煮了米粥给她吃。她没有吃上几口又吐了。询问哪里不舒服时,她才告诉我们,最近吃东西咽食物时,总觉得有什么东西堵着胸口。听她这么说,我们不敢怠慢,马上把她送到医院住院做全面检查。第二天做CT拍片,发现食道长有异物,需做切片检查。一个星期后活检结果出来,我们不希望看到的还是出现了,母亲患的是食道癌。我们立即联系了广东省肿瘤医院,住院请专家会诊。因已是晚期,考虑到年纪太大,专家建议我们做保守治疗,她老人家也不愿意做手术。我们只好将母亲接回家乡,吃药做保守治疗,从确诊到去世的四个多月里,母亲日渐消瘦,可她仍然很镇静,很乐观,挂在嘴边总是那么一句话:"我已经享福够了。"自从母亲得病并回老家治病后,我再忙也会每个星期抽空回家探望一次。当我回到家,她总会对我说:"你已安排好弟妹们照顾我了,有什么事打电话就好,路途遥远,来回跑很辛苦。"我对母亲说:"你老人家不用操心,现在交通很方便,陪你老人家聊聊天,我心里就踏实。"我母亲已病成这个样子,还在关心孩儿们,还在牵挂孩儿们的辛苦,我的内心更觉得愧疚。

母亲一天比一天消瘦,刚开始还能喝点煮得烂烂的稀饭,后来只能喝米汤,再后来要靠输营养液来维持。虽然身体很虚弱,但母亲神志清晰。有一天早上,她把我叫到身边,告诉我:"我早已准备好分给媳妇和女儿们的物品了,是一些衣服和首饰,放在衣柜的上一层,你把它拿出来。"我打开衣柜一看,是一大包衣服和一个首饰盒,首饰盒里装有金项链、金手链,事先已分好六个小袋,大件的一件一袋,小件的二三件一袋。她让我把四个女儿和两个儿媳妇叫到她跟前,对着他们说:"这些衣服是你们过年过节和我过生日买给我穿的,好些都没来得及穿,全是新的。金项链、金手链、金手镯、金戒指是你大哥和华侨亲戚送给我的,都够每人一份,重量应差不多,这是我最后送给你们的礼物。希望你们每个家庭都能发财,都能平平安安。从阿王(我爱人姓王)开始,从大到小,一个接着一个拿。"媳妇和女儿们,个个都热泪盈眶,含泪收下母亲最后赠送的礼物。我母亲就是这样一个做事细心、考虑周全的长者,对待晚辈们从来不会偏爱谁,对待四个女婿也疼爱有加,一视同仁,永远彰显她的仁慈和厚爱。我母亲送完礼物后,同时告诉我们:"我已选好日子了,你们明天要把我送到下双虎屋里去住。"我们明白她的心思,她预感到在世的时日不多了。这里是新建的楼房,在她心里是新地方,她要到她相伴几十年的老祖宗留下的地方去谢世,那里有她太多的依恋、太多的情感。她要到历经八十年风风雨雨老屋去,她要安息在那里。当母亲提出这一要求后,我们没有阻挠她,都顺从她的意愿。我们事先准备好的棺木和她自己事先挑选的寿衣早就放在那里。第二天,当我们将她从四楼抬到一楼时,她突然要我们在楼梯口停一下,她双眼眺望着由我家出资、由乡里统一规划建造的五层统建楼,然后合掌作揖,我们听不清她那微弱的声音在祈祷什么,只看到她眼里流淌着泪水。我想这应是在向这栋她极力主张我们兄弟出资买下的,在我们村可以说是豪宅的楼房做最后的告别,她是那么舍不得离开。在场的全家人的心里都十分沉重，静候着她祈祷完毕。我们扶她上车时，谁都没出声，唯恐伤及她悲痛的心。

母亲得病期间，她的两个儿媳妇和四个女儿轮流在身边护理。儿女多，也有儿女多的好处，可以说是做到寸步不离，尽了孝。尤其是到了最后十多天，她只能躺在床上，无法起床，浑身酸痛，不舒服，大家都会不厌其烦地给她按摩手脚，轻揉她的腰，尽量减少她的痛苦。我母亲总是说"辛苦大家了"，大家说这是晚辈应做的。她总是埋怨自己不应该得这种病，若是睡一觉就醒不过来该多好啊，这样就不会连累儿女了。

母亲出殡的那天，前来送别的乡亲络绎不绝，大多数是不请自来的。正如前来送葬的乡亲所说："她老人家为人太好了，是我们最敬重的人，我们一定要来送她老人家最后一程。"送葬时恰逢倾盆大雨，可没有一个中途离开的，他们都执意一定要送到殡仪馆。送葬队伍多达近两千人，在我村盛况空前。这足以说明母亲的和善可亲，足以说明母亲在乡亲们心中的威望。痛失我的慈母，我悲痛至极，若有来生，我愿再做她的儿子，直到永远。

2020 年 8 月

作者简介：张仲垫，男，1964 年考入武汉大学物理系学习。1970 年 7 月至 1984 年 8 月，在湖南郴州地区无线电厂当技术员、助理工程师。1984 年 9 月至 1991 年 12 月，在深圳粤宝电子工业总公司整机厂任工程师、副厂长、厂长。1992 年 1 月至 2002 年 12 月在深圳新亚洲实业发展有限公司任副董事长、副总经理。2003 年 1 月至 2006 年 12 月任深圳源核微电子有限公司董事长。2007 年 1 月退休。

不尽的思念

杨亿兰

母亲的一生是平凡的一生,没有豪迈的语言,没有惊天动地的事迹,只有朴素坦荡的情怀和那勤劳善良的品德。妈妈离开我们已经近五十年,但她的音容笑貌却时常浮现在我的眼前,母亲永远活在我心里。妈妈操劳节俭了一辈子,吃了很多苦遭了很多罪,却没享一天的福,每想到此,心里都非常难受。

妈妈虽然离开了我们,但她对我们的爱、给我们的恩情,我永远铭记于心,并不断激励着我一路前行。

阴阳相隔五十年,时常想念泪潸然。勤劳善良永难忘,铭记母爱善德传。

童养媳与穷光棍

妈妈一生艰难困苦。艰苦的生活铸就了她顽强坚毅、豁达宽厚的性格。

妈妈生于1918年冬季,所以姥爷外婆给她起名:冬香。妈妈上面还有大她4岁的姐姐叫春香,还有个小她4岁的弟弟,取名叫俊武。姥爷识文断字,是个私塾先生。有书教时教书,没书教时,挑两个箱子,走街串巷,帮人写封信、写个对联赚个小钱。外婆是个漂亮的小脚女人,很会持家,用姥爷赚的钱将家安排得井井有条,日子平安幸福。

然而天有不测风云,人有旦夕祸福。妈妈六岁那年,一天保长带人突然闯进家里,抓走了姥爷,罪名是姥爷给共产党送信。严刑拷打下,姥爷没招认,保长就把姥爷关押起来。可怜外婆和三个孩子,没有了生活来源。外婆到处求人救姥爷,我那才两岁的舅舅当时感冒发高烧,因没得到救治而夭折了。悲痛欲绝的外婆几天不吃不喝,妈妈姊妹俩跟着流泪。姥爷听说后,强烈要求放他回去，不被允许，姥爷就拎起板凳打伤了人，之后被人报复至死，年仅三十一岁。外婆受不了双重打击，病痛加上茶饭不思也撒手人寰。可怜的妈妈和姨妈哭天喊地，失去父母和弟弟无比悲痛。二外婆（外婆的妯娌）只好把小姐妹托付给她的小儿子照顾。

小舅和舅妈对待小姐妹还挺好，而姐妹两个也很自觉，纺线织布，洗衣做饭，插秧锄草，能做的尽力去做。然而好景不长，在妈妈十岁那年，小舅染上了鸦片。在这种情况下，舅妈只好给姨妈找了个婆家，第二年就嫁了，而妈妈也被送到邻村赵家当了童养媳，凄惨的日子就此开始。妈妈的那个小丈夫才4岁。婆婆把她当丫鬟使唤，小小年纪，放牛割草，洗衣烧饭，诸事要做。数九寒冬，在冰冷的水中搓洗衣服，手被冻裂，有谁心疼。稍有不慎，小丈夫责怪，婆婆打骂。一次，妈妈给小丈夫端水喝，小丈夫嫌水烫了，不管三七二十一，一碗热水就冲妈妈头上泼去。妈妈不能跟公婆一起吃饭，要等他们吃完，剩多就多吃点，剩少就少吃点。童养媳的日子真苦啊！

更惨的是熬到那个小丈夫10岁时，婆家看中了另一富家小姐，就把妈妈给退回了娘家。这对妈妈的声誉是极大的侮辱，叫她非常伤心。

回到小舅家后，好在舅妈对妈妈很好，小舅也戒了鸦片，日子平稳了些。妈妈埋头纺纱织布，洗衣做饭，尽力干活，话都不想多说……

直到1942年5月，在我姑姑的撮合下，介绍她的弟弟（即我的爸爸）和妈妈成亲。但妈妈的娘家很不认同这门婚事，结婚三天后回门，娘家不收礼品不准进门，两人只好赶三十里路回到自己的茅草房。

也不怪妈妈的娘家不认，爸爸虽然人长得不错，但实在是太穷了，吃的是糟糠，住着一间茅草房。父亲还比妈妈大十二岁。

但他们人穷志不短，两人齐心协力，起早贪黑，勤扒苦做，决心活出个样子来。两人除了种好自己的二亩地外，还养猪养鸡，日子就慢慢好了起来。后来，又加盖了间茅草房，买了耕牛，两年后有了我。这时他们抱上我，拉了一大车麦子稻谷去妈娘家。娘家人欢天喜地地把爸妈迎进了门，方才认了这门亲。

勤劳善良有担当

苦难是一本厚重的书。

一个坚强的女人苦受多了,会越来越执着,会用自己所能,坚定地向理想目标前行。

妈妈是个苦命的人,但她从不叫苦,而是沉默地、坚强地面对一切。妈妈无论遇到什么难事,都能往好处想,往好处做。再难的事,妈妈都是微笑面对。

受过苦的妈妈,能深刻地体会人间冷暖,体会家庭和睦幸福对儿女是多么重要,体会人们互敬互爱是多么可贵。因此,妈妈尊老爱幼,热爱家庭,关爱丈夫,疼爱自己的儿女。

爸爸弟兄姊妹四个,他排行老二。爸爸十六岁时,爷爷即因病早逝,奶奶一手拉扯四个孩子长大成人。由于爷爷走得早,伤心过度和劳累折磨,奶奶的眼睛后来失明了。而这时爸爸的婚事没定,奶奶眼瞎,家又穷,所以爸爸三十四岁还是光棍。爸妈结婚后,奶奶非常高兴。妈妈对奶奶也非常孝顺。奶奶由爸爸弟兄三个轮流供养,住在叔叔家。不论轮到哪一家,只要有好吃的,我妈总是先盛一碗送给奶奶吃。记得有一次包饺子,妈妈先盛了一碗,让我端给奶奶吃,结果奶奶先喂我吃了一个。回家后妈妈还批评我不该吃,妈妈说:"奶奶就那一碗,你堂哥也在旁边,给你吃一个,奶奶再给他们一个人一个,奶奶哪还有得吃?你若不吃,别人也不会吃的。"批评完,妈妈又让我送去了一碗。结果,妈妈让我们吃饱,而她就只擀了点面条吃。

爸妈一直都很辛劳。无论是单干还是互助组、人民公社时期,干活都是一等一的好把式。爸爸很聪明,一些带点技术性的问题,被他研究一下总能解决,如犁耙修理、打谷机调整等等。盖房子上瓦,爸爸总是负责最难做、要求较高的那部分,所以他在村子里还是挺有威望的。但爸爸身子骨差,一累就垮,妈妈总是很关心他。在外干活,常常是妈妈和男人们拼着干,而让爸爸干轻松一点的活。干完活回家,妈妈还总让爸爸休息或做点轻松的事。这样,妈妈在外边田间地头,担挑肩扛、打谷扬场、犁田耙地,事事都跟男人们一起拼着干。她拿的工分跟男人一样,是女人里工分拿得最高的。妈妈是双大脚,身体结实,亏她都能挺过来。为了多挣点工分多分点粮,妈妈真是拼了。从我记事起,好像妈妈一天都没清闲过。起五更,搭黄昏,顶烈日,冒寒风,晴天一身土,雨天一身泥。妈妈既要参加田间劳作,还要保证一家人吃饭穿衣,忙完地里忙家里。特别是天黑收工回家,妈急忙钻进厨房做饭。吃过晚饭,妈妈又要喂猪、喂羊、洗衣,再招呼一家人洗刷完,让家人去休息,妈妈却到煤油灯下缝补衣裳。有时,她忙到半夜才睡,早上鸡叫又起身。一年又一年,妈妈就这样忙着,累着。

妈妈待人宽厚仁慈。一天,爸爸与叔叔发生矛盾,将叔叔家窗户劈坏,叔叔阻拦时也被打伤。农会主席调解无果,就将两人交给了乡政府。叔叔当天放回,爸爸被关起来了。矛盾的起因是叔叔居住的那间祖屋,分家时分给了爸爸。爸爸想要回来,叔叔不给,爸爸才生气砸窗户,想开个门进去住。后经过妈妈求人说理,并找叔叔婶婶、大伯大妈协商,爸爸才被乡政府放回。同时叔叔也帮助盖了一间茅草房,算把问题解决了,但爸爸还是心有不甘。于是妈妈从中劝说调解,最终使得弟兄、妯娌及儿孙间都能和睦相处,互相帮助,村里人都很羡慕。妈妈也得到奶奶夸奖。奶奶说:"二囡娃(指妈妈)有板眼,真能干。弟兄三个要相互帮衬。要是互相扯皮,什么事都办不好。有二囡娃,我放心啦。"

尹妈妈是个孤寡老人,妈妈经常去看望,逢年过节还送些米面菜给尹妈妈。福兰姐爱人得病,瘫痪在床上,妈妈常送些饭菜给他们。特别是在吃大锅饭那会儿,开始人们总为打的饭稀了稠了、多了少了吵嘴,为了平息矛盾,村委会召集村民开会,并推举一个食堂负责人,结果三分之二的人推荐妈妈。妈妈上任后,勤做勤查,打饭时公正公平,遇到问题说在明处、做在亮处。需要照顾的,也先给大家说清楚。一次李叔病了,妈就留了些稠一点的稀饭放在旁边,并给大家说清楚。打完饭后,妈妈亲自送到李叔家里。妈妈的勤劳善良深得乡亲赞誉,更深深地影响着我们,教育着我们姊妹。

刻骨铭心慈母爱

问世间什么样的爱是永恒不变的,那无疑是父母之爱。这份爱从我们出生的那一刻起,就一直伴随着我们。然而我们的到来,也给父母带来了莫大的负担。父母却把这份负担当成幸福,用心爱我们,用生命保护我们。我们哭,他们伤心;我们笑,他们高兴;我们健康快乐,他们会露出无比幸福的微笑。奶奶告诉我,妈妈从怀我到生我,一天都没休息过,生我的那天还在打谷场帮忙,直到快生了,才急忙叫产婆。我呱呱落地,爸爸喜得直跳,跑到打谷场告诉乡亲们,为我的诞生高兴欢呼。我的出生给爸妈带来了喜悦,但也带来许多麻烦和负担,为了我,妈妈吃了很多苦。

我四个月大时,爸妈去地里种芝麻,把熟睡的我放在床上,把没靠墙的两面用被子、枕头等东西围着,还叫奶奶坐在窗外听里面的动静。谁知我醒了后看不到妈妈,哇哇大哭,乱蹬乱踹,一下子掉到床头米缸、面缸、酒罐的夹缝中间。过了一会儿奶奶听不到哭声,觉得不对,叫堂哥从窗户往里看看,他一看就吓着了,告诉奶奶,我头朝下,脚朝上,口吐白沫。奶奶吓坏了,赶紧让堂哥跑到地里叫回爸妈。爸妈回来赶紧抱起我,又是拍打又是叫,当时我的脸是紫的,嘴巴是乌的,呼吸还有,拍拍呼叫了一会仍不见我有反应,妈妈就哭起来了。奶奶叫打盆井水来,赶紧用毛巾敷在我的头部,擦洗我全身。过了很久我才睁开眼睛,哭了起来,妈妈抱着我也哭了。从此妈妈到地里干活,就用布带把我绑在背上,不再把我放在家里了。

1945年日本鬼子进村烧杀抢掠,爸妈挑着我逃难,挑着我就跑不动,落在逃难人后面。有人劝爸妈把我丢了,妈妈不忍,抱着我躲避到村子后边那一片荆棘丛生的灌木林中。没吃的没喝的,妈妈就剥榆树皮和茅草根,然后嚼着吃,忍饥挨饿三天两晚,还不断让我吮吸她的奶。那吸的哪里是妈妈的奶,吸的是妈妈的血啊!

快五岁时,我在村西小河边放牛,小河忽然涨大水,一人多高的浪头呼啸着冲下来,沟边的蛇虫跳起来,还有条蛇扑到我面前,吓得我哇哇大哭,牵着牛,赶快跑到岸上。这时,我身子发软,瘫坐在地上走不动了。同伴叫来爸妈,抱我回家。当晚我就发起高烧,一病不起,爸妈请来医生开药扎针,几天不见好。我昏昏沉沉躺在床上近一个月,妈妈替我端屎端尿,洗澡擦身。为了增加营养,妈妈换着花样给我弄好吃的,等我可下床活动了,爸妈才松了口气。

然而好景不长，由于生病身子虚，我又感染了水痘病毒，我的腰上长了对疮。老人说，这叫"火龙盘腰""缠腰龙"，说搞不好是会死人的。爸妈很紧张，请医生开药，消毒消炎，洗澡擦身，保持我全身和居住的环境干净。我腰上刚好些，我的大腿上又长了脓疮，左腿上一个，右腿上两个。我又躺到床上去了，穿不了裤子，不能出门走路，妈妈又耐心地无微不至地照顾我。前后折腾了近半年，留下的疮疤现在都还看得到。俗语说："穷长虱子，富长疮。"妈妈呀，女儿哪是富长疮？活生生是来折磨你的，让你为我吃了那么多苦，受了那么多累！要问世间谁最苦，最苦莫过咱父母。父母恩情深似海，女儿实难报答。

妈妈搀扶上学路

世界上一切光荣和骄傲都来自母亲。我很幸运有个好母亲，母亲无私无畏的爱和坚强有力的支持与鼓励，使我不断学习，不断进步。我的所有，我的所能都归功于我坚强的母亲。

我幼年多灾多难，上学后也是曲曲折折，吃了不少苦，更是让妈妈操碎了心，受尽磨难。

我是在本村小学上的一年级。教室是以前地主家的堂屋，只有一个老师，多个年级、不同年龄的孩子都在一个教室，一个年级围着一个桌子坐。一次上课，我趁老师不注意溜出教室，弄了一些高粱的秆子，给同桌六人每人发一根，我们一边背书一边敲打桌子，可高兴了。但老师可生气了，批评我们，并找出我这个扰乱课堂秩序的罪魁祸首。老师把我拎出教室，用戒尺狠狠地打了我三下，还罚我当众背书。谁知我是倒着背的，老师又打我两下，叫我重背，这回背对了。放学回去后，妈妈看我手肿了，帮我用冷水敷，知道情况后没骂我打我，只是要求我以后要守纪律，听老师的话。晚饭后，妈妈还专程到老师家里，向老师道歉。不过老师对我妈说："不要紧，她以后应该不会再犯了，她是个好孩子，是读书的料。"妈从老师家回来，就把老师的话说给爸爸听，还对我说："老师说你是个好孩子，是读书的料。老师喜欢你,你要好好读书。"

我二年级转到梁沟小学读书,梁沟小学离家有两三里路。有时上学时晴空万里,快放学时,却大雨倾盆。这时妈妈就急忙送伞到学校,还把邻里同学的伞都带去。

二年级下学期,爸爸哮喘病复发,不能挣多少工分,弟弟又小,看妈妈劳累,就不想让我上学了。一天爸爸叫我算工分,一大本,我好一会儿都没算完。爸就借机说:"连工分都算不好,还读什么书!不读了,女孩子读书没用。"爸跟妈说,让我不读书了。但妈妈坚决不同意。我就对爸说:"要算工分,那就给我买个算盘吧。"后来爸爸上街还真的买了个小的浅黄色算盘,于是我就去找良娃哥哥,让他教我学珠算。煤油灯下,妈妈做针线,我学算盘,良娃哥哥讲一句口诀,我就问明白口诀含义。哥哥教了我三个晚上,我边学边想,睡到床上也想,我忽然开窍了,用算盘做加减乘除,我很快都会了,等哥再来教我时,我说已经都会算了,哥哥感到很吃惊!后来不光算工分,连队里的会计也要我帮他计算账目。等我们上珠算课时,数学老师还让我上讲台,当小老师给同学们上课。

家里实在太困难了,妈妈从早到晚,起早摸黑地忙个不停。爸爸不忍心,一天跟我说:"你上学可以,但你要把放牛的事管下来。"为了减轻妈妈的负担,我上学时就带上镰刀草筐,上学路上和课间去割草,这样保证了一天两筐青草喂牛。但有时没能割那么多,怕挨爸爸骂,妈妈总是安慰我:"不要紧,没青草就喂干草,明天我也帮着割。"小学阶段,我学习成绩很好,总是排在前两名,老师同学都很喜欢我,我一直担任班学习委员、班长、学校少先队大队长。我得过很多奖状和奖品,学习用品从没买过,用的都是奖品,还用不完。教数学的韩老师要调到武汉师范学院去,临走时还来我们班,摸着我的头说:"我要是能把你带去就好了,好好读书。"但对这一切,我爸像没看见似的,仍不想让我上学。这时,又是妈妈跟爸爸说:"娃能读就让她读,不能耽误了娃。只有读书,将来才有出息。"这样妈妈就更没日没夜地辛苦干活,拼命养猪养鸡,喂羊种菜,多挣点工分,多弄点副业,从而多分点粮食,多赚点钱。暑假我很自觉地帮妈妈做事,帮会计计算账目。小学升中学时,大队又提出让我当大队会计,爸爸很高兴,妈也有点心动。同学们上学都报名了,我还没有报。我的班主任王老师急了,一天带领二十一个同学到我家来,催我去上学。这天爸爸在给邻居帮忙盖房子,他从房顶上下来,给了我两元钱,并对老师说这是全部家当。这时王老师说:"好,你们辛苦了。让她去上学,去了再说。"妈妈帮我收拾好东西,并送我去上学。妈妈对我说:"你读书很不容易,一定要好好读,才对得起你的老师和爸妈。"

揣着两元钱到学校后,我也不敢到教务处去报名。好在我已编班,进了教室,那时吃饭不要钱,我还被选为学习委员和校学生会副主席。一星期后的一天,崔老师让我到办公室去,我进去就哭了,崔老师马上安慰我:"别哭,你的情况我们都知道了,学校经研究决定免除你的学费、书费和伙食费,好好学习。"我一听就号啕大哭起来,感激之情涌上心头。感谢妈,感谢爹,感谢老师!这时我也逐渐明白,我有今天,不只是因为有爹有妈有老师,更是因为我生在社会主义社会,在共产党的领导下!感恩之心溢满胸怀,激励我更加努力学习,并且积极主动地做好人好事。初中毕业时全专区统考四门功课,我们门门满分。

初中升高中了。1961年高中开学,我爸病重,因饥饿缺乏营养,全身浮肿,下床都困难。那时弟弟上小学,妹妹才三四岁。所以开学两周了,我还没去报到。班主任骆老师先后两次来我家,第二次来家后说学校决定全免我的学费书费,并提供助学金解决每个月十五天的生活费。妈说:"先走读吧,等攒够了钱再住读。"就这样,早上鸡叫,妈起来做饭给我吃,然后送我上学,一早我赶八里路到学校上早自习。晚上放学赶八里路回家,再帮妈妈做点家务。有时若家里有柴或菜可卖,我和妈妈就起早挑到街上去卖,卖完妈妈把扁担带回去,我再赶到学校去上课。中午吃妈妈给我做的菜疙瘩(缺粮),同学们去食堂吃饭,我很快把菜疙瘩吃完。两个星期后,骆老师找我说,助学金给我加到二十二天半。这样我的伙食费也全解决了。爸妈知道后很感动。妈妈流着泪跟我说:"学校老师对你太关心了,你要好好读书,要知恩图报,做个对国家有用的人。"

1964年学雷锋时,我被树为学校及县学雷锋标兵,还被评为县六好青年,被选为县团代会代表并在会上发言。学校还腾出一间大教室展览我的事迹,我真不知道学校怎么整理出我那么多的好人好事。那都是我该做的呀！我妈知道后,跟我说:"要踏实,莫要图虚名。要好好读书,一辈子做好人做好事。"

临近高考时,全国上下学习董加耕、邢燕子,我很激动,不复习了。我看《红旗》《中国青年》杂志,想向董加耕、邢燕子学习,给班主任讲了自己的想法。这时,班主任、教导主任和校长都急了,轮番给我做工作,还通过我妈劝我。妈妈说:"你长大了,自己决定吧。不管你怎么决定,我都支持。不过机会只有一次,考了再说也行哪！不过不管将来怎样,你都要好好做人,要对得起老师,要对得起国家。"校长说:"现在祖国要挑选你,你为什么当逃兵?若能上大学,掌握更多知识,不是能更好地为党为人民做更多的贡献吗?"就这样,老师和同学们帮我准备好衣物和学习用品,我参加了高考,且门门课我都做了附加题(1964年考卷有附加题)并提前交卷。考完后,教导主任张老师跟我说,若8月15日没接到大学通知,说明你没考取。15号我没接到通知,17号大队就让我去参加干部培训。我在镇上偶然碰到留守学校的王老师(老师们都到县里集中学习,就王老师一人在学校),她说:"你的武汉大学录取通知书前几天就到了,我正在找人给你送去,恰好碰到你。太好了！"

一个大乡几十个村庄,就我一个考取,而且是有名的武汉大学。乡亲们都非常高兴,络绎不绝来庆贺。但我和爸妈犯了愁,家里怎么凑都凑不到10元钱,而到武汉一趟路费就11元。乡亲们知道后,5角、1元的送来,妈一律谢绝了都没有收。隔两天,妈妈和我去找姨妈、舅舅他们借,一家10元两家各5元,凑够了20元,再加上家里的8元,就有了28元。姨妈还给了两匹自织的棉布给我做被套和床单,表妹送我一个搪瓷盆、两件衬衣、两双袜子、一双鞋。

1964年8月27日,我到中学找到王老师,王老师安排我在学校住一晚。晚上11点多,教导主任王老师集中学习完后,连夜从襄樊坐车赶回学校(双沟中学),到我住的地方找到我,给了我11元钱。我感动得哭了。感谢爱我帮我的老师们！感谢亲朋好友们！感谢我的父母！

第二天，我来到了珞珈山，走进了美丽的武汉大学。

我远离妈妈，开始了我新的人生征途。妈妈，女儿受你影响，得益你的良好教育，一步一步走得坚定、踏实。在大学期间，我前后担任过班团支书、学生会委员等。

撕心裂肺的痛

1971年我在军垦农场劳动锻炼，3月的一天，我和战友们正在做早操，指导员、连长叫我到办公室，问我妈妈身体好不好，我回答说："很好！家里的顶梁柱！家里全靠她。"随后营里的丁政委也来了，跟我说："你妈妈病危，你赶快去收拾东西，车子送你到火车站。"

那天赶到襄阳第一医院已是晚上9点了。我问医生有没有一个名叫冬香的患者住院，值班医生说不知道。我就挨个病房找，都没找到我的妈妈。我赶紧又问医生与病人近两天有没有一个婆婆出院。一个医生说有个爹爹用板车拉个婆婆出院，很可怜，破衣烂衫，破棉被。我一听马上大哭起来，这时王医生过来，问了我家情况后，她说："你别哭，你是大学生，弟弟是大队会计，那个婆婆肯定不是你妈。现在太晚了，也没有到你家去的车了，我家住在汽车站旁，先到我家住一晚，明天你搭早上5点的早班车回家。"

第二天，我搭乘5点的早班车往家赶。早上7点，从我家祖坟地走过时看到一个新坟，我趴在坟上号啕大哭，拼命喊叫："妈妈呀，你怎么不等女儿回来呀？女儿真不孝啊！"三月天还有些冷。等人们早上8点半在坟上发现我时，我已冻僵，哭不出声了。弟弟他们把我抬回去后，用柴火给我取暖，这时我才听他们说那确实是我妈妈的坟。我当时看到新坟就觉得是妈妈的坟，这是妈妈和我的母女感应吧！我暖和后又继续哭，还怪弟弟不早点告诉我妈妈病了。弟弟说写了3封信，发了一封电报，可我连一封信、一封电报也没有收到啊！

妈妈呀，女儿连您最后一眼都没看到！妈妈，您走得太快了！弟弟说开始上医院还是妈妈自己走去的，镇上医生一看，就让妈妈到县医院去，到县医院一查，就说妈妈是肝硬化晚期了。妈妈知道了后，硬是不肯住院，弟弟拗不过妈妈,只好拿药回家吃。妈妈呀,您这时候已经吃不下饭,腹痛积水,疼痛难忍,但不喊一声,不叫一句。妈妈呀,您在病中想女儿,女儿也想您呀!妈妈您走得太快了!您还年轻,才53岁呀!从弟弟送您去看病到离世,前后不到10天。妈妈呀,您的命太苦了!您辛苦了一辈子,没有享受到一丁点儿清福,女儿一天都没好好孝敬您,女儿真不孝啊!妈妈,您含辛茹苦把我们养大,我刚大学毕业拿了工资,弟弟当了大队会计,您还给他娶了媳妇,房子也被您一砖一瓦地翻了新,爸爸身体也好了,妹妹也13岁了,日子一天天好起来了,苦难将尽,您却走了!子欲养而亲不待,妈妈,我好悲痛,好想好想您!

祝愿妈妈在天堂无病无灾,幸福快乐,一切安好!

作者简介:杨亿兰,女,湖北省襄阳县人。1964年考入武汉大学数学系,1969年毕业。1970年到部队军垦农场劳动锻炼。1972年2月,分配到武汉锅炉厂子弟中学任教直至退休。

平凡的母亲

郁百川

在苦难中降生

1945年初,在农历乙酉年正月间,我出生在湖北省黄陂县(今武汉市黄陂区)祁家湾西乡的一个叫郁家湾的小村子里。我母亲姓连,黄陂县长堰连家大湾人。那个年月,整个村子都很穷,家无隔夜粮,当时又正当青黄不接,所以我是在穷困中生,在穷困中长。

我家靠种田和做篾匠手艺为生,父母成天劳累,维持着家庭生活。我在两岁多时染上了天花,在母亲的精心照料下,我活下来了。当时的瘟疫夺走了好多孩子的生命,是母亲给了我第二次生命。

就在第二年,我背上长了一个大疱,红肿化脓,发炎发烧,危及生命。父母到处求医问药,最后用针刺破疱块,大量的脓血流出来,才慢慢好了。父母再一次挽救了我的生命。

1949年,由于生活无以为继,我们全家五口——我婆婆(祖母)、父母,还有一个大我两岁的哥哥,就搬到祁家湾镇谋生。

我婆婆和父母都做篾匠手艺,日子慢慢好起来了,主要是母亲勤劳节俭,操持着这个家庭。

新中国成立后,我们家做手艺,日子更好过了。后来又响应政府号召,父母积极组织并参加了手艺人的互助组、合作社,走共同富裕的道路。

新法接生员

二十世纪五十年代,医疗条件差。我母亲与其他三名妇女一起参加了政府主办的新法接生员培训班,后来这四位新法接生员就负责祁家湾附近村庄的接生工作。接生员就是旧时所说的接生婆,也是现在所说的助产士。

当时条件差,医院没有妇产科,农村人家生孩子都请老接生婆,由于方法落后,经常出事故,所以新法接生员很受欢迎。经常有人请母亲去接生,有时半夜出门,忙一通宵,因为这个工作关系到母婴安全,人命关天,一点也不能马虎,必须随叫随到。我母亲从旧社会过来,缠过脚,虽然后来放了,但仍然是小脚,行走比常人困难。尽管如此,我母亲从来没有怨言,不管是下大雪的冬天,也不管是烈日炎炎的夏天,不管是半夜三更,也不管是山高路远,我母亲随叫随到。

当时农村经济条件差,没有统一的收费标准,产户根据自家情况,随意给一两块钱,也有多给的,也有家庭困难没有钱的,我母亲都不计较。

接生工作有很大的风险,由于母亲技术娴熟,认真负责,心细如发,所以在我母亲手上,没有出过任何事故。

几年后,医疗条件好了,镇卫生院设立了妇产科,要求她们几个接生员到卫生院工作,由于家庭拖累,我母亲没有去。

不辞辛劳,哺儿育孙,成效卓著

我和哥哥从小学到初中都是在附近上学,读高中就到了离家六十多里的长轩岭。住校读高中,要学费、生活费,费用虽然不多,但一家两个孩子读高中,还是一笔不小的开支。当时每个月的伙食费是六块钱,我们每两个月回家一次,母亲则将钱准备好。为了筹措我们的生活费,母亲日夜操劳,有时一个人到周围村庄为村民修补竹器,一天能收入一两元钱,中午就吃点干粮。

幸好,我们没有辜负父母的辛劳,1963年我哥哥考取了上海交大,第二年我考取了武大。这件事在祁家湾产生了不小的影响。我们初中的老师称我们为"郁氏兄弟",并以此激励后来的学生。

我们能上大学,都是由于母亲的操劳和教导。

在我们这个家,由于母亲的言传身教,惠及孙子一代。我母亲的大孙女,即我哥哥的女儿大学毕业后留学澳大利亚,而孙子即我哥的儿子,读高一时就考取了华工少年班,30多岁就任中国科技大学博士生导师。两个小孙女,即我的两个女儿都大学毕业,最小的孙女华科大研究生毕业后到美国读博士。

宅心仁厚，乐善好施

母亲一生勤劳节俭，为儿孙操劳，直到晚年生活才好一点。我们家老房子原在僻街，后来成了正街，门面出租保证了家里的经济来源。母亲在社办企业退休，加上我们兄弟俩参加了工作，更使母亲生活有了保障。

无论是生活困难时期还是后来生活有保障时期，母亲都乐于做好事。她经常跟我们说，做不了大好事，要做小好事。在生活困难时期，经常有讨饭的从门前经过，母亲总是主动给他们盛饭，宁愿自己少吃点。在街上碰到拾破烂的、穷困的老人，她就主动给他们几角钱或买几个馒头、几根油条给他们吃。

那时，我们镇上有一个简易养老院，只有一栋房子、一个炉灶，住着无家可归、无儿无女的老人，政府安排人提供一些煤炭、粮食、油盐、蔬菜，老人们自己在灶上做饭。我母亲经常去看那些老人，每次都带些东西分发给他们，或给他们每人一些钱。

受母亲影响，在母亲去世后的两年里，在母亲的忌日，我都要买一批油、米、菜等生活用品，分成十多份，雇一辆三轮车，亲自送到老人手上。后来这个养老院扩大了，搬到离镇较远的村里去了，有专人做饭，老人生活改善了，我才没有去送东西。

结 束 语

我父亲1975年六十多岁时因肺癌去世，我母亲2003年因年老体衰去世，享年八十八岁。我最欣慰的就是我一直守在母亲病床前尽孝，为母亲治病，送母亲离开人世，最后送母亲上山入土！

平凡的母亲，伟大的母亲，愿您在天国安好！

二〇二〇年六月二十八日于美国加州

"金家大宅"之百年沧桑

金崇忠

我常和小辈们说,我们的老家在岩寺。岩寺新四军军部旧址——金家大宅,是我们的老家,那是我出生的地方。小辈们有的虽然去过、住过,但他们不知金家大宅的历史,也不知曾祖父是徽商,不知道祖父是徽州名医。

2019年春节期间,女儿女婿从深圳回家探亲,趁此机会,我带他们回岩寺,了解并走进我家那一段难忘的历史。

一、"金家大宅"的兴起

岩寺是安徽省黄山市徽州区政府所在地,坐落在徽州盆地的中心地带。岩寺在明清时期是个繁华的都市,是皖南重镇,在太平天国运动中被战火烧毁。我的家——金家大宅就坐落在岩寺的西北边。

金家大宅已和我童年时代的印象不同了,因为修纪念馆,过去的庭院里竖起了雕像,是新四军初创之际的领袖叶挺、项英等六位领导人的塑像,雕像后面是一片既具有徽派风格又有现代艺术的建筑,白墙黑瓦马头墙、玻璃窗户钢筋栏,古雅大方的房屋错落有致。房屋的建筑特点反映了当时中国社会正处于变革时期。它也体现了房屋的主人是一个具有中国传统文化同时又乐于接受变革的商人、开明人士。我告诉他们,最东边的一间房就是我们兄弟出生的地方⋯⋯

地处安徽最南端的徽州是称雄明清300年的徽商所在地。徽州有句民谚,"前世不修,生在徽州,十三四岁,往外一丢"。指的是徽州人从小孤苦伶仃,就跟人外出谋生。我祖父金景辉就是这样。他大约出生在1865年,十三岁时跟着一位远房亲戚乘船东下杭州,转苏州。这位远房亲戚是做茶叶生意的,虽然是亲戚,但他是位老板,所以祖父实际上是他的小伙计、小长工,每天什么事都要做,擦灰扫地、端水上茶,甚至是倒洗夜壶等杂活。几年后,这位老板发了财,改做金融生意,开当铺、钱庄。这时祖父就在钱庄打杂,从而慢慢学会了一些金融知识。祖父每年都将省吃俭用积攒下的钱投入钱庄,算是入股,又几年下来,居然赚了,分了一些红利。祖父用这些红利自己开了家小钱庄,成了小老板。由于经营得法,二三十年下来积累了不少钱。从民国初年开始,他就在家乡岩寺建房,先后建成一幢典型徽派建筑的"老屋"和三间中西合璧的"新屋","新屋"和"老屋"连成一体,还有前后院落,占地约3000平方米,人称"金家大宅"。

祖父在二十世纪三十年代后期将钱庄交给小儿子即老三(我叔叔金霨时)打理,回到家乡岩寺颐养天年,将金家大宅分成三份,"老屋"给老大(我伯父金雨时),最东头的给老二(我父亲金霁时),中间的给老三,他自己就住中间老三家。

新四军初创之际的六位领导人雕像
坐落在金家大宅东屋原花园

我家的房子是中西合璧的"新屋",所以很"洋气",外墙及屋顶是马头墙式徽派风格,而室内却带有西方建筑风格,玻璃窗户,钢筋窗栏,水泥窗台。窗外是花园,空气清新,鸟语花香,视野开阔。花园里有很多树,还有花墙、花架、花圃,而后院还有竹园,竹园大园套小园,小园里有石桌、石凳,大园里有石笋、假山。前后院落里有六棵大枇杷树及其他果树。小时候,枇杷和竹笋我都吃腻了。

二、伯父是上海名医

新安医学是中国传统医学的重要组成部分。唐代以后,徽州文化开始昌盛,徽州人也开始研究医学,到明清时代,名医辈出,出现百家争鸣的大好形势。据不完全统计,自宋代到清末,徽州共出名医466人,其中197人撰写了有较大影响的著作355部,为发展祖国医学做出了巨大贡献。在这种氛围中,我的伯父金雨时从小立志学医,拜名师勤学苦练,学成出师后,前往上海自开诊所。伯父天资聪慧,医术高明,求医问药者,络绎不绝,他也成为远近闻名的少壮派的上海名医,是新安医学派的后起之秀。在1936年12月创刊的《新安医药半月刊》发刊词中,就有"徽派多出名医,如清之汪刃庵、程正通……即如今之王仲奇、金雨时辈,亦均名闻大江南北……盖亦本于山川之灵秀以致之,或曰人杰地灵也"的表述。

不幸的是,我伯父英年早逝。万恶的日本鬼子在1937年8月13日大规模轰炸上海,在大轰炸中,伯父正在给人治病,诊所被炸弹击中,伯父躲避不及,葬身火海,他的医书、医案及其他财产均化为灰烬。带着国恨家仇,我堂哥金崇庆毅然投笔从戎,进了军校,奔赴抗日前线,英勇杀敌,战场上曾和日本鬼子拼过刺刀,手上留有伤疤(我母亲见过)。堂哥是傅作义部的一位副团长,傅作义北平起义后,堂哥也加入了中国人民解放军,后来在抗美援朝中牺牲。

三、父亲的从医之路

我父亲金霁时是个悬壶济世的中医,在地方上很有名气。他救死扶伤,数十年如一日,爱国进步,毕生为人民。因为他"悬壶济世",所以曾改名为金济时。但因为"金霁时"这个名字已经出名了,而"金济时"时人不知,只好又改回金霁时。

父亲18岁那年(1924年)去上海,跟胞兄金雨时学医。他住在当时的徽州会馆,在胞兄处吃饭。白天在胞兄处学医,打下手、开处方,晚上再回到会馆,寒暑学医六载。众所周知,祖国医学著作都是文言文写就,尤其是一些经典著作,文字简练深奥,内容广博深远,没有一定的文学功底,学习是很困难的,好在父亲在学医前,读了好几年的私塾,打下了较深厚的文学功底。在兄长兼师傅的严格教诲下,他刻苦学习,熟读中医经典著作,大部头《黄帝内经》《神农本草经》《难经》《伤寒杂病论》,四大中医经典著作等都能倒背如流,为后来的行医治病打下了坚实的理论基础。同时,他为胞兄打下手、开处方,学习临床看病经验,耳提面命六年后出师。父亲回家和母亲完婚,婚后父母亲就去了上海,父亲在上海开了诊所,独立行医。由于胞兄是上海名医,父亲在上海行医颇为顺利。父亲思想较为前卫,加之上海是个现代化大都市,在那里行医见多识广,因此父亲对于从西方进入中国的现代医学不但不排斥而且能接受。他根据自己的行医经验,将现代医学应用于实践中,因此医术很受上海民众的称道,也成了具有一定影响力的名医。可以说,父亲是国内最早将中医和外来的西医(准确地说应为外来的现代医学)结合在一起为患者治病的先行者之一。

  1937年抗日战争全面爆发,伯父在1938年8月13日日军大规模轰炸上海中被炸身亡。父亲目睹日本侵略者骑在中国人民头上作威作福,看到了广大民众的悲伤和痛苦。人们流离失所,大批国人逃离上海,父亲也离开了上海,回到家乡徽州。父亲从上海回徽州,沿途看到逃难的老百姓络绎不绝,十分气愤。

  徽州自古人杰地灵,由于徽州盆地处于崇山峻岭之中,山高林密,没有遭到日本侵略者的铁蹄蹂躏。在抗战时,徽州最大集镇屯溪号称"小上海",曾是安徽省会临时行辕,繁荣一时。由于抗战物资极度匮乏,在那关系民族存亡的时刻,父亲看到民众和前线下来的士兵缺医少药,在死亡线上挣扎的痛苦情景,毅然重操旧业,开始了在徽州行医的艰辛之路。在经过深思熟虑、几经辗转后,他还是回到岩寺老家,利用爷爷留下的房子,办起了"国医金霁时内科诊所"。父亲除用中医为患者治病外,还使用西药治疗。这是岩寺古镇较早的一家能以国医为主、西医为辅的私人诊所。父亲医术精湛,为当地的乡邻医治好了很多疑难病症。一传十十传百,父亲成了闻名遐迩的名医,不但岩寺、徽城周边的百姓,就连很多外乡人(主要是浙江人)也慕名前来就诊,使国医为主、西医为辅的新思路新疗法在岩寺古镇、徽州地区有了立足之地,在浙江的浙西地区也很有影响。值得一提的是,我母亲(江韵梅)是大户人家的女儿,从小也读了几年私塾,识文断字。心地善良的母亲嫁给父亲后,一直相夫教子。母亲跟随父亲行医治病多年,逐渐懂得了一些医学知识,耳闻目睹了许多病人的痛苦,因此当病人在等待,而父亲又很忙碌时，母亲就会主动去帮忙，充当下手，安抚病人，讲解一些注意事项，成了父亲的好帮手。

四、新四军与金家大宅

1937年，抗日战争全面爆发，国共第二次合作，新四军诞生。陈毅秘密来到岩寺，向父老乡亲了解当地的风土人情。当地的父老乡亲异口同声地称赞我祖父金老先生是个开明绅士，乐于周济贫苦百姓；称赞我父亲是个仁义的名医，对于付诊费有困难的乡亲会主动免收诊费，有的还免费送药。陈毅就直接来到金家大院，和祖父及父亲促膝谈心，宣讲抗日救亡的大道理。我祖父当时赋闲在家，立即无条件答应，金家大宅全部腾出为新四军军部机关办公，一应家具也腾出给部队使用，陈毅很是满意。而我父亲到街上寻找房子，临时居住并行医看病。正因如此，1938年2月开始，南方八省红军游击队便陆续汇集到这里集结整编，设军部及三个支队（北方各游击队也整编为一个支队）。叶挺任军长、项英任副军长、陈毅任第一支队司令员。新四军领导来到岩寺，叶挺军长就直接住在了金家大院。父亲曾给叶挺军长看过病，只要是新四军的指战员有需要看病的，父亲都义不容辞，在第一时间给诊治，而且从不收诊费，有时还亲手配制中草药送到伤病员手里。听我妈妈说，当时有个战士受了伤，用中医的传统方法治疗效果慢，父亲就到县城找到在县城医院的老熟人搞到盘尼西林（就是青霉素）给那战士治伤。那战士伤好后得知是父亲通过熟人，冒了很大风险花了大价钱搞来了药为他治好了伤，感动得要给父亲下跪。父亲赶快扶起他，并说我们要感谢他，他是为国家为民族受的伤，是民族的英雄。父亲说，我们已尝过当亡国奴的痛苦，我们没有能力上前线，但我们在后方要尽力。新四军的干部战士赞扬父亲是义务军医。叶挺在空余时间经常和父亲讲革命、谈形势。有一次，叶挺将军和父亲交谈后兴致盎然地下起了围棋，不觉已到中午，父亲便邀将军共进午餐。餐后，叶挺将军要给饭钱，父亲坚决不肯收。父亲说："您不拿群众一针一线，我请您吃饭是情，既不是针也不是线。"将军这才作罢。1959年，政府征集革命文物，父亲将和叶挺、陈老总当年在一起谈心、下棋、看病的红木桌子、椅子交给当地政府,现存泾县新四军军部旧址纪念馆。新四军在岩寺完成集结整编后离开,我家搬回,父亲见房屋内外已被打扫得干干净净,一应家具摆放有序,父亲的几百本医书、医案仍在书橱、书架上摆放得整整齐齐的,没人翻动。父亲禁不住竖起大拇指,称赞新四军是仁义之师,叶挺军长是真英雄。

金家大宅前有金家巷、四义井巷、先生巷通岩寺上街,后面是丰乐河,左有红桥通后街,右有连绵不绝的上荫山,可俯视整个岩寺。修竹篁影之中,丰乐河与颖溪河在此交汇,人员进出十分方便,很适合在此建指挥部。

1941年1月6日,震惊中外的皖南事变发生。岩寺又陷入白色恐怖之中,原为新四军军部的金家大宅就成了国民党第63师师部驻地。有人举报说父亲通共,从沪杭退驻岩寺的国民党宪兵团搜查了父亲的内科诊所,但没有查到实据。后来,国民党宪兵团还是抓了我父亲,又抄了几次家。父亲在当地群众联名强烈要求看病的呼声下,才被保释了出来。国民党宪兵团借搜通共证据为幌子,实际上借机抢值点钱的东西,因此父亲将自己仅有的一件皮大衣藏在了木地板下,由于受了潮而掉了毛,后来父亲戏称为皮板衣,也就是我们小时候在家里经常见到的那件皮板衣。此后,父亲就在国民党特务的秘密监视下给百姓看病行医,治病救人。新中国成立后,人民政府一直将父亲视为民主人士。

金家大宅大门

五、险些被卖的金家大宅

抗日战争以中国人民的胜利告终。无疑,日本的侵华战争给中国人民带来了深重的灾难,战争打乱了中国近代化的进程,中国百废待兴。此时,重建家园是饱经战乱的绝大多数人的强烈愿望。然而,国民党不顾人民的强烈愿望,悍然发动内战,使中国人民再次陷入水深火热之中,人们在死亡线上苦苦挣扎。穷苦百姓吃不饱、穿不暖,生了病无钱医治。没人来看病,就断了我家的生活来源。我出生在抗战胜利后第二年,那时全家五口人,全靠父亲行医看病养家糊口,入不敷出,只能变卖家产,最后实在没办法,只好将金家大宅(我家部分)卖给有钱的伪保长(因伪保长未付清稻谷款,未办手续)。爸妈拖儿带女来到休宁万安古镇,在万安古镇仍然难以为继,度日如年,苦苦挣扎。

1949年4月23日,中国人民解放军解放了歙县,24日岩寺人民迎来了解放,获得了新生。按父亲的话说就是可以安心喝点小酒了!岩寺解放前夕,驻扎在金家大宅的国民党军77师闻风而逃,伪保长也仓皇出逃长沙。新中国成立后,我家回到岩寺,解放军工作组对爹妈讲,金家大宅是你们老家,卖给伪保长,他又没付清款,又没办手续,况且伪保长是恶霸,是敌人,卖了不作数,你们还住那里。于是,我们搬回了老家金家大宅。后来,伪保长在长沙被抓回枪毙。土改时,人民政府正式将金家大宅东屋及前后院落分给我家并发了房产登记证,还根据人口多少给我家分了好几亩水田和山地,从此,我们结束了流离颠沛的生活,过上了安居乐业的好日子。

在岩寺解放前三年,

金家大宅东屋

祖父年老体弱,因病去世。叔叔经营的钱庄因管理不善而倒闭,后来他在芜湖行署当会计,因长期不住岩寺,就把金家大宅他家部分(中间)卖给了当地政府(即岩寺区公所),后来成了岩寺血吸虫防疫组驻地。而金家大宅老屋是分给我伯父的,抗战时伯父已去世,一位堂哥抗日参军了,另一位堂哥将老屋卖给他人,新中国成立前夕,国民党第77师逃跑时将他带走,后来去了台湾。至此,祖父一手创建的金家大宅已经衰落。一部分落入他姓,一部分成了公产,只有我家还居住在东屋。

六、行医到老,学医到老

新中国成立初期百废待兴。上海、杭州等地的卫生医疗单位的熟人邀父亲去共事,因为家庭等原因父亲没去,仍在岩寺开他的内科诊所。1952年,他积极响应党和政府的号召,放弃了个体诊所,与和他同期在上海开业行医的西医罗敏修先生、沙怡如先生及中医方建光先生等组建了岩寺联合诊所(现黄山市第三人民医院前身),为岩寺地区的医疗卫生事业的发展做出了重要贡献。他先后当选歙县第二、三、四、五届人大代表和第二、三、四、五、六届政协委员。

父亲治学的座右铭是:"为学要如金字塔,要能广大要能高"。他老人家的中医理论底子深厚,早年跟随胞兄学医时就是三更灯火五更鸡地苦练医学基本功,自己行医为人治病后仍然几十年如一日,刻苦钻研、精益求精,行医到老,学习到老。记得1964年8月我收到武汉大学录取通知单,一家人都为我高兴。父亲既为我高兴,也为他自己高兴,因为我到武汉,到大城市可以为他搜购医书。我动身去武汉前,父亲开列了一张购书单,有的书还标了版本名,要我在汉口为他寻书买书。我手拿书单,好奇又无知地问:"家里有那么多书,书柜、书箱都堆满了医书,(绝大部分是线装书),还要买? 看得完吗?"父亲对我笑笑,反问我:"书是读得完的吗? 学问又是做得完的吗?"我无言以对。来到武汉,这是我第一次到大城市,一切都是新奇的,虽然新生开学事情很多,很忙,但我一直把为父亲买书的事放在心上。一周后的星期天,我没去逛大街逛公园,而是去了汉口。因为不熟悉,找了好久还不知新华书店在哪里,直到下午才好不容易找到。书架上的医书倒是琳琅满目,可都是些西医的、现代的书。一问,根本就没有我要的书。有好心的营业员告诉我,可以到科技书店去买,于是我问了地址赶往科技书店,可是科技书店也没有。怎么办呢?还是一位好心的营业员告诉我,古籍书店也许有。中医书大多是文言文的线装书,这种书只有古籍书店卖,但都是小店。营业员说江汉路就有几家。我谢过营业员就赶去江汉路,确有几家但都关了门。因为太晚,本来光顾这种书店的人就很少,又是星期天,所以早早地关了门。没有办法,只能打道回府,下个星期天再来了。紧接着的一个星期天,我直奔江汉路,见到书店就进去问,几经询问,终于在一家古籍书店找到几本,花了大价钱买回后就寄信告诉父亲。在家时父亲就告诉我,买到不要寄,怕寄丢,要我暑假再带回。暑假回到家,父亲就迫不及待地问书买到没有。他见到书十分高兴,又迫不及待地翻开一本,并从书架上拿了另一本翻开对照,嘴里还念念有词:"是这样,是这样。"原来家里早有那本医书,可能父亲看了有什么疑问,非要买不同版本的来对照辨析。父亲一丝不苟的学习态度,由此可见一斑。还有一本是父亲只听说过的一位名医的医案集,对这本书,父亲爱惜有加。父亲的医书很多,在他去世后,我们整理他留下的书籍时统计过,有各种医书263部,计1013册,还不包括被借走、偷走的医书。绝大多数是线装中医书,也有少量西医书,还有一些文学书。

七、擅治疑难杂症

父亲一生从事中医事业,行医50多年。他大部分时间是在家乡,为父老乡亲、平民百姓治病解难。父亲医学理论根底深厚,擅治疑难杂症,对精神类疾病,肝肾疾病都颇有研究及建树,治好了不少人。

妈妈说"神经病"(精神病)有"文神经""武神经"。"武神经"要打人、行凶的,不好对付,但比"文神经"好治点,说我爸就治好过这样的病人,还有癫痫病人。说起癫痫病,我记得在读小学时,一天正在上课,突然一位同学往后一倒,跌在地上口吐白沫,浑身抽搐,把我们都吓坏了,有的同学吓哭了。还是老师见多识广,说这是癫痫病发作,先把他身子侧过来,避免口水泡沫堵塞喉咙,过一会儿就会好,再送他回家,果然,过了一会儿他自己爬起来回家了。后来这位同学的癫痫病也是父亲治好的。妈妈说你爸因为治好了好多这类病人,名声传得很远。还是开个体诊所时,曾有一位合肥人,儿子得了癫痫病,在合肥没治好,听说我爸擅长治癫痫,就不远千里从合肥来岩寺找我爸治,因为路远不方便,还住在我家医室(我家医室很大,临时隔了一间房)多天。经我爸精心治疗,他儿子从一两天发作一次到四五天发作一次,到一星期才发作,间隔的时间越来越长。合肥人就先回去了,过些时候来复诊,然后复诊间隔的时间也越来越长,最后半年才发了一次,以后就没来了。痊愈后,合肥人给父亲送来了一块"妙手回春"的牌匾。

还有一例是听父亲自己讲的治肝肿(块)瘤,卓有成效。他说岩寺附近村里的一位农民,四十多岁,肝部疼痛,因没钱未及时治疗,等他自己发现肝部有肿块,而且越来越大时,才来看病。父亲给他看时,肿块已有鸡蛋大小了,还较硬。按中医讲,这是痹疽瘤毒引起的肿块,或叫瘤,如是恶性,则是癌。父亲给他开了加减"鳖甲煎丸",鳖甲煎丸是医圣张仲景发明的,效果很好。父亲嘱咐他每日上午煎服,先服十天,再来复诊。十天以后,病情有所好转,肿块变软,疼痛减轻,这样继续以鳖甲煎丸为主加减,再服了一个多月的水药,已经不太疼痛了,肿块变小,只有黄豆大小了。父亲嘱咐他还要继续服药,肿块完全消失才算好,还需服药巩固,以防复发,否则,一旦复发,恐无药可治。可是这位农民家庭经济困难,没钱服药了,而且他觉得已经好得差不多了,不痛了,黄豆大的肿块不碍事了,就没继续服药。据说半年后他病情发作去世了。父亲说此患者患的是肝病,其肿瘤是良性的还是恶性的,因当时没有科学的检查手段,不得而知,但出自张仲景著《金匮要略》的鳖甲煎丸对治肿块确有效果。

父亲生前留下好几本笔记,将一些典型的病例、他的医治过程(望闻问切)及处方记录在案,由于我们兄弟几个没有学医的,因此这些医案没能整理成书,一直搁在那里。我们珍贵地保存着他老人家的手抄本医书和他的部分医案。这些是我们家重要的精神财富。最近,翻了一本不全的医案,那是父亲1954年7月11日至22日在岩寺联合诊所的接诊记录,记录了12天的看病处方，共接诊137人。这12天内虽然有2个星期天，但都有看病记录，爸爸说医生没有星期天。在岩寺、西溪南、罗田医院行医期间，父亲还常常到农村到山区巡回医疗，走到田间地头，走进穷乡僻壤农家，给生病的农民看病。那时没有交通工具，全靠两条腿走路，他常常半夜三更才拖着疲倦的身体回家，十分辛苦。但第二天，他仍然回医院继续上班。

八、调入歙县人民医院

1961年5月，时任安徽省卫生厅副厅长、省中医研究所所长的王任之得知，家乡同僚徽州名医金霁时尚在家乡的民营医院当一名普通医师，觉得是埋没人才，有点大材小用了。他认为我父亲是国内最早将中国的国医和外来的西医结合在一起为患者治病的先行者之一，并且在上海也是具有一定影响力的徽州名医，长年生活在徽州这块文化积淀厚重的土地上，为那里的老百姓治疗疾病，是医德高尚的仁医，也是个开明绅士和民主人士，理应在更广阔的天地发挥作用。王任之副厅长和我父亲是同乡、老熟人，在没有和我父亲进行沟通的情况下（那时信息沟通不方便）向岩寺的罗田医院发出了调令，要将我父亲调往省城医院。父亲是个有点小脾气的人，觉得没有和他商量就要调他，有点不太尊重人，况且那时我们家有六口人，他觉得拖家带口地去合肥也不太方便，就没去合肥。后来在王副厅长的坚持下，父亲同意到歙县人民医院上班。王任之副厅长是歙县人，是新安王氏医学传人。新中国成立不久，由周恩来总理签署任命书，任命王任之为安徽省卫生厅副厅长，积极推动"新安医学"的研究。父亲自己讲过，王副厅长动身去合肥前，曾想带他同去合肥，但没明说，只是问他今后有什么打算。父亲没明白，就说没什么打算，还是在岩寺行医看病，所以才

父亲1968年在医院宿舍前，时年62岁

有了王副厅长没与父亲沟通就下调令之事。

歙县人民医院的中医师比岩寺联合诊所多，有妇科黄从周先生、外科罗履仁先生等，都是家传的，可算家学渊源，加上父亲内科医术高超，真是如虎添翼，一时间歙县人民医院的中医名声大震，远传江浙。可以这样说，这是歙县人民医院中医发展的鼎盛时期，也是父亲心情最欢畅的时期，他将全部精力投入了为百姓治病的工作之中。

九、给自己治病

那时肺结核就像目前的癌症，是很难医治的一种病，很多人因此死亡。父亲也不知怎么就染上了这种病，他很勇敢地面对，并根据自己的亲身体验，为自己治疗。首先是树立一个信念，结核病也是一种病，中医称之为肺痨、痨瘵、肺疳，是可以治好的。中医医治要分型辩证：按肺阴亏损型、阴虚火旺型、气阴耗伤型、阴阳两虚型几种情况辨证施治。扶正去邪，对症下药，并根据病情发展，及时调整用药。父亲给自己治病只休息了很短的时间，就一面服药，一面上班了。医院领导及同事都劝我父亲多休息一些时日，但父亲说："不碍事，吃得消，我自己有这病，有切身体会，可以更好地去治疗。"父亲那段时日专心医治结核病人，结合患者的个体特征给前来看病的患者对症开方、下药，很多患者得到及时救治。父亲的声望很高，他当时是县医院的中医科副主任，他的中医同事有的怕传染，不赞成他治结核病。但是很奇妙，父亲用他的处方治好了自己和他的患者，甚至我们姐弟4人和我们的母亲也不曾被传染！他教了我们一件很重要的事，就是心愿力（积极、乐观、向上）的力量是很大的力量，不是小小的病菌能打倒的。当然父亲并不是盲目乐观，仍然会按科学去办事，告诫周围的人要防止被传染，有病必须及时治疗并适当休息，保持旺盛的生命力，去战胜疾病。但作为医生，父亲说给人治病要义不容辞，不能畏缩不前，应有所担当。所以，父亲每天上班为病人治病，被肺结核的病人包围着，病人常咳嗽咯血，甚至咳得满地是血，父亲一面安慰病人，一面亲自擦去地上的痰血，痰盂也都是自己去处理。当时也有几位护士很关心他的健康，很热心地帮他一起处理。

十、带徒尽责

父亲有着几十年的行医经历,成为徽州有影响力的名医,可是他的子女中没人继承他的事业,没有人学医,虽然爸爸嘴上说"儿孙自有儿孙福",没要求我们去学医,但心中还是觉得有遗憾的。所以,当1963年歙县卫生局提出老中医要带徒并招收学员时,爸爸很高兴,认为他可以后继有人了,于是要了4位学员,精心教导。上午门诊看病,下午带徒学医。爸爸的治学座右铭是"为学要如金字塔,要能广大要能高"。父亲对学员要求很严,要他们背诵《黄帝内经》《神农本草经》《难经》《伤寒杂病论》四大中医经典著作等,还要抽查。爸爸说现在不懂没关系,但要背熟,熟能生巧,自己还会给他们解释。因为经典著作是文言文写的,要有起码的文学基础,所以父亲指明要这些高中学员。父亲教学时都是一字一句地教,一字一句地解释。为了教学,他常常备课到深夜,真可谓是呕心沥血。

十一、父亲的处世之道

父亲心地善良,不仅医术远近闻名,而且医德十分高尚。无论是有钱的,还是无钱的,无论是有权有势的,还是无权无势的,无论是达官贵人,还是平民百姓,只要上门求医,他都一视同仁,认真诊治,绝不厚此薄彼。即使是下班后或节假日,甚至是在深更半夜,凡请他看病,他都有求必应。他很忙,忙得很少有机会和我们说话,和我们一块吃饭。因为病人多,他时常忙到下午两三点还不能用午餐,晚上九点多还没能吃上晚饭。妈妈尊重、敬仰爸爸,都要等爸爸一起用餐。我们小孩等不及,妈妈心疼我们,就让我们先吃,往往是我们吃好,饭菜都凉了,爸爸还没回家,妈也没吃,饭菜热了一遍又一遍。邻居们常说我们已经吃饱又饿了,你们还没空吃。那时对退休没有明确规定,父亲六十多岁时,还在医院上班,仍经常出诊。父亲七十多岁退休回岩寺老家(金家大宅)以后,一些患者自己找上门请父亲诊治,重病患者是家人"抬竹床"上门的("竹床"是徽州当地的一种土担架),父亲都非常认真地给他们治病。我们从未见过他收取一钱一物。在徽州,凡亲身受过父亲诊治或目睹其工作的,无不为其那废寝忘食、全心全意为人民服务的精神所感动。

父亲一生谦虚谨慎,做人低调,没有高大上的豪言壮语,没有做官的愿望,父亲有的是治病救人的医者情怀,有的是"救人一命,胜造七级浮屠"的美好愿望。对于被自己治好的病人赠送的"春暖杏林""妙手回春"等牌匾和锦旗,爸爸都看得很淡,都堆放在房间一侧,从不张扬。从父亲亲自拟就、书写的一副对联中可以看到他的心态与愿望——"蕉影隔窗诗梦绿,花香侵座酒波红"。把病人从痛苦中解救出来,自己也得到放松,然后,在花香鸟语的庭院中,端上一杯红酒,隔着窗户,看着碧绿的芭蕉树,闻着沁人心脾的花香,听着快乐的鸟儿在歌唱,这是多么惬意的事啊。这副对联从岩寺联合诊所的诊室一直挂到歙县人民医院中医科的医室。

父亲一生对医术精益求精。在上海跟胞兄学医时,他起五更睡半夜,刻苦学习中国国医,同时对传入不久的西医也不排斥并取长补短,加以应用。对于同是国医的同行,他既尊重又欣赏,从来没有所谓"文人相轻"的言行。在歙县人民医院,父亲曾赠同科室的黄氏妇科传人黄从周老医师诗一首:风度通儒自不群,渊源家学挹清芬。春回日暖肱三折,带下新安属使君。

父亲写得一手好毛笔字,在看病之余,还刻苦练字,也要我练,把毛笔套夹在手指中练,我说夹得很痛,他说只有这样才能练好字。岩寺街上很多店铺的招牌是他的手迹。父亲还画画,虽然画得不好,但爸说,只要拿起笔就好像走进画中,置身大好河山之间,多么心旷神怡呀!爸爸每天置身那么多痛苦的病人当中,内心还能有这么优美的风景也真是不简单。

父亲的教育是比较特殊的,他一生并没有很多时间和我们讲话,但他的话令人深思,有很多启示令我一生受用不尽。在我小时候,因为不了解其中的深意,有时听了他讲(批评)我的话而不高兴。为什么呢?因为他赞美鼓励得少而批评教育得多。后来我才知道,教育的方法有"挫折法"和"激励法"。挫折法就是学无止境,让受教育者在受教育过程中遭受挫折,帮他克服烦恼毛病,激发受教育者的潜能,以达到切实掌握知识的目的的教育方法。激励法就是及时鼓励受教育者自信、自强、进取,使人喜欢、亲近,再帮助他增长信心的教育方法。爸爸可能觉得我是烦恼业障重、毛病又多的类型,所以他选择挫折法教导我。比如说:我上小学第一次考试,很不幸,每科都考了一百分,得了第一名。为什么我说很不幸呢？因为从此之后,如果没考一百分就是退步了,这种一开头就考第一的命运实在是很尴尬的。不会得到表扬,还常常因被扣一两分而受到批评。当我拿到全部满分的成绩单,很高兴地回家的时候,爸爸很严肃告诉我说:"你不要以为你考第一名,就有多了不起,在我看,你是零分。"说完,他就站起来为人看病了,连笑也没笑一下。这句"零分"的话真是刺耳,被我牢牢记在心里,印象非常深刻。后来再考一百分就不敢拿成绩单回去给爸爸签名了,因为爸爸一看,一定又说:"你不要以为考一百分就多么了不起,这种题目这么简单,怎么能不会呢？你们整天又不用做什么,只负责读书,考一百分是应该的,没什么了不起。"后来我才知道,爸爸这么讲是要防止我生起骄傲、傲慢的心,因为心生骄傲就会妨碍自己进步,就会妨碍智能潜力的开发。所以他故意这么说,一直到现在,当有人称赞我时,我还是会听到爸爸那个声音……

我父亲是从旧社会过来的知识分子,看多了国民党的腐败和黑暗。是共产党解救了他,分田分地分房子,使他看到了光明,看到了希望。父亲是从心底感激共产党的。因此,当政府号召成立互助组、合作社时,他把田地都贡献了出去;当政府号召医疗界要联合时,他立即关了自己的个体诊所,和罗敏修先生等医生组织成立了岩寺联合诊所。我家隔壁原是叔叔的房子,后来卖给公家,成了岩寺血吸虫防疫组驻地。1954年血防组为血吸虫病患者免费治疗,当患者人多病房不够时,血防组负责人找我父亲商量借医室当病房。我父亲想这是共产党做好事,为人治病,就爽快答应了,把我家的东西都搬走,腾出医室(当时,父亲已参加联合诊所,医室已不用)给血防组,甚至借多少时间都没问,借条也没打一张。直到1972年,我家人口多了住不下时才收回,也没算一分钱租金。

十二、后记

经历了多年的风风雨雨,金家大宅的前院后院早已不复存在,假山果树

一缕心香 YI LÜ XINXIANG

更是不见踪影,但金家大宅的主体,典型徽派风格的"老屋"和中西合璧的"新屋"仍然竖立在那里,它见证了一位徽商金景辉事业的兴衰,记录了一位徽州名医金霁时的人生道路,更见证了新四军和叶挺将军的丰功伟绩,从一个侧面见证着现代中国历史的巨大变迁。

修缮后的金家大屋

如今,徽州区政府几次拨巨款对金家大宅进行了全面的抢修、开发和保护,金家大宅整体历史风貌已基本恢复。现在金家大宅和新四军军部旧址纪念馆是安徽省爱国主义教育基地、全国国防教育基地、全国文物保护单位、国家4A旅游景区。

金家大宅,我爱你!

作者简介:金崇忠,安徽省黄山市徽州区(岩寺)人,生于1946年4月。1964年考入武汉大学物理系,1969年半导体专业毕业,电子技术高级工程师。长期从事广播电视技术工作,2006年在黄山电视台退休。退休后居住在安徽黄山(屯溪)。

追寻父母的足迹

程世昌

一、我家是外乡人

我的祖父出生在湖北兴国洲（现在的湖北省阳新县），由于家境贫寒，17岁那年开始离家找生活，一路打短工谋生。

第二年夏天，他到了安徽南陵，也就是我现在的家乡，开始给一家张姓地主家打短工，收割稻子。干了十几天，主人觉得他老实肯干，就把他留下来当长工。但主人是个小地主，田不多，活也就不多，到农闲时就无事可做了。主人通过他在县衙做事的亲戚，帮我祖父谋了个看公山的差事。公山离地主家很近，有三十多亩，山上树很密，大多是碗口粗的松树。看公山没工钱，山上的柴归你，山上的树必须有县衙公函，盖了县长大印才能砍伐，私伐一棵都是要坐班房的。这样，我祖父就在山边搭了棚子住下，也算是安家了。当时这里人烟稀少，周边几里地都没人，荒山一片，他就在棚子周边开荒种红苕等。他农忙时给张家帮点忙，无事就砍柴度日。到了四十岁那年，有从江北（安徽无为县）逃荒来的兄妹俩路过此地，哥哥三十多岁，妹妹二十二岁，哥哥也去张家打短工，在张家的撮合下，妹妹就嫁给了我祖父，成了我奶奶，奶奶姓黄。哥哥，也就是我的舅爷爷也在这里安了家。

爷爷奶奶看护公山非常认真，得到县府的嘉奖。记得土改时乡里来人要在山上砍树，说是为了防洪修河堤。奶奶找他们要县政府公函，乡里来的人没有，奶奶就拉着我母亲，他们要砍哪棵树，奶奶和我妈就往树下一坐。来人没办法，就在乡里开了介绍信，奶奶一看还是不让，她说这不是县里的，县里的印是方的，你这印是圆的，树硬是没砍成。那时公山上有很多大树，大多是松树。

249

二、我的父亲

爷爷奶奶看护公山两年后,我父亲出世,爷爷四十多岁中年得子,自然对父亲十分溺爱。日子虽不富足,但有地有山上柴草,也还过得去。爷爷对孩子的管束比较放松。小山区有一些猎户,一般会些拳脚,父亲七八岁时就跟一个朱姓猎户学了一些拳脚。父亲十五六岁就在外闯荡,后来跟了一个理发匠学艺,二十岁出师自立门户。由于会些拳脚,又年轻气盛,经常好打抱不平,因此父亲在当地小有名气,人送外号程咬金。据说程咬金卖耙子,别人不能看,看了就得买,不买不让走。所以,我们那里有句话叫:程咬金卖耙子——讲偏理。叫我父亲程咬金,是说他虽爱打抱不平,但往往未必占理。

由于职业加上性格的原因,我父亲交际很广。身处乱世,当地活跃着各路人马,有国民党军,有地方军,有土匪,有帮派(青帮和地方帮派),还有新四军,我父亲几乎和各派都有联系,有时还充当派别间的矛盾调解人。

我父亲也有一个小帮,都是手艺人,有理发的、木匠、铁匠、屠夫等,十几个人,都会些拳脚,也都是外乡人,他们主要是自卫,防止被人欺负。由于我父亲交际比较广,就自然成了这个帮的头头。后来才知道这个帮里有三个地下党员,一个篾匠和两个木匠,其中有个李姓木匠就是我的干爹。在地下党的影响下,这个帮给新四军做了一些事。我的表叔也参加了新四军。也因为此事,1947年我的干爹被当地的地方军头子抓走并杀害了。父亲为此受到牵连被关进了水牢,母亲到处求人,后来还是门口张姓地主家老爷爷出面作保,并借了我们六十担稻子,才凑齐九十担稻子交给地方军头子,父亲才被释放。

三、我的母亲

母亲姓周,也是外乡人。外公原籍安徽无为,因水患逃荒至此。由于生活困难,母亲十岁时就到程家当童养媳。由于我奶奶没多少主见,母亲十五六岁就挑起了主家的担子。父亲经常不着家,生活的担子就落在了母亲身上。当大姐和大哥相继出生后,家里的生活就非常艰难了。为此,二哥出生不到两个月,母亲就给一个在县衙当差的人当奶妈。这户人家还算不错,允许母亲带着我二哥去他家,但喂奶要先保证他家小孩,我二哥就吃剩下的母奶,不够就喂糊糊。这样,二哥快到一岁时才送回家,交给奶奶带。由于家境贫寒,二哥严重营养不良,不到三岁就因一场病夭折了。九岁的大姐也送给人家当童养媳。二哥夭折不久,二姐出生了。母亲仍给老东家的另一个孩子当奶妈,但主人家重男轻女,不允许母亲带我二姐过去。二姐在家带,一岁多就夭折了,母亲非常伤心。母亲由于过度伤心,奶也没有了,只得回家。回家后不久,母亲大病了一场。

眼看家都维持不下去了,父亲这才回来了。父亲是理发匠,手艺出众,回来后方圆十几里人家的人都到我家理发。父亲让我大哥跟着他学,还带了另外一个徒弟,家里的日子慢慢好起来了。自父亲回来后,经常有人来家里,什么人都有,有国民党军官,有小土匪头子,有新四军,有父亲帮里的。我母亲说那时家里有时一天来两三拨人。母亲提心吊胆,担心万一哪天对立的双方一起来了那该怎么办?

这一天还真的来了,1947年的中秋夜,我干爹和几个人在我家打麻将,半夜一两点钟,突然一声枪响,随后有人喊话,叫快开门。我母亲从梦中惊醒,赶快起身。我父亲刚打开大门,一排子弹就打过来了。父亲说:"哪路英雄?请报个号。"黑影里走出个人来,他是当地地方军军长李本辉。父亲立即迎出来,忙说:"是李军长啊,怎么摆这个阵势?"李说:"让里面叫李贤文(我干爹)的人出来,免得我动武。"我干爹站在大门口说:"李军长,都是老熟人,犯不着兴师动众吧。"李军长说:"本家,没想到你是共产党,还是个头,对不起了,跟我走吧。"我干爹说:"好,我跟你走,别为难其他人。"我父亲上前说情,李军长说:"你别说了,你也跟我走一趟。"就这样我父亲和我干爹都被带走了。

父亲和干爹被抓以后,母亲四处找人,但由于我干爹是共产党员,我表叔是新四军,我干爹的弟弟也参加了新四军,所以人们都不敢帮忙,怕惹祸上身。最后,母亲找到我家附近的一个张姓小地主,老地主七十多岁,我们叫他张爷爷,是个教书先生,文质彬彬,很有人缘。他通过当官的亲戚找到了李本辉,李说李贤文(我干爹)已被押到芜湖去了,前几天已枪毙了,程把子(我父亲,在帮里称他把子,大哥的意思)在他这里,想走拿钱来。他开价一百二十担稻子,好说歹说降到九十担。家里本来只是过得去,在交涉中已经花费不少,怎么也交不出九十担稻子,还好张爷爷愿意借。结果张家借给我们六十担,说好分四年本息还清,每年还十八担。父亲回来了,九十天的水牢,把他下半身的皮肤都泡烂了。他愤愤不平,发誓要报仇,找了新四军,但新四军主力当时离我们家乡较远,没有办法,他就找到当地土匪,让他们去骚扰李本辉部,李部是地方军,和土匪差不多,对付不了土匪,被迫离开了县城,撤到离县城四十多里的山里去了。1949 年,解放军一过江就到了我们家乡(《渡江侦察记》中的登陆点离我家只有十几公里),李部一下就垮了,李本辉被捉。枪毙李本辉那天,父亲拿着剃头刀冲上去要亲手杀了他,被工作人员拦下了。

四、妈妈砍柴供我上高中

1961 年 4 月,我初中将近毕业的时候,父亲就因病去世了。而此时我的家乡实行分田到户,我家按人口分了十几亩田,当时我们那里人不多,人均有三亩多田。哥哥在外地当大队书记,嫂嫂带着两个孩子跟着哥哥。家里只剩下母亲、弟弟和我,弟弟当时只有十二岁,家里的事就落到我和母亲身上。母亲已经五十多岁,头发已是斑白,常年被生活折磨,使她瘦弱的身体苍老得与她的年龄不相称。为了照顾我们,她总不让我们干重活,她自己撑着去做。她那比今天常人小一截的脚,在水田里走都走不稳。每当看到她在田里累得直不起腰的时候,我的心都在流泪,便放下手里的活去扶她,而她总说没事。

这年我考上了高中,家境如此艰难,我不想上学了,但母亲坚决要我读书,说家里的事不用我管。她让哥哥申请调到离家近点的地方工作。上级考虑我家的实际情况,就把哥哥调到我家相邻的大队当书记,离家只有四五里路,嫂子也回到家里来了。

高中时,我就读的学校是南陵中学,在离家二十多里路的县城,是一所有三十多年历史的老校,师资力量很强。老教师大都是以前留下的,教导主任是留美的,四五十个年轻一点的都是国内师范大学毕业的,俄语老师原来是领事馆的翻译,我们的物理老师是北大数学系的研究生,总之这些老师个个都很棒。学校要求家离学校三里以外的学生必须住校,学校伙食费每月八元,根据家庭情况给予助学金补助,助学金分特、甲、丙、丁、戊六等。由于学生大部分是农村的,家庭都不富裕,结果我得到丙等助学金,每月三元九角,就是说还要每月交四元一角伙食费。

我家处于小山区,家里做饭的柴都要去离家五六里路的深山去弄,家里的油盐也得靠卖柴才能解决。我的伙食费也只有靠卖柴了。母亲忙了家务就去山里砍柴,母亲已是五十多岁,每次只能弄回五六十斤柴,晒干后只有四五十斤。我星期六回家,把柴整理好,星期一清早挑上街卖。一次挑八十斤左右,能卖八角钱交伙食费。晴天能够勉强维持,遇到雨雪天就麻烦了。1963年四五月份,一连下了十几天雨,母亲打柴时滑了一跤,手臂骨折了,我也无法卖柴,欠了学校伙食费。一个星期六中午午饭时,总务科科长来到我们桌前说:"程世昌你已欠费了,放下碗回去拿钱。"我默默地放下碗含着泪淋着雨回家了。妈妈知道情况后说:"明天我们一起上山打柴去。"我看着妈妈受伤的手,一下忍不住跪下抱住妈妈的腿哭着说:"我不上学了。"妈妈慢慢坐下来摸着我的头说:"家里的困难你要理解,不上就不上吧,行行出状元,去跟晏老先生学中医吧。"星期一,我到学校把退学申请书交给了班主任。

此时正是农忙季节,我在家正好忙农活,大约过了一个星期,一天班主任和校团委的一位老师找到我家,我正在田里犁田。他们说快点回校上学去,我说家里实在困难,上不起。班主任说:"学校已经把你助学金提到乙等,每月五元九角。"妈妈说:"老师这么看得起你,还不快谢谢老师,上学去。"就这样,妈妈靠砍柴供我上完了高中。

毕业考试在6月初,离高考还有一个月。由于家庭实在困难,我就不打算参加高考了,家里也同意了。毕业考试一结束我便回了家,跟老中医当徒弟去了,白天跟着师傅出诊,不出诊就看医书或药典,地里活忙了还要下地干活。6月底的一天,学校的教导主任和班主任突然到了我家,我弟弟到我师傅家把我叫了回去,一看到两位老师我心里一惊,不知道发生了什么事。看样子他们已经跟哥哥和母亲谈了很久,哥哥对我说:"两位老师来是要你回校复习参加高考。"我说感谢老师们对我的关怀,但是家里实在太困难,高中是靠母亲砍柴才读完的,大学离家那么远,我没有钱读。而且我毕业考试后就没有看过书,去了也考不上。教导主任说:"要一颗红心两手准备,大学的助学金要高一些。"哥哥说:"两位老师这么看得起你,你还是去参加高考吧,考不考得上再说。"这样,第二天我就回校了,一起到校的还有两位,一位是毕业前夕父亲刚去世的,另一位是父亲犯了错误从公社书记位子上下来了的,那年代讲家庭出身。我们三个人补填志愿表,我随便填了,因为我祖籍是湖北,第一志愿便填了武汉大学物理系、数学系和化学系。我们三个人原本不打算参加高考,此时还有一个星期就要考试了,所以复习也无从抓起,不过我们三个人都没压力。高考三天,其他同学每考完一门就对答案,而我们就去玩,好多同学吃不下睡不好,而我们则猛吃猛睡,那伙食我长那么大还没吃过。

考试完后我又回到中医师傅那里,到8月下旬家里农活忙我就回家了。一天晚上,我吃完饭刚洗完澡准备纳凉,哥哥带来了武汉大学的录取通知书。听到消息我像没听见一样,我心想,我完成任务了,根本没打算去,这可把哥哥急坏了。虽然家里穷,连路费都没有,但母亲和哥哥还是把一头半大的猪卖了,凑了二十几元钱送我上路。妈妈送我到离家不远的山头上,拉着我的手说:"孩子,离家太远了,妈妈帮不上你了,自己多保重!"我跪下给妈妈磕了个头,站起来转身便走了,我怕我和妈妈都会流泪。

五、黑子哥

这天,家里突然来了一个海军军官,还带了警卫员。他一见母亲就叫娘,妈妈端详了好半天说:"你是黑子?"他说:"娘,是我。"妈妈赶快叫我:"快来见见你黑子哥。"我也看了半天才认出来。妈要我把哥哥叫回来。中午我们一起吃完饭,黑子哥就走了。

说起黑子哥还有一段故事。那是1954年五六月间的一天,天还没亮我要去放牛,母亲和我就起床了。我走出门眼睛还没完全睁开,就听到屋檐下的草垛里有响动,一下把我惊醒了。我忙拿了把锄头,拉着妈妈朝草垛走去。我以为是什么野兽,准备用锄头过去打。突然妈妈拉住我说:"别打,是人,你看那只脚。"我一看还真是一只人的脚。我大声说:"什么人快出来。"我一叫把爸爸、哥哥都叫起来了,把那人也叫起来了。那是个半大孩子,个头倒不小,只穿了一条短裤衩,脚上也没穿鞋。由于是凌晨,气温不高,他蜷着身子还有点发抖,灯光下看他的皮肤有点黑。一问才知道,他是从江北逃难来的。他的家在庐江县,已经十六岁了,还在读高一,大名汪振家,小名叫黑子。他父亲是小学老师。他家住在离河堤不远的地方,由于连日暴雨,水位猛烈上涨,一天半夜河堤决堤,家被冲走了。他的奶奶、爸爸、妈妈,还有一个弟弟和一个妹妹全被大水冲走了,因为是晚上也无法寻找。好在他水性好,抱了一根大木头才死里逃生,跟着逃难的人一路走了过来。他身上除了一条短裤衩什么也没有,妈妈马上找了哥哥的几件旧衣服给他穿上。吃过早饭,妈妈问他:"有亲戚在这边吗?"他说没有。妈妈说:"那你就先在我这里住下吧。"

他也不太会干农活,妈妈就让他跟我去放牛,然后就干点粗力气活。他平常很少说话,吃饭也不上桌子,他和妈妈在厨房吃,跟妈妈好像有很多话说。晚上,他跟我睡在一起,我问他学习上的事,他很耐心地教我。渐渐地,我们成了好朋友。过了一段时间,他想回去看看,妈妈说:"好的,如果找不到家里人你就回来。"妈妈不放心,让哥哥陪他一起,但哥哥是干部太忙,我正好放暑假,就让我陪他去。

我们一大早天不亮就出发,太阳刚出来就到了江边,坐上一条木船渡江去。我是第一次看到长江,江面很宽,对岸隐约可见。看到这滔滔江水从脚下流过,我心里有几分害怕。我问他:"黑子哥,你那时就是从江那边游过来的?"他说:"是啊,那时水比这大多了,江也比这宽,好在有根大木头。"

过江后,我们坐上了一辆马车,马车上坐了十来个人,叽叽喳喳地说话,有的听不太懂,约莫中午时分到了他的家乡。一眼望去,满目凄凉,一群人正在修决了的圩堤,他家只剩下地基,周边也都是残垣断壁,看不到一栋完整的房子。他跑到修堤的地方,希望能找到家人,结果连他村里的人也没几个。我们打听到他奶奶、爸爸、妈妈都已经去世了,他们和村里其他去世的人埋在一起,弟弟和小妹没有下落。我们去他奶奶及爸妈坟前磕了头就匆匆往回赶,半夜才到家。一到家,黑子哥一头跪在妈妈脚下,失声痛哭。妈妈安慰他说:"孩子,以后这儿就是你的家,你就是我的儿子。"

那年冬天县里征兵,黑子哥跟妈说想去当兵。黑子哥虽然才十六岁,但个头高,长得也壮实。由于黑子哥不是本乡人,妈妈就让我哥哥去找县里的武装部部长。哥哥向部长介绍了黑子哥的情况,部长派人到黑子哥的家乡了解情况后,同意招收。这样我家也挂上了"光荣军属"的牌子。黑子哥被分配到海军,由于他有高中文化水平,在当时的部队里算是个"大秀才",到我上初中那年他来信说被调到团部工作,是副营级干部了。他经常给家里来信,但一直没回来过,这是他第一次回来。现在已经是师级干部了,这次是被派到芜湖造船厂执行军管任务,芜湖造船厂离我家只有二十多公里,就利用星期天休息,回来看看。

1984年他调到芜湖军分区,直到退休。

2020年6月6日

作者简介:程世昌,男,1944年10月出生于安徽省南陵县家发乡。1964年考入武汉大学物理系,原子核物理专业,毕业后留校任教。1980—1982年赴日本京都大学工学部进修,从事低能离子束材料制备和改性的研究工作。回国后曾任武大物理系副主任。1988年离校下海,曾任深圳中浩声美公司总工程师。1996年自主创业,和武大同事创立珈伟实业公司,任副董事长、董事等职,于2014年退休,退出公司管理层。

母亲的二三事

廖新国

我的母亲叫李定秀,是一个普通的农村妇女。

她中等身材,圆脸大眼,一双裹成的小脚。

她性格开朗,做事能干麻利,走路如同小跑。她能够吃苦,不怕吃亏。

在家里,她温良贤惠,孝敬公婆,关爱丈夫,对子女宽容,疼爱有加,与妯娌和睦相处。她操持家务,下地干活,里里外外都是一把好手。

她对邻里热情友善,以诚相待,视若家人。

她没上过学,一辈子没有到过本县以外的地方,但对外面的世界非常感兴趣。她没有入团入党,没被评过先进模范,却对党和政府提倡的事情充满热情,积极参与,事事争先。

她九十五岁的人生,是劳作的一生。她年轻时吃过很多苦,遭过不少罪,晚年儿孙满堂,生活无忧,受人尊敬。她对自己的一生无怨无悔,感到舒心,感到满足,感到幸福。

一

我的母亲1912年2月出生于湖北省松滋县(今松滋市)西大垸一个农民家庭。这个地方位于南海湖畔,毗邻松滋河。南海湖是松滋第二大湖泊,长二十余里,宽七八里,周围有长满了芦苇和蒲草的湿地,还有大片肥沃的良田。得湖水灌溉之便,松滋很适宜种植水稻。松滋河是长江支流中唯一一条发源于长江,流经湖北松滋、公安和湖南安乡,最后注入洞庭湖的河流,非常有名。松滋河通江达湖,给沿岸带来很大的商贸便利。因此该地是一个典型的鱼米之乡。

母亲出生时,虽帝制已废,民国初立,但乡下并无多大改变,仍然是封建地主的天下。母亲娘家虽处富庶之地,但既无田地,又无权势,仍是一个贫苦之家。

母亲姊妹三人,没有兄弟,母亲排行老三,娘家都叫她李三妹或幺妹,很少有人叫她的大名。母亲五六岁时就开始干家务活,稍大些还要下地干农活,因此从小就养成了吃苦耐劳的精神,学会了家里家外啥活都能干的本事,成了家里的重要帮手。母亲直到二十岁才出嫁,在当时来说,已经是晚婚了。

我父亲家距母亲娘家三十多里,也是一个贫苦的农民家庭,住地叫松滋八宝四大湖。所谓四大湖,其实就是一条小河串起的四片沼泽地,沼泽地里长满芦苇和水草。夏季雨水多,周边的水流入洼地形成湖,冬季水退,就成为湿草地。

两家虽相隔不远,但在当时封闭落后的乡下,也算不小的距离,所以父母的婚姻完全是靠媒妁之言。因为两家居住的环境差不多,经济状况差不多,都以种田为主,农闲时下湖撒网捕鱼,所以算得上是门当户对。她们婚后,同甘共苦,立家创业,为爷爷奶奶养老送终,养育子女长大成人,历经风雨六十余年,始终不渝。

二

我父亲兄弟三人,他是老二。三兄弟结婚后都仍和父母住在一起,没有分家,算得上是一个大家庭。

我伯父伯母第一个孩子出世不久就夭折了,伯母伤心过度落下病根,长年卧床不起。婶婶不能生育,总是郁郁寡欢。全家的家务活基本上落在我母亲一个人头上,农忙时还要下地干活。哥哥们出世后,带孩子的负担也很重,但母亲从不抱怨,不与妯娌攀比。再苦再累,她天天为公婆端茶奉水,嘘寒问暖,从不懈怠。她每天把洗脸水、洗脚水送到父亲面前,直到父亲去世,六十余年,始终不辍。她还常常帮生病的伯母缝补浆洗,与郁闷的婶婶聊天解闷。母亲就像是黏合剂,维系着一家和睦相处。

我父亲有亲兄弟、堂兄弟共十人。说起来也很奇怪,除了我父母生育的五个子女中四个长大成人外,其他兄弟婚后,要么没有生育,要么一生下来就夭折,没有一个有子嗣。

我们家虽穷,但祖父的封建思想很严重,他认为一个家庭首先得让长房有后。因此,在我二哥未出世时,他就做主把我大哥过继给伯父做儿子。在我三哥未出世时,他又把二哥过继给堂伯父。这种做法,实在有点无理,近乎无情。但母亲当时没有强烈反对,过后也没有记恨。在母亲六十大寿时,二哥曾经问过这件事。母亲说:"自己的亲生骨肉过继给别人,当然舍不得。但这是长辈的决定,不太好反对。况且你大伯他们没有孩子,常常闷闷不乐,家里没有乐趣,久而久之,夫妻就容易产生矛盾。有了孩子,家就和顺了。不管你们过继给谁,仍然是我的儿子,这点是怎么也改变不了的。"难怪当时大家都说,母亲心胸宽,想得开。

1938年前后,我们那里抓壮丁抓得很厉害,开始还是"两丁抽一",后来看见成年男人就抓。我有两个堂叔就先后被抓走,后来音讯全无,不知是死是活。为了躲壮丁,祖父与父亲他们商议,先让一个逃出去躲起来。由于伯母有病,伯父走不了,婶婶不想离开家,叔叔走不了,那就只有我父亲逃了。母亲当即表示与父亲一起走。时间紧迫,当夜我父亲就挑着刚出世的三哥和被褥,母亲背着一包换洗衣服,急急忙忙地出走。

父母连夜逃到离家三十多里一个叫谢家岗的地方。谢家岗是个方圆十多里的荒湖地,地势低洼,常年积水。当中有一块长约三里、宽约一里的岗子可以住人,有几亩薄地可以耕种。当时岗上已有两三户人家,都是逃荒而来。父母就在一蹇姓人家旁边搭了一个草棚暂时栖身。由于此地野草丛生,到外面去,除了冬天,大部分时间要蹚水,所以很少有人来往,是个"三不管"的地方,父母得以在此落脚。谢家岗虽几近荒地,但顾名思义,它也是谢姓地主所有。父母住下来后,先是打短工为生,后经人帮忙,租了谢家三亩多荒地耕种,才算安定下来。

一个新家的建立谈何容易,缺衣少被,家具、农具全无,其艰难困苦难以想象。抓丁高潮过后,父母和老家有了些悄悄往来。老家亲人看我们太过困苦,告诉父亲打算送些东西过来。母亲却说,老家本就缺这少那,分给我们就更不够用了。再说送东西动静大,走漏了风声很危险。就这样,父母没要老家一样东西,全靠勤耕苦作,慢慢地一件一件添置家具、农具,盖了一间茅草屋,把生计维持了下来。

三

父母共生育四男一女,我是老幺。两个大的从小过继给人,三哥四岁时出天花夭折,只有我和姐姐一直在父母身边长大,因此父母对我们非常疼爱。

小时候我们还是要干一些家务的,我五六岁就跟着姐姐寻猪草,七岁就开始喂牛、放牛。无论我们干得怎样,即使干错,母亲也从不严厉地责备,只是耐心地教我们怎么干。

上学以后,母亲也不像有些家长总是问学得怎么样,考试成绩是多少。用现在的话来讲,她采取的是放养的方式。我们的童年是自由的、快乐的,至今难以忘怀。

千万别误会,母亲并不是不关心我们的学习和在学校的表现,只是关注的方式方法不一样。如四年级时,有一次我的作文受到表扬,还在班上宣读。第二天放学回家,母亲问我:"你的作文受表扬啦?"我说是,母亲说:"你小时候我就知道,你能下笔成章。"说完她一脸自豪的笑容。这样的小事她是如何很快知道的,我没问过,至今也不明白。

在我们小时候,社会上重男轻女的思想还很严重。姐姐刚读小学六年级时,父亲想让姐姐辍学回家帮忙。班主任知道后,来家做父亲工作。老师讲完,母亲紧接着就表态。她说:"老师说得对,新社会了,无论男孩女孩,没有文化是不行的。我和她爹想得不够长远,有重男轻女的偏见。今后只要她能读下去,我们就支持!"这样一来,不仅避免了父亲的尴尬,也使父亲没有犹豫的余地。从此,姐姐顺利地读到了初中毕业,才回乡当了民办教师。母亲的坚持,可以说改变了姐姐一生的命运。

父母对子女的爱是克己无私的奉献,是不着痕迹的润物无声。1960年左右,国家处于困难时期,粮食奇缺。我和姐姐读初中,正是长身体的时候。父母从她们本来就少得可怜的口粮中匀出一些,磨成炒面,让我们带到学校冲糊糊充饥。他们还寻些味道好些的野菜,炒成干菜给我们拌饭吃。也许是饥不择食吧,我们吃起来还蛮香呢!

对过继出去的两个哥哥,母亲的爱也没有缺席。他们结婚时,母亲不仅亲自去帮忙操办,还把家里的新蚊帐和最好的布料给他们结婚用。

有一年冬天,大嫂生孩子,天下着大雪,路上结冰十分难走。母亲硬是不听劝阻,坚持要去照顾月子。就这样,她提着一篮子鸡蛋,还有糯米、红糖等,凭着一双小脚,踉踉跄跄走了二十余里到大哥家。后来她还自豪地对我们说她一跤没摔,一个鸡蛋没破。我们心想,您的棉衣都被汗湿透了,怎么不说呢?

母爱在子女青少年时期,是养育,是呵护;在子女长大独立后,是牵挂,是思念。我小学五年级开始,就在学校寄宿;中小学时,除了寒暑假外,每星期只能在家待一天;上大学及工作以后,每年一次探亲假,只能相聚十多天。对相聚的渴望,成了母亲最大的心愿,所以当母亲进入耄耋之年后,每年春节我都要同妻儿一起回老家过年。

每次探亲见面时,母亲那温情洋溢的笑脸,高了若干分贝的话语声,至今难忘,仿佛就在昨天。每次回家的第一天早上,母亲都要煎四个荷包蛋,颤颤巍巍地端到我的床前,看着我吃下去,才心满意足地把碗拿走。每每和着泪水喝下蛋汤时,我顿时感到有一股暖流传遍全身,同时又有一种揪心的痛。为了既不拂母亲的心意,又不让母亲这样做,我只好撒谎说,早上吃了鸡蛋肚子不舒服,母亲才不坚持这样做。

母亲还有一种习惯,就是把子女给她买的东西,展示给左邻右舍看,把点心之类吃的,拿出来与大家分享。有时,她甚至自己只尝几口,其余的都分享了。看着她充满快乐的笑脸,我想这比她自己吃更有味道吧。

假期结束返校是最难受的时刻,母亲每次都坚持站在门口目送我们。母亲八十二岁时摔倒骨折后没接好,从此不能站立太久,送别时只能倚着门框站着。每当我回首,看着她那逐渐稀疏的白发,看着她那门牙脱落殆尽、微微颤动的嘴唇,我的泪水不禁夺眶而出,不得不加快步伐,尽快脱离她的视线。

四

母亲对邻里乡亲非常热情大方,真诚友善,很受大家的喜爱和尊重。

小时候,见到与母亲年龄相仿的女人,母亲都要我喊姨妈,那时我想我家的姨妈真多啊。后来才知道那是母亲结拜的姊妹,号称十姊妹。那可不是什么帮派团体,只是一种交友互助的方式。哪个有困难时,其他人一起帮忙;有人伤心了,一起去安慰;农忙时,互相换工;农闲时,聚在一起聊天拉家常,切磋做菜、绣花技艺。母亲是其中的核心人物,类似现在的群主,无论年龄大小,都叫她大姐。她们走动得比亲姐妹还要亲,直到去世。

我们家是邻居们最喜欢聚集的地方。不论是劳动中休息的时候,还是闲暇的日子,大家都不约而同来到我家,围坐在堂屋里喝茶抽烟聊天。有的人吃饭时,也要端着碗到家里来,边吃边拉家常,传播点小道消息。

改革开放以后,与父母一起住的姐姐到县城与姐夫一起开办私人诊所。生产队改为村民小组,集体活动极少,父母也年近七旬,但村民到我家聚集的习惯仍未改变。甚至父亲去世后,家里只有母亲和保姆二人,每天家里仍然人来人往。

母亲对来家里的乡亲非常热情,不仅天天备茶水,而且夏天用凉茶壶装,冬天用暖水瓶装,让大家喝得舒服。当家里只有她和保姆后,母亲总要姐姐把香烟、旱烟和茶叶备足,来人都要给一支烟,斟一杯茶。冬天,母亲会在堂屋中央安一个大火炉,炉里的火总是烧得旺旺的。怪不得保姆说,她不是照护老太太的人,是奶奶茶馆的招待员。

老话说,远亲不如近邻。邻里乡亲对母亲非常尊敬,非常关心,家里无论大事小事都争先恐后来帮忙,无事也总是要过来看看。邻居中有个喊我兄弟的人,每天晚上八点都要过来问候一下,他说不过来看一下,他夜里就睡不安稳。

有一天半夜,天下着大雨,母亲突然感到不适,保姆急得团团转,惊醒了隔壁的小伙子,他赶紧起床过来问出了什么事。当得知我母亲病了,他二话没说,回家披上雨衣,骑上摩托,冒着大风大雨赶往县城,把我姐姐和姐夫接了回来。

母亲一直不愿搬到城里和我们一起住,她说金窝银窝不如自己的草窝,舍不得乡亲们。她说城里外头闹哄哄的,家里冷清清的,乡下外面安安静静,家里人来人往,都熟悉,有话说,非常开心。

母亲去世后,乡亲们都非常悲痛,纷纷前来帮忙料理后事。按当地习俗,死者后人要磕头感谢帮忙办丧事的人。当我们要下跪时,他们都紧紧拉着,坚决不让。他们说:"你们的母亲待我们就如亲儿女、亲孙子,我们不是帮忙的,是来尽孝的。"

五

母亲虽然没有文化,不能读书看报,但她非常爱打听新闻、学习新知识,对新的事物好像有一种天然的热情。尤其是农村经历的土地改革、走合作化的道路、推广科学种田等各项运动,每次她都积极参与,不愿落在人后。

新中国成立之初,土地改革刚刚结束,政府为了发展农业生产,改善人民生活,在我们家乡大力推广棉花新品种。那时还是一家一户单干,谁都不敢把刚分到手的一亩三分地拿来冒险。因为棉花的生产管理大部分由女人承担,所以妇女有很大的发言权。我母亲第一个站出来,表示愿意试种,当年我家三分之二的棉田改种了新品种。为了试种的成功,母亲投入了加倍的精力。苍天不负有心人,当年我家棉花大丰收。第二年,不用动员,家家户户都种上了新品种。

1954年,我们家乡遭遇了百年不遇的特大水灾,房屋、田地全被水淹,水深过人,墙倒屋塌,颗粒无收。直到秋后水退,大家才陆续回来,用芦苇、茅草搭个棚子居住。

那年冬季,政府为把人民群众组织起来共渡难关,动员大家建立农业初级合作社。由于谢家岗是个穷困之地,没有祠堂、庙宇之类公屋,因此我家就成了筹备建社的场所,白天晚上经常开会。母亲要为大家烧开水,生火取暖,总是忙前忙后。没有柴火,她就去割野草。夜里还要点灯照明,那时煤油还叫洋油,十分稀缺,母亲一点儿也不吝啬。母亲忙得高高兴兴,她为参与了建社这件大事而自豪。

初级社成立后,我家顺理成章成了开会办公的社部。几年后,社里建起了仓库才搬走。

1958年,全国农村大办食堂,我们那里也不例外。由于我们那里全是茅草屋,怕火,谁都不愿意把房子拿出来办食堂,我父母主动提出在我家办。

食堂要垒大锅灶,搭大案板,还要隔出放粮油物资的仓储间,只留下半间房供我们一家四口人居住。食堂早上四点多钟就要生火,晚上十点多钟才能结束,我们的休息受到极大干扰。凡此种种,我父母毫无怨言,对前来就餐的人还像客人似的热情招待。

母亲八十二岁时,因摔倒骨折,加上年纪大了,恢复得不好,要拄双拐才能行走。母亲爱面子,不愿拄拐,从此很少出门。好在来往人多,天天都给她带来新消息。她还爱看电视上的时政节目,所以对外面的世界,她知道得还不少。母亲过得并不寂寞,仍然很满足,很快乐。

我每次回家探亲,她总要我讲世界上的奇闻趣事,讲党的政策、国家大事。我讲时,她总是听得津津有味,还不时与我探讨一下。有一次她突然问我克林顿遭弹劾的事,她说美国人不喜欢他们的总统,真的使我大吃一惊。

还有一次,她给我讲:"邓小平的家乡四川广安离我们不远,听说很多人去参观他的故居,要是我腿脚方便,能去看看多好。"她还问:我们住的房子能保留下来成为故居吗?这就是我的母亲,人到了暮年,仍然想要跟上新时代,永不落伍。

母亲一生别无所求,只有一个保留她住所的小小遗愿。为此,母亲去世后,老屋虽已无人居住,但我们不卖不拆,还托邻居每隔几天帮忙打开门窗透透气,打扫一下卫生,隔几年还维修一次。

母亲2006年冬月去世,转眼已过去了十四个年头。母亲的生前往事、音容笑貌,并没有随着时间的流逝而淡忘,反而随着我自己慢慢变老,更加清晰,历历在目。我的母亲是一个再普通不过的农村妇女,但她是我们生命的源头,是为我遮风避雨的大树,是我们心灵的港湾。母亲就是我们的家,她永远活在我们心中!

二〇二〇年三月于武汉

作者简介:廖兴国,男,1944年农历八月出生于湖北松滋。1964年于松滋县第一中学高中毕业,考入武汉大学物理系。1969年大学毕业后留校从事行政管理工作,直至2004年退休。

愧将思念寄笔端

欧阳观玉

引　子

运交华盖未奢求，曾历人生苦乐愁。
年少逝娘存慈爱，古稀病父熬痛忧。
寒窗映雪悲无就，尘海泛舟避迷流。
山沟四纪屈妻小，风雨相依度春秋。

我 的 家 乡

　　我的家乡在湖南省东南部的安仁县。这里是湘赣边界由东向西的罗霄山脉和从湘中由西向东而来的衡山山脉交会之处。罗霄山脉在安仁县境内东西长约25公里，南北宽约20公里。在离罗霄山脉南面最西端5—6公里处，有一条由南向北流去的小河，名为永乐江，将罗霄山脉截断向北流去。沿着永乐江峡谷两岸古老的石板路，向北行走约12公里路就到达安仁县城。而从永乐江峡谷口沿罗霄山脉南侧的石板路向东，行走约2.5公里处的一个小村子，就是我的家乡牌楼乡甘塘村苍头湾，而再沿着村中的石板路往东约30公里，就直达茶陵县城。从茶陵县城往东翻山越岭约80公里，就到达红色革命圣地井冈山了。从安仁县城往北约40公里可到达攸县，再往北就是醴陵。而从安仁县城往西北40—60公里，即可到达衡东和南岳衡山。
　　家乡北面的罗霄山脉海拔并不太高，大部分低于1000米，直接爬到山顶的路程2—3公里。山脉往东绵延100多公里，进入江西省后就是高山峻岭了。主山脉的北面还有很多的短山脉、峡谷、山冲、小瀑布、水库、溪流，星罗棋布，纵横交错。往北绵延30多公里，便是攸县边界。甘塘村南面是大面积的山坡、丘陵，间或有小片平地农田。走到离村约10公里的山坡上朝北望去，可远眺罗霄山脉暗绿色的山峰，向东西两侧绵延伸展。

一缕心香

在二十世纪五十年代之前，罗霄山脉森林茂盛，动植物品种繁多，经常有华南虎、野猪、狐狸等野生动物，半夜窜到村子里来，捕食猪、牛、家禽。村子里不时传来狗吠猪嚎声，也时而听到老虎可怕的吼叫声。村民常常敲锣、放火铳驱赶野兽。记得在我读小学时，一个秋日阴天的下午，突然从邻村山坡上传来阵阵铜锣声、火铳声、呼喊声，震荡山林。人们纷纷从家里出来，从地里回来，我们小孩跟着老人站在村里高坡上观望。而村里的青壮年则拿起梭镖、钉耙，呼喊着跑向邻村山坡赶老虎。只见一只长约3尺、高约2尺的中等大的老虎，在山坡上奔跑，几十个青壮年在后面呐喊追赶。老虎跑得飞快，很快就钻进山脚下灌木茅草丛中不见了踪影。人们也不敢靠近，只在后面敲锣呐喊，过了很久才四散回家。二十世纪五十年代中期，湖南耒阳县有一位老猎户，是全国打虎英雄。据传，他参加过全国劳模大会，受到过领导的接见，还有照片见报。一天，他带了几个年轻人抬着一只2尺多长、1尺多高较小的老虎，路过我村歇脚。全村人都去围着看热闹。

在村后的罗霄山脉的山沟山冲里，有麂子、野猪、刺猬、穿山甲、狐狸、黄鼠狼、野鸡、斑鸠等动物。附近村里猎人多，我们小的时候经常能吃到野味。山里还有冬笋、春笋、蘑菇、松菌、板栗、杨梅、猕猴桃等野果，还有千斤拔、鸡血藤、石楠藤、黄芩、淫羊藿、狗脊、金樱子等几十种中草药。在罗霄山脉山脚下我们村附近的山坡上，也曾是一片连一片的树林，生长着高大粗壮的松树、杉树、枫树、樟树和高高的楠竹。茂密的灌木、荆棘、茅草，长得比人还高，一直延伸到农家房屋旁边。1958年后的几十年中，由于人类生产生活需要和一些政策因素，山区森林面积急剧减少，野生动物基本绝迹。绵延几十里的高山脚下的矮山坡，或只剩下稀疏的灌木茅草，或变成了光秃秃的沙土红岩，呈现出小丹霞地貌特征。到了春天，山坡间条条沟垄间的一块块小平原上，金灿灿的油菜花成片盛开，倒是形成一道美丽的风景，别有一番风味。

安仁一直有一个家喻户晓的传说。古时候，中华始祖神农氏曾经在安仁山区教导人们种植庄稼，指导人们辨认草药，采集草药治病救人。后来，神农由安仁进入酃县境内，在尝试新草药时不幸中毒去世，安葬在当地。后人改酃县为陵县（今为炎陵县）。安仁老百姓为怀念炎帝的功德，古代就建有神农殿。每年农历春分节气时，人们都祭祀神农先祖。从宋代以来，春分节在安仁有一个名为"赶分社"的古老风俗节日，一是祭祀神农炎帝，二是人们将自己一年以来所采挖药材挑到县城赶分社的集市上相互交换、买卖。安仁县城现已成为中国南方最大的草药交易平台。每年有上万名药商、草医郎中从全国各地来到安仁赶节、交流、交易。在这个节日中，一道用草药熬制的药膳"血藤炖猪脚"，以其特别的配方、特别的制法和神奇的功效，流行千年，一年比一年红火，几年前曾在中央电视台《美味中国》节目中播出。这道菜具有祛风、去湿、活血、补血、强筋、健骨、补肾之功效，农民在早寒春耕、播种、插秧及夏忙秋收繁重劳动之时食用能强身健体。

勤劳善良的爹娘

一天的早晨，村子里一对中年夫妇家里出生了一个男孩，这个男孩就是我。我的出生给我的父亲母亲带来了欢喜，也带来了担心。欢喜的是，年已42岁的父亲和年已39岁体弱多病的母亲终于生了一个男孩，而担心忧虑的是这个婴儿出生时瘦弱得皮包骨，不足5斤重，连哭都没力气。父母想到在我出生之前的几年间，我有两个姐姐先后出生，皆因瘦弱常病，很小就夭折了。父母祈求大慈大悲救苦救难的观音菩萨，保佑我能平安长大成人。父母给我取名为：观玉。

我的祖母是一个年近七十岁、双眼失明的老婆婆，她更是高兴欢喜。我的出生确实给父母带来了欢喜和希望，但也让父母承受了更深重的苦难，我的父母没有享受一点由我应尽的孝敬和报恩。

我的母亲生于1908年，1962年病逝，享年仅54岁。母亲个子矮小，单薄瘦弱，体重不足70斤。她平时总是一脸慈祥微笑的表情，沉默少语。母亲与长辈交谈，温顺恭敬；与平辈交谈，谦让平和；与小辈交往，温和关切。她一辈子不与人争长论短，热心帮人。母亲从小被缠小脚。由于外祖父、外祖母去世早，家境贫困，全家早年只有四间总面积不足50平方米的老旧土坯平房。母亲有一个大姐、一个哥哥、两个妹妹。在大姨出嫁、舅舅娶亲成家有了孩子后，母亲就带着两个妹妹在村里一边拜师学习纺纱、织布、绣花，一边给别人家做帮工。由于母亲为人忠厚、热心，做事认真、细致，常受到长辈、乡邻的好评和关照。母亲未曾上学，一生未走出离家20公里以外的地方，一生未到过安仁县城，从未见过电灯、电话、汽车。

父母成家后，母亲主要在家纺纱、织布、绣花，手工做绣花布鞋、绣花袜底、绣花小孩帽子、绣花口水围兜等。她常在帽子的周沿、围兜上，用红色丝线绣出"福""平安""长命富贵""吉祥如意"等吉利字词，在帽顶和其他绣品上绣出各种颜色的花鸟、祥云、吉利图案。做工虽然没有绣工大师的作品那样精致高雅，但很有乡土气息，像北方农村的窗花、剪纸一样，受到乡村普通人家的喜爱。村里乡亲家里生了小孩，母亲都会送一份自己绣的手工艺物品表示祝贺。

母亲平时夜里纺纱。父亲从集市上买回已经去籽弹好的棉花，母亲在家先整理搓成棉花条，再用纺纱车纺成纱筒。在昏暗的桐油灯下，母亲经常要纺到深夜才能休息。白天她就要将纺好的纱筒装上农村古老的土织布机，根据布的宽度放好几千条经线，按"隔一抽一"将经线穿入两个栅网中，而两个栅网可由织布人双脚踩踏板轮流上下交错提上拉下，让装有纬线的梭子在来回运动中将纬线织入经线。织布人一手拉动梭子绳送纬线来回，一手把握织布篦前后运动将纬线随后压紧，从而织成一匹匹土棉布来。要想织出的布平整、光亮、紧凑、结实，一是纺纱要粗细均匀滑亮，二是织布时拉织布篦的力量均衡，压纬线的力度均匀。这是我小时候母亲常讲给我听的道理。母亲还能织出黑白双色的条纹布或格子布。幼年的事少有印象，但五岁我进小学读书后的事，很多有较深的印象。小学放学后，我常在织布机旁边看着母亲双手双脚飞快而又协调、有节奏地来回动。栅网上下提动、梭子左右来回运动、织布篦前后拉动的景象和声音我很喜欢看，喜欢听。在我的印象中，母亲织的布很平很紧很结实。纱纺得细、均匀，织出的布就薄、平，适合做夏天的汗衫、衬衣。而纱纺得粗些，布就会厚些，适合秋冬做夹衣、棉衣。从我出生到读高中期间，大部分的衣服是母亲织布做的，而且在读初中前的衣服大多数是我父亲手工缝制的。

我的父亲，1905年出生，1975年因病去世，享年70岁。父亲在兄弟姐妹中排行第二，上有一个哥哥，下有三个弟弟、两个妹妹。祖父在世时，由于家贫田少房屋少农活少，祖父就安排大伯在家种田，安排我父亲学裁缝。因为贫病交加,祖父中年过早去世(刚过五十岁)。祖母四十多岁就经历丧偶之痛,加之小孩多未成年,她身心受苦,中年就双目失明。大伯父力气很大,干农活是把好手,为人孝顺,待弟妹也好,但性情急躁粗暴,常得罪村里族里长辈,祖母就让父亲和三叔当家,父亲管外,三叔管内,当时父亲才17岁。在二十世纪二十年代初,南北军阀战争开始,粤汉铁路、公路都未修通,所有民众生活物资如食盐、洋布、洋油、火柴等,全靠民夫用肩挑,从广东韶关乐昌翻越几十里陡峭的南岭山路,搬运到郴州、衡阳等地。伯父就外出长期当挑夫。几年后,当时的政府、军队常抽挑夫壮丁,兄弟多的家庭要轮流当挑夫。伯父为了照顾祖母和弟妹们的安全和生活,几次代替几个弟弟去当挑夫。开始在省内或近处,一般一两年可回家一段时间。家里让伯父娶妻成亲,由于家里少房子,伯母成亲后仍住在邻村的娘家。一次伯父替叔父当壮丁随军队到了湖北襄阳,在河南南阳、宝丰、灵宝一带驻扎了好多年,其间还请假回来了两次。因长年在外过着生死未卜的危险生活,所以伯父的性情变得烦躁、乖张,对妻子儿女都很少关心,有时精神错乱,会突然发火打骂妻子孩子。伯母因长期精神压抑,提心吊胆过日子,身体精神都垮了,壮年去世,留下两个堂哥一个堂姐,分别只有7岁、5岁、2岁,生活上由我父亲、三叔和大姑妈照顾。我四叔年轻时患病去世,五叔读高小未毕业即无钱停学,后学熬豆油、做生意。

　　父亲在学会裁缝手艺后,农忙时仍在家干农活,农闲时就接附近乡邻家的裁剪、缝纫衣服的手工活。农闲时,他还到集市上摆摊卖布,或挑着货担走街串巷到各村卖布。父亲所卖的布大多数是母亲织的布,有本色的粗布、细布,也有经过染坊染成蓝色、黑色或经过蜡染的蓝花、黑花或格子花布,还有母亲做好的小孩用的手工艺品,也有少量的机织洋布。父亲卖布的收入是大家庭的生活来源,被用来买谷,买柴炭、油盐。父母和两个叔婶共同安排好祖母的晚年生活,让她晚年享受了天伦之乐。在祖母去世后,父亲和各位叔父正式完全分家。在伯父在外当兵、伯母去世的那些年,每逢赶集的日子,两个堂哥和堂姐有时会站在进村小路的山坡上,等着父亲赶场(赶集)回来。这时,父亲会从货担里拿出几个油煎粑粑,或几块法饼、麻花糖来给兄妹吃。直到二十世纪六七十年代,大堂哥和堂姐还含着眼泪对我讲起这些事。他(她)们认为是父亲给了他们缺失的父爱母爱。在我父亲的晚年,堂哥、堂姐帮我尽了孝道。在我读书年代,他们也给了我不少的关心帮助,我终生铭记在心。

父亲在乡里挑货担卖布、做裁缝,绝大部分顾客是赊账,我们很少能及时收到货款和手工钱,过几个月或年底才收回钱是常事,而且有相当多的乡亲是用米、谷、花生、豆子等物品抵货款。还有的乡亲以帮我家做农活、送木柴抵货款,彼此方便实用。对于特别困难的乡邻老人,父母也常少收或不收钱。家乡方圆几里范围的村子里大多数乡亲对父亲很信任、友好、热情。不论年长、年幼,不论家境富裕或贫困的人,都愿和父亲交往,有些公益活动、邻里纠纷,也常请父亲参加协商。1950年家乡土改,我家田少房屋少,父亲被几个小村的贫农推选为小乡农会的几个贫农代表之一。由于频频参加土改工作队召开的会议,他与区里工作队队长(后任第五区区长,南下干部,姓李,30多岁)熟悉了。区长想让父亲进农会当委员,父亲以自己年纪大了(45岁)、没有文化、小孩很小为理由拒绝,只担任临时性的成分评划小组的组员之一。我们村划成分时,50多户人家只划了一户富农,几户富裕中农,其余大部分是中农、贫农和雇农,没有一户地主。区长要父亲推荐年轻人当民兵,父亲就推荐了外村几个贫雇农家为人老实、稳重、厚道的年轻人给区里。后来这几个年轻人因工作积极认真、本分好学都有进步,加入了共产党,当了村、乡、公社干部,有的还调外地工作成为正式干部。父亲没有推荐一个本族的年轻人,他说族里人多,推荐一个就会得罪更多人。他更怕这些年轻人以后出事,不好向族人交差。

新中国成立前,由于家族祖父辈没有读书人,本家族一直被外姓、外村、外族人看不起,父亲常对几个叔祖父和叔叔们说:"我们家族也要合力教出(培养)一个子弟读书成才。"在1946年,我四祖父家最小的堂叔考上茶陵省立二中初中部,但因家里经济困难,无法筹钱上学,我父亲一方面和我五叔及另一位大堂叔为小堂叔筹集开学的费用,另一方面说服另一个叔祖父和五六个堂叔,从家族祖宗共有的祭祖的两亩公田中,划出一亩二分田,给四祖父家耕种,所收粮食作为资助小堂叔读书的费用。小堂叔顺利入学并坚持读完初中,1949年顺利考上高中。新中国成立后,有了政府的助学金,小堂叔顺利地从高中毕业,1952年考上大学。四祖父、四祖母和小堂叔对我父亲、五叔和大堂叔非常感谢。小堂叔学医,曾师从北京协和医院医学泰斗张孝骞先生,又受过天津医学泰斗朱宪彝先生指导,后被授予"中华名医"称号。二十世纪九十年代,小堂叔还写信给我,感谢几位兄长的关心帮助,信件我保存至今。小堂叔对我的帮助也很大,受他影响,我从小就想学医,后因别的原因,我未能如愿,一直心存遗憾。1975年元旦,我还写过一首诗,叹曰:棋错一步梦飞远。

父亲对读书人特别尊重。我们村(生产大队)有一位在新中国成立前就在外地读书,并参加共产党外围地下组织的陈姓青年学生,(后可能正式加入了共产党),在临湘教书。其父母已经去世,他也极少回家乡,后来他带着小孩被下放回老家,在生产队劳动。由于以前从未干过农活,又是高度近视,在劳动中劳累不堪,还常受人欺负。我父亲看着心中不忍,就多次找生产大队的几个干部说话,大队终于安排他到大队林场任护林员,一个人住在山里,担当防火员,防偷防砍伐,人轻松多了。他和小孩非常感谢我父亲。后来他被落实政策,由县里办理离休手续,还担任县政协委员。他的儿子也落实了工作。二十世纪八十年代,他主持编写《安仁县文化教育史》,其中将1958年新办的安仁一中高中部历届高考成绩第一名的学生姓名和录取学校的名称编入资料,1964年我考上武汉大学榜上有名。

可怜天下父母心

在我出生后约半岁时,我的身上逐渐出现脓包疮,前胸后背、四肢腹部都有。老人们说,可能是胎中热毒冒出。大面积的脓包疮流着血和脓液,黏着衣服,很难脱下来,常痛得我哭喊不停,喉咙也哭哑了。每天晚上,母亲先用口水一点点将粘连疮面的衣服润湿轻轻剥离,才能脱下衣服,然后用艾叶、菖蒲、蒲公英、雄黄末等草药煮的水,放凉后给我洗澡,换上干净的衣服。等我哭得无力在母亲怀里睡着后,母亲又起身去纺纱,很晚才能睡觉。白天,母亲织布时,开始我太小,坐不稳,她就让我躺在摇篮中睡着,稍大后让我坐在有圆洞的座椅中,或将我绑在织布机的条凳上,我像小猫一样低声哭,哭累了就趴在凳子上睡觉。蚊子、苍蝇在我身边盘旋。除了母亲、父亲,

一缕心香
YI LÜ XINXIANG

没有人注意我,更没有人来抱抱我,大家都怀疑我能否活下来。只有我母亲、父亲不放弃对我的希望,想尽一切办法每天坚持给我洗疮毒。我体质虚弱,一直出虚汗,母亲常将米放在布上摊平再放在我睡的草席下,让米吸收我的汗气。几天后,将米舂碎成粉,煮熟搓成丸子,用一点猪油炒熟,放凉消除火毒,再蒸热给我吃。这样坚持了两三年,我的脓包疮慢慢消失了,体虚症也好起来了,皮肤竟然没有留下疮疤。父母亲的爱是实实在在的,我当时太小,没能记在心上。

1952年秋天,我5岁半,家乡三个小村合办一个新的小学,我看到平时一起玩的小堂哥、堂姐,及好多比我大的孩子都报名上学了,便也吵着去上学,但因未满七岁,学校不收。我哭着闹着跟着堂姐,堂姐只好哄着我,每天背着我去学校。好多天后父亲只得找老师商量,同意我自带小凳坐在教室边上,不发书,跟着上课一学期,看期末考试成绩如何。后来我的成绩比那些哥哥姐姐们都要好,第二学期我终于成为正式的学生了。学校离家里有一里半的路程,我人小身弱走路慢,大孩子们常常起哄吓人。整整两年,晴天,堂姐牵着我走;雨雪天,堂姐背着我上学放学。两年后,堂姐休学,再过两年,堂姐就嫁人了。读小学时,没有雨鞋,母亲为我做了一双特长特大特厚的布鞋。布鞋做好后用桐油浸润透,反复几次晒干后又浸润再晒干,再用铁块钉在鞋底前掌和后跟上。开始时先穿小布鞋再穿这双雨鞋,旁边还塞些旧布。随着人长高脚长长,换了里面的布鞋穿。读高小后就直接穿袜子穿雨鞋,穿着暖和干燥,同学们羡慕,一直穿到高小毕业。1956年我考上高小,在我们乡里古老的龙溪书院读书,离家8里多路,我住校寄宿。在离学校不远的地方,有一条近百米宽的永乐江。冬天水面窄,河上架木桥,桥面很窄。春夏涨水,要坐船过河,每周上学放假都是几个年纪比我大的同学带着我过桥坐船。我非常感谢他们,现在还记得他们的名字和容貌。小学六年,是我开始懂事但又不完全懂事的懵懂时期,是我自我感觉最幸福的时期。

1956年农村先成立高级农业社,1958年全国普遍成立了人民公社。我的父母亲都不再做卖布、缝纫、纺纱织布等事情了。其原因一是国家工业逐步发展了,市场上大量供应由纺织厂机器生产的布匹,品种全、花色多、质量好。农村集市上有国营的供销社卖布卖百货,使个体织布者、个体货郎失去了市场。二是社会上开始用缝纫机做衣服,又快又好,使传统的手工裁缝和绣花工艺也逐渐失去市场。父母都只能在农业社、公社生产队参加农业生产。父亲年轻时随大伯去广东乐昌挑盐,翻越南岭时腰部挫伤,不能弯腰干活,只能蹲着干活或直立挑担。母亲一双小脚,踩在深水深泥的田中走路不稳,也坚持拔秧、莳秧、割稻、种豆,以致经常跌倒,不管热天冷天常是一身水、一身泥。由于没有布匹卖出去,家里无钱买木柴、油盐。父亲常被公社抽派到外地修水库、水渠。母亲小脚不方便爬山下坡,只好拄一根木棍做支撑,在不很高的山坡上砍荆条、灌木、茅草,捆紧,或挑,或拖,或背,才能把柴火弄回家。母亲还要挖地种菜、养鸡、养猪,我也在假日帮忙割猪草,拾猪粪,浇肥。母亲干活细心,菜种得好,每每有了新鲜瓜菜,母亲会让我送给舅舅、姨妈家尝鲜。母亲也经常送菜给村里几个辈分高的公公(爷爷)、奶奶(婆婆)和几户困难人家。而母亲自己在长年累月的辛苦劳累中,身体一天天垮下来。

1958年秋,我考上安仁一中初中部。开学第一天,父亲挑着一床薄棉被和一个装有几件换洗衣服的小木箱,带我来到安仁县城。办好报名手续后,父亲带我到县城唯一的一条约200米长的街上看看,熟悉环境。忽然,听到有人喊老阳大哥。父亲停下一看,是土改时在我乡驻点的老五区李区长,两人便攀谈起来。区长看到以前常趴在父亲背上的小瘦猴男孩长高了,上初中了,便向父亲贺喜。他还特地拉父亲带我到县城唯一一家饮食店吃了一碗肉丝面。这是我第一次在馆子里吃东西,也是我在安仁县读书六年中,在馆子里总共吃了三四次面条的第一次。后几次是1964年我高中毕业离校前,和三个关系很好的同学互相请客作为分别纪念,其场景我多年未忘。这一天我第一次看到电灯、汽车。从1958年秋上初中,1961年考上高中,到1964年8月考上大学,我在安仁一中度过六年难忘的岁月。这六年是我开始懂事,集中精力学习知识的六年;是我初步领略社会冷暖、品味人生艰辛的六年;更使我深深体会到父母恩情比天高、比海深,一旦失去,终生难寻,欲报无门,痛苦终生的道理。这六年时光,给我留下的生活、思想印象:一是累,二是苦,三是思念。

1958年9月份开学,10月就去离县城50多里的山区摘茶籽半个月,回校休息几天又去县办炼铁厂挑锰矿石,也是半个月。挑一趟来回走20多里路,一天要挑两趟。我当时11岁,只能挑30—40斤。挑不起,腿痛肩痛,走不动,一步一步移,天黑好久才回到学校,晚上躲在被子里无声流泪。1959年和1960年春天,我们都要到县城附近的公社支援插秧半个月;暑假回家,又要到公社统一安排的生产大队参加集体支农劳动。从1959年上学期开始,安仁一中扩建近20个班级的教室、教师办公室和宿舍、学生宿舍和食堂,以及几公里的围墙。全部的红砖、河沙、水泥,都是学生从两三公里外的砖厂、河滩、水泥仓库挑回,而且,全部是利用每天晚饭后与星期天挑回的。大部分任务是按班级、按人头平均分派,初二上学期我和另一个年纪小的同学少分了一些任务,以后几年则全部一样。班里同学年龄大都比我大几岁,我每担挑得都比其他同学少,所以我要挑的次数比其他同学多才能完成任务。直到1963年上高三,我们才没有了这些任务。

在安仁一中读书期间,学校有二十多亩菜地和一个小养猪场。每个班都要种一亩多地的四季蔬菜,每天轮流供给全校一千多名学生和老师,摘洗、切菜、打猪草都由学生们承包。连续几年繁重的体力劳动确实磨炼了我们的心志,锻炼了我们的体魄。我从初中一年级11岁只能挑30—40斤到高中二年级16岁时,已能肩扛一包50公斤的水泥,挑100斤以上的担子。当然,所有学生普遍的感觉是累、苦、饿。家长们都想办法给孩子补充营养。家里劳动力多、有副业收入、经济条件较好的人家给孩子钱上街买吃的,比如饼干、法饼,而大多数同学是家里送点炒米粉、红薯干片等。

1958年底,农村人民公社成立大食堂,从1959年粮食供应开始困难后改为以生产小队为单元的小食堂,并实行粮食定量供应。父亲是男劳动力,开始的定量为每月21斤米,母亲的定量为每月18斤米。后来,父亲的定量降为18斤,母亲的定量降为15斤,一日两餐。在农忙时,父母亲从食堂领回自己的定量饭,在家里再掺入萝卜、白菜或蚕豆,或野菜如野茼蒿、水芹菜等煮成混合饭,让干重活的父亲多吃点,母亲则吃得少。农活较轻时,父母两人只吃一个人的定量饭,而节约一份米饭晒干,聚少成多。等收集有四五斤晒干的米饭时,母亲将干饭炒熟加盐磨成粉,还准备一些干红薯片,让父亲送到学校,给我在晚上挑砖挑瓦和在星期天劳动后,用热水或冷水冲成米糊喝一杯。从初二、初三到高一三年多,父母亲都是这样,每隔一两个月就给我送一次炒米粉。每当我想起父亲用一根短扁担挂着一个装有米粉、红薯片的布袋放在肩背,拄着木棍,沿着永乐江峡谷悬崖边的石板路,爬几处上下近百米高的石板阶梯,艰难地来回走约60里山路给我送炒米粉,而他自己只带几个熟红薯路上充饥,我就内心惨然,含着眼泪,默默念着父母的恩情,总想自己能有一天报答他们的恩德。有几次父亲给我送炒米粉,令我印象特别深。

1960年初冬,父亲从修水库工地回家。一个阴天,父亲一早在家吃了干红薯片煮的稀饭,动身去县城给我送炒米粉和红薯片。按以往的速度,他用四个小时左右可以到学校,中午休息时间,父亲会陪我坐半个多小时。他自己吃一点自带的熟红薯,又动身回家,来回九至十个小时。而这一天,父亲从家里动身时有点感冒低烧,他认为不要紧,坚持要给我送东西。但在走了一段路后,感冒更严重了,发烧乏力,父亲尽力坚持走到了学校。他担心回家晚,只稍坐一会儿吃了点薯片,就又动身回家。回家路上,父亲的病情更为严重,发烧出虚汗,双腿沉重发软乏力,每走一步都很吃力。还在半路上,天就快黑了。父亲拄着木棍,走几步拄着站一下,又继续走一段,不敢停下,天黑后很久很晚,才回到家里。母亲在家里非常着急,非常担心,看到父亲脸色潮红、大汗淋漓、全身无力的样子回来,非常心疼,泪流满面,忙烧一碗开水,加一点盐,吹凉让父亲喝,又烧热水帮父亲擦身换衣。当晚母亲哭了很久。在我放假回家时,母亲又流着眼泪把父亲的病况讲给我听。我心里特别难受,和母亲一起哭了好久。

1961年上半年,一个星期六的下午,我从学校回家,在路过离我村还有一里多路的邻村路旁一户人家时,这家的主人卢伯父和伯母看到我,就喊我。我向他们招呼问候,伯父伯母对我讲,有一次看见我父亲从安仁县城回来,天已较晚,他一个人拄着木棍,走得很慢,看起来很吃力。伯父就喊我父亲坐一会儿。父亲说,不坐了,一坐下来就会没有力气站起来走回去了。父亲向伯母讨要一碗温水喝,喝完又继续吃力地走回去了。伯父伯母对我说:"你爹你娘为你读书确实吃了好多的苦,费了心。俫崽,你值事(懂事),要记得爹娘的苦，用功读书，让你爹娘以后也享几年福。"我听完伯父伯母的话不敢哭，含泪回家。我对父母亲说："我长大了，不怕饿了，不要再给我送东西了。"父亲说："没有事，我会多带一点薯片路上吃，慢慢走就行，你安心读书。"这就是我的爹娘。

从1960年下学期开始，学校对未交足学费、伙食费的学生实行每隔一个星期的星期六一次停餐，让学生回家拿钱交费。由于我父母都年纪较大，身体差，除了在生产队干农活外，没有其他收入来源，甚至连砍柴卖都无法做了。所以，每次停餐都有我的名字，连续几次回家都没有拿到钱，每次回校找班主任签字说情才继续开餐。这样过了一两个月，学校有几个同学退学，我也想退学。父母急了，母亲要我安心读书，说钱她想办法凑一点交一点。过了一个月左右，母亲给我5元多钱交了一次费，后来又交了两次，补齐了14元多的欠费。当时父亲被生产队安排去离家十多里路外的公社大水库工地干活，吃住都在水库工地，十多天才回家一次。母亲每天晚餐从生产队食堂领一份2两的米饭回家，再掺白菜薯丁或苎麻叶等野菜煮熟吃一天。有时连2两米饭也不吃，净吃蔬菜野菜薯丁。她到月底从食堂领回九至十斤米，以每斤四角五分的价格卖给同村（另一生产队）一位家里小孩多的族叔家。这位族叔婶都年轻，靠砍柴卖换一些现钱买食物给小孩吃。三个多月，母亲三次共领回33斤多米，分3次给族叔，共收到14元多钱，让我交给了学校。因为母亲将米卖给族叔家之事是半公开的，很多邻居都知道。生产队有个女人到大队举报，说我母亲卖米给别人是投机倒把行为。大队报到公社，公社报到县里，县里非常重视，派一个干部到公社，公社加派一个干部陪同到我大队，大队书记也参加，成立三人小组，调查处理这件事。首先，调查组找到买主族叔问明具体日期、买米次数、买米数量、价格、交钱数量和过程，再到生产队食堂分别问炊事员、事务长（管理员），问我母亲每天所领米饭次数、数量，每次领大米的时间、数量。幸好食堂每天有领饭、领米的账本可查。调查组还问村子里几个生产队一些群众，几个月内村里有没有人家丢失或被盗粮食等东西。第二天，调查组找我母亲问话，要求她讲清楚事情的来龙去脉。母亲讲了，我在学校里要交学费、伙食费的情况，还有父母的年纪、劳动能力、农副业全部收入情况，讲了她每天吃饭的情况，讲了她每次去食堂领大米的时间、数量、经手人,以及每次让族叔来家拿几斤米、收多少钱的具体情况。母亲所讲的与食堂人员所讲、账本所记录的、族叔所讲的完全一致。调查组三人还来到我家,看到了米坛的几斤米,已晒干的一点米饭和在生产队已挖出大红薯后,母亲再去地里翻挖过后抛弃不要的手指大小的红薯根,切碎晒干后的红薯颗粒(红薯米),以及由蕨根粉、蕨根渣和苎麻叶混合成粉而捏成的坨坨。这些坨坨就是母亲每天的主食。第三天晚上,调查组在生产队仓库开会,每家都来人参加。公社干部先把调查情况讲了,并把族叔、食堂炊事员、管理员和我母亲所说的话的记录全部当众读一遍,大家确认无误后,让这几个人按手印交给县里干部。这个干部拿着这些记录,好久都没有说话。沉默一会儿后,他说了一句:"私下买卖米是错的,是不允许的。"过了一会儿,他说:"我第一次看到一个嫉驰(母亲)为了崽伢子读书连自己的命都不要了。"再停了一会儿,他看着公社干部、大队书记和生产队的人们,问一句:"大家说,怎样处理?"没有一个人说话。又过了好久,他自言自语轻声说了一句:"积点德吧。"接着他就对我母亲说:"大婶子,你回去吧。崽伢要读书,你也要爱惜自己的身体。"母亲惴惴不安地离开会场回了家。1960年春节前,生产队食堂撤销散伙了。我父亲、母亲和我在不安中度过了春节。1961年上学期是我读初三的第二个学期,在我为能否正常初中毕业,能否上高中发愁时,学校给我调高了助学金等级,由原来每学期12元调为每学期18元,为一等助学金(特等助学金为24元一学期,只评给家里完全无劳动能力的特困学生)。1961年农村恢复自由市场,1962年农村自由市场大米价格达到每斤两元,母亲终于不用为我的学费、伙食费操心了。

怀念双亲　致敬好人

在1961年二三月间的一天,母亲在山脚下砍灌木柴草时,突然风雨交加。母亲冒雨把柴草捆好挑回家,全身湿透,冻得哆嗦发抖,接着就发烧,咳嗽。母亲自己在家按农村土方子,用姜、葱、陈皮、黄豆、艾叶等物品煮发汗汤喝。在咳嗽发烧还未全好时,母亲又出去干农活,种菜、养鸡,一直劳累着。当时家里也确实没有钱,母亲更是坚持不肯去看病吃药,只在家用土方吃药,使得病情日益严重,而母亲仍在家在外劳累着,身体拖累成重症肺炎。

到1962年2月底,母亲病重,经常昏迷,父亲托人带口信要我请假回家。我陪伴在母亲床前,母亲断断续续地给我讲,是她没有能力给我一个好的读书条件。她要父亲一定尽力让我继续读书,争取考上大学。她要父亲将她的后事从简,请几个人抬上山安葬就行了,不要为她花钱、费粮、欠账。我低声哭着趴在床前,回想起母亲勤劳节俭,日夜操劳,呕心沥血,关爱夫儿;回想起母亲吃野菜杂粮,让我穿暖吃饱,给我治病,真正是用她自己的生命换来我的生命和前程;回想起母亲还教我为人处世要心存怜悯、礼貌谦让,做人要本分,不要得罪人。我只是低声哭着,讲不出一句话来。母亲突然对我说:"县里那个干部是好人,对我们有恩,我们要记得他的恩德。"母亲时而清醒对我讲几句话,时而又昏过去。黄昏时,母亲清醒地喊着我,对我说:"倈崽,我要去了,你不要哭,听话……"母亲很安详地闭上眼睛睡着了,再也没有醒来。我父亲坚持宁愿自己挨饿几个月,也要借点钱稍微体面地送母亲上山。我大姑妈、大堂哥也帮了很大的忙。

在母亲去世后,父亲在缺粮的情况下,每天都是靠从地里摘下新鲜的蚕豆加盐煮熟吃,度过了三个月的缺粮期。端午节时,我二堂哥的儿子满周岁,按乡俗父亲向乡邻借了10个鸡蛋去送贺礼,堂哥家回礼了3个熟鸡蛋和4个用木模压制的米糕给我父亲。父亲自己舍不得吃,第二天,他走了近30里路,把鸡蛋和米糕送到学校给我吃,我要他也吃一个,他执意不吃。在我的眼泪和坚持下,父亲才吃了一个米糕。他拿出自带的煮熟的蚕豆吃,坐了一会儿,他又走近30里路回家,我忍着泪送他走出学校,心里默默怀念母亲,挂念父亲。自问,我能报答得了父母的恩情吗?

母亲去世后,生活的重担全部压在父亲的肩上。1962—1964年,父亲还如母亲在世时一样,一如既往为我的学习、生活操劳。父亲年近花甲,年老体衰,患有肺病,仍要坚持干农活,挣工分,换口粮。但毕竟体弱,所得工分少,每年在生产队缺粮、超支、欠账。父亲还是想方设法东借西借,让我坚持读完高中,顺利考上大学。而我也为父亲有病孤独一人在家的生活担心。在一些亲戚的关心下,父亲找了一个老伴,让我外出读书、工作少了一些后顾之忧。父亲在,就有一个家在,心中就有一份挂念,一份踏实。

考上大学后,我得到党和国家的关心,得到了学校、班上团支部、班委会干部和同学们兄弟般的关心帮助。我的助学金第一年为每月13.5元,从第二年后为每月14.5元,基本不要为吃饭、生活上的困难担心了。上大学报到时,学校通知先交90元费用。父亲将转粮食关系卖给粮站得到了26元,将家里一头约50斤的小猪卖得27元钱,我几个叔叔、堂哥,都在自家困难条件下尽力支持我一点,村里二十多户乡亲,每户送来十个鸡蛋,就这样终于凑了110元钱。我有了路费,顺利到校报到。小堂叔给我寄来棉絮、棉鞋,在部队当兵的表哥也给我寄了一件绒衣(卫生衣),让我在武汉第一次过了一个温暖的冬天。还有我大堂叔的大儿子(我的三堂哥),在自身很艰苦很困难的条件下,也给了我关心、温暖和支持,我终生难忘。我非常感谢所有关心帮助我的亲友、乡亲,一直记着他们的恩情。

在武大学习、生活的六年,是我人生中最幸福、最温暖的六年。1973年春节期间,我结婚时,我父亲对家里亲友讲起新中国成立前,他和本族几个兄弟支持小弟(即我的小堂叔)读初中的事。他说由于本家没有读书人,在乡里受了一些气,虽然几兄弟各有家室老小,都很困难,但为了培养自家的读书人,一致齐心,咬紧牙关,从牙缝里挤出粮来,靠饿着肚子干活、挑重担,积攒几个钱给兄弟交学费读书。幸好,很快新中国成立了,(堂叔)上高中有助学金,接着考上大学。父亲说自己的年纪大了,家里又不能织布、卖布了,观玉读书如果没有初中高中期间的助学金,肯定不能高中毕业考上大学。父亲说自己这一生,吃了很多苦,受了好多累,能看到自己孩子读大学,也心安了。我能上大学,确实要感谢共产党。

父亲晚年一直患病,常年咳嗽,时有发烧、哮喘。因家里欠账,他从不去医院诊治。我毕业后每个月寄给他的一点钱,除买粮食外,都用来偿还多年的欠生产队的超支款。在我回家探亲时陪父亲去公社医院看病,他总不肯住院,只买一些磺胺类消炎、退烧、止咳药吃几天。1975年春节后,父亲病情日益加重,我请堂叔、堂哥用竹躺椅抬着父亲去区医院住院,只住了一天,打了几针,烧退了他又坚决要回家。1975年9月,父亲病危,我请假回家陪父亲几天。这几天,父亲精神较好,要我陪着他讲话,他要我在外照顾好自己和全家大小的身体生活，认真工作，知恩图报，多看多听少说，不要得罪人。农历十月初二早晨，太阳已出来，父亲要我扶他坐在床边，漱口、擦身、解手后，他说再睡会儿。我扶他躺下，便出去找堂哥谈点事。半小时左右我回来，看到父亲很安详地睡着了。我坐在他床边看了一会儿，发现他睡觉后不像平时，在打鼾，我就喊一声：爹爹！他没有醒，我连喊几声，还是没醒。我摸了摸他的脉搏，探了一会儿鼻息，发现没有了脉动和呼吸，我最亲的父亲已经永远地离开了我。父亲太累了，他太需要休息了。他走得坦然，清洁，平静，安详。在安葬父亲的前一天晚上，我家来了一些亲友，大家坐在厅堂守夜，送别亲人，显得十分冷静。晚上约8点钟时，突然有一个人来到厅堂，我小叔父和堂哥连忙上前接待，他们认识来人是公社的一个干部，姓陈。他家离我村有五六里路远，是另一个村的人。叔父和堂哥担心他来是监督我们是否有"四旧"行为。但见这人进灵堂后，双手微合，走到父亲灵牌桌前鞠躬，点香插上，说了两句话："这个老人是一个好人，几十年在乡里帮了好多人。今晚太冷清了，请几个乐器师傅唱几首歌（唱孝歌）送别老人家是应该的，不是迷信四旧。"这个干部在厅堂里和我们打了招呼问候几句就离开了。我堂哥立即让人去请乐器师傅，晚上的送别怀念活动终显得庄重、朴实，让我愧疚之心稍稍平静。

我的继母陪伴我父亲13年，他们相依相扶，相互照顾。让我在外读书、工作能够放心。由于家境贫困，继母也过了20多年的艰苦生活。在我结婚有了小孩后，她细心照料，温情呵护孙女孙子，让我和妻子能放心工作。父亲去世后，我们接她到怀化山区工厂一起生活。我妻子对她尊重关心，为她织毛衣，买或做新衣、鞋袜等。她患病，妻子背着她去医院看病。工厂医院偏僻阴森，晚上就陪护她。平时我女儿、儿子陪她散步。厂里一些职工和家属对继母说她的女儿（指我妻子）很孝顺，继母便直接告诉他们，她是我的继母，这让很多人感到意外。厂女工委员会多次表扬妻子孝顺。继母晚年要求落叶归根，在她75岁时我们送她回老家，请她妹妹和我堂哥关照。1986年秋她患病去世，我和妻子回老家为她办理后事，她妹妹、侄子、外甥都很满意。

妻子勤俭持家,教育小孩。她在工厂里工作认真负责,踏实肯干,热心助人,受到同事肯定和好评。女儿、儿子从小听话,学习较好。女儿在1994年参加全国大学生数学建模大赛获湖南赛区二等奖(总名次第三名),当年通过英语六级考试。

我的父母亲是最普通的农民,是生活在社会最底层的卑微的小老百姓。他们一辈子为养家糊口,披星戴月,辛苦劳作,到年老临终,仍缺衣少食,欠账终身。他们凭自己勤俭的品德和一颗善良的心,来适应不断变化的社会,在社会上立身、成家、育人、过日子。他们确实没有为国家、为家乡做出什么有意义的事情,他们是普通人,没文化、落后、迷信、胆小,有明哲保身的处世心态,但他们有一颗善良的心,他们看重亲情、乡情、友情。他们和许许多多的普通老百姓一样,是无权、无钱、无能力,却有情、有义、有善心的好人。中华民族的民族精神、优秀品德就是由亿万这样的好人传承下来的。我为六七十年前家乡的乡亲、干部,对我父母亲的为人处事的尊重、肯定,感到欣慰、高兴。在我的人生经历中,我也遇到过许多给我帮助、关心、教诲、支持的好人(老师、同学、领导、亲友、同事等)。我向所有的好人们鞠躬致敬,祝所有的好人及其子孙世代平安、幸福、发达。

几行平淡思念语,一缕心香敬好人。

作者简介:欧阳观玉,男,湖南省安仁县人,生于1947年2月。1964年9月考入武汉大学物理系,1969年无线电专业毕业,电子技术高级工程师。长期在电子工业部华峰器材厂(八五五厂)从事技术工作。退休后居湖南省怀化市。

后　　记

《一缕心香》付梓了，使我们一群心心相印的老同学，了却了一个共同的心愿。

当我作为第一读者，认真阅读这些文字时，总是凝神静气而又感慨万千。虽然岁月久远，却如身临其境。清晰的往事，深沉的情感，朴素的语言，常常使我情不自禁。这些文字可以说是一个时代的记忆与缩影。因为，我们是带着对父辈的深爱与怀念，敬上一缕心香。

在人生的道路上，无论你成功或失败，富有或贫穷，永远给予你支持、鼓励、关爱的人，是你的父亲母亲。父母对于儿女的爱，是人世间最真挚深沉、最纯净无私的爱。为自己的儿女，他们可以牺牲一切。本书所记述的父亲母亲们，多数未曾上学读书，有的甚至一字不识。但是，我们从叙述中可以看到，他们智慧大度，勤劳朴实，坚韧不拔。他们敢于面对艰难困苦，负重前行。他们用行动教育我们怎样面对困难与挫折，怎样做事做人。他们本身就是一部部人生教科书。

我们这一代人是幸运的，赶上了好时代，但是，我们不能忘记过去，不能忘记前辈的苦难，要珍惜今天的美好生活。这也是编写此书的宗旨所在。

在此，感谢武汉大学物理系1964级同学的一路同行，特别感谢程世昌、张仲整两位同学慷慨出资，支持本书的出版。

吴祖芳谨识

2020年8月